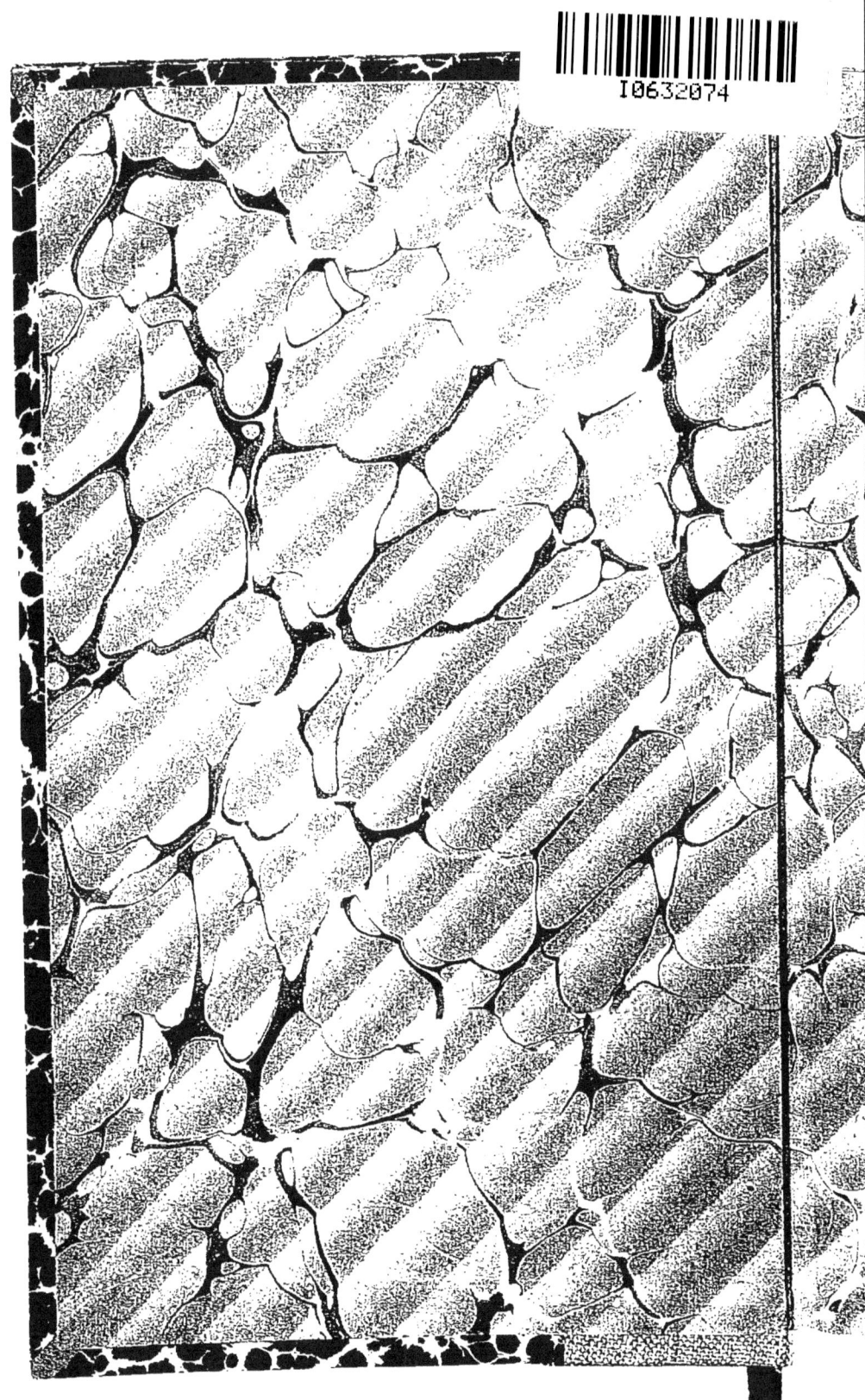

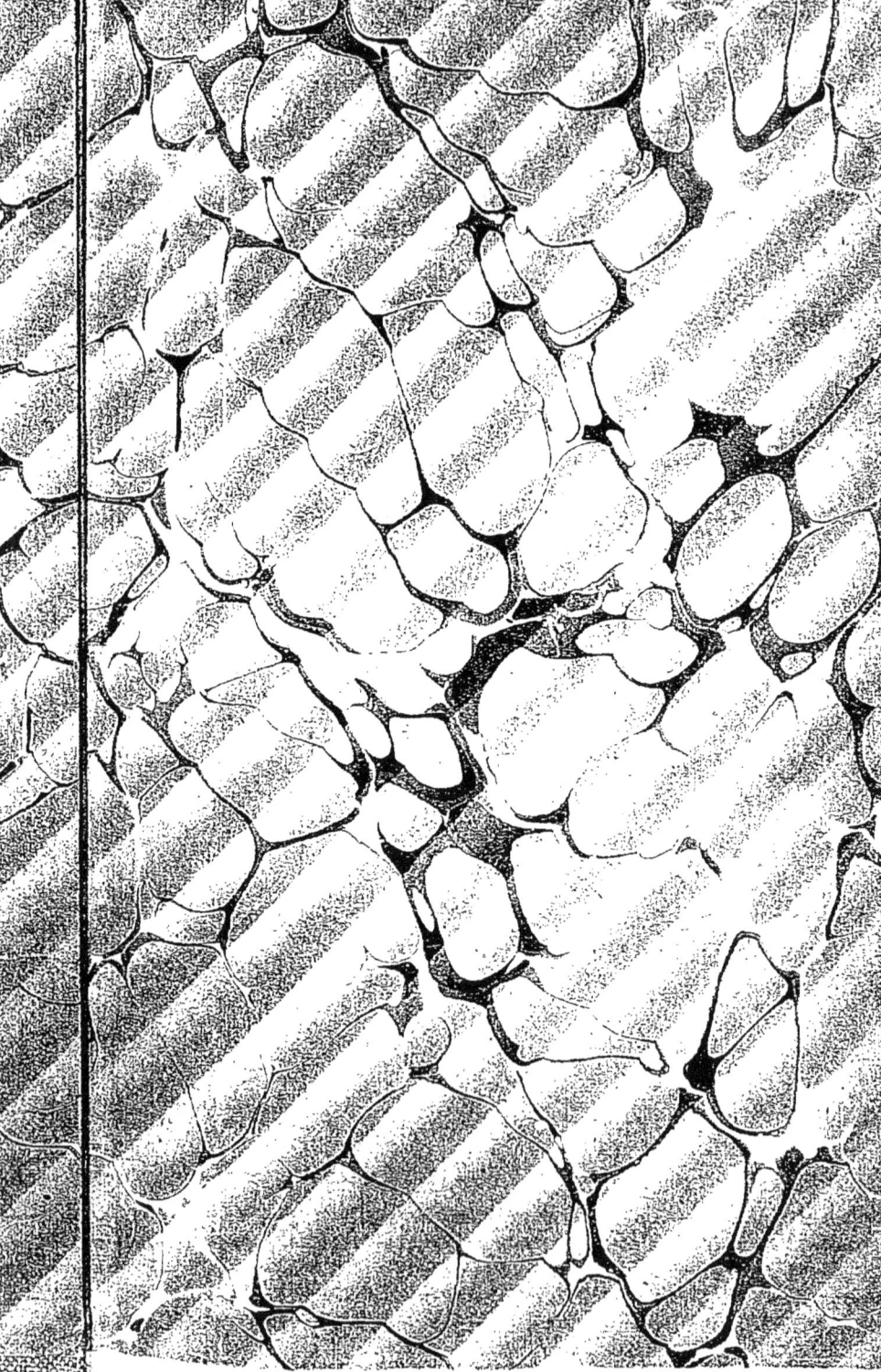

TROIS ANS
EN ITALIE

SUIVIS

D'UN VOYAGE EN GRÈCE

PAR

UNE BRÉSILIENNE

AUTEUR DE PLUSIEURS OUVRAGES LITTÉRAIRES ET MORAUX

ÉCRITS EN PORTUGAIS, EN FRANÇAIS ET EN ITALIEN

ET PUBLIÉS A RIO-JANEIRO, A FLORENCE ET A PARIS.

> S'élancer au hasard, tout voir sans rien juger,
> C'est parcourir le monde, et non pas voyager.
>
> (MILLEVOYE.)

PARIS

E. DENTU, LIBRAIRE-ÉDITEUR

17-19, GALERIE D'ORLÉANS (PALAIS-ROYAL.)

ET JEFFS, LIBRAIRE A LONDRES, 15

BURLINGTON (ARCADE PICCADILLY).

1864

TROIS ANS

EN ITALIE

CORBEIL, typ. et stér. de CRÉTÉ.

TROIS ANS

EN ITALIE

SUIVIS

D'UN VOYAGE EN GRÈCE

PAR

UNE BRÉSILIENNE

AUTEUR DE PLUSIEURS OUVRAGES LITTÉRAIRES ET MORAUX

ÉCRITS EN PORTUGAIS, EN FRANÇAIS ET EN ITALIEN

ET PUBLIÉS A RIO-JANEIRO, A FLORENCE ET A PARIS.

> S'élancer au hasard, tout voir sans rien juger,
> C'est parcourir le monde, et non pas voyager
>
> (MILLEVOYE).

PARIS

E. DENTU, LIBRAIRE-ÉDITEUR

17-19, GALERIE D'ORLÉANS (PALAIS-ROYAL.)

ET JEFFS, LIBRAIRE A LONDRES, 15

BURLINGTON (ARCADE PICCADILLY.)

—

1864

PRÉFACE

MARSEILLE, 1858.

Deux ans s'étaient presque écoulés depuis mon second voyage en France, lorsque je me décidai à visiter l'Italie.

Ayant parcouru, l'an dernier, une partie de l'Allemagne, le caractère de son peuple ainsi que ses vertus domestiques et sociales me furent tellement sympathiques, que je ne rêvais, depuis, qu'au plaisir d'y retourner. Comme en Angleterre, j'avais trouvé dans la vieille Germanie une population active et laborieuse, gardant encore les croyances que ses ancêtres lui avaient transmises. Mais, plus accessibles que les fiers Bretons, les Allemands se distinguent par une franchise simple et affectueuse. Leurs bonnes mœurs, comme celles des Anglais, permettent à la femme qui voyage seule de s'aventurer en toute sûreté dans des excursions lointaines au travers des villes, des campagnes et des ruines solitaires. Cette sécurité était un grand charme pour moi, qui voyageais toute seule avec ma fille dans ces pays, et me les faisait préférer à ceux du Midi. Cependant je me reprochais souvent de n'avoir pas encore connu l'Italie en me trouvant en Europe pour la seconde fois. Cette terre classique, sa poésie, ses souvenirs grandioses, et son climat, plus en rapport avec celui de ma terre natale, devaient m'y attirer bien plus que tous les pays du Nord. Et pourtant, lorsque dans le rude hiver de Paris je sentais le désir de m'abriter sous le ciel italien, je ne sais quelle vague appréhension s'emparait de mon esprit, et je me sentais découragée d'entreprendre ce voyage, moi qui en avais déjà fait de si longs.

Aucune histoire de peuple ne m'avait jamais intéressée autant que celle des Grecs et des Romains, et un de mes plus beaux rêves de jeunesse avait toujours été de visiter ces régions, les plus célèbres et les plus poétiques de toute l'Europe, et d'y réfléchir sur leurs ruines.

Pourquoi cet éloignement, si en contradiction avec le noble dé-

sir de respirer sur cette terre empreinte du souvenir des grands
peuples qui l'habitèrent, et dont j'admire l'histoire? Je ne saurais l'expliquer, si ce n'est par le récit que j'entendais faire chaque jour de la triste décadence dans laquelle sont tombés le
peuple grec et le peuple italien. Le spectacle d'un grand malheur m'a toujours profondément attristée, et ce spectacle se
présente partout aujourd'hui dans les patries si grandes et si
nobles jadis des Platon et des Brutus.

Fermons les yeux sur le déplorable état de la Grèce et sur la
décadence de l'Italie, pour les ouvrir à leur résurrection, me
suis-je dit enfin, et allons y vivre dans leur passé, en les consi-
dérant dans leurs imposantes ruines et leurs incomparables chefs-
d'œuvre, qui font encore le charme des penseurs et des artistes.

J'avais fixé mon départ de Paris au 19 mars, et, désirant me
trouver à Rome pour la semaine sainte, je renonçais d'entrer en
Italie par la longue route de la Corniche, me proposant de la
parcourir plus tard. Je pris donc l'express de huit heures du
soir, qui nous conduisit, ma fille et moi, de Paris à Marseille en
vingt et une heures.

Malgré mon goût pour les voyages, et le besoin que j'avais de
respirer quelque temps un air plus salutaire que celui de Paris,
mon cœur s'est fort attristé en me séparant des chères personnes qui, pendant les derniers jours avant mon départ, venaient me témoigner leur regret de ce que je les allais quitter
pour si longtemps. Mon excellente amie, Mme F***, estimable dame
allemande, d'une instruction peu vulgaire, comptait m'accompagner dans ce voyage, auquel elle rêvait depuis quelques années. Une maladie subite l'empêcha de partir avec moi. Elle
me promit d'aller me rejoindre à Rome aussitôt que sa santé se
trouverait rétablie. Mais pouvons-nous compter jamais sur l'avenir?

Faibles feuilles du grand arbre de l'humanité, nous allons
où le vent nous emporte, souvent dans des directions opposées,
selon la brise ou l'ouragan qui nous agite et va nous confondre
dans le néant d'où nous sommes sortis! La vie n'est qu'une suite
d'adieux, et pourtant nous pensons toujours au revoir.

Un retard de quelques heures que j'éprouvais à Paris pour les
visas de mon passe-port dans diverses légations nous a privées
de revoir encore une fois notre bien-aimée Mme E. C***, qui avait

eu l'affectueux empressement d'aller nous attendre avec son mari à la gare du chemin de fer du Midi par un autre convoi que nous avons manqué.

Reçois ici, chère et excellente amie, l'expression de notre vif regret de n'avoir pu t'embrasser dans ce triste moment du départ, que d'autres bons cœurs nous rendirent si touchant sans remplir le vide que tu y laissas !

A peu de distance de Marseille, le spectacle de la Méditerranée se déploya à mes yeux et réveilla dans mon âme les grandes émotions que la vue de la mer me fit toujours éprouver.

J'étais en présence de cette mer que franchirent jadis tant de nations guerrières et glorieuses, balayées par les siècles de la surface de la terre, et mon esprit vogua dans ces mondes de grandes ambitions éteintes auxquelles ont succédé tant d'autres ambitions !

Mais, revenant aussitôt du passé au présent, je pensai à cette autre mer plus vaste et plus majestueuse, au bord de laquelle je suis née; j'ai grandi et je me suis inspirée au murmure lointain des vagues et sous de hauts palmiers panachés, des manguiers gigantesques, des jaquiers touffus, agités par la brise du soir qui m'enivrait du délicieux parfum apporté des bosquets d'orangers, des cannelliers et de tant d'autres arbres et de fleurs odorantes qui couronnent perpétuellement le sol de mon cher Brésil.

Là-bas, une patrie avec les plus riches trésors de la nature et les plus doux souvenirs de mon enfance, les chères affections de mon cœur, un fils, la moitié de mon âme, une famille bien-aimée, des amies de jeunesse, la partie de la génération actuelle qui y partagea avec ma chère enfant pendant tant d'années mon enseignement et mes tendres soins maternels; là enfin, trois tombes aimées qui résument les trois époques de ma vie !

Ici, des contrées qui ne m'offrent pas un seul de ces souvenirs, des physionomies qui me sourient sans l'expression de l'âme, des voix qui frappent mes oreilles sans aller jusqu'à mon cœur, des nouveautés que je vois souvent avec indifférence, l'esprit porté vers un autre hémisphère, où respirent tant d'êtres aimés et où dorment pour toujours un père, un époux et la meilleure des mères!

Si la vue de la Méditerranée avait produit sur moi une si profonde et si vive impression, il n'en fut pas de même de la ville de Marseille, dont je m'étais toujours fait une tout autre idée.

Ses rues, en général peu propres, ses places et ses quais encombrés de marchands et de matelots, présentent l'aspect d'une cité très-commerciale et très-laborieuse ; mais je n'y trouve rien d'assez curieux pour exciter l'admiration du voyageur.

Il est vrai que dans deux jours on ne peut bien juger des agréments d'une ville quelconque. Mais ce qui me paraît certain, c'est que l'étranger qui passe à Marseille n'y rencontre rien qui corresponde aux pompeux éloges qu'en ont fait quelques poëtes.

Si du moins j'entendais chanter ici l'entraînante *Marseillaise*, les accents de cet hymne national si sublime communiqueraient à mon esprit un peu d'enthousiasme, et me feraient mieux goûter les charmes si vantés de la ville phocéenne, qui, elle aussi, tomba sous la domination de Rome, et qui fut transfigurée comme ses sœurs. Mais ce chant héroïque ne s'entend plus en France, et les Marseillais eux-mêmes semblent l'avoir tout à fait oublié.

En arrivant à Marseille on m'indiqua les trois choses que les étrangers se hâtent d'aller voir, et que j'ai voulu connaître à mon tour. Ce sont : Notre-Dame de la Garde, église bâtie sur une colline, et dans laquelle se trouve une grande quantité d'*ex-voto* attestant les miracles qui y attirent encore de nos jours beaucoup de monde. On jouit de cette hauteur d'une vue délicieuse sur la Méditerranée et les environs de la ville ; le Prado, sur une belle et longue allée qui va aboutir à la mer, et où se trouve une espèce de jetée qui permet aux promeneurs de respirer librement, après le nuage de poussière dont ils ont été couverts pendant toute la route ; le château d'If, ancienne prison où furent renfermés Mirabeau, Louis-Philippe et tant d'autres illustres prisonniers, dont le souvenir donne à ces murailles séculaires, assaillies par les vagues de la Méditerranée qui s'y brisent, un intérêt historique.

Les amis des fables sont attirés dans ce château par la fantastique célébrité que lui a donnée Alexandre Dumas dans son *Monte-Christo*. On y montre la soi-disant prison où la plume fertile de ce romancier nous a représenté l'abbé Faria.

A

MON CHER FILS

AUGUSTO-AMERICO DE FARIA-ROCHA

LONDRES, 12 janvier 1864.

Une catastrophe qui eut lieu, il y a trois ans, sur le chemin de fer du Piémont, catastrophe où j'ai failli périr, a retardé jusqu'à ce jour, par ses suites, la publication de cet imparfait ouvrage, que nos chers d'outre-mer et toi attendez avec impatience.

Quand tu recevras, là-bas, ce premier volume, huit années se seront déjà écoulées depuis que tu as disparu à mes yeux, emportant la moitié de ma vie.

En parcourant ces pages, ô mon enfant bien-aimé, tu reconnaîtras une à une mes impressions sous le beau ciel de l'Italie, de la Sicile et de la

Grèce, aux rives solitaires du poétique Céphise de
jadis, épuisé d'avoir tant pleuré sur la destinée déplorable des Hellènes !

Là, comme partout, les splendeurs de l'art et de
la nature qui se déployaient chaque jour à mes regards furent, ainsi que l'est encore aujourd'hui le
spectacle imposant des progrès moraux du grand
peuple au milieu duquel je me trouve maintenant,
insuffisants à me distraire de la *saudade* que ton
absence m'a laissée dans le cœur.

Ces quelques lignes que je te trace en te dédiant
ce pauvre ouvrage le jour de l'anniversaire de ta naissance, te rappelleront les beaux jours d'autrefois
que nous avons passés ensemble sur notre cher sol
natal et dans cette vieille Europe. Qu'elles te parlent aussi de ma tristesse, en voyant depuis huit
ans se lever l'aurore de ce jour sous le ciel étranger,
seule avec cet ange que Dieu m'envoya dans un
autre 12 janvier, pour faire, comme toi, palpiter
mon cœur des douces et puissantes émotions maternelles.

Puisse le talisman de ce saint amour, passant
du vieux au nouveau monde, t'éclairer toujours

dans la noble route du devoir, et communiquer à ton cœur les derniers élans et les dernières espérances de ta tendre mère!

F. Brasileira Augusta.

TROIS ANS EN ITALIE.

GÊNES

Terre d'Italie, poétique et séduisante veuve du triomphe, toi sur qui se sont accumulées les plus grandes et les plus retentissantes gloires : je te salue !

Puisse l'influence de ton beau ciel arracher à mon esprit le voile de tristesse dont les brouillards de Paris l'ont enveloppé ce dernier hiver !

La vue de cette ancienne et superbe reine de la Méditerranée déployant ses charmes majestueux m'arracha aux souffrances inouïes du mal de mer, qui m'avait accablée aussitôt que je quittai le port de Marseille en m'embarquant sur le *Capitole*, bâtiment à vapeur où nous avions pris passage. J'avais sous les yeux cette pittoresque ville bâtie en amphithéâtre, avec ses somptueux palais, ses églises splendides, ses hautes maisons à terrasses, ses vastes portiques s'étendant de la douane jusqu'à la Darse, chantier destiné à la construction des vaisseaux de l'État ; la large et belle terrasse sur le port, où des promeneurs se croisent en respirant l'air de la mer, couverte de navires marchands ; ses riantes collines parées de châteaux, de temples, etc. Cette noble ville chantée par le Tasse, et que madame de Staël disait avoir été bâtie pour un congrès de rois, fit naître mes premières émotions sur la terre d'Italie.

Affranchie complétement du terrible malaise, qui s'oppose, toutes les fois que je mets le pied sur un navire, à ce que je puisse jouir du magnifique spectacle de la mer, je me hâtai de descendre à terre aussitôt après la visite de la douane. Quelques familles qui étaient parties avec nous de Marseille débarquèrent ici, et nous prîmes avec une d'entre elles un guide pour nous faire voir les principales curiosités de la ville.

Passant au travers de ses rues, la plupart fort étroites, où circule un grand concours de peuple de toutes les classes, j'espérais entendre parler la douce langue italienne, que j'ai toujours tant aimée; mais le patois génois retentit partout à mes oreilles. A peine, çà et là, les personnes à qui nous demandions quelques renseignements nous répondaient-elles dans cette langue si belle, si harmonieuse, même dans la bouche des Génois.

Les femmes se font remarquer par la grâce naturelle avec laquelle quelques-unes portent le *mezzaro*, espèce de voile descendant jusqu'aux genoux, et variant de qualité selon la fortune de celle qui le porte. Remarquant la grande activité et le mouvement de cette ville populeuse et commerçante, je jetai un coup d'œil sur des masses groupées sous de vieux portiques et sur d'étroites rues que la hauteur de leurs maisons rend fort sombres. Et la grande impression que j'avais reçue en entrant dans le port, à la vue de l'admirable aspect de Gênes, diminua sensiblement. Mais je me hâtai de monter vers le haut de la ville, en passant devant les riches magasins de bijouterie en filigrane et en corail qui forment une spécialité de l'industrie génoise, et bientôt les superbes rues *Balbi*, *Nuovissima*, *Carlo-Félice*, et la *Nuova*, bordées d'une réunion de beaux palais, s'offrirent à nos yeux, et nous frappèrent de leur magnificence. Plusieurs de ces palais renferment dans leurs galeries et dans leurs salons solitaires des richesses immenses d'art.

Après avoir contemplé quelques beaux tableaux des grands maîtres, et, pendant que la famille qui était avec nous s'extasiait devant les divers objets de luxe répandus çà et là dans les appartements encore somptueux de ces palais, je me représentais à l'esprit tant de populations éteintes, tant de grandes ou terribles scènes dont Gênes avait été le théâtre depuis sa première fondation, attribuée aux Ligures, jusqu'à nos jours. Je m'imaginais Magon, frère d'Annibal, la détruisant ; les Romains la rebâtissant pour être pillée, après leur chute, par les peuples barbares qui la possédèrent à leur tour ; sa soumission à Charlemagne, après la chute de l'empire des Lombards ; la déclaration de son indépendance au dixième siècle ; ses consuls, son sénat, ses doges ; son énergique coopération dans une des croisades ; ses guerres contre Pise, ses factions intestines ; les inimitiés entre les familles Doria et Spinola, appartenant au parti guelfe, et les Grimaldi, les Fieschi, du parti gibelin ; les prétentions des Vénitiens et des Pisans ; la France y paraissant avec un élan soi-disant généreux ; le Doria qui l'éleva par une république à sa guise ; le mécontentement de l'illustre Génois André Doria contre François Iᵉʳ, « qui donna à l'influence de la maison d'Autriche en Italie cette prépondérance qui a affecté la situation de ce pays jusqu'à nos jours ! »

Toutes ces guerres qui déchirèrent tour à tour Gênes, tous ces événements qui la rendirent grande, redoutable dans sa plus haute gloire, et qui, en déclinant comme toutes les sommités politiques, la soumirent à la discrétion du congrès de Vienne, lequel l'incorpora au royaume de Sardaigne ; tous ces fantômes, dis-je, passèrent rapidement devant mon esprit, et excitèrent ma pitié autant que mon res-

peét pour cette grandeur déchue, victime offerte, comme
ses nobles sœurs, sur l'autel de la politique à l'ambition
étrangère.

   Parmi les palais de Gênes ressortent ceux de Marcel Durazzo, ou Royal, aux beaux escaliers de marbre ; de Brignole,
ou palais Rouge ; de Balbi ; de Pallavicini et de Doria : mais
un grand nombre d'autres, qu'il serait fort long de citer, contiennent tous plus ou moins des chefs-d'œuvre admirables.

   Dans ses jours de grandeur et de gloire, Gênes dite la Superbe, ni les doges, ni le peuple lui-même, n'avaient rien à
envier aux rois et aux peuples des autres pays. Mais les
temps sont bien changés ! et le voyageur qui entre en Italie
par cette ville pleine à la fois de mouvement et de silence,
qui parcourt ses rues, visite ses beaux édifices, ses splendides palais pour la plupart déserts, contemple la vie, les
occupations, les goûts actuels de cette population, ne peut
s'empêcher d'éprouver une certaine mélancolie, en présence
de ce premier et grand tableau de la décadence où est
tombée cette célèbre péninsule, si glorieuse et si redoutable jadis ! Pour moi, je porte en Italie un esprit tout américain, un cœur tout brésilien, c'est-à-dire de l'enthousiasme
et de l'amour pour tout ce qui est grand, noble et malheureux. J'y entre, sinon avec l'espoir de trouver chez son peuple les vertus éminentes qui le distinguèrent autrefois, du
moins sans aucune des préventions qu'on a généralement
contre lui.

   Il en est des nations comme de certains individus : une
constante série de malheurs finit par leur abattre l'esprit,
et, le découragement s'en emparant, ils perdent peu à peu
toute l'énergie et la volonté même de les surmonter ! C'est
une maladie morale qui doit exciter notre sincère pitié, et
non pas nos censures : heureux le médecin qui trouvera un
remède efficace pour la guérir !

J'avais payé mon tribut d'admiration à l'antique capitale de la Ligurie. Mais ce qui produisit sur mon âme une délicieuse impression, ce furent les grands et beaux orangers chargés de fruits en pleine terre, comme je n'en avais pas encore vu depuis que j'ai quitté mon sol natal.

Avec quelle émotion, arrêtée que j'étais au milieu du jardin du palais Doria, je contemplais ces beaux arbres, odorants compatriotes ! comme je me sentais bien là, au milieu de cette nature prodigue et délicieuse qui me rappelait les vergers embaumés de mon Brésil !

Les Van-Dick, les Paul Véronèse, les Titien, etc., toute cette splendeur de l'art répandue dans les palais que je venais de visiter, pâlit dans mon esprit, et y fit place à une douce et mélancolique rêverie, qui m'aurait retenue longtemps sous ces arbres, si la voix de ma chère enfant ne fût venue m'avertir que nous avions encore quelques églises à visiter.

Nature de l'Italie, toi seule t'es conservée intacte parmi les ravages des anciens et des modernes barbares qui ont envahi ton riche et poétique sol, ce sol imprégné de tant de souvenirs grandioses, et que les étrangers se font un devoir ou un plaisir de venir visiter. Comme ton aspect, rayonnant des premiers charmes de ton précoce printemps, réveille dans mon esprit le souvenir d'une des plus belles provinces du continent brésilien ! Là cependant le peuple ne connaît pas la misère, et, dans l'aurore de la civilisation moderne, il marche avec toutes ses inspirations virginales vers le grand avenir que lui promettent les innombrables ressources dont la Providence l'a si prodigieusement doué.

Ici la nature, comme l'art, étale ses richesses à côté d'un peuple en décadence, dont une partie, se traînant dans la misère, présente un contraste singulier avec la profusion de choses précieuses, de splendides chefs-d'œuvre renfermés dans ses édifices !

Une partie des compatriotes de celui qui donna au vieux monde un monde nouveau vit d'une vie de privation dans les étroites et sombres rues de Gênes, ou en faisant de la musique pour obtenir des passants, comme à Paris, quelques petites pièces de monnaie.

Intrépide et persévérant Colomb, grand génie du quinzième siècle, où sont les trésors inépuisables du monde que tu as découvert? Que ne servent-ils à retirer cette partie de tes concitoyens de la misère où ils sont tombés!... Mais toi-même, pauvre et malheureuse victime de ton dévouement à la gloire de ton pays, tu n'as eu en récompense de l'immense service que tu as rendu à l'Europe (je ne dirai pas à l'humanité, que les hommes du vieux continent, tes successeurs, ont tant fait souffrir au delà de l'Atlantique!...) que l'ingratitude de tes contemporains! Comme ton noble cœur dut souffrir lorsqu'au fond de ta prison, à Valladolid, tu réfléchissais aux résultats de cette gloire qui avait été le rêve de ta vie, et dont des esprits mesquins cherchaient à éclipser l'heureuse réalisation!

Gênes possède, outre de somptueux édifices, parmi lesquels ressort le palais ducal, ancienne résidence des doges, et le plus vaste de la ville, plusieurs belles églises. Des quatre que j'ai seulement visitées, Saint-Laurent, cathédrale, l'Annunziata, Saint-Cyr, et Santa-Maria di Carignano, cette dernière fut celle qui m'intéressa le plus. Elle est située sur une hauteur d'où l'on découvre la mer et une grande partie de la ville.

L'intérieur est divisé par trois nefs qui forment la croix grecque. Une grande coupole, au centre, est soutenue par quatre piliers massifs, et d'autres coupoles plus petites sont posées aux quatre angles de la croix.

Les piliers sont ornés de belles statues de marbre. Parmi les tableaux estimés de cette église, celui qui attira le plus

ieux
lans
e la
uel-

uin-
nde
rtie
!...
dé-
nse
di-
ent,
lan-
ıme
n, à
qui
her-

les-
ges,
Des
hé-
mo,
uée
ide

'oix
par
ıont

rmi
lus

mon attention fut une Piété assez remarquable de Luca
Cambiaso.

Cet artiste génois s'est représenté, dit-on, dans l'homme
qui est à genoux dans ce tableau.

Le personnage qu'on y voit pleurant est la sœur de la
première femme de Cambiaso; elle lui inspira une grande
passion dont il mourut, n'ayant pu obtenir du pape la permission d'épouser sa belle-sœur.

Je contemplai ce tableau en pensant aux douleurs de ces
deux êtres que l'amour avait unis, et que le catholicisme
séparait !

L'église, avec toute sa pompe de splendide simplicité,
était déserte dans ce moment; à peine le bruit léger des
pas de quelques rares visiteurs suivant le sacristain vers
d'autres chapelles retentissait de loin à mes oreilles. Le
soleil communiquait par une seule fenêtre ouverte une lumière pâle qui donnait à ce tableau et à toute l'enceinte
sacrée un aspect à la fois mélancolique et religieux que
je préfère, dans un temple du Seigneur, à la vue des ornements les plus brillants et à la profusion des cierges allumés. A ce demi-jour, à ce tableau, à ces statues, à ces
vastes dalles de marbre, à ces autels, à toute cette magnificence de simplicité et d'art que renferme Sainte-Marie de
Carignan, il ne manquait que les sons de son orgue superbe,
qu'on dit être des meilleures d'Italie. — Mais les impressions
du voyageur qui passe se succèdent rapidement en présence
des objets variés et toujours nouveaux qui s'offrent à ses
regards.

Saint-Laurent (cathédrale) est une des plus anciennes
églises de cette péninsule; elle est toute revêtue de marbres
blanc et noir, ce qui lui donne un aspect un peu lugubre. La
nef principale est décorée de colonnes formées aussi de
pièces de marbres blanc et noir. Outre diverses chapelles

contenant des peintures intéressantes, on remarque ici la splendide chapelle de Saint-Jean Baptiste, dessinée par Giacomo della Porta, et richement décorée de statues, de bas-reliefs, etc. La châsse de saint Jean est soutenue par quatre colonnes de porphyre. Les cendres de ce saint furent transportées de Mirra à Gênes en 1097 ; la châsse est toute d'argent et d'un travail précieux.

Par une bulle du pape Innocent VIII, l'entrée de cette chapelle est interdite aux femmes, excepté un seul jour de l'année. Le crime de la détestable Hérodiade devait-il donc rejaillir dans les générations futures sur toutes les femmes, et est-il juste de leur défendre encore aujourd'hui l'entrée de cette chapelle ? Où a-t-on vu un pareil arrêt frapper tous les hommes, sous prétexte de crimes du même genre que plusieurs d'entre eux ont commis dans tous les temps et sans aucune intervention de l'autre sexe ?

Si tout un sexe devait être puni pour les crimes de l'un ou de plusieurs de ses membres, les lieux saints à Jérusalem seraient-ils ouverts aux hommes, et ceux-ci seraient-ils admis à voir le saint sépulcre ? Si la défense imposée au sexe auquel appartenait celle qui porta Hérode Antipas à faire trancher la tête du précurseur du Christ était juste, à plus forte raison devrait-on frapper d'une interdiction analogue le sexe qui a flagellé et crucifié notre divin Maître ! Mais, revenant de l'Asie à la capitale du monde catholique, je demanderai à tous les esprits justes s'ils ne trouvent pas trop de partialité chez Innocent VIII de n'avoir pas, par une seconde bulle, défendu aux hommes de pénétrer dans les tombeaux où se trouvent les cendres des deux apôtres saint Pierre et saint Paul, massacrés par des hommes pour assouvir la férocité d'un homme !...

Ces simples réflexions me viennent en passant, je les jette ici de même.

Saint-Cyr, une des plus grandes églises de Gênes, est très-belle, et fort riche en marbre. Carlone, Paul Brozzi, Sarzana et d'autres artistes y ont laissé de beaux échantillons de leur talent.

Plus imposante que Saint-Cyr est l'église de l'Annunziata, sur la place du même nom. Sa façade, supportée par de belles colonnes de marbre, lui donne un aspect grandiose, et l'intérieur en est d'une grande magnificence. On y voit quelques curieux et beaux tableaux. Devant retourner à Gênes pour y rester quelque temps, je remets à plus tard le plaisir d'en visiter les environs, et de bien voir ce que cette capitale renferme de plus intéressant.

Une agréable collation, faite sous les beaux orangers du restaurant de la Concorde, termina nos courses de cette journée. La société des personnes qui étaient avec nous fit un instant diversion à notre tristesse, loin de la famille bien-aimée, dont l'image nous suit partout. Une de ces personnes porte le nom de mon excellente amie madame F***, et, par sa physionomie ouverte et empreinte de douceur et de bonté, elle attira ma sympathie dès le premier moment que je la vis.

Six heures du soir, à bord du paquebot mouillé dans le beau port de Gênes. — La perspective des objets qui se déroulent à cette heure à mes regards frappe mieux mon imagination, et s'y grave plus profondément que lorsque je l'avais contemplée en arrivant ici, tout étourdie encore du mal de mer. Puis aucune heure n'est aussi propice aux beautés de la nature que l'heure poétique du soleil couchant. Le ciel et la terre se dessinent sous ces nombreuses nuances de formes et de beautés variées qui se succèdent et s'évanouissent peu à peu, laissant derrière elles des nuages légèrement vaporeux, que l'œil suit jusqu'à ce qu'ils se confondent avec les premières ombres de la nuit. Ce fut là toujours l'heure de ma prédilection, ainsi que de mes rêveries sous mon ciel tropical, en présence de cette nature dont le peintre le plus habile ne pourrait parvenir à rendre sur la toile la splendide beauté, le charme ravissant ! Mais, hélas ! maintenant dans un autre hémisphère, je cherche en vain le grandiose imposant de ces merveilles naturelles dont l'Italie elle-même, si généralement chantée, ne m'offrira peut-être qu'une pâle image. En la parcourant avec l'intérêt qu'elle m'inspire, je demanderai à ses prairies, à ses fleuves, à ses montagnes, à son ciel, une seule des inspirations que mon âme recevait sur le sol béni qu'on appelle Brésil !

Mais Gênes, cette première ville de l'Italie que j'ai saluée, va bientôt disparaître à mes yeux avec sa coquette ceinture de hautes collines parsemées de châteaux, d'églises, etc., d'où elle descend jusqu'à cette mer Ligurienne, si célèbre par les exploits guerriers et le grand génie commerçant des Génois de jadis. Ce port encore animé et couvert de navires, tout ce grand tableau se dessine maintenant sous un ciel bleu et resplendissant des traces fantastiques d'un magnifique coucher de soleil, et aux sons de divers instruments et de chansons nationales que nous font entendre quelques jeunes Génois des deux sexes, qui attendent à bord le signal du départ pour quitter les passagers dont ils sont venus provoquer la générosité.

Parmi les personnes embarquées à Gênes je remarque une jeune Polonaise qui va avec son père passer la semaine sainte à Rome, et quelques sœurs de charité dont le costume me cause une pénible émotion, comme il m'arrive toujours depuis quelque temps lorsque je l'aperçois. Maîtrisant mon émotion, j'ai pu cependant répondre au sympathique accueil que deux d'entre elles me firent en sachant par ma fille, avec qui elles causaient, que nous venions de Paris, et que nous y connaissions particulièrement la vé-

on ciel
le plus
endide
nt dans
se im-
même,
ne pâle
pire, je
lagnes,
ecevait

saluée,
cinture
s, etc.,
célèbre
ant des
navires;
un ciel
magni-
uments
nelques
e signal
venus

narque
emaine
le cos-
l'arrive
s. Mai-
u sym-
en sa-
venions
t la vé-

nérable supérieure des Petits-Ménages, ainsi que plusieurs sœurs du grand séminaire.

L'une de ces deux femmes m'inspire un vif intérêt. Quelques instants de conversation m'ont suffi pour découvrir en elle les qualités d'un grand cœur se dévouant aux souffrances de l'humanité.

La sœur Marguerite paraît avoir environ quarante ans, si je dois juger de son âge par sa fonction de supérieure d'une maison de sœurs à Pescia, et surtout par le degré de son érudition et de son expérience du cœur humain, révélées par sa conversation. Mais sa physionomie est si douce, son regard si pur, le son de sa voix si sonore, si frais, et sa parole si modeste, qu'elle semble toucher à peine à cet âge où la femme ressemble à une fleur embaumant l'air de ses premiers parfums.

LIVOURNE

Au bout de dix heures d'une heureuse navigation, nous arrivâmes dans le port de Livourne; notre but principal, en y descendant, était d'aller, en trente minutes, par le chemin de fer, saluer la patrie de Galilée.

Livourne, ville assez propre et très-commerçante, renferme environ 90,000 âmes. Elle n'offre, sous le rapport des arts, aucun intérêt. Ancien port romain, elle ne possède non plus aucun vestige de son antiquité. Ses rues sont très-bien pavées, et la *via Ferdinanda* est large et fort belle; c'est là que se trouvent les plus beaux magasins. Là, comme partout, circule une population active composée d'individus de plusieurs nations. Dans une partie de la ville s'étendent divers canaux qui transportent les marchandises jusqu'au devant des magasins.

Au milieu de ce « vaste et bruyant comptoir de nations diverses » que la liberté des cultes y attire, au milieu de cette prospérité matérielle, de cette réunion de mœurs et d'habitudes différentes, catholiques, protestantes, grecques, juives, arméniennes, et de ce mélange de costumes orientaux et européens, le voyageur se demande s'il se trouve ici, en effet, dans une ville de cette poétique et artistique Italie qui l'a si puissamment attiré?

Livourne, première ville de la Toscane que je visite, ne révèle aucun souvenir des grands génies qui ont honoré et immortalisé cette partie la plus intelligente et la plus docte de la péninsule!

Ville de calcul et d'argent, Livourne dédaigne les lettres et les arts; elle remplace la poésie par la prose positive de l'esprit de commerce, qui y brille et domine.

Après avoir fait notre prière dans la cathédrale, et avant de partir pour Pise, nous sommes entrées dans la synagogue des juifs.

C'est une des plus belles et des plus riches synagogues que j'aie vues.

Le peuple juif, quoi qu'on en dise de défavorable, m'a toujours vivement intéressée. L'antiquité et la force de ses croyances résistant intactes aux siècles et aux bouleversements des sociétés; la persévérance avec laquelle il a su garder sa foi à travers les persécutions les plus barbares et le mépris le plus injuste dont on l'a de tout temps accablé, m'ont toujours paru assez sacrées pour m'inspirer le respect le plus profond.

Il y a à Livourne plus de 15,000 juifs, dont une partie est fort riche, comme ils le deviennent en général presque partout, en s'adonnant au commerce.

Une des curiosités de Livourne que les guides ont hâte de faire voir aux étrangers, c'est la grande Citerne, immense réservoir des eaux des montagnes de Colognola, amenées dans la ville par un bel aqueduc. Cette œuvre gigantesque me rappela le dépôt des *Eaux libres* à Lisbonne, bien plus considérable que celui-ci.

Que de souvenirs se réveillèrent dans mon esprit à la pensée des six mois que j'ai passés avec mes deux enfants aux rives enchanteresses du majestueux et poétique Tage! En contemplant les eaux profondes de la citerne de Livourne, ma pensée voguait vers la jolie Lisbonne, et parcourait les sites qui m'y avaient autrefois le plus impressionnée.

Ma promenade sous les longues voûtes de ses immenses aqueducs, le murmure des eaux qui tant de fois me transporta en imagination aux sites pittoresques et toujours verdoyants où serpentent les gracieux aqueducs de la Tarioca, à Rio-Janeiro; mes excursions tantôt sur l'une, tantôt sur l'autre rive du Tage, embellies par la nature et par tant de souvenirs historiques; le fleuve, bleu doré sous les derniers rayons du soleil, superbe spectacle qui plus d'une fois ravit mon âme quand je le contemplais de la poétique Belem, et surtout du haut de cette œuvre unique de la nature qui s'élève à 4 lieues de la reine du Tage avec son château moresque, son ravissant palais, son ermitage, et toutes ces beautés à la fois sévères et riantes qu'on appelle *Cintra!* toutes ces magnificences se présentèrent à mon esprit, et me firent oublier pendant quelques instants que j'étais à Livourne, en face d'autres tableaux se déroulant à mes yeux sans pouvoir subjuguer mon imagination qui se retourne constamment vers le passé.

On voit à Livourne la statue de Ferdinand I⁰ représenté debout, ayant à ses pieds quatre esclaves enchaînés. Ces esclaves, qu'on dit modelés d'après un Turc et ses trois enfants faits prisonniers à la bataille de Lépante, et représentant ici, comme tant d'autres productions parcilles, la gloire aussi vaniteuse que barbare du vainqueur sur le vaincu, attirèrent mon attention.

La beauté du Tage et de ses rives, la poésie exquise de la ravissante Cintra, le souvenir intime de la montagne natale que j'ai tant aimée, firent placé dans mon esprit au souvenir d'un grand malheur national, auquel mon cœur a toujours profondément compati.

C'est le trop douloureux souvenir de l'esclavage que l'esprit despotique du vieux monde transmit aux plages heureuses de la libre Amérique!

Dans ce monde nouveau, où la nature a si prodiguemen répandu ses plus inépuisables trésors, où tout est fertile, grand et vigoureux comme l'élan de liberté qui secoua le joug européen, l'homme ne rougit pourtant pas de tolérer encore que cet esprit destructeur des plus saintes lois, ce funeste héritage du vieux monde, jette une tache odieuse sur l'œuvre grandiose qui s'accomplit dans ce vaste continent!...

O ma chère patrie, Éden de ce monde immense, extraordinaire, réapparu à l'œil ravi de Colomb, laisse, ah! laisse librement éclater de ta noble poitrine le cri humanitaire que tu y retiens avec peine en face des déplorables préjugés que t'ont transmis tes anciens dominateurs d'outre-mer! Sois conséquente avec les libres institutions qui te régissent, avec la religion que tu professes : brise, oh! brise les chaînes de tes esclaves! Rends-toi tout à fait digne, par cet acte de justice et de philanthropie, de la renommée de généreuse bonté que t'accordent ceux même qui méconnaissent tes autres vertus!

Il me semble entendre d'ici l'impudente voix de la cupidité qui cherche à étouffer les nobles élans en faveur de ses malheureuses victimes, en proclamant les soi-disant dangers auxquels tu t'exposerais par ce grand pas vers ta véritable prospérité : ne l'écoute point, cette voix, elle te trompe en t'effrayant, pour mieux servir son ambition et sa tyrannie !...

De sages mesures sont à prendre, et quelques-unes ont été déjà indiquées au sein de la représentation nationale par une noble voix qui s'éleva avec énergie en faveur des esclaves, et dont le souvenir restera comme un mouvement de gloire dans les annales futures !

De sages mesures sont à prendre, dis-je, pour éviter les résultats soi-disant dangereux de l'abolition de l'escla-vage.

Maîtres du Brésil, ce sol béni où vous respirez, montrez-vous-en dignes en faisant disparaître du milieu de vous la plus grande honte des peuples chrétiens ! honte qui enta-che encore vos fiers voisins du Nord, malgré les admirables progrès de leur génie entreprenant et progressiste. Cessez une horrible profanation de la nature humaine ; elle doit avoir tôt ou tard pour résultat de terribles représailles.

— La domesticité est une institution éternelle que l'hu-manité consacre en l'épurant. Mais l'esclavage est une œu-vre maudite par la science, la religion et la politique même. Il abrutit l'intelligence du maître, il corrompt son cœur, et tôt ou tard sa propre chair...

Malheur aux peuples qui repoussent le remède énergi-que appelé par ces horribles plaies que la cupidité et la luxure entretiennent au sein des populations insensées !

Si la révolte était jamais excusable, ne serait-ce pas quand elle a pour représentantes ces nobles races de sau-vages qu'on torture en les dégradant ?

Le seul moyen d'empêcher ces solutions violentes est, il me semble, de transformer l'esclavage en domesticité, en l'incorporant dans les familles. La solution de la question la plus redoutable du nouveau monde est donc bien simple. Aimez vos nègres, et ils vous serviront, non comme des brutes, mais comme des hommes libres et dévoués.

PISE

Bâtie sur les deux rives de l'Arno, dans une délicieuse plaine entourée des monts Pisans, à cinq milles de la mer, Pise, presque déserte aujourd'hui, ne conserve plus aucune physionomie de son ancienne gloire avant et pendant l'empire romain, et plus tard, lorsqu'elle devint la capitale d'une république florissante. Elle est là, maintenant, profondément endormie dans sa résignation depuis le commencement du seizième siècle ; à cette époque, elle se soumit à Florence après une longue résistance où les femmes pisanes elles-mêmes, telles que la grande héroïne Chinseca, se distinguèrent par leur bravoure patriotique.

L'origine de cette ville remonte à une grande antiquité. Selon quelques auteurs anciens, Pise existait déjà du temps de Deucalion, roi de la Thessalie, avant la guerre de Troie.

Elle fournit à Énée, dit-on, une troupe de mille guerriers choisis, et surpassa en bravoure toutes les villes étrusques qui portèrent secours à ce héros. Bien avant que le nom de Rome devînt célèbre, Pise était regardée comme une des plus considérables villes thyrréniennes.

L'histoire fait mention d'une première station des armées romaines à Pise au sixième siècle de sa fondation, non pas en conquérantes, mais en qualité de confédérées, pour empêcher les fréquentes invasions des Liguriens et des barbares que Carthage agitait secrètement contre les Romains.

Pline, Strabon et Virgile prétendent que cette ville fut

fondée par une colonie de Grecs venus de la ville de l'antique Pise dans le Péloponèse.

On n'y trouve plus aucun vestige des temples et des arcs de triomphe qu'Adrien et Antonin y firent élever.

Comme toutes les villes de l'Italie, à la chute de l'empire romain, elle fut ravagée par les barbares.

Tombée plus tard sous la domination des Lombards, Pise fut une des premières villes qui se présentèrent dans la lice pour reconquérir la liberté. Fidèle à ses traditions, elle fit preuve du génie guerrier que lui avaient communiqué les Étrusques et les Romains, et parvint par les exploits de ses habitants à se rendre redoutable en devenant, au treizième siècle, une des plus puissantes républiques de l'Italie. Les lettres et les arts vinrent y briller, et sa prépondérance artistique et scientifique marcha à l'égal de la prépondérance politique dont jouissaient alors les Pisans.

Par le contact des peuples d'Orient ils avaient connu les chefs-d'œuvre de l'antiquité, et leur commerce maritime, leurs guerres continuelles contre les Sarrasins et d'autres peuples, leur législation, valurent à leur cité l'honneur d'être appelée la première ville de la Toscane.

Mais la gloire qui est à son apogée descend bientôt quand elle n'a pour base que la guerre, cet esprit vorace et destructeur qui disparaîtra à mesure que les peuples se civiliseront, ce qu'il faut espérer pour l'honneur et pour le vrai bien de l'humanité. La guerre, cet horrible avorton des temps antiques, nourri par le préjugé dans le sein fertile du moyen âge, et entretenu par de mesquines ambitions et par de monstrueuses vanités dans les temps modernes, est le plus grand contre-sens de la doctrine régénératrice qui seule réussira à donner au monde la paix, en inspirant aux hommes le sincère amour des vertus dont la pratique les mettra facilement sur la voie du progrès et du véritable bonheur.

I.

«Allez, et portez à tous les peuples de la terre ma parole,»
a dit le Christ à ses apôtres. La parole, et non les armes ni
le feu, est donc seule appelée à relier les peuples et à les
faire fraterniser. Mais, hélas ! on a bien vu, et l'on voit encore, de nos jours, comment les nations dites chrétiennes
ont suivi et suivent ce sublime précepte !...

Une brillante aurore boréale verse des flots de lumière
sur la trop longue nuit de préjugés et de misères où se sont
plongés les hommes; et quelques esprits éclairés y voient
l'avant-coureur du soleil qui mûrira la semence jetée çà
et là par la philosophie dans le cœur des praticiens zélés
du principe humanitaire. La moisson sera riche et abondante, et, si les chrétiens par le baptême viennent en chrétiens de fait, c'est-à-dire en amis de l'humanité, y joindre leurs labeurs, ils seront les premiers à réaliser la grande
et charitable pensée renfermée dans le précepte du divin
maître.

Pise, si vivante, si glorieuse jadis, si abattue, si morne
aujourd'hui, possède encore parmi ses édifices quatre monuments, ou plutôt quatre immenses trésors de l'art : ce
sont le Dôme, le Baptistère, la Tour penchée, et le *Campo
Santo* (cimetière). Isolés sur une place déserte, à l'une des
extrémités de la ville, ces quatre monuments forment le
groupe le plus majestueux ; spécimen imposant du moyen
âge et de la renaissance, il révèle à l'esprit du contemplateur
le génie qui l'inspira. Le Dôme rappelle la fameuse bataille
gagnée par Orlandi, consul des Pisans, sur Robert, roi de
Sicile, car cette église fut dédiée à la Vierge en souvenir de
la victoire remportée par les braves Pisans.

Buschetto, ce célèbre artiste toscan, en fut le premier architecte ; Rivaldo le remplaça. La remarquable façade est
due à son génie ; « le premier en Italie il tira l'architecture
du misérable état où elle se trouvait alors. »

Ce magnifique temple, bâti sur l'emplacement où était jadis le palais de l'empereur Adrien, est construit tout entier en marbres précieux, et renferme une grande profusion de beautés d'art et de goût.

Ce n'est pas la sévère magnificence des cathédrales de Paris et de Cologne, de Westminster et de Saint-Paul à Londres, et de tant d'autres temples somptueux que j'avais admirés auparavant.

C'est l'Orient, l'antiquité réunie au génie européen du moyen âge et de la renaissance, contenu dans cette montagne de marbres si artistement travaillée, qui excita mon admiration et me fit concevoir la plus haute idée de l'art dans ces temps-là.

Le mouvement de la grande lampe de ce Dôme révéla, dit-on, à Galilée la mesure régulière du temps.

A côté du Dôme se trouve le Baptistère, petit édifice d'une grande beauté. Le nom de l'architecte pisan, Diotisalvi, restera impérissable comme cette production de son génie.

Le beau fonts baptismal s'élève au centre, posé sur une base de trois petits escaliers; c'est un bijou d'art. Les marbres blanc et bleu céleste, tout gravés ou sculptés dans les corniches et dans les compartiments où sont des rosaces saillantes en mosaïque de pierres blanche et bleue, produisent à l'œil l'effet le plus beau.

La chaire, œuvre de Nicolas de Pise, est encore un trésor de sculpture. Isolée, elle est soutenue par sept petites colonnes, dont six disposées à chacun des six angles, et une du milieu est posée sur le dos de quelques bêtes sauvages, et sur les épaules de figures d'hommes. Cette idée de l'artiste me parut assez bizarre: n'aurait-il pas voulu démontrer par cet assemblage (avec une impartialité qui ferait honneur à son génie) que l'homme est un des animaux les plus sauvages quand il lui manque la culture du cœur?

Lorenzino de Médicis, barbare civilisé, arracha les têtes à plusieurs des figures qui s'y trouvaient, et en orna son musée particulier.

En passant sous silence les autres merveilles de l'art que le Dôme et le Baptistère de Pise renferment, je consignerai ici un souvenir de l'auguste monument religieux dont la présence m'a le plus profondément impressionnée. C'est le *Campo-Santo*, l'ancien cimetière de Pise, cette majestueuse et magnifique enceinte, sans rivale dans le monde, où venaient jadis reposer du sommeil éternel les premiers comme les derniers des citoyens pisans. Rien de ce que j'avais admiré dans les autres cimetières, même les plus renommés, tels que le Père-Lachaise, ce vaste pêle-mêle d'orgueil et de misère, n'approche de la magnanime et religieuse pensée qui présida à la création du *Campo-Santo* de Pise. On n'y peut pénétrer sans se sentir saisi du plus profond respect pour le double génie de la religion et de l'art qui a créé cette merveilleuse réunion de somptuosité sévère et de simplicité, consacrée, au treizième siècle, par la république pisane à ses morts. On doit au grand sculpteur et architecte Jean de Pise le dessin et la direction de cet admirable monument, que plusieurs autres célèbres artistes concoururent à embellir de leurs productions. La plus noble et la plus austère simplicité règne dans son architecture, digne du pieux sujet qui l'inspira à l'artiste ; elle est en parfaite harmonie avec les chefs-d'œuvre que contient ce funèbre édifice.

Je me sentis tout émue en entrant dans ce sanctuaire de mort, orné d'amples terrasses, d'arcs délicats, de colonnes, d'armures recueillies de plusieurs braves, d'un grand nombre de sarcophages antiques, disposés dans un bel ordre; d'admirables peintures à demi effacées qui décorent les murailles intérieures, et de vastes corridors tout pavés de marbre, où se trouvent quantité de sépultures sur lesquelles marche le visiteur !

L'antiquité y a de précieux échantillons pour celui qui aime à en étudier les œuvres d'art, car on trouve dans cette enceinte une grande et rare collection de pièces de sculpture antique qui y ont été apportées de diverses parties de la ville et de la province. Après cela, Giotto, Buffalmacco, les Organga, Florentins, Simone Memmi, et Pierre Laurati, Antonio Veneziano, Spinello Aretino, Orvieto, et Benozzo Gozzoli, contemporains du célèbre Masaccio, premier maître de la peinture et grand architecte à la fois, y laissèrent par leurs œuvres l'empreinte de leur génie.

La description détaillée de cet admirable monument funèbre ne peut pas trouver place dans ces simples pages. Je signale à peine l'ensemble de tant de beautés réunies, dont plusieurs sont déjà altérées par le ravage du temps et des hommes.

La grande pensée du présent et le souvenir de tant de générations ensevelies entre ces murs remarquables m'occupèrent bien plus que les détails historiques de ce cimetière unique.

Gloires et misères humaines de ce fameux coin de terre y vinrent dormir ensemble après s'être épuisées dans ce rude combat qu'on appelle la vie !...

Quand mon âme, épuisée dans ce combat, s'envolera vers le sein du Créateur, c'est ici que je voudrais qu'on portât mes restes mortels, si je dois payer ce triste et inévitable tribut à la nature si loin de la tombe de ma sainte mère !

Livrée à ces idées mélancoliques, j'interrogeais en silence ces ogives, ces arcades, ces arceaux, ces pilastres, ces chapiteaux ornés de figures, ces murs dédaignés, ces sarcophages antiques, cette terre vénérée apportée par l'archevêque Ubaldo, au douzième siècle, du mont Calvaire, et placée dans la cour de ce funèbre édifice, où croissent des fleurs que de jeunes filles cueillent pour les offrir aux visiteurs; j'interrogeais, dis-je, toutes ces merveilles, tous ces chefs-d'œuvre des temps passés renfermant tant de grandeurs, tant d'espérances éteintes, et il me semblait entendre une voix lamentable sortir de ces sépulcres, qui me disait : « Ici se résument les gloires et la puissance pisanes ; ici, l'histoire de l'humanité !... Des conquêtes fameuses, des glorieux trophées, des grandes vertus et des grands vices se heurtant ou s'évitant dans ce monde où tu respires encore, voilà le résultat ! »

Et je fus saisie de tristesse en repassant dans mon esprit la cause principale du dépérissement moral des peuples du passé, et l'aveuglement des générations actuelles qui marchent dans les nouvelles voies ouvertes au progrès moderne en entretenant encore dans leur sein cette même cause, vieille plaie envenimée qui produisit partout la désolation et la mort des plus puissantes nations du monde ! J'interrompis le cours de mes réflexions, et je m'éloignai lentement de cet imposant lieu de repos, panthéon véritable élevé par le génie et la croyance religieuse des généreux Pisans à leurs morts.

La Tour penchée, admirable construction toute de marbre, dirigée par les deux architectes Bonanno, de Pise, et Guglielmo, d'Inspruck, dans le douzième siècle, offrit, à deux pas de là, une diversion aux sombres pensées dont je me trouvais saisie. En montant un escalier commode de marbre blanc, de 293 marches, nous nous trouvâmes au septième étage du fameux *Campanile*, ouvrage digne de ces temps où le véritable amour de l'art et de la poésie religieuse dans toute sa vigueur faisait de l'artiste un être presque divin en prodiguant au monde, avec une surprenante force virile, les gigantesques trésors de son génie.

Ici le souvenir de l'incomparable Galilée se réveilla dans mon esprit avec toute la gloire de la science que cet homme extraordinaire répandit sur le monde.

Si une corporation fanatique et barbare, qui fut trop longtemps le plus horrible fléau de l'humanité, chercha à éclipser le triomphe de la vérité que l'insigne astronome avait démontrée, ce triomphe ne fut que plus éclatant autour du vénérable savant soumis aux stupides exigences de ses persécuteurs de Rome, et alla retentir dans tout le monde scientifique.

Je contemplais la solitaire Pise du haut de cette tour, où le plus grand de ses fils, le créateur de la physique expérimentale, l'infatigable et heureux explorateur de la voûte céleste, était tant de fois monté pour calculer la chute des corps graves, expériences que favorisait l'inclinaison de cet édifice.

Le grand Galilée, sa vie, ses utiles découvertes, ses souffrances et ses triomphes absorbèrent seuls alors mon esprit, quand je montais ou que je descendais cette merveilleuse tour. Et quelle autre pensée mériterait plus d'occuper l'attention du voyageur arrivant à Pise, que celle du premier de ses grands hommes qui ouvrit à la science et à l'humanité une nouvelle route de progrès jusqu'alors inconnue? Dans l'Université, comme partout ici, cette pensée suit le visiteur, et jette une auréole brillante sur cette ville qui, dans sa décadence même, montre toute fière à l'univers cet astre apparu dans son horizon pour verser sur les hommes de nouveaux flots de lumière.

CIVITA-VECCHIA

Ici, plus encore qu'à Gênes et à Livourne, on éprouve l'ennui que donnent en Italie les passe-ports et les bagages ; cet ennui augmente lorsqu'on entre dans les États pontificaux. Une foule considérable de voyageurs de diverses nations descendit avec nous vers huit heures du matin, et en voilà onze qui sonnent sans qu'il y ait moyen de nous débarrasser encore des formalités qu'on exige ici des voyageurs avant de les laisser partir pour Rome, cette Rome qu'il me tarde tant de visiter !

Je viens de quitter cette chose qu'on appelle douane de Civita-Vecchia, et mes oreilles sont encore tout étourdies du vacarme qu'y faisaient les voyageurs, les employés, les *facchini*, allant et venant, et une foule de mendiants postés à la porte d'entrée avec des marchands d'oranges, les uns implorant la charité, les autres exhibant la supériorité des beaux fruits récemment cueillis à Palerme. C'est un pêle-mêle de voix de la part des employés demandant et rendant les bagages après les avoir visités, et tout cela sans ordre et avec une lenteur désespérante ! Ne voulant point aller d'ici à Rome en diligence, j'envoie chercher une voiture, et, pendant qu'on la préparera, je dirai quelques mots de ma courte et agréable traversée de Livourne à Civita-Vecchia, dont la vue ne m'offre aucun intérêt.

Le soleil venait à peine de se coucher lorsque nous quittâmes le port de Livourne, où nous étions retournées par le chemin de fer, revenant de Pise.

La Méditerranée était calme comme un lac dans sa sérénité, et me permit de rester sur le pont jusqu'à onze heures du soir, avec mon enfant et plusieurs dames qui s'y promenaient seules ou au bras de leurs maris. La lune brillait dans toute sa mélancolique splendeur, et se reflétait dans le sillage du navire en imprimant sur l'onde un aspect ravissant.

Appuyée sur la rampe du bâtiment, je contemplais ce spectacle avec un charme nouveau, car c'était la première fois que je me sentais tout à fait bien sur la mer. Je n'écoutais plus rien de la conversation qui se tenait près de moi.

Le chant d'une jeune femme dans cette langue musicale qui va jusqu'à l'âme, le son mélodieux d'une guitare dont on jouait sur le pont, et qui me rappelait une montagne mon pays, où tant de fois les douces harmonies tirées d'un instrument semblable au milieu du silence de la nuit m'avaient plongée dans une douce ou dans une amère mélancolie, selon la disposition de mon esprit; cette mer, ce bruit des roues, ce bateau qui m'éloignait de plus en plus d'un fils adoré, d'une chère famille; tout ce mouvement du bord éclairé par le brillant flambeau des nuits avait disposé mon âme à une profonde rêverie. Oh ! ma planète de prédilection, douce inspiratrice de ma jeunesse, que de pures sensations je te dois ! Toi, l'amie des jeux de ma soucieuse enfance dans les jardins embaumés de ma riante *Floresta ;* toi, le charme de mes nuits sans sommeil, la confidente des mystères de mon cœur pendant une longue et laborieuse vie, toi seule captivas mon esprit de Livourne à Civita-Vecchia.

Le bateau voguait tranquille comme un cygne sur les eaux, en laissant derrière lui deux larges rubans d'écume, et en étalant ses deux énormes panaches de noire fumée qui formaient dans l'espace les seuls nuages de cette nuit limpide à l'air pur et caressant.

L'île d'Elbe, avec son phare et son grand fantôme historique, s'était montrée à nos yeux sous ce ciel serein et calme, qui contrastait si fort avec le souvenir qu'elle éveilla dans mon esprit de la tempête des cent-jours, dernière gloire du fameux despote moderne, et de l'affreux carnage qui la termina !...

ROME

UNE PREMIÈRE NUIT A ROME

Rome!... que de grands, de pieux, mais aussi que d'effrayants souvenirs ce seul nom réveille dans l'esprit !

Et si, loin de cette fameuse métropole du monde catholique, ces souvenirs occupent profondément tous ceux qui ont médité sur son histoire, que sera-ce donc quand on se trouve sur le sol même où s'accomplirent tant de choses surprenantes et inouïes! où un seul peuple décidait en maître du sort de tous les autres peuples, et parvint, par la supériorité de son génie guerrier, à s'élever au plus haut degré de gloire que puisse rêver l'esprit humain !

Mais où est maintenant ce peuple, son noble patriotisme, ses grands faits d'armes, ses triomphes glorieux dont toute la terre retentissait jadis?

Où sont aussi ces âmes d'élite, ces sublimes martyrs qui vinrent depuis y faire éclore une nouvelle ère et remporter dans la ville éternelle de nouveaux et éclatants triomphes?

Cherchez-les dans l'histoire.....

Me voilà donc arrivée dans cette ville dont j'ai toujours rêvé la beauté et la grandeur éteintes. Avec quel intérêt, quel empressement je vais la parcourir, la contempler !

Après un ennuyeux trajet de sept heures par une route

aride et déserte (1), nous franchîmes la porte *Cavaliere*, les arcades de Bernin, et, traversant l'ancienne *Transtevere*, le pont Saint-Ange, etc., nous descendîmes, mon enfant et moi, à l'hôtel de la Minerve, où nous eûmes de la peine à nous installer commodément, tant la foule d'étrangers arrivés en même temps que nous était considérable.

Malgré l'impression désagréable que produisit sur moi la route triste et couverte de poussière que je venais de suivre, et la vue de Rome si dépoétisante pour qui y entre par la route de Civita-Vecchia, je n'ai pu apercevoir la coupole de Saint-Pierre sans éprouver une certaine émotion qui ne fut pourtant pas si profonde que je me l'étais figuré.

C'est peut-être au vol hasardeux de mon imagination, si prompte à surfaire la grandeur réelle des œuvres humaines, que je dois attribuer mon désenchantement lorsque j'aperçus le fameux Vatican, masqué par des constructions qui m'ont semblé de très-mauvais goût.

Donnant une larme à ma tendre mère dans cette première nuit de mon séjour sous le ciel qui couvre la terre des Cornélia, des Véturia et des Porcia, je tâche de faire diversion à mon désappointement en entrant dans la ville éternelle, laissant ma pensée remonter librement vers d'autres temps, vers d'autres générations où se trouvaient la force, l'héroïsme de ce grand peuple déchu.

L'ombre noircie du Panthéon d'Agrippa sous Auguste se dresse là, à quelques pas de ma fenêtre ; sa vue transporte mon esprit vers ces époques reculées où Rome était encore Rome, sinon dans les mœurs sévères de sa grande et redoutable république, du moins dans toute la gloire que ce nom rappelle à notre esprit. Je m'imagine voir, ici, la longue et terrible agonie de cette république expirant avec

(1) Au moment où nous publions ces pages, un chemin de fer conduit en deux heures les voyageurs de Civita-Vecchia à Rome.

ses derniers grands héros, le sévère Caton, l'intrépide Brutus, se dépouillant d'une vie qu'ils croyaient ne pouvoir plus servir à affranchir leur patrie d'un honteux esclavage ; là, les fêtes splendides au retour des tyrans vainqueurs surnommés les Pères de la patrie, qui, après avoir répandu partout le sang de l'humanité, venaient l'un après l'autre, tout enivrés de leur gloire, recevoir les ovations enthousiastes du peuple-roi, déjà amolli par le luxe et s'acheminant à grands pas vers sa décadence ! Faisant ombre aux traits d'héroïsme et de vertu accomplis çà et là par des cœurs palpitants encore du véritable amour de la liberté, je vois surgir Antoine, Lépide et Octave, ces trois tyrans de leur patrie, se disputant entre eux l'empire du monde par les diverses routes que leur frayait leur ambition cruelle et démesurée.

Et puis le célèbre, le puissant avorton de ce second triumvirat, de si funeste mémoire, rentrant en triomphe, sous le nom d'Auguste, dans cette ville à l'apogée de sa magnificence, et y recevant du sénat et du peuple tous les honneurs auxquels peut aspirer le rêve d'un homme ici-bas ! Tout ce grand siècle dit d'Auguste, les grandes victoires remportées par les armes romaines sous ce deuxième César, devenu humain de cruel qu'il était, se représentaient vivement à mon esprit, ainsi que cet admirable repentir ou cette longue et constante dissimulation de quarante-six ans, si éloquemment révélée dans la demande qu'il fit, dit-on, peu d'instants avant de mourir, à ses amis réunis près de son lit : « Ai-je bien joué mon rôle dans la vie ? » Et comme on lui répondit qu'on ne pourrait faire mieux : « Eh bien, ajouta-t-il, applaudissez-moi. »

Et en effet, non-seulement il fut entouré de tous les honneurs d'une suprême puissance pendant sa vie, et fut chanté par les deux plus grands poëtes de son temps, le

peuple romain alla encore, dans son adulation, jusqu'à lui
rendre les honneurs divins après sa mort!

Mais la postérité, ce juge impartial et incorruptible, a
marqué à ce fameux empereur la véritable place qu'il doit
occuper dans l'histoire.

Cependant, si son inaltérable douceur en gouvernant le
plus grand peuple de la terre ne peut effacer le souvenir
des cruautés d'Octave, ni lui faire pardonner ses erreurs
comme Auguste César, les cœurs compatissants doivent le
plaindre pour les chagrins domestiques qui lui rongèrent
le cœur au milieu de cette brillante auréole de gloire publique qui l'entoura pendant toute sa vie. A l'historien, la
sévère impartialité, quand il fait le récit des actions des
hommes célèbres et de leurs conséquences ; à la femme
qui écrit à peine ses impressions de voyage, la simple et discrète esquisse de ce qui touche à leurs défauts, et l'indulgence dans l'appréciation des résultats.

De même que la vue de la coupole du Panthéon réveilla
dans mon esprit le souvenir de celui qui fit terminer et embellir ce monument magnifique, l'aspect de cette ville endormie si profondément à cette heure me représente
l'ombre des formidables guerriers, y compris le grand
tueur de la grande république, à la voix desquels les aigles
volaient d'un bout à l'autre du monde, portant la terreur
chez tous les peuples, et rapportant ici la victoire en
triomphe.

Avec les immenses richesses arrachées aux nations vain-
cues, on éleva de superbes, d'innombrables monuments, et
les lettres ainsi que les œuvres d'art furent réunies et dirigées
à Rome pour attirer aussi au-dedans l'admiration qu'elle
inspirait au dehors. Mais le luxe et les dissensions intestines, ces cancers destructeurs de la force des nations,
ayant précédé et suivi les ravages des barbares, creusèrent,

déjà bien avant ceux-ci, l'abîme où s'engloutit la virile, la fameuse, la surprenante Rome, sur les ruines de laquelle s'élève cette autre Rome, sombre et triste comme la nuit qui l'enveloppe maintenant !

La nuit commençait à disparaître, chassée par les premières lueurs de l'aurore. La *morte Rome*, toute majestueuse encore dans son double linceul de beauté et de gloire, se montrait vaguement sous le crépuscule du matin.

Accoudée sur une fenêtre de ma chambre, je regardais tour à tour, plongés dans la pénombre, et le Panthéon et l'église de Sainte-Marie bâtie sur les ruines de l'ancien temple de Minerve.

Le paganisme et le christianisme ; l'ancienne et la moderne Rome, se dessinaient près de moi, dans ces deux édifices qui me racontaient, au milieu du silence dont j'étais environnée, tant de choses diverses !

Quelles furent les réflexions qui arrêtèrent ma pensée, et subjuguèrent le plus mon esprit ? Je ne saurais les décrire...

Après une nuit de veille, le sommeil s'empara de moi, et je m'endormis profondément.

RÊVE

Un vénérable vieillard me tendit la main en me disant d'une voix sympathique : « Femme à l'imagination tropicale, qui as si longtemps rêvé, sur les bords de la majestueuse Guanabara, aux ruines sacrées qui bordent ce Tibre chétif, viens, suis-moi ; je veux lever à tes yeux américains le suaire qui couvre cette nation élevée jadis par le génie républicain au plus haut degré de gloire que l'ambition des tyrans ait fait décliner et ait anéantie... Viens, ne crains pas de me suivre : je suis Cincinnatus. »

A ce nom, je me sentis rassurée, et je me rendis confiante à l'appel du plus digne citoyen que Rome ait vu naître dans les premiers temps de sa grandeur.

Une plaine immense et solitaire, ondulante comme les vagues de la mer, se déploya alors à mes yeux; tout y respirait désolation et tristesse! Mais cette solitude, cette désolation, cette tristesse, avaient un air de souveraine majesté.

L'écho de mille voix confuses sortait des entrailles de la vaste plaine que mon guide et moi nous foulions ensemble... « Entends-tu ces sons mêlés de plainte et de colère? me dit-il en se tournant vers moi. Ce sont les accents des anciens despotes de la ville reine, et ceux de leurs innombrables victimes qui se rencontrent et se heurtent sous cette vaste enceinte que ton regard embrasse à peine! Chaque brin d'herbe qui y végète marque la place d'un héros tombé, d'un exploit accompli, d'un chef-d'œuvre enseveli, d'une larme versée.... Mais ne t'arrête pas à écouter la voix des passions et les clameurs de peuples qui ne sont plus. Dans le siècle où tu vis, d'autres voix semblables, d'autres semblables clameurs se font partout entendre... La société change, l'homme reste toujours le même.

« Tourne toute ton attention vers cette partie que je découvre à tes yeux; vois et contemple... »

Et j'aperçus, au milieu de la plaine où nous nous trouvions alors, un arbre gigantesque dont les branches horizontales s'étendaient à perte de vue!

« Voilà devant toi l'arbre de l'ère nouvelle, me dit encore mon guide. Des martyrs l'arrosèrent de leur sang, et ses branches s'étendent vers le monde entier en y portant leurs fruits. Mais approche de son tronc, et regarde... »

Et j'ai regardé, et j'ai vu, avec autant de dégoût que de frayeur, entourant ce tronc énorme, et montant en essaim

jusqu'aux feuilles encore vertes, mais tombant déjà par
morceaux, un nuage épais de vers rongeurs!!!

Il y en avait de toutes les couleurs, de rouges, de blancs
de gris, de violets... : les premiers se tenaient à la base de
l'arbre, et y déployaient leur talent destructeur pour jouir
amplement et en repos des avantages que leur donnait
leur position sur les autres; ceux-ci allaient, ceux-là
venaient en s'accrochant avec plus ou moins de peine sur
les branches qu'ils ravageaient lentement, mais avec persévérance!

L'étonnement et la pitié succédèrent à l'horreur dans
mon esprit, et se peignirent tour à tour sur ma physionomie, à l'aspect de cet arbre surprenant, tout chargé encore
de beaux fruits, et exposé à un prochain dépérissement par
la voracité de ces milliers de parasites.

Mon guide s'en aperçut, et me dit d'un air compatissant :

« Ton étonnement et ta pitié, aussi bien que ton horreur,
sont fondés, oh! fille du nouveau monde au vaste et limpide horizon, d'où surgira radieux l'astre du progrès, enveloppé encore comme d'un épais brouillard par l'égoïsme
mesquin de nos vieilles générations épuisées! Jamais une
œuvre si belle, si grandiose de la création, ne s'était présentée à tes yeux au milieu de la superbe nature de ton
pays! Mais aussi, ni là, ni ailleurs dans toute la terre,
aucun cultivateur ne fut jamais, comme ici, le destructeur
acharné de son propre ouvrage! Tu as raison de te prendre
de pitié en voyant l'abandon où se trouve ce sublime colosse tombant en ruine à cause de ces vers qui boivent sa
sève, tandis que les multitudes se nourrissent encore de ses
fruits!...

« De l'aberration étrange de l'esprit humain tu vois ici
l'exemple le plus palpitant, le plus douloureux peut-être!

I.

3

« Dans cette vaste enceinte, maintenant déserte et triste, fleurirent jadis les œuvres surprenantes du plus grand peuple de la terre, que les hommes qui vinrent après nommèrent païens. Les temples de ses dieux furent détruits, ses nombreux monuments et ses prodigieux chefs-d'œuvre méprisés furent engloutis sous la terre, des siècles passèrent sans qu'on cherchât à s'occuper de leur histoire ! Un nouveau principe était venu apporter à l'homme la lumière qui devait le guider dans les ténèbres où l'on prétendait qu'il avait été plongé jusque-là ! Ce principe était grand, profond, juste, et le plus conforme peut-être au progrès et au bonheur de l'humanité : il émanait d'une intelligence suprême, d'un cœur divinisé par l'abnégation la plus complète.

« De grands esprits, des âmes pieuses le soutinrent, ce principe, et le propagèrent avec fruit, tant que les exemples donnés par eux s'accordèrent avec leur théorie, tant que leurs successeurs ne le dépouillèrent pas de sa sublime simplicité pour le dénaturer en l'entourant de vaines formules, en sacrifiant la vérité et la justice aux intérêts de corporation.

« Mais, en s'écartant de plus en plus de la route indiquée par la sainte philosophie, les propagateurs de ce principe tombèrent dans certaines erreurs du paganisme, tout en se croyant supérieurs à ceux qui suivaient encore cette religion.

« Les païens servaient les dieux de leurs ancêtres, dans les principes desquels ils étaient nés et élevés ; ils les soutenaient, c'était juste.

« Ceux qui prêchent le nouveau s'égarent en général des pratiques que leur avait transmises son fondateur, forment par calcul, bien plus souvent que par vocation, des vœux qu'ils sont sûrs d'avance de ne pouvoir accomplir, rendent

stériles les liens sacrés de la famille, et, pour dérober à la
société la connaissance de leur faiblesse, exploitent avec
adresse le champ de toutes les passions condamnables,
profanant de la sorte la sainteté du caractère dont ils étaient
revêtus, et détruisent eux-mêmes leur propre ouvrage avec
un aveuglement déplorable !

« Je ne te parlerai pas, ajouta mon guide, des flots de
sang humain qu'ils ont versés pour plaire soi-disant à leur
Dieu, qu'ils font bien plus implacable que nous ne fîmes
jamais les nôtres ! L'histoire est là pour te montrer leurs
contradictions inouïes, labyrinthe où ils se sont engagés en
perdant le fil du grand principe dont ils se disent encore
les propagateurs zélés.

« Voilà le symbole de leur zèle religieux pour ce principe, que tu pourras étudier à Rome mieux qu'ailleurs... »

Et, m'indiquant l'arbre gigantesque et bizarre en face duquel nous nous étions arrêtés, mon guide disparut, et je me
réveillai en sursaut.

Les rayons du premier soleil que je saluais à Rome caressaient ma chevelure et inondaient ma chambre. J'avais besoin de cette bonne chaleur après la fraîcheur de la nuit et
les impressions que j'avais éprouvées.

Le rêve que je venais de faire me laissa dans l'âme une
profonde impression. Il me semblait voir encore la figure
vénérable du noble cultivateur des champs qui inter-
rompait à regret ses travaux, et revêtait les insignes du
dictateur pour sauver la patrie. Ses paroles, prononcées
avec tant de gravité et d'éloquente assurance, retentissaient
encore à mes oreilles quand je me dirigeai vers le Panthéon, premier monument de la vieille Rome que j'aie
voulu visiter.

On célébrait le sacrifice de la messe sur un des autels

dressés tout autour de l'intérieur de cette superbe rotonde dépouillée de ses magnifiques ornements, mais attestant encore dans sa nudité même, et malgré sa transformation, la grandeur du génie romain vers l'époque de sa décadence. C'est le plus parfait monument, dit-on, que nous ait transmis l'antique Rome.

Je n'ai pu franchir son portique sans éprouver de l'émotion à l'aspect imposant de cet édifice noirci par les siècles, et dévasté encore par les modernes, qui, dans leur fureur de tout transformer à leur guise, n'ont point respecté les quelques admirables œuvres des anciens que le temps et les barbares eux-mêmes semblaient avoir épargnées pour transmettre aux pygmées des générations qui venaient une idée des conceptions géantes des peuples du passé.

La voûte hardie du Panthéon frappe d'admiration le spectateur. Une ouverture circulaire, pratiquée au milieu de cette voûte, communique la lumière au temple, qui n'a aucune fenêtre, et contient maintenant des chapelles tout autour.

Ma fille et moi nous nous approchâmes de la troisième de ces chapelles, à gauche de laquelle est enterré le divin peintre. Nous y déposâmes un bouquet de fraîches roses, emblème de la suavité que respirent les figures de ses madones.

C'était peut-être la première main brésilienne rendant au génie de la peinture cet humble hommage, qui fut suivi de nos vœux ardents pour que notre patrie puisse un jour se glorifier d'avoir produit un autre Raphaël.

Le 18 octobre 1833, les ossements de l'immortel peintre, qui venaient d'être découverts, y furent replacés en grande pompe; avant qu'ils fussent retrouvés, on faisait passer le crâne d'un autre pour le sien.

Le célèbre Gall, admirant à Rome le crâne prétendu de

Raphaël, croyait trouver, disait-il, les lignes caractéristiques du grand génie auquel, selon une fausse supposition, il avait appartenu.

C'est ainsi qu'on se trompe souvent sur les recherches des choses du passé, et que l'on commet de grossières erreurs qui passent pour des vérités parmi des générations entières !

Annibal Carrache et d'autres grands artistes dorment aussi au Panthéon, et, selon l'expression d'un écrivain, y font cortége au grand maître. Le buste de celui-ci, comme ceux des autres artistes, furent enlevés de ce temple par « un excès de zèle dévot, » qui ne s'étendit pas cependant à bien d'autres bustes et à d'autres portraits dont on a décoré certaines églises, et qui y sont bien plus déplacés que le buste de Raphaël ne l'était au Panthéon de Rome.

On remarque encore dans une niche près de cette tombe modeste, mais si grande par le souvenir de celui qui la remplit, la statue de la Vierge appelée *Madona del Sasso*, faite par un des premiers élèves du divin peintre.

Urbain VIII dépouilla cet édifice magnifique de ses précieux ornements, et le nom de la famille Barberini, à laquelle il appartenait, mériterait ainsi que bien d'autres noms d'être rapproché de celui des barbares.

SAINT-PIERRE

Après avoir visité le Panthéon, ce fut la somptueuse basilique de Saint-Pierre qui attira d'abord mon attention. Mgr N***, qui avait fait le voyage avec nous de Gênes à Rome, vint nous rendre visite et m'offrit gracieusement de nous accompagner cette première fois à Saint-Pierre pour nous la faire voir en détail. Mais cette immense basi-

lique, la beauté de ses proportions, la richesse et l'élégance
de ses ornements, ne peuvent être bien vues et encore moins
appréciées qu'après plusieurs visites. Les artistes et ceux qui
se permettent de juger comme tels les œuvres d'art, se
sont beaucoup occupés d'analyser et de critiquer les détails
de ce majestueux édifice, ouvrage de plusieurs architectes
célèbres, parmi lesquels resplendit le puissant génie de
Michel-Ange.

Pour moi, humble appréciatrice de pareilles productions,
je suis plus frappée de leur ensemble que de leurs détails.
Le grandiose seul fait toujours sur mon esprit une subite
et profonde impression. Les choses simplement belles,
sur lesquelles la grandeur n'a point laissé son empreinte,
me charment, me touchent, m'intéressent, mais n'excitent
jamais mon enthousiasme.

C'est là sans doute un défaut de mon organisation tant
pour les choses physiques que pour les choses immaté-
rielles.

Ainsi ce fut le grandiose ensemble de l'intérieur de cette
basilique sans rivale qui excita le plus mon admiration.

En descendant sur la place formée par la colonnade en
hémicycle de Bernin, ornée de deux belles fontaines, d'un
superbe obélisque et de deux statues colossales de marbre, représentant saint Pierre et saint Paul, nous montâmes les escaliers qui conduisent à l'entrée du portique.

Dans la balustrade qui termine l'attique, M⁚ʳ N⁺⁺⁺
s'arrêta un instant pour regarder les treize statues représentant Jésus-Christ et les Apôtres, ainsi que les statues
équestres de Constantin le Grand et de Charlemagne, placées aux deux extrémités sous le portique.

Pensant aux tristes victimes qui reçurent le martyre dans
le cirque de Néron, jadis à cette même place qu'occupe
maintenant la somptueuse métropole, j'ai pénétré dans cet

admirable temple, où l'esprit est saisi des gigantesques proportions que présente tout ce qu'il contient. La grande coupole surtout, qui surmonte la Confession de Saint-Pierre, attire d'abord l'attention du visiteur.

On appelle *Confession* le tombeau qui renferme une partie des restes mortels de ce saint.

Cent quarante-deux lampes toujours allumées, supportées par des plaques de bronze doré, entourent la balustrade circulaire de marbre, par le milieu de laquelle on descend au tombeau, et lui donnent un aspect à la fois splendide et mélancolique. Lorsqu'on franchit le seuil de la grande porte qui donne entrée dans la nef principale, cet aspect a quelque chose de féerique !

Laissant à droite et à gauche les chapelles contenant de grandes beautés, entre autres celles de la Piété et des fonts baptismaux, dans lesquelles se trouvent le magnifique groupe de Michel-Ange, et l'urne de porphyre qui servit de couvercle au sarcophage d'Othon II, nous nous dirigeâmes vers la Confession. Au-dessus est placé le maître-autel isolé sous un magnifique baldaquin, tout en bronze doré, dont les riches colonnes torses d'ordre composite avaient été enlevées au Panthéon.

Nous descendîmes par un double escalier à la Confession, où est placée la statue de Pie VI, sculptée par Canova, et représenté à genoux devant l'autel. De là on aperçoit le tombeau qui renferme la moitié du corps de l'apôtre. On le voit à travers une grille. En m'approchant de cette grille, je fus saisie d'une profond sentiment religieux ; je tombais à genoux sur la marche d'où l'on regarde la châsse du martyr, et je priai avec ferveur.

Ô ma mère, tu te présentas plus vivement que jamais à mon esprit, sous la forme angélique que tu prenais en priant près des autels.

Pleine de foi dans ton extase religieuse, ton âme semblait déjà jouir de toutes les délices célestes, quand ton
corps était encore attaché à la terre, cet exil si doux et si
amer! Tu étais là en ce moment à mes côtés; nos prières se
confondaient ensemble pour nos êtres aimés.

La présence de cette chère enfant agenouillée à mes
côtés, et que tu as tant aimée, la vue de ce tombeau attestant la grandeur du christianisme, et réveillant dans mon
âme tes croyances inébranlables, me rapprochèrent d'une
manière presque visible de toi, ô ma mère, et m'émurent
jusqu'aux larmes....

Et en sortant, cette première fois, de la grandiose basilique de Saint-Pierre, j'étais plus touchée qu'il ne fallait
pour bien juger de ses beautés innombrables.

Mgr N***, qui semblait plus préoccupé de toute autre
grande œuvre que de celle que nous étions allés admirer
ensemble, s'offrit encore pour nous mener voir la bibliothèque du Vatican. Mais, comme je lui dis que j'avais besoin de me recueillir après l'impression que je venais de
recevoir, il me demanda la permission de me présenter le
lendemain un célèbre artiste romain son ami; prenant
congé de nous, il entra au Vatican, et nous montâmes en
voiture pour regagner notre hôtel.

LE MERCREDI SAINT

Nous venons d'entendre à la chapelle Sixtine le fameux
Miserere dont on m'avait toujours parlé avec un vif enthousiasme. En effet, jamais si harmonieuses notes de musique
sacrée n'avaient frappé mes oreilles; jamais voix d'hommes
sous les voûtes d'un temple n'avaient produit sur mon âme
une si profonde impression! Étais-je dans cette célèbre
chapelle, sublime production de Michel-Ange, en face de

Pie IX et de sa cour, de riches cardinaux, ou bien dans des régions inconnues où mon esprit cherchait à saisir le sens indéfinissable des idées que ces chants m'inspiraient? Ce qui est certain, c'est que pendant quelques instants j'oubliai complétement et passions et combats, et plaisirs fugitifs, et chagrins persistants qui constituent la vie.

Une belle et gracieuse dame allemande, avec qui j'avais pris plaisir à causer avant que les psaumes fussent commencés, remarqua mon émotion, et ce fut là un lien sympathique qui nous attacha un moment l'une à l'autre, car ce chant harmonieux produisit sur nos âmes la même impression. J'étais à côté de la poétique et méditative Allemagne, et j'entendais la meilleure musique du monde sous la voûte de la chapelle Sixtine. Cette harmonie du sentiment et de l'esprit dans une heure de recueillement me fit goûter un charme aussi exquis que nouveau pour moi.

La tribune des princesses romaines, tout à côté des places réservées où nous nous trouvions, était occupée aujourd'hui par deux petits princes allemands et leur suite. Tout le monde la regardait, excepté la charmante Allemande, qui était plongée dans ses méditations.

Derrière nous se trouvaient deux dames françaises, dont le chuchotement continuel finit par l'en distraire. Elles paraissaient ravies en entendant ces voix d'hommes qui formaient à elles seules l'orchestre le plus harmonieux. Ces dames faisaient tout bas plusieurs exclamations accompagnées de ce geste gracieusement expressif dont les femmes de leur nation savent si bien se servir pour traduire les sentiments ou les suppléer.

Ma jeune Allemande ne disait rien, mais elle paraissait sentir profondément, et me regardait parfois : ce regard seul renfermait toute l'expression du sentiment que nos voisines se donnaient tant de peine pour exprimer.

Ce fut encore là une petite étude que me fournirent la femme allemande et la femme française sur le caractère de leur nation.

Retournées à l'hôtel, nous trouvâmes à la table d'hôte, servie pour plus de deux cents couverts, plusieurs dames et messieurs qui venaient, comme nous, d'assister à la même solennité. Hommes et femmes exprimaient sans contrainte les impressions qu'ils avaient reçues dans la chapelle Sixtine ; quelques-unes de ces dernières donnèrent alors un libre cours à leurs exclamations contenues pendant la cérémonie qui les avait plus ou moins touchées. Chacune faisait une remarque différente sur la voix féminine des braves chanteurs, sur le pape, sur sa brillante cour, et enfin sur tout ce qui les avait le plus frappées.

Il eût été facile à celui même qui n'aurait pas compris d'autre langue que la sienne de reconnaître les Françaises parmi les Allemandes, les Anglaises, les Américaines, les Polonaises, les Espagnoles qui se trouvaient là.

Quelques paroles prononcées en portugais à peu de distance de moi me firent tressaillir de plaisir : il est si doux, pour l'étranger loin de sa patrie, le son de l'idiome maternel qui vient frapper son oreille ! Je détournai mon attention de toutes les réflexions qui se croisaient autour de moi, et je pensais à mes bonnes réunions brésiliennes, où les trésors du cœur sont spontanément répandus avec prodigalité dans la noble langue d'Alexandre Herculano, avec cette douce inflexion de voix que lui donne l'atmosphère brésilienne. Je reconnus de suite que les deux personnes dont les paroles avaient attiré mon attention étaient nées, l'une en Portugal, l'autre au Brésil. C'étaient deux voyageurs : le Brésilien, venant de visiter Jérusalem et les pyramides d'Égypte, retourne maintenant à Rio-Janeiro, où il est né ; je ne le connaissais pas personnellement, mais, sachant que j'étais la sœur d'un ami de son frère, il vint me parler avec une aimable politesse.

Le Portugais, récemment vicomte, que naguère j'avais vu commis dans une maison de commerce, parut saisi d'une indisposition subite, et quitta la table avant la fin du dîner.

Une dame anglaise qui, comme moi, voyage seule avec sa fille, et qui dîne habituellement vis-à-vis de nous, m'entretenait, en ce moment, de son désir de connaître ma patrie.

Je sortais de table lorsqu'un domestique m'annonça la visite d'une des familles de Rome à qui nous avions été recommandées, et dont la conversation m'intéresse autant qu'elle m'instruit sur beaucoup de choses que je tenais à connaître sur Rome. Certains renseignements donnés par des personnes sérieuses sur les mœurs et les habitudes de leur pays, dans lequel nous venons d'arriver, ne peuvent que nous être utiles, si nous voulons y rester, ou bien nous éclairer dans nos propres recherches pour en parler avec justesse.

Quelques instants après, M⸢gr⸣ N*** entra en nous amenant l'artiste dont il m'avait parlé. La conversation devint générale; on parla de la cérémonie qui venait d'avoir lieu, de celles qui allaient se suivre, et des nombreux objets intéressants que Rome offre à la curiosité des étrangers.

Puis M⸢gr⸣ N***, homme assez instruit, mais en apparence un peu distrait, causa gaiement et à la fois de son voyage en Égypte, du Brésil, sur lequel il nous demanda divers renseignements, et enfin du besoin de la confession. Traitant ce sujet d'un ton qui me parut peu grave chez un personnage de l'Église, il dit à ma fille : « Je veux être votre confesseur à Rome. »

— « Pardon, Monseigneur, je ne voudrais pas me confesser

à vous, » répondit promptement celle-ci avec une naïve
spontanéité qui déconcerta un peu l'homme du monde, faisant un moment l'homme du Seigneur. « Tiens ! observa-t-il
en reprenant contenance et en se dirigeant vers moi, cette
enfant ne voudrait pas de moi pour confesseur ! pourquoi
cela, s'il vous plaît? » — « Les pourquoi sont bien difficiles
quelquefois à expliquer, Monseigneur. Du reste, en matière
de conscience on doit laisser toute liberté aux esprits. Heureusement nous ne sommes plus dans les temps *du fameux
Saint-Office*, ajoutai-je en riant : cette enfant ne pourra pas
m'être enlevée à cause de sa franchise. »

Les personnes qui se trouvaient avec nous firent, en
plaisantant, quelques réflexions pour appuyer la mienne,
et notre savant visiteur finit par rire lui-même de la réponse de mon enfant.

5 avril.

Les cérémonies de la semaine sainte sont terminées;
Rome y a déployé toute la magnificence du catholicisme.

D'innombrables étrangers de toutes les nations du monde
accourent ici pour assister à ces cérémonies à Saint-Pierre,
qu'ils préfèrent à toute autre église, car c'est là que le pape
et les cardinaux se tiennent dans ces jours de solennité.

Expliquerai-je ici l'impression que me laissa la semaine
sainte à Rome?... Non, je ne dois pas le faire.

Sous la voûte de la splendide basilique de Saint-Pierre,
tout est grand, imposant, solennel, excepté le recueillement
du peuple qui s'y rassemble dans de tels jours. La foule en
est si considérable, si compacte, que ceux mêmes, qui,
comme nous, ont eu des billets pour les places réservées,
sont exposés à être écrasés dans les passages où le monde
se presse. On donne plus de billets qu'il n'y a de places, et
souvent, quand on parvient à franchir les entrées parmi

les gardes qui ne peuvent contenir la foule, on se trouve au milieu d'une vague de peuple toujours croissante que l'on a peine à surmonter.

Le jeudi saint, après la cérémonie de la *lavanda*, où le pape lava avec une humilité tout évangélique les pieds de douze pauvres prêtres, lorsque la foule se dirigeait à la chapelle Sixtine pour voir le souper servi aux mêmes pauvres par le pape, elle se pressa tellement à l'entrée de la chapelle Pauline, que des cris étouffés sortirent de différentes poitrines! Nous étions déjà à nos places, et nous apprîmes plus tard que plusieurs personnes s'étaient trouvées mal.

Ce désordre ôte toute idée du lieu où l'on est et du but qui y amène le fidèle; il donne de fâcheuses distractions où les chrétiens devraient avoir une contenance digne de la pensée qui les y conduit.

Je ne sais si dans les temples du paganisme il y eût jamais une confusion et une irrévérence comparables à celles qu'on voit dans ces jours à Saint-Pierre. J'y ai vu même des personnes qui, s'y rendant de très-bonne heure pour mieux se placer, emportaient de quoi manger pendant qu'elles étaient dans l'église.

Qu'on ne juge pas cependant du peuple italien d'après une telle profanation; car, dans les jours de la semaine sainte, Rome est envahie par toute sorte d'étrangers de diverses croyances que la curiosité plus que l'esprit religieux attire dans la métropole du monde catholique.

Cette réflexion me paraît juste, et je la consigne ici de peur de tomber dans la même faute que j'ai eu occasion de relever, plus d'une fois, chez certains voyageurs qui affirment des choses tout à fait fausses ou grandement altérées sur les habitudes des peuples qu'ils ont à peine visités, et que je connais particulièrement. Tenant surtout à amuser leurs lecteurs, et à procurer ainsi plus de vogue à leurs livres, ils

sacrifient la simple vérité au charme de certains contes
qui portent le cachet de la nouveauté, et qu'ils savent parer
de toutes les grâces de l'esprit.

Je me garderai donc bien de juger de la foi religieuse du
peuple romain actuel d'après le manque de recueillement
qui m'a choqué pendant les cérémonies qui viennent d'avoir
lieu à Saint-Pierre.

Parmi cette nombreuse réunion d'étrangers, peuple,
bourgeois, clergé, nobles, etc., on remarquait, avec son
mari et ses filles, cette reine déchue que tout le monde
connaît, que l'Espagne chassa, et que Rome accueille.

Je l'examinais souvent en me demandant comment il
était possible qu'une femme entourée d'un époux et d'enfants qui l'aiment puisse désirer d'autre honneur sur la
terre, y ambitionner une autre gloire que celle de recom-
mander son nom par des vertus dignes de ces dons que Dieu
lui accorde.

O vertu ! c'est dans le cœur des souverains que tu devrais
avoir ta plus digne place ; c'est du haut de leurs trônes que
devraient descendre les exemples salutaires, comme du
haut des montagnes descendent les plus grands fleuves qui
arrosent et fertilisent la terre.....

Le dimanche de Pâques, après la grand'messe dite par le
pape, celui-ci fut porté à la fenêtre principale de la façade
pour donner la bénédiction générale habituelle. Le peuple
sortait en foule de la basilique éblouissante de lumière et
de parures : les uns se réunissaient dans la belle place du
Vatican à ceux qui y attendaient, avec la troupe française,
cette célèbre bénédiction ; les autres montaient dans les
tribunes disposées sur l'immense terrasse. Nous nous trouvions, ma fille et moi, dans une de ces tribunes ; toutes les
fenêtres du Vatican et des maisons adjacentes étaient en-
combrées de monde. L'uniforme des militaires, leurs armes

étincelantes, les femmes en grande toilette, les riches et nombreux équipages qui circulaient sous les arcades pour déposer à l'entrée de la place ceux qui venaient de plus en plus grossir la multitude en attendant la bénédiction papale, tout cela se dessinait magnifiquement sous le soleil splendide de Rome.

C'était un curieux spectacle que de voir, dans un si brillant concours, ce peuple romain déchu de sa gloire passée, mais fier encore dans son malheur, faisant cependant place à cette immense foule d'étrangers de tous les ordres, de toutes les conditions, venus pour assister à la bénédiction du chef de l'église catholique, là même où ses ancêtres se rassemblaient pour assister à des scènes si diverses, et applaudir au féroce spectacle que leur donnaient Néron et d'autres tyrans.

Midi sonna, et le pape monta à la grande fenêtre de la façade de Saint-Pierre, au milieu de deux espèces d'énormes éventails qui donnaient à cette solennité l'air d'une scène orientale assez étrange.

Aussitôt que le pape parut, il se fit un silence si profond dans cette immense multitude, qu'on aurait pu entendre le vol du plus petit oiseau.

Il prononça alors, assez haut pour être entendu de tous les assistants, les paroles sacramentelles : *Urbi et orbi*. La troupe et une partie des catholiques présents à cette bénédiction solennelle la reçurent à genoux, dans un plus grand recueillement qu'ils n'avaient montré dans le temple.

Mais ce silence imposant fut de courte durée.

La bénédiction donnée, le peuple commença à se disperser, et ce fut alors que les cardinaux firent mieux voir le luxe dont ils s'entourent aussi en public. Jamais je n'avais remarqué, excepté à Londres, un si grand nombre de beaux équipages d'une richesse inouïe. Des monsignors, des évêques, des archevêques, des ambassadeurs, des princes, de puissants cardinaux surtout, déploient un luxe effréné. Ces derniers rappellent plutôt les riches seigneurs orientaux que les premiers anciens ministres du culte catholique, dont la sévère simplicité s'adaptait si bien à la doctrine du divin Maître qu'ils cherchaient à imiter.....

La nuit, la coupole de Saint-Pierre et les terrasses de la colonnade de Bernin présentèrent la plus belle illumination qu'on puisse imaginer. A huit heures précises, à un signal donné, elle changea tout à coup, et, comme par enchantement, des couleurs ravissantes éblouirent les regards et l'esprit extasiés des assistants.

C'est, en effet, un spectacle merveilleux. Que d'art! que de goût! mais aussi que de peines! que de sommes énormes dépensées pour réjouir quelques moments la vue des spectateurs! Je regardais en silence toute cette pompe brillante, en pensant à la prodigieuse dépense qu'on fait pour toutes ces fêtes splendides, ainsi que pour bâtir des églises dans une ville qui en possède déjà plus de trois cents, et pour entretenir de nombreux couvents d'ordres divers, tandis que des ordures tapissent une partie des rues de la ville éternelle, et qu'une foule considérable de mendiants s'y traînent jour et nuit!

Le spectacle du grand luxe déployé dans ces fêtes fut loin de m'éblouir; je m'apitoyai plutôt sur la misère réelle de cette ville, où une partie du peuple tend partout la main aux passants, dont le cœur se serre à l'aspect de ces haillons, et où l'autre s'agite dans un silence menaçant comme les vagues lointaines de la mer sous l'influence de plusieurs bourrasques......

Le rêve que j'avais fait la première nuit de mon séjour à Rome me vint à la mémoire. . . . .
. . . .

O Rome ! ô Rome ! toi qui renfermes dans ton sein fertile le souvenir et les monuments de trois mondes divers : d'un peuple grand par son histoire ; d'un peuple puissant par l'autorité de ses empereurs ; d'un peuple humilié par le pouvoir absolu de ses papes : n'enfanteras-tu pas un quatrième monde, d'où surgisse le véritable progrès d'un peuple sage, heureux et libre ?

Et une voix intérieure me répondit : « Attends ! »

Et je retournai avec mon enfant à notre hôtel, plus impressionnée de ces idées que charmée des fêtes splendides de la basilique de Saint-Pierre.

6 avril.

Ombres plaintives, Camille au cœur aimant, douce et fidèle Virginie, ô vous que la fureur d'un frère inhumain et l'honneur d'un père malheureux plongèrent dans les ruines sanglantes de l'ancienne Rome ! fraîches fleurs printanières tombées sous la faux des passions, lorsque de votre sein s'exhalaient les premiers parfums de la vie : inspirez à ma pauvre plume quelques lignes dignes d'exprimer les émotions que j'éprouve parmi les ruines de Rome, au souvenir d'une date solennelle dans ma vie.

Je voudrais un hymen suave et radieux comme le printemps d'Italie pour chanter le sentiment le plus sublime que Dieu ait mis dans le cœur de l'homme, l'abnégation, et je ne trouve que des élégies parmi les ruines qui se présentent à mes regards.

Ruines ! que ce mot est imposant où de grands cœurs vécurent, aimèrent, souffrirent et combattirent.

De beaux, de grandioses comme de terribles souvenirs se lèvent partout ici ; partout on rencontre une pierre, un mur écroulé, un champ, les débris d'un autel, d'un sarcophage, d'un portique, d'une colonne, qui parlent à l'esprit de

I.

mille événements divers accomplis dans cette vaste enceinte
de Rome si rétrécie, si transformée aujourd'hui ! Mais j'y
cherche en vain une histoire ou une légende qui ait rapport avec l'histoire que ce jour me rappelle ; elle se rattache
aux pures inspirations de deux cœurs amis qui surent noble-
ment sacrifier leur propre bonheur au bonheur d'autrui,
lorsque la vie les caressait de ses sourires les plus gracieux
et les plus enivrants. Le sentiment exquis qui provoqua ce
sacrifice, serait-il inconnu chez les générations passées
comme il paraît l'être chez les générations actuelles ? Peut-
être que oui !... Mais ne nous livrons pas à de vaines recherches.

Puis, craignant de blesser la modestie de la plus belle
âme que je connaisse en soulevant le voile de ses rares
vertus, je me borne à inscrire ici le numéro VI, symbole de
son abnégation, comme un jalon sur le chemin que je parcours dans la vie ; et je continuerai à parler des impressions
que me suggère la ville de Romulus.

Mon goût particulier pour les grandes ruines me porte à
désirer tout voir de ce qui existe de la Rome antique. Je la
prends depuis son origine, où deux enfants, dont on s'est
plu à entourer la naissance de fables diverses, rejetés par
les eaux du Tibre après un de ses débordements, et recueillis
par un berger du mont Palatin, y grandirent et fondèrent
une retraite sûre pour les pauvres esclaves échappés à l'u-
surpation du maître, et pour les bandits qui aidèrent les
deux frères dans leur entreprise.

En posant les premiers fondements de la ville qui tint
de lui son nom, et débarrassé de son frère, le chef de ces
bandits ne se doutait guère des destinées brillantes qui
étaient réservées à cette partie de la terre où il était venu
au monde et où il fonda un royaume. Le temps déploya ses ailes vigoureuses, les générations

développèrent leurs instincts ambitieux, et Rome s'agrandit de siècle en siècle comme le Titan des nations qui devait, en subjuguant le monde, s'élever toujours au pinacle des grandeurs humaines, jusqu'à ce que la main de l'Éternel s'appesantit sur elle et lui fît sentir le néant des œuvres de l'homme!

La religion, les mœurs, les usages des Grecs, des Volsques, des Rutules, etc., qui y avaient été apportés naguère, préparèrent le Latium à recevoir la semence des arts qui y ont prospéré avec tant d'éclat.

Comme on sait, Tarquin l'Ancien amena avec lui des artistes étrangers, qui, entre autres travaux, construisirent le grand égout appelé *Cloaca maxima*, lequel sert encore à sa destination primitive.

C'est une œuvre gigantesque qui porte le cachet de la grandeur et de la solidité des conceptions antiques.

Des temples si fameux de Junon, de Minerve et de Jupiter, élevés vers la même époque, il ne reste plus rien, ainsi que de plusieurs autres dont l'histoire fait mention, et qui furent complétement détruits, ou gisent enfouis sous la Rome moderne et sous le vaste terrain de ses environs, maintenant désert, mais si imposant dans sa solitude désolante!

Qui pourra se trouver au milieu de cette solennelle campagne de Rome, et foulant l'herbe qui couvre l'immense ville souterraine si remplie de grandioses souvenirs, sans se sentir le cœur profondément ému, et l'esprit attiré vers cette époque qui tient à la fois du merveilleux et de la plus puissante réalité!

C'est là la Rome antique.

De la grande période de la république à peine quelques vestiges indiquent çà et là aux voyageurs les endroits les plus remarquables, soit par ses monuments écroulés, soit

par les curieux souvenirs qu'ils renferment. Tels sont parmi
les premiers, entre autres, les tombeaux des Scipions, les
columbaria, les aqueducs, dont les débris encore debout
s'étendent de la ville vers cette campagne solitaire en s'offrant de loin à l'œil du spectateur, semblables à l'ombre
cyclopéenne du peuple qui les fit bâtir.

On présume que les temples de la Fortune virile, maintenant église de Sainte-Marie Égyptienne, près du pont
Rotto, est aussi du temps de la république.

Les vestiges du théâtre de Pompée ont été retrouvés par
des antiquaires sous les fondations du palais Pie, sur la
place de *Campo fiori*. La curie, où César fut assassiné,
n'était pas loin de là, dit-on. Mais, remontant à un temps
plus reculé, je me trouve sur cet emplacement célèbre qui
fut témoin de l'enlèvement des Sabines.

En revenant de cette excursion, je descendis dans le cachot creusé dans l'ancien rocher du Capitole par Ancus
Martius, et nommé prison Mamertine.

On y faisait descendre à plusieurs pieds de profondeur
les condamnés par un trou placé au milieu de la voûte. Ce
fut dans cette affreuse prison que Cicéron fit étrangler les
complices de Catilina; que périrent Jugurtha, Séjan et
bien d'autres. Ce fut encore ici que saint Pierre fut empri-
sonné, et qu'on me fit voir la source qui, selon la légende,
jaillit pour fournir l'eau nécessaire au baptême du païen
qu'il convertit dans cette prison. Une espèce de moine m'a
offert, avec une profonde révérence, un flacon de cette eau,
en échange d'un *papeto*, monnaie romaine.

Au-dessus de cette horrible cachot s'élève la petite église
de Saint-Joseph, bon et compatissant patriarche, près de
l'image duquel, avant de m'éloigner de ces lieux, j'adressai
une fervente prière au Seigneur.

QUELQUES MOTS

SUR LA TRINITÀ DE PÈLERINS A ROME.

Parmi les vertus qui, représentées dans le langage et dans l'expression de la philosophie des peuples sous la forme féminine, produisent la plupart des éternelles idées de bien, la charité est celle qui nous rapproche le plus de la sainte mère du Christ, ce féminin éternel, selon l'expression du grand poëte allemand.

Aucune institution de Rome n'avait donc plus vivement excité ma curiosité que celle qui abrite, soigne et nourrit pendant la semaine sainte toute sorte de pauvres des environs et même de loin, venant en pèlerinage passer ici ces jours de solennité.

« C'est un acte très-édifiant, » me disait une dame nouvellement catholique, — très-hautement philanthropique, ajoutait un seigneur romain, que de voir des princesses et des dames des premières familles de Rome servir à souper, laver les pieds et coucher les femmes en haillons qui se rendent vers le soir dans le pieux établissement des pèlerins !» Touchée, mais non pas étonnée de savoir qu'on pratiquait ainsi la charité où elle doit avoir son principal siége, je me suis empressée, le vendredi saint, d'aller visiter cet établissement.

Il était sept heures du soir lorsque nous nous y rendîmes, ma fille et moi, accompagnées d'une famille de notre connaissance.

Une foule considérable se pressait à l'entrée de la maison hospitalière. Ce fut avec grand'peine que nous montâmes les escaliers, et que nous pûmes pénétrer à travers les salles où étaient les tables pour le souper, jusqu'à la chapelle où se tenaient dans ce moment les pèlerines.

On y chantait des cantiques, et les voix de quelques-unes de ces innombrables femmes, dont une partie soutenaient des enfants dans leurs bras amaigris et malpropres, accompagnaient difficilement ces cantiques, tant elles étaient faibles. Toutes ces femmes paraissaient exténuées par la misère.

La place, trop petite pour contenir à l'aise tant de monde, était imprégnée des exhalaisons de ces malheureuses, qui semblaient de plus très-affamées en attendant l'heure tardive où l'on viendrait les chercher pour le souper. Elles tendaient la main aux visiteurs en leur demandant l'aumône, et en leur montrant en même temps les lambeaux qui les couvraient.

Dans le seul tour que je fis de la chapelle, plus d'une trentaine m'implorèrent pour avoir quelque *baioccho* (la plus petite monnaie romaine).

Comment, me disais-je, ces pauvres créatures peuvent-elles avoir besoin de rien ces jours-ci, où les charitables princesses et les grandes dames romaines veillent sur elles? — Et j'indiquai à l'une des dames qui étaient avec nous une pauvre vieille paraissant trop languir de faim pour attendre le souper que préparaient avec une extrême lenteur celles qui avaient très-bien dîné.

On allait et venait dans les salles, où l'on avait peine à circuler au milieu du grand concours de femmes, les seules admises à être témoins de cet acte de pompeuse charité qui était sous mes yeux.

Les illustres protectrices des pèlerines étaient gracieusement habillées d'un costume adopté par l'établissement, et attiraient tous les regards, portant elles-mêmes ostensiblement les plats et les divers mets; puis elles allaient l'une après l'autre chercher la pauvresse qu'elles plaçaient à table, et qu'elles avaient l'air de servir, toutes préoccupées qu'elles étaient du monde qui les entourait, et à qui leurs regards semblaient dire : « Contemplez en nous les dignes compatriotes de la célèbre enfant surnommée la Charité romaine, pour avoir nourri de son lait le père condamné à mourir de faim dans sa prison. Celle-là accomplissait un devoir imposé par la nature ; nous faisons plus, nous descendons jusqu'à nos inférieures, pour pratiquer, comme vous voyez, la charité. »

Mais comme elle se montre ici déplacée, au milieu de cette foule curieuse et bruyante, de cette pompe ostensible, la simple, la modeste, la sainte fille du christianisme, consolatrice de la misère qu'elle aime à soulager sans l'humilier en l'exposant ainsi au grand jour !

Les cœurs qui brûlent du véritable amour de la charité ont-ils besoin des fades éloges des multitudes, ces échos élastiques et sans expression qui résonnent sous l'inflexion de toute espèce de voix ? N'est-ce pas dans le sanctuaire du cœur qu'on jouit de cet incomparable bien-être que nous laissent les doux fruits de notre bienfaisance ? Et que peut offrir le monde de plus grand, de plus ineffable, que cette voix intérieure disant à l'homme quand il s'endort : « Tu as bien employé ta journée en soulageant la misère de tes semblables. »

Qu'importe que ces actions restent ignorées par le monde, si l'humanité en profite ?

Les hommages !... qu'est-ce que les hommages du monde ? Vulgaires fleurs sans parfum dont un art trompeur s'empare pour les rendre odorantes, et les jeter sur le premier venu que favorise la fortune ou une circonstance fortuite !

Le monde a-t-il jamais tenu compte du vrai mérite ? Ne voit-on pas souvent dans l'histoire des peuples la vertu modeste, les intelligences supérieures, clairvoyantes, poursuivies et tyrannisées par le vice qui domine, ingénieux à s'attirer les hommages?

Le bon Socrate et le divin Rédempteur ne présentent-ils pas l'exemple le plus frappant de cette vérité dans les deux grandes périodes, païenne et chrétienne, de l'humanité?

La vertu n'a pas besoin, pour affermir son véritable empire, de se parer des éclats frivoles qui demandent les louanges éphémères du monde. Puissante fille du ciel, elle n'échange pas ses dons célestes pour les récompenses précoces que les hommes peuvent accorder, et les cœurs assez heureux pour recevoir une des étincelles de son amour éprouvent à sa divine chaleur des délices ineffables que toutes les gloires de la terre ne sauraient ni ne pourraient leur donner.

Pourquoi donc faire étalage du bien qu'on peut faire sans témoins aux pauvres victimes de la misère? Pourquoi les exposer ainsi à des milliers de regards curieux qui les humilient, et cela pour se faire enregistrer sur le vieux livre poudreux de la Renommée, où se trouvent aussi les faits éclatants des plus grands oppresseurs de l'humanité?

N'est-ce pas là confondre les pratiques de la sainte charité avec celles des ambitieux qui n'aspirent qu'à la gloire, en sacrifiant, sur la route qu'ils parcourent, pour se précipiter avant elle, les plus nobles, les plus sacrés devoirs de la nature?

Que les hommes, dans leur ambition de dominer, dans leur soif insatiable de gloire, cherchent à agrandir l'horizon de leurs forces matérielle et intellectuelle, et boivent jusqu'à s'enivrer dans la coupe dangereuse des honneurs mondains, soit. Mais la femme, ce mélange de faiblesse et de force, exerçant par l'amour l'influence la plus puissante sur le développement de l'humanité, ne doit jamais démentir sa noble, sa généreuse nature, en prétendant aux suffrages de la société, à laquelle elle sait, sans rien en attendre, tout donner par ses bonnes inspirations.

Ainsi que, sous la voûte du temple, l'encensoir répand des nuages embaumés qui s'élèvent au ciel avec les prières des fidèles ; de même, c'est dans le sanctuaire de la famille et sous le modeste toit du pauvre, ou près des malheureux malades, que les fleurs exquises du cœur de la femme s'épanouissent et exhalent leur plus délicieux parfum sous la douce atmosphère de la modestie, compagne inséparable du véritable mérite.

Combien s'élevait au-dessus de tous les empires du monde cette digne et célèbre impératrice d'Autriche, lorsqu'elle allait, comme une simple particulière, souvent incognito, porter elle-même des secours aux pauvres honteux qui languissaient dans leurs tristes chambres ! C'est là que cette noble femme devait goûter le vrai bonheur qui fuit loin du trône ; c'est là qu'elle trouvait la vérité et l'amour qui désertent les cœurs infectés de tous les miasmes moraux ; là seulement elle entendait le langage du cœur, que méconnaissent les courtisans !...

Paris, ce beau gouffre où bouillonnent toutes les passions humaines sous les formes les plus attrayantes et les plus séductrices, est une capitale où j'ai vu exercer avec le plus d'énergie et le plus généralement la charité. Outre les nombreux établissements publics de bienfaisance entretenus par le gouvernement, il y a plusieurs associations de dames s'occupant de soulager la grande misère qui se cache au public, et qui présente le plus douloureux spectacle aux yeux de ceux que l'amour de l'humanité amène dans de misérables gîtes.

De toutes ces dames dont je connaissais une partie, deux surtout me touchèrent profondément. Sans vouloir appar-

tenir à aucune de ces associations où les heures se passent
souvent à discuter sur les pauvres qui méritent plus ou moins
les secours accordés, soit à cause de la conduite qu'ils avaient
tenue, soit à cause de la religion qu'ils professent, ces deux
femmes, qui avaient refusé le nom prétentieux et impropre
de *dames de charité*, allaient en véritables femmes, en toute
simplicité et sans se nommer, porter secours et consolations aux malheureux qu'elles trouvaient quelquefois cou-
chés sur la paille dans un coin obscur et sans feu, au milieu de l'hiver!... Elles ne leur demandaient point quelle
avait été leur vie antérieure, ni quelle religion ils profes-
saient; elles voyaient là des malheureux, et c'était assez
pour qu'elles leur crussent d'incontestables droits à la charité.

Je rencontrais souvent ces deux créatures, dont une
devint mon amie intime, madame F***.

L'âme imprégnée des plus suaves émanations morales,
cette femme allie la solidité, l'harmonie de l'esprit du
nord, à la mélodie des sentiments du cœur du midi. Les
œuvres charitables sont pour elles un élément de vie hors
duquel elle ne pourrait exister; et elle s'est tellement identifiée avec cette sublime vertu, qu'elle la pratique non-
seulement sans aucun effort, mais sans songer même au
tort qu'elle fait à sa santé, extrêmement délicate. La ri-
gueur des saisons ne l'a jamais empêchée d'accourir près
d'une malade ou de tout autre malheureux qui demande
son secours, et cela se fait naturellement sans aucune sorte
de prétention. Lui parler de ses bienfaits, c'est la morti-
fier, car elle connaît et pratique exactement la belle maxi-
me : « Fais le bien pour l'amour du bien, et pour la jouissance morale qui résultera, pour toi d'avoir accompli le
plus doux devoir dont l'homme puisse s'acquitter. »

La charité, quand on peut la dérober aux regards du

monde, a un double avantage pour ceux qui la pratiquent de cœur, c'est qu'aucune flatterie ne vient troubler la suave quiétude de notre conscience en y insinuant une idée quelconque de vanité qui puisse caresser notre amour-propre à l'insu de notre volonté elle-même.

Ainsi ces dames romaines, entourées d'une si grande multitude de spectateurs accourus pour voir les femmes qui viennent avec tant de peine chercher pendant huit jours, dans cet établissement bruyant, la nourriture et un *bain de pieds*, rempliraient, ce me semble, bien mieux les fonctions de vraies sœurs de charité en accueillant et en servant ces malheureuses à l'écart de la foule, avec la modestie qui doit envelopper les actions de ce genre.

Est-ce l'admiration du public, ou les bénédictions des pauvres, que ces dames viennent chercher?

Et, revenues dans leurs palais, leur cœur jouira-t-il de la pure satisfaction d'avoir cherché à imiter la bonté et l'humilité du Christ, ou palpitera-t-il à l'idée de l'impression qu'a produite peut-être sur le public la noblesse de leurs noms?

Qu'elles sont loin de suivre le sublime exemple fourni par leur illustre compatriote, la charitable, la digne matronne romaine de nos jours, Guandalina Borghèse, enlevée trop tôt par la mort au grand nombre de malheureux dont elle adoucissait la misère! Avec quelle intelligence, avec quel tact tout féminin, elle cherchait à développer chez ceux qui n'étaient point malades l'amour du travail, cet heureux préservatif aux funestes effets de l'oisiveté!

Un établissement pareil à celui dont je viens de parler recueille les pèlerins de l'autre sexe, qui y sont de même ostensiblement servis par les seigneurs romains, m'a-t-on dit, car les femmes ne peuvent le visiter. Aussi, dans celui des femmes, les hommes ne sont pas admis non

plus; quelques ecclésiastiques exceptés, ces créatures consacrées à Dieu, qui peuvent aller partout, à Rome principalement, sans danger d'éprouver des passions dont la béatitude de leur âme est à l'abri.

COLISÉE DE ROME

En général, l'homme vit plus dans l'avenir que dans le
présent. Je vis plus dans le passé.

Le présent est sans charme pour mon cœur, et, telle
qu'une frêle nacelle jetée sur une mer inconnue où je vogue assoupie dans ma tristesse, indifférente de la rive où
j'aborderai, si quelquefois je parviens à m'arracher à cette
tristesse et à me réveiller de mon assoupissement, ce n'est
que pour voir l'éclat rapide d'une étoile qui file dans l'horizon de mon imagination ; c'est l'espérance, cette céleste
consolation de l'âme pendant le cours de son emprison-
nement matériel.

Alors l'avenir, levant à mes yeux le voile lourd et obscur dont il s'enveloppe, me montre mon fils bien-aimé,
jonchant de fleurs les derniers pas de ma vie, et ma chère
famille empressée, comme quand j'étais jadis près d'elle,
de me faire savourer encore cette douce intimité domestique, ces délices paisibles, inaltérables du foyer, qui fut
mon premier amour, le charme le plus séduisant de mon
existence. Mais, hélas ! cette mère adorée, dont la tendresse
était pour les blessures de mon âme un baume salutaire, ne
se présente plus dans cet avenir que j'imagine !... Et je le
quitte aussitôt pour vivre dans le passé, où je la retrouve
à toutes les phases de ma vie, toujours bonne, toujours
indulgente et dévouée jusqu'à l'abnégation, présentant en
pratique chaque jour, à ses enfants et à ses petits-enfants,

l'exemple de toutes les vertus de la femme chrétienne. Ainsi que mes idées, mes pas retournent vers le passé, c'est-à-dire vers les ruines de Rome, parmi lesquelles se distinguent celles du Colisée; elles s'élèvent comme un énorme fantôme du paganisme tout chargé de féroces souvenirs, dans un coin de la ville qui en formait autrefois le centre.

J'y viens souvent, au coucher du soleil, admirer du haut de sa plate-forme les nuances splendides du ciel de la ville éternelle, à cette heure poétique et pleine d'un charme mélancolique en harmonie avec les pensées que Rome inspire.

— Ce vaste amphithéâtre, commencé par l'empereur Vespasien Flavius, à son retour de la guerre contre les Juifs, fut inauguré, dit-on, par des fêtes splendides qui durèrent cent jours, et où furent tués cinq mille animaux sauvages et dix mille captifs! Près de deux mille Juifs, conduits en esclavage à Rome, y travaillèrent sans interruption pendant plusieurs années. — Ainsi que les Hébreux employés aux pyramides d'Égypte, ces malheureux élevèrent ici sous le joug de l'esclavage une autre œuvre gigantesque qui fait encore l'admiration de ceux qui la contemplent!

On prétend que le nom de Colisée vient du célèbre colosse de Néron, qui fut transporté près de l'amphithéâtre, du haut de la voie Sacrée, où Vespasien l'avait érigé en le consacrant au soleil. Quel qu'il soit, le Colisée, ou amphithéâtre de Flavius, comme quelques-uns l'appellent, fut témoin d'événements importants et singuliers dans la suite des destinées de Rome. Il servit d'abord pour les représentations de combats de gladiateurs, de chasses aux bêtes, et, ce qui est horrible à penser, de théâtre où des hommes étaient livrés à des animaux féroces. Des chrétiens aussi ont arrosé de leur sang cette arène.—Puis le Colisée devint tour à tour une forteresse pendant les guerres civiles du moyen âge, un hôpital pour les pestiférés, un asile pour les voleurs, un théâtre de combats de chevaliers se battant pour leurs dames, un atelier de faux monnayeurs, une carrière dont on a tiré les matériaux avec lesquels on construisit plusieurs palais de Rome.—Puis encore on le transforma en un lieu sacré en y fondant de petites chapelles où l'on faisait des missions, et où l'on voit encore chaque vendredi des hommes et des femmes allant en procession autour des petits oratoires qui entourent l'arène.

Pie VII, Léon XII, Grégoire XVI et Pie IX y firent faire plusieurs réparations.

A FRASCATI

— 10 AVRIL —

> Jà a vista pouco a pouco se desterra
> D'aquelles patrios montes que ficaram,
> . . . .
> Ficaram-nos tambem na amada terra.
> O coração que as magoas lá deixaram,
> E jà, depois que toda se escondeo,
> Não vimos mais emfim que mar e céo.
> CAMÕES, Lusiadas.

Il y a des jours qui nous laissent dans l'âme une empreinte ineffaçable. Aussi peut-on dire qu'ils n'appartiennent pas pour nous au passé; car ils sont sans cesse si vivement présents à notre esprit qu'il nous semble y être encore en réalité. Notre cœur palpite toujours au souvenir des profondes émotions qu'ils nous firent éprouver; aucune distraction n'a la force de détourner la pensée qui nous y rattache et qui nous suit partout comme un parfum embaumant l'atmosphère où nous respirons, où comme un trait invisible qui nous fait saigner le cœur ! Tel est pour moi le 10 avril, jour où j'ai quitté Rio-Janeiro après la mort de ma mère bien-aimée.

Ce jour-là, tout accablée de douleur, je jetai un dernier regard voilé de larmes sur ce magnifique golfe, sur ces majestueuses montagnes dans toute la pompe de leur éternelle végétation, sur les deux villes, Rio Janeiro et Nitteroy, disparaissant peu à peu derrière ces imposantes filles géantes de la terre qui les entourent en se regardant avec elles dans le plus beau golfe du monde qui les sépare. Là, fuyait derrière moi cette contrée revêtue des plus superbes magnificences de la nature, où restait une partie de tout ce que j'avais le plus aimé ici-bas. Là, l'amour de Dieu, de la famille et de l'humanité, s'était développé dans mon âme, sous la direction de ma mère, et avait charmé mon existence, même parmi les rudes épreuves que me léguèrent deux tombes au moment où j'entrais à peine dans la vie. Une troisième s'y ouvrit plus récemment, hélas ! et brisa le plus fort lien qui m'attachait à la patrie. Privée de la vue de cette étoile qui m'avait suivie dès le berceau en répandant sur moi sa bénigne influence, il me sembla que tout pâlit dans mon horizon ! et, dans la ténébreuse nuit de ma douleur filiale, je repris mon essor vers le vieux monde, où je cherche en vain par les voyages à endormir la tristesse de mon âme. Et plus les jours, les mois, les années se succèdent, plus je sens le vide qui se fait autour de moi.

Je vous vois d'ici, ô chers élus de mon cœur, qui me restez encore au-delà de l'Atlantique ; je vous vois pensant aujourd'hui plus vivement à moi et à l'enfant chérie, ma seule compagne maintenant sur le sol étranger. Je sens encore vos embrassements filials et fraternels qui voulaient me retenir près de vous, quand Dieu, dans ses décrets impénétrables, avait résolu cette cruelle séparation.

À toi, mon fils bien-aimé, à toi mes plus tendres, mes plus douloureux souvenirs dans ce jour où se révèle en mon cœur toute l'angoisse de ce dernier adieu plein de larmes, au sol sur lequel tu restais sans moi. Oh! que n'ai-je pu lire alors dans l'avenir! que n'ai-je pu voir qu'au lieu des quelques mois que devait durer notre absence, s'écouleraient ces deux années déjà passées! Et qui sait combien encore d'années s'écouleront sans que je te revoie! Puissent les nobles qualités dont fut douée par Dieu l'épouse que tu t'es choisie si jeune encore, te rendre si heureux que ton bonheur me console de l'isolement où je me trouve loin de toi!

Absorbée dans ces pensées, j'ai senti, en me levant ce matin, le besoin de respirer l'air libre de la campagne. Le soleil se levait radieux sur l'horizon de Rome, et faisait ressortir les sombres et vénérables ruines de ses gloires passées, lorsque nous prîmes, ma fille et moi, le chemin de fer de Frascati, où nous descendîmes après un trajet d'une demi-heure de la porte S. Giovanno jusqu'à la place de la cathédrale de cette petite ville. Nous étions accompagnés de deux familles françaises qui logent dans notre hôtel, une jeune femme, veuve d'un Anglais, avec sa mère, et un vieux bonhomme avec son épouse, qu'il présente à tous comme une artiste. Celle-ci, dans sa promenade, s'arrête à chaque instant pour prendre le croquis des points de vue que son mari lui signale, et devant lesquels tous deux s'extasient d'une manière assez originale. La jeune veuve, de trente ans environ, est une femme distinguée, intelligente et fort aimable; plus simple que ne l'est, en général, une veuve française à son âge, elle plaît autant par sa conversation spirituelle que par ses manières délicates et franches sans affectation. Quoique sa société me soit très-agréable, j'aimerais mieux, dans la disposition où se trouve aujourd'hui mon âme, faire cette excursion, seule avec ma fille. Mais, hors de Rome, je n'ose pas m'aventurer, avec cette enfant, dans une promenade solitaire, comme nous le faisions chez les peuples du Nord. Aussi suis-je bien aise de trouver toujours de bonnes compagnies dans ces occasions. Heureusement, les personnes habituées à voyager ne se gênent pas dans leurs goûts, et ne cherchent nullement à gêner les autres. J'ai donc pu me recueillir facilement ce jour-ci, en parcourant avec celles qui étaient avec nous les sites les plus pittoresques et les plus remarquables de Frascati et de ses environs, pleins des ombrages frais et délicieux d'où ces lieux tirent leurs noms.

En sortant de Rome pour venir à Frascati, nous avions en face de nous les verdoyantes montagnes du Latium et de Tusculum ; à gauche, la chaîne des Apennins ; à droite, sur l'ancienne voie Latine, on nous montra la place où se trouvait le temple de la Fortune *Muliebris*, élevé en l'honneur de la mère et de la femme de Coriolan.

Frascati, situé sur le versant des monts Albanis, et contenant aujourd'hui environ cinq mille habitants, fut fondé au treizième siècle, après la ruine de la ville voisine de Tusculum. Site agréable et salutaire, il attire un grand nombre de visiteurs, et une partie des habitants de Rome vient s'y garantir des chaleurs de l'été, en fuyant l'*aria cattiva*, qui règne dans la ville sainte pendant cette saison. De nombreuses et belles villas, dont une partie date du seizième siècle, de gracieuses collines, de riantes prairies, offrent à l'œil le panorama le plus agréable. La villa Aldobrandini est la plus célèbre de ces villas. Ses belles fontaines, formant de petites cascades, et ses promenades romantiques m'intéressent bien plus que les galeries et les fresques de son palais.

Mais, ce qui donne une véritable importance à ces lieux,

I. 5

c'est le souvenir historique des temps les plus reculés qui
s'y rattachent. C'est ici que Tarquin le Superbe se réfugia,
lorsqu'il fut chassé de Rome; c'est là que le grand Cicéron
venait souvent méditer, sous les frais ombrages de sa villa,
sur les graves sujets qu'immortalisa son éloquence. Il ne
reste aucun vestige de cette illustre retraite. On dit que le
Casino, bâti par Vanvitelli, se trouve sur l'emplacement de
l'Académie, nom du gymnase que renfermait la villa du
célèbre orateur.

Mondragone, vaste palais dévasté au commencement de
ce siècle par les Autrichiens, est là abandonné avec tous ses
souvenirs, ses fantômes et la triste célébrité que, de nos
jours, lui donnèrent le peintre français et la jeune blanchis-
seuse de Frascati, héros et héroïne d'un roman (*Daniella*),
composé par un des plus grands écrivains du siècle.

Un autre site, plus digne d'attirer et de fixer l'attention du
voyageur qui médite, se présente à quelque distance de là;
c'est Tusculum, ancienne ville pélasgique, rasée au moyen
âge par les troupes romaines.

Ce ne furent point les quelques ruines qu'on y trouve encore, ni le souvenir de ceux qui y ont étalé leur faste et leur
tyrannie, comme le féroce Tibère, qui attirèrent mes pas
vers Tusculum; ce fut l'ombre, la grande ombre de Caton
qui m'y guida et me fit éprouver une émotion qui m'arracha par instants à la pensée dont mon esprit, aujourd'hui
10 avril, est absorbé.

Le héros d'Utique avait sa souche à Tusculum; son grand-
père, Marcus Porcius Caton, y naquit l'an 234 avant J. C.

LE FORUM ROMAIN

En cherchant à visiter les ruines des monuments magnifiques que renfermait le Forum, nous nous dirigeâmes au *Campo Vaccino*, nom que porte maintenant cette enceinte fameuse, devenue si dégradée et si méconnaissable.

Où le sénat romain décidait du sort des nations, on a établi, de nos jours, un marché aux bœufs ! où la voix de Cicéron étonnait le monde, retentit la voix grossière des marchands de bestiaux !

Ce matin, nous y rencontrâmes à peine quelques passants ou quelques curieux qui venaient, comme nous, parcourir ce labyrinthe de ruines, au sujet desquelles les opinions des archéologues modernes sont si divergentes.

Nous étions là, dans ce lieu le plus célèbre et le plus classique de l'antique Rome ; nous contemplions tous ces débris d'une grandeur éteinte, et nous nous communiquions, ma fille et moi, les pensées qu'ils nous suggéraient.

On ne saurait dire si toutes les classifications faites par les savants qui étudient ces débris, depuis qu'ils ont été arrachés à la terre, sont bien exactes ; ces savants eux-mêmes ne sont pas toujours d'accord entre eux sur ce sujet ; aussi, me dispenserai-je de mentionner dans ces pages la longue nomenclature des monuments superbes dont ce Forum était décoré, et qui, dit un écrivain de nos jours, « s'y pressaient tellement que leurs ruines amoncelées ne suffisaient pas à tous les noms transmis par les historiens. »

Dans l'impossibilité, pour moi, de connaître la vérité que les siècles et les hordes barbares, depuis Alaric jusqu'à Robert Guiscard, appelé au secours de Grégoire VII, ont enveloppée dans les ravages furieux qu'ils exercèrent sur le Fo-

rúm, je me borne à contempler ces grandes et éloquentes
ruines, en laissant mon imagination planer librement sur le
gouffre profond de l'antiquité, où les hommes aiment à plon-
ger pour en retirer tant de choses précieuses, en y laissant
cependant la plus importante de toutes, l'expérience...

Comme on le sait, l'origine du Forum date de l'alliance
des Romains avec les Sabins; il fut abandonné, depuis
sa ruine totale, par Robert Guiscard, et devint un dépôt
d'immondices pendant plusieurs siècles.

C'est là le tribut de vénération que les générations qui se
succèdent payent aux fameux monuments élevés par les
puissants qui ont opprimé l'humanité! C'est là le sort ré-
servé à l'orgueil des grandes nations, qui se croient le droit
de traîner derrière leur char de triomphe la liberté, l'honneur et la vie des autres nations! C'est là la punition infail-
lible qui tôt ou tard tombera sur la tête de celles qui marchent en avant, tout environnées de la puissance de leurs
enfants, dont le bras même se lèvera peut-être un jour pour
aider à les écraser, en vengeant de la sorte les victimes
qu'elles ont faites pour se placer si haut!

O vous, fiers arbitres des forces dont votre tyrannie dispose pour quelque temps, et qui les employez de nos jours
encore à faire répandre le sang de vos semblables, afin
d'ajouter à vos domaines un morceau de terre, à votre
grande population une peuplade, à votre nom une auréole
que les filles, les épouses, les mères, flétrissent de leurs ma-
lédictions, que ne méditez-vous, et plus que tout autre, sur
les ruines de ce superbe Forum! sur ce sénat tout-puissant
qui, dans ses jours de gloire, ne se doutait guère de
l'ignoble fin qui l'attendait!!!

Leçon profondément éloquente de la vérité éternelle
dont les puissants du monde s'obstinent à détourner les
yeux....

« Nous ne sommes plus dans ces temps de barbarie, me disait dernièrement un savant, et nous ne pouvons craindre pour nos œuvres modernes les bouleversements que les guerres des barbares portèrent dans les œuvres anciennes. » Il voulait parler des ruines des monuments de Rome. Et moi, je pense à la ruine des peuples !

Quand les barbares disparaîtront-ils de la terre?... Mais l'illustre savant ne se reportait qu'à l'invasion des peuples connus généralement sous le nom de barbares, telle que les hordes commandées par Alaric Ier, Genséric, Attila (celui-ci respecta pourtant les monuments de Rome) et d'autres qui tombèrent sur la ville éternelle et la dévastèrent.

Moi, je pense à ces autres conquérants qui vinrent après, et qui, bien que l'histoire ne les ait point flétris du nom de barbares, commirent et commettent encore les plus grandes barbaries, et profanent le nom de chrétiens qu'ils portent !

Pour peu qu'on veuille jeter un coup d'œil sur l'Afrique, l'Asie et le nouveau monde, on y verra d'horribles carnages, des atrocités, des pratiques honteuses portées chez ces nations par des peuples qui se disent les seuls civilisés et bons chrétiens !

Nous, les modernes, nous sommes à l'abri de ces colères dévastatrices des peuples d'autrefois, nous dit-on.

Comment doit-on nommer les excès commis, même au centre de ce grand foyer moderne de lumière et d'inspirations généreuses, par des êtres portant le glaive d'une vengeance couvée de longue date, et s'échappant avec impétuosité comme la lave de l'Etna de son sein béant, pour ensanglanter la fertile, la grande œuvre qu'on appelle révolution française?

Soixante-cinq années à peine nous séparent de cette horrible leçon, et pourtant que de despotisme, que d'u-

surpation, que de tyrannie, que de scènes sanglantes se
sont succédé depuis en Europe même !

Le nom de peuple barbare a disparu de l'Europe civilisée,
mais les barbaries s'y perpétuent partout. Les Attilas modernes se présentent sous d'autres formes, professent d'autres principes, et agissent différemment; leur ambition est
moins féroce et plus dissimulée, et souvent les moyens employés pour la satisfaire ont été appuyés et bénis par les
représentants de ce principe salutaire de paix et de douceur prêché dans l'Évangile !

Quand on passe en revue cette ère nouvelle qui brilla
dans l'horizon de l'humanité comme un météore dans les
longues ténèbres des temps, lui apportant la régénération
des peuples par l'amour le plus sublime, l'abnégation la
plus complète et la plus sainte, présentées au monde dans le
sacrifice du Golgotha, et qu'on voit partout continuer encore
la tyrannie du fort contre le faible, et le fléau de la guerre
ouverte ou cachée étendre toujours ses ravages sur la terre,
on se sent le désir de s'écrier avec le grand poète français :

> Réveille-nous, grand Dieu ! parle et change le monde;
> Fais entendre au néant ta parole féconde.
> Il est temps ! lève-toi ! sors de ce long repos;
> Tire un autre univers de cet autre chaos.
> A nos yeux assoupis il faut d'autres spectacles !
> A nos esprits flottants il faut d'autres miracles !
> Change l'ordre des cieux qui ne nous parle plus!
> Lance un nouveau soleil à nos yeux éperdus !
> Détruis ce vieux palais indigne de ta gloire;
> Viens ! montre-toi toi-même et force-nous de croire.

En quittant les ruines qui se trouvent à la base du Capitole actuel, et en se dirigeant vers le Colisée, on marche
sur les dalles antiques de la voie Sacrée, le long de laquelle les matrones promenaient jadis en litière leur
luxueuse et coquette indolence, selon l'expression d'un

écrivain contemporain qui, parlant d'un certain nombre
de femmes à la mode de l'antique Rome, oublia celles, en
grand nombre, qui y brillèrent par des vertus austères et
remarquables dont les femmes modernes ont donné rarement l'exemple. Le luxe est un puissant envahisseur ; mais,
malgré son attrait séduisant, il y a eu de tout temps quelques esprits féminins assez bien trempés pour être supérieurs à cette faiblesse ruineuse. Rome en présente, entre
autres, un exemple touchant dans la digne fille de Scipion
l'Africain, la noble mère des Gracques, cette Cornélie si
dignement célèbre par son amour maternel, son bon sens
profond et son énergique patriotisme.

J'embrassais du regard l'espace qui va du Forum au
Colisée, et où se trouvent les ruines de quelques temples
antiques transformés en églises catholiques, tels que ceux
d'Antonin et de Faustine (S. Lorenzo in Miranda aujour-
d'hui), celui de Romulus et Rémus. Il ne reste du temple
des fondateurs de Rome que deux colonnes en cipolin
qui faisaient partie du portique. La Cella existant encore
sert de vestibule à une église bâtie sous l'invocation de
saint Cosme et de saint Damien. Plus loin, et du même côté
gauche de l'arc de Septime-Sévère, s'élèvent les ruines
gigantesques de la basilique de Constantin, selon les uns ;
du temple de la paix, selon les autres. Les ruines du temple
de Vénus et Rome, derrière l'église Santa Francesca Ro-
mana, située à côté de la basilique de Constantin, ne disent
plus rien de cette grande conception d'Adrien dont les
historiens nous parlent. Comme pour plusieurs temples et
monuments antiques, on s'arrête à la place où ils furent,
et on laisse parler l'histoire de leur magnificence que
l'imagination seule peut se représenter. L'arc de Titus,
en marbre pentélique, parle plus à l'esprit, et passe,
aux yeux des juges compétents, pour σ le plus beau mo-

nument en ce genre qui soit parvenu jusqu'à nous. »

Le promeneur méditatif qui erre dans cet espace compris entre le Capitole et le Colisée, à droite duquel s'élève encore l'arc imposant de Constantin, trouve, à chaque pas qu'il y fait, un souvenir remarquable, un sujet digne de profonde méditation.

Retournons parmi les ruines de ce qu'on appelle proprement aujourd'hui le Forum. Un sentiment indéfinissable mêlé de grandeur et de misère, d'admiration et de pitié, s'empare de mon âme. Je m'assieds quelquefois un instant sur les débris d'un monument quelconque élevé peut-être à un tyran ou à un assassin, tel que Phocas, dont la colonne isolée, qui est devant moi, me rappelle l'usurpateur qui fit égorger Maurice et ses enfants pour s'approprier l'empire. Et, détournant ma pensée de cette triste aberration de l'esprit de justice qui dans tous les temps porta l'homme à rendre de si grands hommages au crime revêtu de la force et du pouvoir, je me mets de nouveau à admirer les trois belles colonnes d'ordre corinthien en marbre pentélique, qui se trouvent un peu en avant de la colonne de Phocas.

On n'est pas précisément fixé sur le nom du monument auquel se rattachaient ces colonnes. Les uns supposent qu'elles appartenaient à l'antique temple de Jupiter Stator; les autres, au *Comitium*, édifice dépendant de la *Curia*, ou salle du Sénat; d'autres enfin à la *Græcostasis*, édifice érigé, dès le temps de Pyrrhus, pour la réception, dit-on, des ambassadeurs étrangers. D'après les renseignements recueillis depuis les fouilles récemment faites, on attribue ces colonnes à un temple de Minerve Chalcidica.

Que de graves réflexions doivent occuper le penseur qui contemple les ruines de ce Forum, si glorieux jadis, où tant de grandes vertus et de grands crimes s'agitèrent, brillèrent, s'éteignirent !

Pourquoi les dominateurs ambitieux de la terre ne tournent-ils pas sérieusement leur pensée vers ce vieillard, fameux guerrier dont mille batailles avaient respecté la vie, et qui tomba ici sous le poignard de ses concitoyens? Pourquoi ne comprennent-ils pas que Dieu ne laisse agir le crime que pour punir le crime lui-même?

Ceux qui, dans leur aveuglement, se font les arbitres de sa volonté pour s'élever au pinacle de la gloire par le sang et les larmes des peuples qu'ils oppriment, s'attirent, sinon l'affreux dénoûment du grand César et du célèbre guerrier qui aspira à être son émule, du moins la haine ou le mépris des nations.

L'homme vertueux tombe quelquefois sous les coups de misérables assassins, ou languit dans l'exil, victime de l'ambition d'un tyran usurpateur ou d'un lâche ennemi puissant, mais il porte en mourant un front serein que le remords n'a jamais ridé, et son âme pure, dégagée de son enveloppe matérielle, s'envole paisiblement vers l'Éternel.

Mères, racontez donc à vos enfants, avec votre éloquence naturelle, l'histoire de quelque homme vertueux qui ait passé sa vie à s'occuper du bonheur de ceux dont il était entouré, et s'oubliant soi-même pour faire du bien à ses semblables. Ajoutez-y le récit de la juste douleur que la perte d'un tel homme doit produire généralement, des larmes sincères répandues par tous ceux dont il avait essuyé les pleurs par sa bienfaisance, son abnégation, ou sa parole qui faisait triompher la justice où elle se trouvait aux prises avec le despotisme d'un puissant ou l'hypocrisie d'un scélérat. Ouvrez à vos enfants les belles pages d'une véritable grande vie quelconque, qu'on oublie bien souvent pour exalter les vies quelquefois saturées de crimes et portant un masque trompeur.

Et dans l'émotion bien sentie que produira votre simple

récit, vous entourerez la mémoire de celui qui vous en a
fourni le sujet d'une gloire plus à envier que la plupart de
ces colonnes, de ces arcs, de ces monuments superbes, que,
depuis l'antiquité la plus reculée jusqu'à nos jours, l'orgueil ou l'enthousiasme fanatique des nations élèvent à
leurs gouvernants, quand ceux-ci, dans leur vanité démesurée, ne les commandent pas eux-mêmes de leur vivant !

Si, en visitant les ruines de Rome, mon esprit se reporte
plus fréquemment encore vers le passé que j'aime, mon
cœur n'en est pas moins sensible, dans le présent, au sympathique accueil que me font ici quelques aimables personnes. Madame M*** surtout, jeune veuve romaine d'une
âme très-affectueuse et très-expansive, m'inspire un double
intérêt par sa vive ressemblance de sentiments et de physionomie avec une de mes plus chères amies de Rio-Janeiro,
où nos deux âmes se lièrent de cette amitié profonde, inaltérable, que la présence embellit, et que l'absence fortifie au
lieu de l'affaiblir, comme il arrive aux affections vulgaires.

Quand madame M*** parle, je crois entendre cette amie
bien-aimée qui vint la dernière former la trinité de mères
de famille avec lesquelles je m'étais le plus intimement liée
à Rio-Janeiro. Son souvenir sera toujours placé parmi les
souvenirs les meilleurs et les plus caressants de ma chère
patrie, qui me suivent partout dans ces pays lointains.

N'en soyez pas jalouses, si vous lisez un jour ces lignes,
mes jeunes amies d'outre-mer ; car l'affection que je ressens
pour vous a une tout autre origine, elle tient presque à
l'affection maternelle.

Toi, ma douce Amélie, la fidèle copie morale de ce modèle parfait qu'on appelle *Daciz*, tu sauras bien me comprendre. Nourrie que tu étais de cette affection particulière
au milieu de ces nombreuses jeunes filles que j'affection-

nais comme mes propres enfants, si ton tendre attachement pour moi grandit et se fortifia avec les années, il trouva toujours dans mon cœur, tu n'en doutas jamais, plus qu'un sympathique retour, mais une de mes prédilections les plus méritées.

Quand, de ce vieux monde où je traîne de vives *saudades* (1), ma pensée franchit l'espace et va se reposer parmi les splendeurs naturelles de notre zone, au centre de ma chère famille, je t'y vois accourir avec empressement pour m'offrir, dans toute ton affection et dans ton bonheur, le doux souvenir d'un temps où je caressais l'espérance de former pour la patrie des femmes dignes de l'illustrer par les vertus du cœur et les agréments de l'esprit consacrés au bonheur de la famille.

La présence de l'archevêque de T***, que nous avons retrouvé à Rome, et qui nous y fait le plus obligeant accueil, réveille vivement dans mon esprit le souvenir d'un de ces tableaux au fond desquels ressortait l'espérance patriotique qui m'aida pendant vingt ans à accomplir la tâche la plus importante, la plus difficile que je m'étais imposée si jeune encore et avec les seules ressources de ma faible intelligence. Ce fut dans une grande réunion rassemblée autrefois au *collége Auguste* à Rio-Janeiro, pour y assister aux derniers examens annuels de littérature et de langues étrangères subis par un bon nombre de jeunes filles, que j'ai eu occasion de parler pour la première fois à ce prélat, alors nonce apostolique au Brésil. Invité à assister à ces examens et à en juger par lui-même, il s'empressa de s'y rendre avec cette affabilité et cet esprit distingué qui le caractérisent dans la société. Il parut aussi satisfait qu'émerveillé en entendant réciter dans son harmonieuse langue maternelle

(1) Mot portugais intraduisible, et qui exprime le regret profond causé par l'absence d'un objet chéri.

de beaux morceaux en prose et en vers des meilleurs auteurs dont le génie honore la belle, la noble Italie. Mais sa surprise arriva à son comble, lorsqu'une enfant sortie du milieu de ces groupes studieux lui rappela les beautés de la langue du doux Virgile en déclamant plus d'une centaine de vers de l'*Énéide*, et en traduisant littéralement quelques odes choisies d'Horace.

L'homme du vieux monde, appréciateur des grands poètes, avait raison de s'étonner en trouvant là, si loin des plages européennes, dans un pays qu'on a la naïveté de croire encore à demi sauvage, une institution de jeunes personnes, où, tout en leur enseignant la pratique des vertus domestiques, on ne dédaignait pas de cultiver leur esprit en leur révélant les beautés des Herculano, des Racine, des Shakespeare, des Gœthe, des Dante et des Virgile.

Au milieu de si grands et de si intéressants tableaux que Rome offre chaque jour à mes regards, la conversation de ce prélat me ramène constamment vers ce temps où, dans ma patrie, il me vit entourée encore d'une famille nombreuse et bien-aimée sur laquelle, depuis, s'appesantit, hélas! la main de la mort, qui la divisa entre les deux mondes d'où ses pensées cherchent sans cesse à se rencontrer dans l'espace pour se communiquer les plus chères et les plus pures inspirations du cœur attristé par l'absence.

Dans notre constant labeur à Rome (car c'est un vrai et fatigant labeur que de consacrer ses journées à l'examen des chefs-d'œuvre de la ville éternelle), il ne nous reste pas de temps pour accepter toutes les invitations obligeantes de quelques familles à qui nous avons été recommandées; car, quel que soit l'attrait de leur société, nous ne devons pas oublier notre but principal en venant à Rome.

On trouve partout les plaisirs du monde quand on les aime et qu'on les recherche; partout les bons cœurs complaisants ressortent plus ou moins parmi l'invasion du mal qu'apportent les méchants dans la société ; mais il n'y a qu'une Rome au monde pour enchaîner l'esprit et absorber la pensée.

— Un premier séjour à Rome doit être, en vérité, consacré entièrement à la contempler, à l'admirer en silence, à se laisser pénétrer de sa grandeur réelle par la méditation de ce qui lui a donné une juste célébrité dans le monde. —

La jeune Polonaise qui a fait le voyage avec nous de Gênes jusqu'ici, et qui depuis lors recherche notre compagnie avec un empressement affectueux, est la personne que nous voyons le plus fréquemment sans nous déranger, car elle nous accompagne souvent dans des excursions intéressantes, comme elles le sont toutes à Rome et dans les environs. Les tendres soins que cette noble créature prodigue à son père, respectable vieillard très-maladif, me la font regarder avec une considération toute particulière malgré son jeune âge. Le mélange d'énergie et de tendresse qu'elle possède me présente un type trop curieux pour que je n'essaye pas d'en esquisser ici quelques traits qui m'ont le plus frappée.

Troisième fille d'une famille princière de Pologne, elle voyage seule avec son père et une femme de chambre, et jouit de tout le confortable que donne une grande fortune. Elle a un esprit cultivé, parle plusieurs langues, et révèle, à l'âge de vingt-deux ans, une raison éclairée et une expérience du monde qui est l'apanage de l'âge mûr ou plutôt d'une étude approfondie du cœur humain. Ses manières, à la fois naturelles et réservées, sa contenance grave, sa physionomie douce et intelligente, son goût marqué pour tout ce qui est beau et grand, sa modestie remarquable, et plus que tout cela les attentions touchantes qu'elle a pour son père infirme, font de cette charmante fille du

Nord un véritable ange sur la terre. Enjouée et aimable envers tout le monde, elle laisse croire que son âme jouit
d'une sérénité et d'un bonheur que sa position dans la société, et la prédilection dont elle est l'objet de la part de son
père, justifient aux yeux de tous ceux qui la connaissent.

Cependant, dès le premier moment de notre liaison à
bord du paquebot, où elle voulut se mettre à côté de ma
fille, près de moi, pour que nous fussions toutes ensemble,
je remarquai sous son air enjoué une légère teinte de mélancolie qui me disait que, dans cette âme si jeune encore,
le vent desséchant des douleurs avait déjà soufflé !

Ce soir elle vint nous trouver, et notre conversation, s'é-
cartant de Rome, son sujet ordinaire, roula sur la famille,
sur l'affection puissante qui nous y attache, et qui seul
embellit réellement l'existence. Je laissais parler le cœur,
elle écoutait.

Quand j'eus fini, une larme qui brillait dans ses beaux
yeux tomba librement, et la jeune fille, ne pouvant dompter
son émotion, s'écria d'un accent qui me fendit le cœur :
« Oh ! je n'ai pas de mère, moi !... Heureuse votre fille qui
peut goûter à vos côtés ces douceurs dont vous venez de
dépeindre les charmes ! »

Et après avoir ajouté tout ce que sa sympathie pour nous
lui suggérait, elle dit mélancoliquement ces mots d'un scepticisme déchirant chez une personne de son âge : « Rien
ne peut me plaire dans le monde, ni m'y toucher profondément ; je ne crois plus à rien ; mon cœur est comme
les dernières feuilles que balaye le vent d'automne !...
On s'étonne dans le monde, et vous, chère madame, vous
allez vous étonner à votre tour, d'apprendre ma résolution de me faire sœur de charité ; mais c'est parce qu'on
ignore que je ne suis plus sensible à rien, que ni la douleur ni le plaisir ne peuvent plus remuer les cendres

de mon cœur. » Et elle se tut, suffoquée par les sanglots.

« Pauvre enfant de la fortune ! lui dis-je en l'embrassant ; vous vous dites inaccessible à tout, et la souffrance vous brise ainsi le cœur !... Vous vous croyez insensible, et ces larmes expriment éloquemment le contraire..... Ceux mêmes qui n'auraient pas, ainsi que moi, compris votre âme, reconnaîtraient la profondeur du chagrin qui vous écrase, à la seule véhémence dont vous vous êtes écriée : « Je n'ai plus de mère, moi ! » s'ils savaient que cette mère vit encore... Mais, mon enfant, comment, avec la tendresse filiale que je vous connais envers votre père, pouvez-vous penser à l'abandonner pour aller donner vos soins à d'autres, tandis qu'il se mourra de chagrin et d'isolement loin de la patrie ! Je rends assez justice à votre esprit éclairé, pour ne pas croire que c'est le fanatisme qui vous porte à vous dépouiller de l'auréole des vertus domestiques et particulières que vous exercez envers de pauvres malheureux avec la spontanéité et la modestie qui leur donnent un si grand prix, pour aller vous soumettre à une règle où la charité, devenue officielle, finit par la froideur ou par l'indifférence, inséparable de tout ce qui est officiel !... Laissez aux malheureuses jeunes filles sans appui, ou à celles qu'appelle une sincère vocation, la tâche de remplir les devoirs de charité, sous la direction de ces ordres divers parmi lesquels j'ai tant distingué naguère l'ordre institué par le grand saint Vincent de Paul. Mais vous, que la nature et la fortune douèrent si prodiguement de leurs trésors, vous pouvez, sans quitter votre père, vous frayer une route parmi l'humanité souffrante, en y répandant la rosée de la bienfaisance. Votre esprit vous égare, faites-y attention ! Ne vous laissez pas conduire d'après les fausses notions que vous donnent certains êtres moins intéressés à vous guider dans la voie du salut qu'à s'approprier votre fortune. Craignez un pieux enthousiasme momentané, qui peut vous attirer de grands remords sans mieux vous rapprocher de Dieu. Le premier devoir d'un enfant est d'aimer ses parents et de les assister de ses soins, de les consoler, de charmer leur vieillesse par de tendres égards, comme vous le faites en entourant votre père des bénédictions qu'il entend chaque jour de la part de ceux que votre charité soulage. C'est là la tâche la plus noble que saint Vincent de Paul lui-même vous conseillerait, si vous renonciez à jamais au bonheur d'être épouse et mère. Puis, que de bien peut répandre sur la terre une personne dans votre position, qui allie, comme vous, à un cœur charitable un esprit solide et tant d'intelligence ! Mais si l'amour de la famille, ni l'aspect du bonheur que vous pouvez procurer à tant de victimes de la misère en les arrachant à la lenteur ou à l'humiliation de la charité publique, ne sont pas assez puissants chez vous pour vous arrêter dans cet essor dangereux que prend votre imagination, j'en suis sûre, réfléchissez du moins aux paroles que vous venez de prononcer vous-même sur l'état de votre cœur.

« S'il était possible de ressentir à votre âge cette indifférence, cette sécheresse inouïe que vous voulez affecter, et s'il était vrai que rien ne vous touchât plus, qu'iriez-vous donc offrir à Dieu aux pieds des autels? Un cœur sec, froid, sans amour enfin, peut-il être digne de Dieu? Où serait donc le sacrifice? à quoi servirait l'accomplissement des nouvelles obligations que vous contracteriez?

« Chère enfant, rappelez-vous les paroles de l'Apôtre :
« Quand je parlerais toutes les langues des hommes, et le
« langage des anges mêmes, si je n'ai point l'amour, je ne
« suis que comme un airain sonnant et comme une cym-
« bale retentissante; et quand j'aurais le don de prophétie,
« que je pénétrerais tous les mystères, et que j'aurais une

« parfaite science de toutes choses; quand j'aurais encore
« toute la foi possible, jusqu'à transporter les montagnes,
« si je n'ai point l'amour je ne suis rien ; et quand j'aurais
« distribué tout mon bien pour nourrir les pauvres, et que
« j'aurais livré mon corps pour être brûlé, si je n'ai point
« l'amour, tout cela ne me sert de rien. »

« Cet amour dont parle l'Apôtre est ce qu'il y a au
monde de plus opposé à toute sorte d'égoïsme : la charité. Consultez-vous bien, et examinez si une sorte d'é-
goïsme n'entre pas pour beaucoup dans votre résolution de
laisser la maison paternelle, où il ne reste plus que vous
pour en éloigner la sombre tristesse qui dévore votre père.
Après le malheur qui l'a frappé, pourra-t-il résister à ce
dernier chagrin?

«Oh ! ma chère enfant, épargnez, épargnez-lui de boire
à la coupe amère des chagrins paternels ! Ne brisez pas
une corde encore intacte de son cœur. Laissez-lui du
moins l'illusion de votre sincère attachement à sa vie triste
et maladive! Ajournez, pour ce bon père qui vous aime
tant, l'accomplissement de votre projet, et bientôt peut-
être aurez-vous occasion d'apprécier la prudence d'un
conseil dicté dans votre propre intérêt par quelqu'un qui
vous affectionne et qui compatit sincèrement à vos douleurs ! »

Cette noble jeune fille parut quelques instants recueillie
dans ses réflexions; elle me parla avec effusion de l'amitié
tendre et du respect presque filial que je lui inspirais, puis,
se levant, elle m'embrassa ainsi que ma fille, et s'en alla rejoindre son père.

Quelle impression auront produite mes paroles sur cet
esprit singulier, sur le cœur de cette jeune fille déjà sans
croyance, comme elle le prétend, mais qui se trouve seulement, en réalité, sous l'influence d'une grande affliction?

Elle ne restera pas longtemps à Rome ; mais à Paris, où elle a l'intention d'aller faire son noviciat, ou dans sa patrie, si elle renonce à ses projets d'anéantissement, je suis sûre qu'elle se rappellera souvent les simples réflexions qu'elle a entendues de moi ce soir.

Après qu'elle fut partie, mon esprit, qui n'avait été d'abord préoccupé que de l'arrêter sur la pente de l'abîme où elle allait tomber en entraînant son père, s'attrista profondément au souvenir amer d'un événement que la résolution de cette jeune personne me rappela vivement. Les caresses de ma chère enfant détournèrent cependant bientôt ma pensée de ce nuage qui passa un instant sur l'horizon si clair et si pur de notre vie à deux ; et j'entendis avec ravissement ses réflexions sur l'erreur d'une jeune fille qui croit accomplir une bonne action en abandonnant des parents dont elle est la seule consolation, pour aller se faire religieuse, dans le soi-disant but de servir l'humanité, quand elle offense la nature en faisant couler les larmes d'un père ou d'une mère chérie, de toute une famille qui l'adore et dont elle se sépare à jamais !

Nous plaignîmes donc de cœur la riche, la brillante jeune fille qui venait de nous quitter, et nous fîmes des vœux sincères pour qu'elle reconnût son erreur lorsqu'il était encore temps d'éviter à son père ce dernier malheur, et à elle un cruel repentir.

Cette intéressante jeune personne appartient à une famille fort riche et considérée, à qui ni la fortune ni la considération ne purent épargner les tristes résultats d'une chute que la plus pauvre, la plus simple des femmes sait éviter quand dans sa poitrine elle sent battre un vrai cœur de mère.

On devrait tout excuser aux femmes tant qu'on ne s'occupera pas sérieusement de leur éducation ; mais on ne doit jamais pardonner aux mères qui abandonnent leurs enfants pour se livrer au torrent des passions !

Mais les exemples de la corruption des mœurs, qu'on signale avec indignation ou mépris dans le peuple, sont souvent accueillis avec un sourire encourageant, avec d'obséquieuses salutations, quand ils se montrent sous la splendeur d'une grande fortune ou entourés du prestige d'une couronne !

Détournons les yeux de ces scènes affligeantes qu'on rencontre partout, plus ou moins en relief, selon le talent des acteurs qui les reproduisent, et réconfortons-nous en présence de celles qui font honneur à l'humanité.

Ainsi que la vue se récrée à l'aspect d'un beau site ou d'une production de maître représentant un beau sujet, de même l'esprit aime à se reposer dans la contemplation de la conduite des cœurs nobles et vertueux.

Dans mon humble jugement, j'ai toujours trouvé que les poëtes et les peintres ont tort de reproduire dans le drame et sur la toile, avec tant de vivacité, les passions qui dégradent l'espèce humaine ; la littérature et les beaux-arts ne devraient jamais s'attacher qu'à faire ressortir les beautés morales et naturelles, à perpétuer les actions et les scènes ennoblissant l'homme et produisant sur l'âme de ceux qui les voient représentées soit dans un tableau, soit sur le théâtre (cette éloquente école si détournée de son but !), l'impression salutaire de la vertu, et non pas l'image repoussante du vice.

Porter sur le théâtre les vices et les crimes des temps passés, c'est chercher, dit-on, à en guérir la génération actuelle. Il semble pourtant que la constante succession des fléaux transmis de siècle en siècle jusqu'à nous démontre bien l'inefficacité de cette méthode. Pour opérer cette guérison si importante et si souhaitable, il faudrait, ce me semble, une méthode plus capable de mieux diriger l'éducation morale des peuples, en les préparant dès l'enfance à adorer la vertu et à détester le vice, quelle que soit la forme sous laquelle il se présente.

Le saint amour de la famille, qui fait la base principale du grand, du noble amour de la patrie, m'offre dans deux maisons de Rome des tableaux intéressants et fort dignes d'être imités. J'y reposerai donc ma pensée attristée par l'aveu affligeant que vient de nous faire la charmante Polonaise. Une de ces maisons est habitée par une grande famille: un mari, une femme et huit enfants élevés tous sous le toit paternel. On y met en pratique les vertus traditionnelles de la matrone romaine et du sévère républicain. C'est assez de l'avoir connue pour comprendre que les mœurs pures, la vraie noblesse, celle du cœur, et les principes austères d'une saine morale existent encore chez le peuple romain, malgré tous les bouleversements qu'il a éprouvés et l'abaissement dans lequel il se trouve. Aussi digne Romain que chrétien éclairé, le chef de cette estimable famille, M. F***, déplore sincèrement que son ami Mastaï Ferrati, à qui il donna jadis l'hospitalité, et qu'il aime toujours avec dévotion, ne réalise pas, devenu Pie IX, les espérances qu'on avait mises en lui; son esprit solide, imprégné de la douce doctrine du Christ, si pleine de simplicité, prévoit avec douleur le résultat, définitif, dit-il, des abus existant de longue date. Un de ces jours derniers, dans une excursion que nous fîmes, accompagnées de lui et de ses filles, il me parlait avec profondeur et d'un air fort attristé, sur l'état politique et moral de Rome. En passant à l'endroit où ont lieu les exécutions capitales, ses traits nobles et calmes se contractèrent visiblement; il me montra ce lieu sinistre avec un geste éloquent d'horreur.

« La suppression du pouvoir temporel ajouta-t-il, devient de plus en plus nécessaire ; dans notre siècle surtout, il est une honte et une calamité pour notre religion. Au temps où nous vivons, tout le monde comprend que, l'envoyé d'un Dieu ayant prêché la paix, la charité, le pardon des offenses, celui qui le représente ne doit pas se servir, comme les rois de la terre, d'une loi inouïe qui leur permet de faire tuer leurs semblables. Son tribunal doit être tout d'amour, jamais de sang..... »

J'étais à peine entrée en Italie, que plus d'une fois le développement de cette idée a frappé mon oreille, et je me demande quel sera le résultat final du nouveau mouvement qui s'y prépare. Que d'autres, plus compétents que je ne le suis pour aborder un aussi grave sujet, prononcent. Quant à moi, je ne fais qu'écouter et passer.

Le digne père de famille dont je viens de rapporter à peine quelques mots n'est pas un savant, ni un brillant littérateur faisant des phrases pour attirer l'attention de ceux qui l'entendent ; il est mieux que tout cela, c'est un penseur. Fort simple dans l'exposition de ses idées, et n'ayant aucunement la prétention de les imposer à personne, il marche prudemment, droit et ferme dans ses convictions, à travers les clameurs sourdes qui s'échappent çà et là des poitrines romaines !...

Dans la seconde maison dont je parle plus haut, habite depuis vingt-quatre ans une famille portugaise d'un mérite peu vulgaire, et recommandable pour les belles qualités du cœur et pour l'esprit éminemment religieux qui la distinguent. C'est une des très-rares familles du midi qui conservent en toute plénitude, au milieu des idées nouvelles qui se font jour parmi la société actuelle, la fermeté des croyances de leurs ancêtres. Sa vie s'écoule dans l'exercice de toutes les vertus domestiques, qui lui réconfortent l'âme

loin de là patrie après laquelle elle soupire sans cesse,
quoique tous les membres de cette famille vivent ensemble
à Rome. Le long séjour qu'elle a fait dans cette ville paraît
l'avoir identifiée avec les habitudes romaines, comme elle
s'est familiarisée avec la belle langue qu'on y parle. Mais
peut-on jamais oublier le charme de la terre natale, ce
charme particulier, indéfinissable qui nous attache au coin
de terre quelconque sur lequel nous avons fixé nos premiers
regards, où nous avons reçu nos premières inspirations ?
L'image lumineuse de la patrie est toujours présente à ceux
qui en sont éloignés, et attire puissamment vers elle les
nobles, les intimes élans du cœur, si ce cœur n'a pas été
desséché par l'indifférence, au contact des passions arides
d'un monde sans poésie !

Une fille du roi déchu don Miguel, très-intéressante
jeune personne, a été élevée par cette famille portugaise et
y vit entourée de tendres soins, d'un dévouement sincère
qui la dédommagent d'un certain rang auquel elle aurait
droit si la fortune n'avait pas tout à fait abandonné son
père. Douée de précieuses qualités du cœur et d'une grande
droiture d'esprit, cette digne jeune fille, en se livrant, près
de l'estimable famille qui l'adore, aux occupations de son
sexe et à l'étude de la harpe, semble cependant plus heureuse que bien des grandes princesses entourées du faste et
de la considération factice des cours ! En la voyant si douce,
si modeste, si simple, on ne pourrait se douter qu'elle est
une descendante de l'illustre maison de Bragance.

Le chef de la famille où vit cette jeune personne était autrefois secrétaire de don Miguel, et il le suivit dans l'exil
quand ce prince fut chassé du trône de Portugal par son
frère don Pedro, premier empereur du Brésil. Ayant abdi-
qué et cédé à son fils la couronne de ce vaste empire, don
Pedro passa, comme on sait, en Europe, et vint livrer ba-

taille à don Miguel; il combattit en brave soldat sur les
remparts de Porto (asile hospitalier du royal expatrié
Charles-Albert), et, ayant été proclamé roi de Portugal,
il abdiqua de nouveau en faveur de sa fille Marie II, née à
Rio-Janeiro.

Femme compatissante, reine énergique, épouse vertueuse et modèle des mères, cette noble et digne fille d'une
sainte princesse dont le Brésil vénère encore la mémoire
et du grand prince qui proclama l'indépendance de cet
empire, sut braver avec dignité les orages des partis qui
s'agitèrent sous son règne, et élever ses enfants dans les
principes les plus solides d'amour et de morale.

Plaise à Dieu que ces principes se développent toujours
sous l'influence du progrès moderne chez son fils aîné, le
jeune roi actuel du poétique Portugal. (1)

LE TOMBEAU DU TASSE

Quand la main de fer de l'infortune pèse sur un homme
de génie et enchaîne sa vie au poteau de la douleur, les
rayons qui jaillissent de ce foyer divin répandent une lumière plus brillante, une chaleur plus douce, plus vivi-
fiante que si le malheur ne l'avait jamais visité.

L'esprit jouit et s'exalte sous l'influence d'une belle poésie; le cœur s'intéresse aux malheurs du poète et gémit de
ses gémissements, quand ce poète se trouve placé sous
l'oppression d'un despote ou sous l'ingratitude des hommes,
loin de sa patrie ou dans son propre sein. Dans son exil à
Tomès dans le Pont-Euxin, Ovide modulant ses *Tristes*,
le Camoëns languissant dans la misère après avoir illustré

(1) A l'heure où nous publions ces lignes, Pedro V n'existe plus; il est
mort en 1861. Son frère Louis Iᵉʳ lui a succédé.

sa patrie par son courage guerrier et par ses chants sublimes ; Dante, ce Titan de la poésie moderne, errant fugitif de ville en ville, et élevant dans sa *Divine comédie* le plus grand monument de gloire littéraire à la chère patrie dont une faction antipatriotique l'avait exilé ; André Chénier, ce beau génie de la France, montant sur l'échafaud et y laissant cette jeune tête qui renfermait, si jeune encore, tant de précieuses choses ; Antoine-Joseph, chantre brésilien, expirant dans la foi du Christ, avec tout son amour et ses tendres souvenirs natals, sur le bûcher du saint Office, à Lisbonne ; Kœrner changeant sa lyre pour l'épée et mourant pour sa patrie à la bataille de Leipzig ; Milton, le grand poëte républicain, arrêté par ordre de Charles II pour avoir fait l'apologie de la sentence qui condamnait le malheureux Charles Ier ; tant d'autres génies qui composent la série illustre d'infortunés de cet ordre dans les diverses circonstances de la vie ; et enfin le fameux chantre de la *Jérusalem délivrée*, jeté au fond d'un cachot, et refoulant dans son cœur les larmes d'un amour malheureux ; le Tasse, que la liberté reconquise et les hommages qui la suivirent ne purent jamais arracher à la sombre tristesse dans laquelle il languit et mourut : toutes ces âmes d'élite, dis-je, recevant le sacre de l'infortune et du martyre, n'excitent-elles pas un intérêt plus vif, plus touchant chez celui qui lit leurs œuvres, que ces hommes de génie qui vécurent ici-bas, toujours bercés mollement par la brise du bonheur ?

Quel est le cœur sensible qui pourra lire sans être profondément ému les compositions de la sublime Lesbienne qu'engloutirent les flots de Leucate ? et qui ne donnera une larme à Héloïse, quand on parcourt ces tendres, ces éloquentes pages dans lesquelles, au fond même du cloître, elle versait toute son âme en s'adressant à son cher Abélard ?

Le cœur humain, quelque mal qu'on en dise, ressent

toujours, au fond, une sympathie irrésistible pour tous ceux qui souffrent sous le poids d'une grande infortune.

Peu de jours après mon arrivée à Rome, je me suis empressée de me rendre à l'église du couvent de Saint-Onufre pour y visiter le tombeau du Tasse. Il était trois heures de l'après-midi lorsque nous arrivâmes au haut de la colline Janicule, où se trouve ce couvent. L'église était fermée, et un profond silence régnait autour de ce dernier asile du poète. Mon enfant et moi nous nous promenâmes pendant quelques instants sous les petites arcades où des sépultures indiquées çà et là augmentaient la mélancolie de ce lieu.

Je sonnai deux fois à la porte du couvent pour qu'on vînt nous ouvrir l'église. Personne ne paraissait. Ne voulant pas descendre le Janicule sans avoir accompli le projet qui m'y avait amenée, je sonnai de nouveau : l'écho seul répondit à cet appel. Enfin ma persistance triompha ; je vis une fenêtre d'en haut s'ouvrir, et une tête de moine y apparaître. J'exprimai alors le désir de visiter l'église, et aussitôt le bon paresseux, qui dormait paisiblement la *siesta* avec ses confrères, eut la complaisance de descendre et de nous ouvrir l'église.

Tout à l'entrée de celle-ci, du côté gauche, se trouve le monument érigé dernièrement au grand génie de Sorrente, au malheureux prisonnier de Ferrare. Une statue de beau marbre, mais fort loin encore de la perfection de celles de Torwaldssen, et de Canova, représente le poète entouré de tous les attributs de son génie ; des bas-reliefs et des inscriptions indiquent ses ouvrages, sa vie et sa mort. Sous une dalle du pavé reposent ses restes mortels apportés du couvent attenant à cette église, où il passa ses derniers jours, livrant aux austérités du cloître ce corps et cet esprit affaibli par le chagrin qui le consumait. Le bon moine se donnait inutilement la peine de nous expliquer les sujets représentés dans cette chapelle, sujets qui avaient rapport à la vie du Tasse, si connue. Je regardais, mais mon esprit était tout préoccupé de la triste fin de ce génie qui laissa à l'Italie ses riches trésors, et dont les œuvres avaient charmé tant de fois mes instants de loisir sous mon beau ciel natal. Maintenant, en face de sa tombe, je voulais une prière pour la lui offrir, et je la trouvai dans une larme qui, là, se confondit inaperçue avec les hommages silencieux que tout étranger arrivé à Rome ne manque pas d'aller rendre à l'amant malheureux d'Éléonore, dans ces lieux où s'exhala, avec sa vie, son dernier soupir pour elle !...

Pour la première fois j'ai regretté la sévérité qui interdit aux femmes d'admirer les œuvres d'art renfermées dans les couvents des religieux. Ces bienheureux moines, dont un certain nombre sait si bien tirer parti de sa béatitude, peuvent parler aux femmes en toute liberté au dehors, mais leur règle ne leur permet pas de les laisser pénétrer dans l'intérieur de leur sainte habitation pour qu'elles puissent avoir l'innocent plaisir de contempler en artistes ou en simples amateurs les peintures que de grands maîtres y ont laissées !

Plus que tous ces objets d'art, que, du reste, on trouve en si grand nombre partout en Italie hors des couvents, j'aurais voulu voir la cellule où le Tasse mourut; les objets qu'il toucha de ses mains et qu'on y conserve encore; j'aurais voulu descendre au jardin pour voir le tronc de l'arbre favori sous lequel il s'asseyait souvent dans ses moments mélancoliques, l'imagination toute pleine des diverses scènes de sa vie agitée ! Cet arbre était un chêne dont le feuillage ombrageait encore, au commencement de ce siècle, la place où le Tasse aimait à aller se reposer. On

dit que ce chêne séculaire a été renversé par un ouragan
en 1842 seulement, deux siècles et demi après qu'un ouragan moral avait emporté le dernier souffle du poëte !

L'église de Saint-Onufre renferme aussi les tombeaux du
poëte Alexandre Guidi, de Barclay, l'auteur de l'*Argenis*, et
du célèbre polyglotte Mezzofanti, ainsi que quelques fresques du Pinturicchio, etc. Mais ma pensée était trop absorbée par le souvenir du Tasse, qui m'avait attirée dans ce
lieu, pour que je pusse fixer mon attention sur les objets
qui ne me parlaient pas de lui.

LA VOIE APPIENNE

Parmi les gigantesques et admirables travaux des anciens Romains qui surprennent l'esprit des modernes, on
place en premier ordre la voie Appienne, commencée par
le censeur Appius Claudius, dont elle tire son nom, et con-
tinuée depuis par ses successeurs, qui eurent à surmonter
de grandes difficultés à travers les rochers inaccessibles,
les marais Pontins, etc., pour la prolonger de Rome jusqu'à
Capoue.

C'est sur les deux bords de cette voie qu'on déposait
généralement les restes des personnes riches.

Les ruines qu'on y remarque encore dans la partie con-
fondue avec la campagne de Rome, et qui sont l'objet de
fouilles récentes, excitent le plus grand intérêt et fournissent aux archéologues une ample matière d'études et de
discussions.

Souvent, vers le coucher du soleil, lorsque ma fille et moi
nous sortons d'une église ou d'une galerie, les yeux fatigués
d'examiner les beautés qu'elles renferment, nous donnons
l'ordre au cocher de nous conduire vers la porte Capena,

et nous nous trouvons sur cette voie, où chaque jour un objet nouveau attire notre attention et rafraîchit notre mémoire au milieu du plein air, de la campagne la plus solennelle et la plus éloquente de toutes les campagnes désertes.

Aujourd'hui nous y sommes retournées encore, non pas à l'heure habituelle ni seules comme les autres fois, car notre excursion devait être longue à travers les grandes solitudes qui commencent aux portes de Rome !

La matinée était belle et sereine; le doux soleil d'avril versait ses rayons bienfaisants sur cette vaste plaine solitaire, et éclairait un superbe horizon en dessinant la ceinture de montagnes qu'on découvre au loin. Le printemps si radieux, si parfumé sous le ciel d'Italie, répandait partout ses gracieux sourires, et contrastait singulièrement avec la mélancolique pensée que nous inspiraient les ruines des tombeaux de la voie Appienne.

Ma chère Polonaise, son père et un ecclésiastique piémontais, qui est presque toujours avec eux à Rome, nous accompagnaient dans cette excursion, ainsi qu'un Français et un Belge. Le premier est un homme d'environ soixante ans, qui a passé une partie de sa vie à voyager; il conserve, à son âge, un caractère gai et les manières de la bonne compagnie. Le second réunit le sérieux du magistrat, dont il exerce les fonctions dans son pays, à beaucoup d'érudition et à une délicatesse de manières qui est l'apanage d'une éducation distinguée.

Le père de la jeune Polonaise désira d'abord visiter les catacombes de Saint-Sébastien ou Saint-Calixte, et nous nous rendîmes à cette église. Un capucin se présenta pour nous servir de guide, et, avant de nous conduire, il nous montra dans une des chapelles de l'église les reliques de quelques-uns des martyrs, trouvées dans les catacombes; il nous fit voir aussi un morceau de la colonne où saint Sébastien fut attaché; ainsi qu'une des flèches qui furent arrachées de son corps après le supplice, et la pierre conservant l'empreinte de deux pieds qu'il dit avoir été ceux du Christ lui-même. Puis il distribua à tous les visiteurs de petits cierges attachés au bout d'un bâton, et nous descendîmes ainsi dans les sombres demeures dont l'origine a été tant discutée par ceux qui se sont occupés de l'histoire de cet immense et inextricable réseau de chambres, de corridors, de galeries souterraines s'étendant dans diverses directions autour des remparts de la ville et dans la campagne, et qu'on appelle catacombes de Rome !

Nous nous trouvions dans une des soixante galeries environ qui sont connues, et l'on estime, dit-on, qu'il y en a trois fois plus encore à découvrir.

C'était quelque chose de fantastiquement lugubre que de voir les lumières portées par nous, isolées les unes des autres, vacillant sous les voûtes noircies de ces catacombes au milieu desquelles nous marchions deux à deux en projetant notre ombre sur toutes les tombes vides dont on avait tiré les restes d'un martyr, et d'autres qui y avaient été déposés autrefois. Ce dédale de corridors étroits, de galeries remplies de l'un et de l'autre côté, de tombes ouvertes, où l'on ne pourrait errer sans guide, était à peine éclairé par les petites torches que nous tenions à la main. Le guide s'arrêtait à chaque pas pour nous indiquer la place où avaient été trouvés les ossements d'un saint : ici, une inscription; plus loin, les débris d'un autel, etc. Il répétait ses paroles étudiées, et les accentuait avec une onction profonde et habituelle.

Tandis que le bon moine, ignorant que ces vastes souterrains avaient été naguère une carrière d'où les Romains retiraient les matériaux pour construire leur ville, les montrait aux visiteurs comme ayant été pratiqués par les pre-

miers chrétiens, je me recueillais, moi, tout émue, dans
mes pensées ! Sur le même sol obscur et humide de ce
labyrinthe sépulcral, sanctifié par les premiers chrétiens
de Rome qui venaient dérober ici à leurs persécuteurs la
célébration des cérémonies religieuses, je sentais redoubler
mon admiration pour cette petite légion de vrais croyants,
si grande, si sublime par son courage, sa persévérance et
son abnégation, travaillant pour faire fleurir un principe
d'où devaient émaner l'amour, la paix générale, le bonheur
pour le genre humain. Et le souvenir trop affligeant de
tant de siècles de calamités morales après l'œuvre des
martyrs, ainsi que la réalité actuelle, se présenta à mon
esprit et l'attristèrent profondément !

Je fus heureuse de revoir la lumière du jour ; le beau
soleil du printemps chassa mes sombres pensées, et je
pus me livrer à la contemplation des autres objets qui s'offraient à mes yeux. Pour plaire aux personnes qui étaient
avec nous, nous descendîmes à la petite église de *Domine
quo vadis?* « Seigneur, où allez-vous? » C'est là que la
légende fait apparaître le Christ à saint Pierre lorsque
celui-ci cherchait à s'éloigner de Rome, où il devait se
laisser sacrifier au triomphe de la religion chrétienne ; sur
une pierre placée au centre de l'Église on montre la copie
fidèle de l'empreinte des deux pieds que nous venions de
voir à l'église de Saint-Sébastien. En nous trouvant tout près
du chemin qui conduit à l'ancienne route d'Ardea, nous le
suivîmes après avoir examiné les ruines du tombeau de Pris-
cilla, en face de la petite église *Domine quo vadis?* pour aller
voir les colombarias des affranchis d'Auguste et de Livie.
C'était la seconde fois que je descendais dans ces étranges
édifices sépulcraux bâtis par les Romains pour y déposer
dans des urnes les cendres de leurs affranchis, dont on
brûlait les corps après leur mort, usage répugnant qu[1]

commença à disparaître depuis le règne des Antonins.

J'avais besoin du grand air, et je le respirai enfin en sortant de ce dernier colombaria, où la curiosité m'avait amenée. Nous continuâmes notre excursion en reprenant la *via Appia*, où nous nous arrêtâmes pour examiner le tombeau de Cécilia Metella, mausolée gigantesque et le mieux conservé de son époque. Le peu qui reste de cette admirable tombe donne une idée de sa magnificence passée. Tout à côté, nous visitâmes le terrain où l'on voit encore les vastes débris du cirque de Romulus, fils de Maxence, et nous cueillîmes, en nous en éloignant, quelques fleurs sauvages épanouies sur ce coin de terre si désert maintenant, là où jadis une foule immense faisait entendre des applaudissements bruyants mêlés aux sons de la musique qui, du haut des tours, excitait à la course les chevaux et les cochers.

Les tombeaux de la voie Appienne, ou, pour mieux dire, les débris qui en restent, commencent à se montrer ici plus rapprochés les uns des autres. Notre voiture roulait sur les dalles antiques découvertes dans ce siècle, et, de l'un comme de l'autre côté de la route, quantité de ruines, de tombes, de palais, de colonnes, de villas, se présentaient à nos regards et attiraient plus ou moins notre attention. Ici, un monticule, que l'on croit être le tombeau de Sénèque, désigne la place voisine où était sa villa. C'est ici, dit-on, qu'il reçut, étant à table avec Pauline sa femme et deux amis, le message de Néron, et qu'il se fit ouvrir les veines. Là, les ruines de l'immense villa des Quintillini, ces riches frères que l'empereur Commode fit tuer pour s'emparer de leur fortune. Partout un souvenir, une ruine, s'offre à l'étude de l'archéologue, à la curiosité de l'amateur, à la méditation du philosophe qui aime à voir dans le passé, à réfléchir sur le présent, et à espérer dans l'avenir !...

En parcourant plus loin la voie Appienne, je fixai mes regards sur les ruines d'un temple, d'un mausolée où croissent maintenant des plantes qui envahissent l'œuvre périssable de l'homme !

Je cherchais en vain parmi les débris des tombes quelques-unes de celles dont j'avais pensé trouver encore les restes. Mais là, comme ailleurs, le voyageur éprouve souvent une grande déception quand il ne compte pas sur les ressources de son imagination pour se représenter les œuvres de l'antiquité qu'il visite.

— Il ne plaît pas toujours aux descendants de conserver les noms qui se sont rendus honorables par d'illustres dangers, des entreprises magnanimes ou des vertus difficiles ! Les générations, méprisant leurs ancêtres, ne se trouvèrent point satisfaites en détruisant ou en abandonnant leurs œuvres admirables ; les cendres et les os recueillis dans les tombes par des mains pieuses furent souvent arrachées à leurs urnes, jetées au vent ou livrées à l'indifférence des multitudes. —

Aucun soin ne m'a jamais paru plus sacré que celui que les vivants mettent à vaincre, pour ainsi dire, autant qu'on peut le faire, le temps et la mort elle-même, en conservant par des cérémonies et des honneurs, soit publics, soit particuliers, le souvenir des morts.

On voit dans tous les temps, chez les nations civilisées, chez les barbares, et même chez les sauvages, les soins pieux avec lesquels, au moyen du feu où de différents baumes, on s'efforçait de préserver les restes mortels d'une complète destruction et à perpétuer la mémoire des morts par quelques signes exposés à la vénération publique. Ceux qui ont dans l'esprit un rayon de lumière pour percer les ténèbres de l'avenir, et dans le cœur un vrai sentiment religieux, ne voient jamais sans une mélancolie pieuse et un respect profond les sépultures, dernier asile ici-bas où chacun doit inévitablement descendre.

Aucune profanation ne saurait donc égaler celle dont les tombes ont été l'objet, ici et ailleurs, dans les temps reculés et même de nos jours.

Nous nous éloignions toujours de la ville, au milieu de ces innombrables débris, en regardant de temps en temps cette immense campagne inculte, où les bestiaux et quelque rare passant foulent les os des illustres Romains. Là, c'était la place du fameux combat entre les Curiaces et les Horaces. Où sont-ils, les débris des cinq tombes de ces braves mourant si héroïquement pour leur patrie? Où est celle de la malheureuse Camille, qui devait en être tout près? Pas une seule pierre de ces tombes auprès de laquelle le voyageur puisse méditer sur ce terrible événement !

L'archéologue Canina considère pourtant comme les tombeaux des Horaces et des Curiaces les débris qu'on voit au cinquième mille de Rome, à droite quand on sort de la ville : « une éminence de terre sur un soubassement de construction étrusque. » On cherche, par des fouilles récentes, à s'éclairer sur les ténèbres que les siècles et les ravages des générations passées ont jetées dans cet immense dédale souterrain que le travail de plusieurs générations futures pourra à peine mettre au jour.

Arrivé à Casale, énorme tombeau circulaire qu'on dit être celui de Messala (Corvinus), l'ami d'Auguste et d'Horace, nous montâmes sur la cime, où l'on a bâti une maison et une cour, et d'où l'on découvre une belle vue. Puis, continuant jusqu'aux colonnes brisées d'un temple d'Hercule, nous retournâmes sur nos pas jusqu'à moitié de la route que nous venions de parcourir. De là, nous prîmes un chemin à travers la campagne pour aller voir une basi-

7

lique et deux tombeaux magnifiques, dernièrement découverts.

Les bas-reliefs des tombeaux sont d'un travail remarquable ; l'admiration qu'ils excitèrent en moi me récompensa
bien du sacrifice que je faisais de descendre encore dans les
chambres sépulcrales pour les voir à l'aide de torches
qu'allume le guide pour qu'on puisse les examiner. On y
a aussi découvert le pavé antique à larges dalles, bien
différent de celui de la Rome actuelle, où l'on ne peut faire
quelques pas sans se fatiguer les pieds au contact des
petites pierres dont il est composé. On voit partout, dans
les travaux modernes de ce pays, que les Romains ont
dégénéré jusque pour les choses les plus simples.

Pour visiter des endroits où les voitures ne pouvaient
aller, nous ordonnâmes au cocher d'aller nous rejoindre
à une certaine distance, et nous poursuivîmes notre excursion à pied pendant quelque temps. En marchant alors au
milieu de cette campagne déserte, ou plutôt sur cette vaste
tombe où tant de gloires et tant de splendeurs sont ensevelies, j'éprouvai une émotion à la fois de grandeur et de
tristesse dont je ne saurais me rendre compte. L'herbe
printanière au milieu de laquelle nous marchions se cour-
bait mollement au souffle de la brise qui portait à mes
oreilles mille récits mystérieux de ces vieilles générations
que nous foulions en marchant ! J'entendais à peine les
paroles des personnes avec qui nous nous trouvions. Mon
âme avait soif de cette plénitude de sensations que m'offrait
la campagne solennelle de Rome, et j'y buvais à longs
traits des inspirations que ma pauvre plume ne pourrait
rendre ! Lorsque quelqu'un de ceux qui nous suivaient
m'interrogeait ou me faisait remarquer quelque objet, je
lui répondais machinalement, car j'étais toute préoccupée
de la succession des événements qui transformèrent cette

partie de Rome, si splendide, si animée jadis, en une plaine
morte et déserte. De chaque brin d'herbe comme de chaque
ruine, il me semblait entendre sortir un murmure contre
les générations qui l'ont ainsi transformée, et aussitôt mon
imagination me représentait tant de peuples divers extermi-
nés par ces redoutables conquérants sur le sort desquels je
m'apitoyais en foulant leur sol. Et une voix portée par la
brise parfumée de l'Orient me soufflait à l'oreille : « Ils ont
mérité leur sort, ces fiers Romains qui se présentaient en
maîtres chez les autres nations, et les rendaient à jamais
obscures pour illustrer aux dépens de leurs larmes, de
leur sang et de leurs dépouilles glorieuses, la victorieuse
Rome ! »

Et, en effet, enivrée dans la gloire de ses triomphes
nombreux sur tant de nations renommées par les guerriers
magnanimes et les grands génies qui les honorèrent, cette
antique dominatrice du monde ignorait que la sage providence ne laisse agir et s'élever la tyrannie que pour la faire
tomber de plus haut, et offrir au monde un exemple éclatant de sa justice éternelle.

Quelle dévastation exercée sur la despotique Rome fut
jamais plus à déplorer que celle qui fut portée par ses
guerriers féroces sur la splendide mère des arts, l'illustre,
la savante, la philosophique Athènes ?... « Entamé par le
vorace Patrice Sylla, profané par les dérèglements du trium
vir Marc Antoine » et de tant d'autres, le grand foyer d'où jail-
lirent tous les rayons qui éclairèrent les nations postérieures
est encore maintenant là comme un arbre majestueux cal-
ciné par la foudre, rappelant ces premiers envahisseurs qui
éclipsèrent à jamais sa gloire, et la dépouillèrent les premiers de ses précieuses richesses.

Nous qui nous attristons aujourd'hui en contemplant les
ruines des admirables monuments, des illustres tombes

élevés par le peuple-roi, demandons à son histoire ce qu'étaient devenus les monuments, les tombes non-seulement des peuples lointains dont il conquit les territoires, mais encore ceux de l'Italie elle-même, élevés par les belliqueux peuples étrusques et d'autres auxquels il succéda ! Où étaient les tombes de ces illustres princes, celles des Énée, des Évandre, etc., déjà entièrement oubliées de son temps ? Et nous sentirons que le sort de tous ces peuples, surtout du plus éclairé de la terre, fut bien plus à plaindre que le sort des Romains eux-mêmes.

Tandis que l'image éplorée de la savante et malheureuse Grèce remplissait toute mon imagination, et attirait vers elle le sentiment de pitié que sa puissante rivale m'inspirait, nous arrivâmes aux ruines d'un temple sous les portiques duquel se tenaient de blanches vaches que, moyennant quelques *baiocchi*, un pâtre eut la complaisance de traire pour nous.

Pendant que ma fille et les personnes qui nous accompagnaient se désaltéraient à mes côtés avec le lait des prêtresses actuelles de ce temple antique, j'examinais avec curiosité une des arcades en ruines qui soutiennent encore cette voûte délabrée sous laquelle jadis on portait des offrandes et des vœux au Dieu qu'on y venait adorer, et qui couvre maintenant une étable !

Le soleil déclinait déjà beaucoup lorsque, parvenant à surmonter les difficultés opposées à notre passage par un ruisseau profond qui traverse la campagne du côté où nous nous trouvions, nous arrivâmes au bois sacré, groupe d'arbres au sommet d'une petite colline, où, selon la tradition, le pieux Numa allait méditer après ses entretiens mystérieux avec la nymphe Égérie. Un silence profond régnait dans tous ces lieux, et leur donnait un aspect plus solennel et plus imposant à cette heure où le soleil, baissant à l'occident, baignait avec la douce lumière de ses derniers rayons toute la plaine qui se déroulait à nos yeux. La voix de quelques bergers que nous rencontrions çà et là, et l'aboiement des chiens, troublaient seuls le silence de ces solitudes que nous traversions à la recherche des ruines du *Miroir* de la nymphe dont le nom donna à cette plaine une mystérieuse célébrité. Nous avions visité, vers le milieu de cette course, les ruines du temple de Camène, ou, selon d'autres, de Bacchus, rappelant dans ce désert les bacchanales du paganisme qui passèrent, travesties avec de modernes formes et sous d'autres noms, jusqu'aux temps modernes.

Jamais aucune promenade ne m'avait impressionnée comme celle que je faisais au milieu de cette vaste plaine embrassée par un horizon splendide, et couverte d'un immense linceul de verdure enveloppant tant de ruines humaines et artistiques!

— Morne et solennel, le silence de la vallée Egérie inspire au pèlerin un je ne sais quoi de poétique mélancolie qui se divinise, pour ainsi dire, au souvenir des rites mystérieux du bon roi. Salut, ô fontaine historique, antre vénérable dont on voit à peine les vestiges, mais où le faible murmure de l'eau, la paisible solitude qui t'environne, la brise qui passe gémissante sur les broussailles de tes bords, suffisent pour réveiller dans l'esprit de ceux qui te contemplent un monde de souvenirs.

Et moi qui avais refusé du lait sous les ruines d'un temple antique, j'ai trouvé du plaisir à me désaltérer dans les eaux de cette fontaine, que des historiens actuels placent dans un lieu différent de celui qui a été longtemps indiqué au voyageur comme le véritable.

En rejoignant notre voiture, nous rentrâmes à Rome par la porte Capena, près de laquelle sont les ruines des thermes du fratricide empereur Caracalla. De toutes les magnifi-

cences qu'ils contenaient il n'existe plus rien aujourd'hui,
et, comme dans le cirque de ce tyran, tout est mort et taciturne.

Les siècles, dans leur marche dévastatrice, submergent
partout les humaines grandeurs dans les abîmes du néant!
et la fureur des guerres, comme tant d'autres fléaux, se
joignirent ici pour hâter le ravage des siècles!

LE VATICAN ET LE PAPE

Qui pourrait résumer dans une page tout un monde de
souvenirs que ces noms réveillent dans l'esprit! — Double
colosse formidable armé de la foudre du ciel et du fer destructeur de la terre, le Vatican ne sera convenablement jugé
par les divers peuples de la terre que lorsque le phare
lumineux de l'Évangile, chassant l'obscurité qui enveloppe
encore la plupart des esprits, les guidera dans leur véritable voie.

La plume d'une femme doit s'arrêter là; car ce n'est pas
à elle de développer un sujet si grave.

Je tracerai ici seulement l'impression que j'ai reçue en
pénétrant pour la première fois dans le Vatican, en parlant
au pape, et en écoutant ses paroles.

Lorsque je montais les vastes escaliers conduisant à ses
superbes appartements de réception, un tumulte d'idées
traversait mon esprit, ce rebelle compagnon qui se plaît
souvent à franchir de son vol rapide les régions les plus
lointaines, ou à remonter vers les siècles les plus reculés. Il
me montrait maintenant les collines dites jadis sacrées par
les *Vaticines*, auxquelles le siége splendide de la cour de
Rome emprunta son nom; dans la célèbre *Vaticane*, si transformée aujourd'hui, il m'indiquait les cirques, les jardins de

Caligula et de Néron, le champ triomphal où se préparaient
les pompes superbes, les places où s'élevaient les temples
magnifiques d'Apollon et de Mars, et tant d'autres monuments merveilleux dont il ne reste plus de traces. Puis des
scènes plus récentes se succédèrent dans mon imagination,
et parmi elles il me semblait entendre cette voix tonnante,
arbitre des destinées des peuples et des royaumes, au son
de laquelle rois et peuples courbaient la tête ; un puissant
montait les marches du trône, un autre en descendait humilié.

J'étais là sous les voûtes, non pas d'un temple antique,
d'un palais d'empereur romain, enrichis et embellis des
précieuses dépouilles de la Grèce artistique, de la puissante
et merveilleuse Égypte, mais dans la demeure du très-
humble représentant du Christ sur la terre.

Des gardes et des domestiques en uniforme de la maison
papale se pressaient dans les galeries et dans les salles que
nous traversions. Arrivées à l'entrée du salon d'attente, je
présentai à un employé du pape une permission timbrée
du sceau de Sa Sainteté, et nous fûmes introduites. Quelques dames du grand monde, qu'un pieux sentiment ou la
simple curiosité amenait dans ces lieux, nous y avaient
précédées.

C'était vraiment un spectacle curieux que de nous voir
là, habillées de noir, le voile sur la tête, assises sur de
grands fauteuils rouges encadrés par d'énormes tableaux
représentant diverses scènes dont fut témoin le Vatican,
et pendant des quatre murs de la salle. Mais ce qui
attirait le plus mon attention, c'était la physionomie de
quelques-unes des dames qui m'entouraient. La princesse russe F***, la comtesse D***, la marquise P***,
avaient l'air de penser à toute autre chose qu'à la bénédiction du Saint-Père. Avec ces physionomies contras

tait singulièrement celle d'une Américaine de Boston,
assise à mon côté. M'ayant demandé si la jeune personne
qui se trouvait avec moi était ma fille, elle ajouta avec
tristesse, après ma réponse affirmative : « Quel bonheur
que d'avoir ainsi son enfant près de soi ! » Puis elle me dit
qu'elle était venue exprès à Rome pour y embrasser la religion catholique, malgré l'opposition que lui avaient faite
son mari et sa famille. « J'ai tout bravé pour suivre le catholicisme, me disait-elle d'un air contrit. Une seule chose
me fait saigner le cœur, c'est quand je pense à une jeune
enfant que Dieu m'a donnée, et que mon mari ne m'a point
permis d'amener avec moi. Peut-être même ne la reverrai-
je plus !... » Et une larme brilla dans les yeux de la mère
que la nouvelle foi arrachait aux devoirs de la famille.

J'écoutais en silence cette touchante narration, et je me
demandais quelle est celle qui suit le mieux le précepte
du Christ, de la femme qui pratique de cœur les vertus
d'épouse et de mère au foyer de la famille, ou de celle qui
l'abandonne en y laissant dans le désespoir une fille et un
mari qui l'aime et dont elle avait juré de partager le sort.
Cette réflexion me porta naturellement à bien d'autres que
le sujet dont on venait de m'entretenir et le lieu où je me
trouvais me suggéraient amplement.

Quelle que soit la vénération que m'a toujours inspirée
le suprême Pontife libérateur des huit cents opprimés en
1848, pour la grande cause de l'indépendance italienne, je
n'avais jamais eu l'idée, en venant à Rome, de chercher à
être reçue par Sa Sainteté. Ayant toujours eu en antipathie
les formalités, je ne m'y soumets qu'avec effort, et lorsque
j'espère être utile ou agréable à quelqu'un.

L'archevêque de T*** m'avait engagée à demander une au-
dience particulière au Saint-Père, qui parlait volontiers aux
personnes de Rio-Janeiro, qu'il avait visité dans le temps.

Mais ce furent particulièrement M. M*** et sa famille, les apologistes les plus enthousiastes et les plus sincères des vertus de Pie IX, qui me décidèrent à me soumettre à ces formalités par lesquelles il faut passer pour arriver jusqu'au souverain Pontife, dont les paroles suaves et édifiantes font aussitôt oublier tous les apparats de la cour pontificale.

Une demi-heure s'était écoulée lorsqu'on commença l'appel des quelques personnes qui devaient être, ce jour-là, admises séparément en la présence du Pape. La physionomie de la dame de Boston s'épanouit en entendant prononcer son nom, et elle me dit en se levant : « C'est la troisième fois que je vais avoir le bonheur de parler au Saint-Père, seul bonheur que j'aie éprouvé depuis que j'ai quitté ma fille. » Puis elle me serra la main, et s'éloigna. Pauvre mère ! pensais-je, puisses-tu n'avoir jamais à te reprocher d'avoir abandonné ton enfant dans un âge où la prévoyance maternelle serait son meilleur guide dans le monde !

Quelques instants après on prononça mon nom ; je me levai, et ma fille me suivit. Elle était émue en s'approchant du Pape ; moi, je l'étais doublement à la vue du vertueux Mastaï Ferrari, cet astre qui brilla un moment à l'horizon de l'humanité, et qui fit palpiter en 1848 le cœur de l'Italie, de l'espérance de voir réaliser la grande œuvre de sa régénération !

Il était vêtu d'une tunique blanche, et se tenait debout au fond de la salle, la main gauche appuyée sur une table où se trouvaient un crucifix, un livre et une tabatière. Sur sa physionomie rayonnait une expression de céleste bonté et d'onction que je n'avais jamais vues chez personne. A peine fûmes-nous arrivées près de lui, qu'il nous tendit la main ; je la baisai respectueusement, et ma fille suivit mon exemple. Puis il me demanda un peu difficilement dans ma

langue maternelle s'il y avait longtemps que nous avions
quitté le Brésil, et si j'avais l'intention de me fixer à Rome,
ajouta-t-il aussitôt en italien.

Ces premières paroles en portugais, la douce bonté avec
laquelle elles furent prononcées par le chef de l'Église devant lequel je me trouvais avec tous mes souvenirs de la
famille et de la patrie, produisirent sur mon cœur une
émotion profonde, et sur mon esprit un effet tout merveilleux.

Je crus un moment apercevoir à travers un nuage pur et
diaphane l'image des chers auteurs de mes jours ; un excellent père, victime de son dévouement, une tendre mère
résignée dans la douleur adoucie par la religion catholique,
qui lui versait dans l'âme la plus salutaire consolation ;
l'un, mourant pour un pauvre opprimé dont il avait plaidé
la cause ; l'autre lui survivant de quelques années pour
consoler ce qui souffrait autour d'elle.

La vision s'évanouit... J'étais devant le Pape.

« Vous voyagez avec votre fille, » me dit-il, « n'avez-
vous pas d'autres enfants ? » Je lui répondis en lui présentant la miniature de mon fils. En la prenant dans ses
mains, il applaudit à ma pensée maternelle, et ajouta que
j'étais la première mère qui lui apportait ainsi l'effigie de
son fils, ne pouvant lui amener l'original. Puis il me demanda quelle était la jeune personne qu'on avait représentée à côté de lui. Apprenant que c'était la femme de
mon fils : « Si jeune encore, et déjà marié ! » dit-il ; et il
leur donna sa bénédiction.

Je lui racontai en peu de mots ma douleur causée par la
mort de ma mère, ainsi que le but de mes voyages.

Des paroles consolantes et pleines d'onction s'échap-
pèrent des lèvres de Pie IX, qui, dans son indulgente bonté,
daigna louer mes sentiments de fille et de mère.

Il me conseilla de choisir Rome pour y fixer ma demeure ; Rome, dont le séjour, me dit-il, conviendrait à la situation morale où mon esprit se trouvait. Quelques considérations qu'il y ajouta me firent mieux apprécier la pureté de son cœur, et me convainquirent plus encore de l'ignorance où il est de ce qui se passe à Rome.

Son regard doux et calme brillait d'une étincelle divine à mesure qu'il parlait. Je me sentais comme subjuguée sous l'influence de ce regard, de ces paroles qu'il puisait dans la source de la vérité suprême. C'était bien là le digne, le vénérable chef de l'Église, le saint Pontife rayonnant de la lumière de la charité; c'était là la vraie, la grande puissance spirituelle, plus capable de convaincre, et plus digne de triompher que toute autre puissance mondaine.

Si j'avais eu le mérite et l'éloquence de la femme de la Bible, j'eusse alors parlé à Pie IX du sujet le plus important qui occupe les esprits italiens; j'aurais surtout plaidé pour ce grand problème que lui seul peut résoudre sans trouble, en raffermissant l'empire de l'Église par une mesure sage qui répugne aux intérêts personnels d'un certain parti, mais qui lui attirerait, à lui, les sympathies et les bénédictions des peuples ! Bon et compatissant comme il venait de se révéler, il accueillerait peut-être les réclamations exprimées par un cœur que l'amour de la paix et le progrès rallié par la religion dirigeraient seuls dans une telle démarche. Mais ma faible voix serait impuissante pour arracher son esprit à l'influence de son entourage.

Et nous avons quitté le Pape, ma chère enfant et moi, emportant avec nous et sa bénédiction et l'impression la plus religieusement sentie qu'avaient produite sur notre âme ses édifiantes paroles et l'accueil tout paternel qu'il daigna nous faire.

En écoutant ces paroles, j'avais oublié et le faste de la cour

papale qui choque tous les esprits versés dans les saintes
maximes de l'Évangile, et tous les abus dont elle s'est entourée. Je voyais là un cœur renfermant de grandes vertus,
qui pourrait faire le bonheur d'une portion de l'humanité
s'il ne lui manquait pas l'énergie ! Et je déplorais que l'esprit de ce grand réformateur rêvé en 1848 ne se trouvât pas
en harmonie avec son cœur. Je déplorais encore que des
actes d'injustice et de tyrannie pratiqués en son nom eussent diminué la sympathie générale qu'il inspirait naguère,
et fissent que sa puissance se confonde avec les puissances
politiques du monde.

Quand on pénètre jusqu'auprès de ce pontife et qu'on
l'écoute, il est impossible de ne point subir l'influence
presque céleste de sa bonté; on se trouve dans une tout
autre atmosphère que celle qui accable l'esprit de ses sujets !

« Sujets, » ai-je dit. Saint Pierre, l'humble serviteur de
Jésus-Christ, s'arrogea-t-il jamais le droit d'avoir des sujets?

Oh ! par quel labyrinthe de contradictions les fastueux
successeurs du saint apôtre, du simple pêcheur, ont-ils
conduit son grand œuvre?...

Je l'avais oublié près de Pie IX ; je m'en aperçus de nouveau en le quittant et en jetant un regard sur cette moderne
Rome !

Ce même jour, un certain prélat, après m'avoir demandé
quelques renseignements sur mon pays, ajouta avec une
franchise qui me parut fort déplacée envers une femme,
surtout quand cette femme était brésilienne : « Le clergé
du Brésil est très-démoralisé, n'est-ce pas, Madame? » —
« Nous avons dans notre clergé, » répondis-je aussitôt en
tâchant d'imiter sa franchise, « plusieurs ecclésiastiques remarquables par la pureté de leurs mœurs, leurs sentiments
pieux et leur profonde instruction. Quant à ceux qu'il vous

plaît de généraliser sous le nom de clergé du Brésil, ils sont à peu près comme ceux du clergé de Rome, parmi lequel un certain nombre d'entre eux ont vécu et ont puisé de bonnes leçons. »

Le *sage* prélat se pinça les lèvres, sourit gracieusement, et passa de suite au sujet intarissable de la puissante nature du Brésil, dont les femmes, ajouta-t-il, ont beaucoup d'esprit! «Pardon, monseigneur, vous vous trompez, lui dis-je; les femmes de mon pays ont plus de cœur que d'esprit, car c'est surtout le cœur qu'on s'efforce d'y cultiver; c'est pourquoi elles se trouvent un peu dépaysées dans certaines villes d'Europe où le règne de l'esprit est si puissant. »

La plupart des hauts personnages qui forment la cour de Pie IX ne lui ressemblent en rien. Je ne pouvais donc pas être retenue par la vénération dans mon juste désir de faire comprendre à l'un d'entre eux que ce n'est pas au clergé de Rome de censurer celui du Brésil ou de quelque nation que ce soit, sous le rapport des mœurs. Ainsi ce ne fut pas seulement un sentiment de nationalité, mais aussi un devoir de justice, qui me fit vaincre ma répugnance naturelle à blesser qui que ce soit.

LE CAPITOLE ET LA ROCHE TARPÉIENNE

Tout le monde connaît la destination diverse de ces deux créations de la Rome antique, dont les noms planeront toujours sur l'histoire, l'un tout fier des souvenirs qu'il rappelle, l'autre réveillant l'image lugubre des victimes qu'on précipitait dans le Tibre.

La gloire et la mort avaient leur siége là tout près l'un de l'autre, et les applaudissements du triomphe se confondaient souvent avec les gémissements des condamnés.

Ces deux théâtres où se représentaient des scènes si diverses ont complétement disparu.

Sur la place du Capitole s'élèvent le palais sénatorial, le palais du musée et celui des conservateurs du sénat. Le mot *sénat*, désignant un édifice moderne de cette vieille colline, qui rappelle, parmi tant d'autres souvenirs grandioses, celui de l'imposante assemblée qui portait jadis ce nom, semble une dérision jetée sur le cadavre d'une puissance qu'on insulte ! Quant à ce qu'on appelle maintenant le Capitole, rien n'y répond non plus au souvenir que ce nom réveille dans notre esprit.

Au milieu de la place entourée par les trois palais dont je viens de faire mention, se trouve l'antique statue équestre en bronze de Marc-Aurèle. Michel-Ange éleva cette statue à l'endroit même où avait été brûlé vivant Arnaldo da Brescia, par ordre de cette Église mère qu'il avait osé vouloir réformer.

Une pluie fine commençait à tomber lorsque nous descendions près du grand escalier qui donne sur la place du Capitole, et par lequel j'avais voulu y monter. Un souvenir de tendre jeunesse, paré de toute la poésie que la brillante plume de madame de Staël prêta à sa Corinne, m'inspira le désir de voir, lors de ma première visite au Capitole, la place où elle avait imaginé le taciturne Oswald ramassant la couronne triomphale tombée de la tête de la séduisante héroïne. Je m'étais dirigée vers ces lieux, l'imagination remplie des éblouissantes pages qui les concernent ; mais la poésie fit bientôt place à l'actualité réelle de ce lieu, que la pluie, en augmentant, rendait alors très-prosaïque. Nous franchîmes à la hâte l'escalier au pied duquel se trouvent deux lionnes en basalte, puis les statues de Castor et de Pollux, à côté des chevaux en marbres, etc., et, jetant un coup d'œil rapide sur tous ces objets, nous entrâmes dans le bâtiment à droite. Là, dans la cour, les galeries, la salle de peinture, les appartements dits des Conservateurs, ainsi que dans le musée proprement dit du Capitole, nombre d'œuvres d'art antiques et modernes se présentèrent à nos yeux, et nous fournirent de quoi occuper agréablement cette journée pluvieuse.

Une statue colossale de Jules César, qui se trouve sous le portique, est, dit-on, la seule reconnue comme authentique. Des bustes et des statues de quelques papes, d'empereurs romains, de sénateurs et d'autres personnages, ornent la première salle des Conservateurs, au centre de laquelle est placée la fameuse Louve antique, allaitant Romulus et Rémus.

Parmi les statues et les bustes des Romains, on en voit plusieurs de Grecs illustres. La salle des peintures renferme la sainte Pétronille du Guerchin, son œuvre capitale, et autres tableaux de maîtres.

Dans une salle de ces appartements sont les célèbres fragments des *Fasti consulari Capitolini*, contenant la liste des consuls et des magistrats publics depuis Romulus jusqu'à Auguste. Les inscriptions impériales et consulaires depuis Tibère jusqu'à Théodose sont aussi conservées dans le musée.

Dans la cour de celui-ci sont les statues colossales de Minerve, de Diane, et la statue si célèbre connue sous le nom de Marforio.

En montant, les salles des empereurs, des philosophes, des gladiateurs, et d'autres nous offrirent des nouveaux objets intéressants, parmi lesquels nous remarquâmes, dans la première, les bas-reliefs qui représentent Persée délivrant Andromède, et dans la seconde, les bustes de Virgile, de Socrate, de Sénèque et de Sapho.

Mais le grand chef-d'œuvre de ce musée, c'est la Vénus

dite du Capitole. Elle est placée dans un cabinet particulier, où l'on voit aussi Psyché et l'Amour, Léda et le Cygne. C'est, en effet, une merveille d'art que cette Vénus, digne de sa célébrité.

Nous parcourions le musée du Capitole en portant çà et là notre attention sur les choses les plus remarquables qu'il contient, lorsque la statue d'Esculape se présenta à mes yeux, et changea le cours de mes idées. Mes regards, jusque-là attachés sur ces marbres, ces bronzes, ces peintures, qui me parlaient tant à l'esprit sans rien me dire au cœur, se fixèrent avec ravissement sur cette statue, dont la vue réveilla dans mon âme un cher souvenir qui n'y sommeille parfois que pour se réveiller avec plus de vigueur et plus d'éclat.

C'est le souvenir d'une sainte amitié qui s'est développée et fortifiée dans l'étude de cet art divin ayant pour objet le soulagement des maux physiques de l'humanité. Et, en quittant le musée du Capitole, j'appelais les bénédictions du ciel sur tous ceux qui, dans ce noble dessein, se livrent à l'étude de la science que le paganisme avait symbolisée par un dieu.

Dans un terrain contigu au musée du Capitole se trouve un jardin assez négligé; un guide nous conduisit, à travers les légumes qu'on y cultive, vers une partie escarpée de la rive du Tibre. « Ici, nous dit-il, était jadis la roche Tarpéienne ! »

Le terrain et le cours de la rivière ont été tout à fait altérés par les révolutions des siècles, et la roche Tarpéienne des païens, ainsi que le fameux Capitole, n'existent plus que dans les pages de l'histoire.

LE TOMBEAU D'ADRIEN

OU LE CHATEAU SAINT-ANGE.

Les événements ténébreux qui se sont succédé dans l'intérieur de cet édifice sont bien connus de tous ceux qui ont étudié l'histoire de Rome depuis le moyen âge jusqu'à nos jours. C'était naguère le somptueux mausolée de l'empereur Adrien.

Au sommet, où est maintenant l'ange de bronze, s'élevait autrefois la statue colossale d'Adrien, qui fut détruite, ainsi que toutes les statues remarquables dont ce mausolée était orné. On dit que, lorsque les Grecs s'y défendirent contre Vitigès, ils brisèrent plusieurs de ces statues pour les lancer contre les assaillants.

Les factions qui désolèrent Rome au moyen âge firent de cet édifice une forteresse dont Alexandre VI augmenta les défenses. Après avoir subi différentes modifications, il est actuellement occupé par la troupe française.

Quand j'y pénétrai, je ne pus me défendre d'un sentiment douloureux, en pensant à tant d'infortunés qui y gémirent sous le poids d'affreux tourments.

Avant de visiter le château, j'ai voulu voir les trois chambres souterraines, ou plutôt les trois trous qui servirent de prison au célèbre artiste Benvenuto Cellini, à Béatrix Cenci et à la belle-mère de cette déplorable victime! Le guide désigné par le commandant du château pour les montrer aux étrangers alluma une torche, et nous précéda dans cet affreux souterrain où la clarté du jour ne pénètre jamais. Une profonde pitié mêlée d'horreur s'emparait de mon âme à mesure que nous descendions dans ces lugubres repaires d'angoisses, où le génie et la douce beauté lan-

I. 8

guirent sous l'oppression d'une volonté toute-puissante.

Ceux qui visitent avec un serrement de cœur les cimetières, ces dernières demeures des corps dépouillés de l'âme,
que doivent-ils éprouver en pénétrant dans ces cachots lugubres où des malheureux se débattirent dans une obscurité profonde, livrés à la fois aux tortures morales et
physiques? Cependant on se sentirait consolé de ce souvenir
affligeant si, de nos jours encore, à la honte de la civilisation moderne, on ne voyait pas dans plusieurs pays des prisons à peu près semblables renfermer l'homme : l'homme,
cet être moral qui s'irritera toujours plus qu'il ne s'amélio-
rera sous le poids des châtiments cruels ou honteux ; l'homme
qu'on n'a pas éclairé, qu'on n'a pas guidé de bonne heure
dans la pratique de ses devoirs, et qu'on punit impitoyablement quand il y a manqué ! l'homme enfin qui saura bien
comprendre la noble mission qu'il est appelé à remplir ici-
bas, quand on verra partout, à la place des prisons affreuses
et des casernes, des établissements d'instruction et de travail convenablement organisés pour que toutes les classes y
trouvent à la fois la nourriture de l'esprit et celle du corps !

Mais il ne s'agit pas ici des masses innombrables de malheureux vivant encore dans les ténèbres de l'esprit, et d'où
sortent les auteurs d'une partie des crimes qui infestent
la société.

Ceux dont je déplorais le sort, en visitant le château Saint-
Ange, n'avaient pas appartenu à cette classe. Les idées religieuses, les opinions politiques, quelquefois la fortune,
avaient été la cause des malheurs de la plupart d'entre eux.

Je me sentais presque suffoquée en me courbant le plus
possible afin de pouvoir parvenir jusqu'à la hideuse prison
de Beatrix Cenci.

Qu'on se figure un petit espace où un homme ne pourrait
s'étendre, entre deux murs noirs, humides, sales, sans le

plus petit rayon de lumière, ayant à peine en haut une étroite ouverture par où, nous disait le guide, on faisait descendre le pain et l'eau à la malheureuse prisonnière, et l'on aura une idée de ce qu'elle a souffert! Mais ce n'était pas encore tout. Le supplice de la corde et de tous les instruments barbares que les chrétiens ne rougirent pas d'emprunter aux païens et de se servir pour flageller des chrétiens eux-mêmes, meurtrissait les membres de cette malheureuse.

Pauvre martyre! tendre et noble jeune fille, qui subis à seize ans des tortures auxquelles auraient dû être soumis les bourreaux! Quel fut ton crime? quelle fut la véritable cause de leur acharnement pour t'arracher un mensonge par lequel ils croyaient soustraire à la postérité la cause véritable de leurs fureurs contre toi? — Leur cupidité inouïe!...

Je ne fais que répéter ce qui a été constaté par plusieurs témoignages que le tribunal sanglant présidé par Clément VIII ne put infirmer. On n'ignore plus aujourd'hui que la grande fortune de Béatrice Cenci fut la cause capitale de l'extermination de sa famille, et de cette mort infamante à laquelle, sous prétexte de parricide, on condamna cette infortunée, qui avait eu déjà à lutter contre un père infâme attentant à sa pudeur!

Ce monstre, qu'on nommait François Cenci, est trop connu dans l'histoire ténébreuse de Rome au seizième siècle, pour qu'il soit besoin de rappeler tous ses crimes.

Après avoir profané ce qu'il y a de plus saint sur la terre, et commis toutes les horreurs dont peut se souiller un homme; sans crainte de Dieu, sans respect pour les lois humaines, hypocrite au dehors, dénaturé et barbare dans ses actes cachés, il succomba sous la main vengeresse d'un homme, et non pas sous celle d'une toute jeune fille.

Sa fin fut digne de sa scélératesse, et la nature n'eut pas à gémir dans l'expiation de ce crime monstrueux.

Mais, quand même cette punition fût partie de la main d'une fille qui défendait son honneur, cette fille devait-elle être condamnée à mort, par un saint pontife surtout ?

Du moment où François Cenci attenta à la pudeur de son enfant, ne perdit-il pas envers elle tous les droits de la paternité ? Et, dans ce cas, ne serait-ce pas un infanticide moral, une bête féroce dont elle aurait purgé la terre ?

La loi absout l'homme qui tue son semblable en défendant sa propre vie. Qu'est-ce que la vie en comparaison de l'honneur ? Qu'est-ce que l'homicide, l'assassinat commis en pleine route, en comparaison de l'attentat d'un monstre contre la pureté de sa propre enfant, sous ce même toit où Dieu l'avait placé pour qu'il fût le protecteur le plus zélé, le plus sûr de l'honneur de sa fille ?

Une personne, me racontant dernièrement ici un des traits de cruauté de ce scélérat, disait : « S'il eût été possible de donner mille vies à François Cenci, la main que les aurait étouffées n'aurait point encore assez puni l'énormité de ses crimes. »

Quoique je partage son horreur pour la mémoire d'un homme si hideux moralement, je ne suis pas en cela de son avis, car la mort n'est aucunement une punition qui serve à l'amendement du coupable, ni une leçon profitable pour les témoins du supplice. Un jour sans doute la société y réfléchira, et la peine de mort sera tout à fait abolie chez les peuples civilisés.

Pour en revenir à la martyre dont la fin déplorable absorbait ma pensée, elle ne se vit débarrassée de la brutale passion de son père, que pour être immolée à une autre misérable passion, la soif de l'or.

Et Béatrice, si elle eût consenti à être déshonorée par

un monstre qui, sous les apparences d'un saint homme, avait pour lui les plus hautes protections, Béatrice aurait été à côté de lui reçue et fêtée dans le monde !

O société ! quand le crime et l'innocence ne seront-ils plus confondus dans ton sein ? quand l'oppression n'y régnera-t-elle plus ? et quand la liberté, déployant ses ailes saintes, descendra-t-elle avec son cortége de vertus pour affranchir la terre de tant de fléaux qui l'accablent ?

Il est doux d'espérer, avec le grand poëte toscan, Nicolini, que les générations à venir pourront dire avec vérité :

Non più la forza è dritto :
Fugge all' alma ogni pensier superbo ;
Nati non siamo all' odio ed al delitto,
Figlie del primo amante
Sono legenti fra di lor sorelle ;
Non hanno un sol semblante,
Nè diverse così che non sian belle.

Tempo verrà che le discordie antiche
Saranno un sogno, e mal dall' uom si creda
Che a lui ricosse un dì cotanto oltraggio,
Che fatto ei preda divenia retaggio,
Come fosse un terren che si possieda.
Non più saranno le parole un velo
Ad incliti misfatti ;
Ne avverrà che col sangue alcun riscatti
La santa libertà che vien dal cielo.

....

Nous étions très-émues en sortant de ces cachots où tant de larmes ont été versées, où tant d'angoisses ont été éprouvées ! Dans celui de Benvenuto Cellini on distingue encore le Christ tracé par sa main sur l'un des murs. La pensée, que les tyrans ne peuvent jamais renfermer, guidait la main de l'artiste au milieu de ces ténèbres pour y imprimer la trace de son génie, ainsi qu'il laissa sur les remparts de ce même château le souvenir de sa bravoure.

Au sortir des prisons souterraines, le guide nous fit voir les fournaises et les vases immenses qui contenaient autrefois l'huile dont on se servait, quand la poudre n'était pas encore connue, pour se défendre, en cas de siége, contre l'ennemi.

Il me tardait de m'éloigner de ces lieux sinistres. Nous montâmes dans les salles éclairées par la belle lumière du jour, mais non moins inspiratrices de tristes pensées par les lugubres souvenirs qu'elles rappellent. La grande salle de Paul III, la chambre où le cardinal Caraffa fut étranglé par ordre de Pie IV, ornées de fresques de Périn et de ses élèves, déploient aux visiteurs leurs pages sanglantes mêlées d'œuvres d'art. On nous montra la chambre où Benvenuto Cellini tua son gardien, ainsi que la terrasse par où il s'évada.

Arrivée tout en haut près de l'ange de bronze que Benoît XIV y fit placer, j'ai passé quelques instants à contempler de là cette Rome de nos jours. Parée de ses coupoles, de ses richesses artistiques et de ses grands souvenirs, elle me sembla plus mélancolique maintenant, s'étendant de l'un et de l'autre côté du taciturne Tibre jusqu'à la morne campagne qui l'embrasse et qui paraissait lui dire : « Si l'esprit de tes grands ancêtres dont je couvre les cendres ne t'anime plus, ô belle fille des conquêtes que les conquêtes étouffèrent, tu n'en verras pas moins surgir une ère nouvelle qui te dédommagera de tes longues souffrances par une gloire plus digne de tes aspirations modernes. »

La vue des grandes richesses d'art et de science que renferme la splendide bibliothèque du Vatican, où nous nous rendîmes en sortant du fort Saint-Ange, fit un peu diversion dans mon esprit à la triste impression que j'y avais reçue.

Les salles et les vastes galeries de cette bibliothèque, la

plus grande que l'on connaisse de nos jours, et qui est enrichie de celle de Christine de Suède, du marquis Capponi, du couvent de Saint-Bazile à Grota Ferrata, de la Palatine et d'autres, sont toutes remplies d'objets plus ou moins précieux. Outre les livres imprimés, elle possède la plus importante et la première collection de manuscrits.

Dans la principale et magnifique salle de cette bibliothèque, on admire des vases, des meubles et plusieurs autres objets d'une beauté remarquable. Dans la grande collection de manuscrits, il y en a qui sont composés en arabe, en persan, en turc, en assyrien, en langue hébraïque, arménienne, chinoise, etc. De précieux manuscrits grecs, latins et dans d'autres langues ornent encore cette collection nombreuse, où se trouvent aussi des lettres autographes de Henri VIII à Anne de Boleyn lorsqu'il était encore loin de penser qu'il la ferait décapiter. La grande salle, divisée en deux nefs par des piliers, est toute décorée de fresques, et d'une grande magnificence. Dans un cabinet situé à l'extrémité des huit salles dont se compose l'aile droite de la double et immense galerie, on nous fit voir quelques armoires contenant quantité d'objets d'art, d'ustensiles de divers métaux, de statuettes, de petites idoles, d'ornements de toilette, de bas-reliefs d'ivoire, etc., etc., et la chevelure admirablement conservée d'une femme dont on a trouvé les restes dans un sarcophage antique.

Les œuvres d'art attiraient notre attention, lorsqu'à la vue des instruments de supplices que l'on conserve parmi toutes ces belles choses, et qu'on montre aux étrangers comme des objets de simple curiosité, je tressaillis d'horreur en pensant aux innombrables victimes qu'ils avaient torturées.

On dirait que l'homme se fait une gloire de perpétuer la honte de ses actes barbares! Non content de les avoir fait endurer à ses semblables, il tient encore à transmettre à la postérité (qui n'eût point oublié ces crimes !) les honteux instruments dont ils se servait pour arracher souvent aux malheureux un mensonge par lequel ils croyaient se soustraire aux tortures qui surpassaient leurs forces !

L'image de l'infortunée Béatrice et de tant d'autres qui furent livrés à de tels supplices dans cette Rome chrétienne, si semblable en cela à la Rome païenne, se présenta de nouveau à mon esprit. La froideur avec laquelle un employé expliquait l'usage de ces divers instruments me porta aux réflexions qui me préoccupent souvent sur l'indifférence ou l'impéritie avec laquelle on a toujours laissé marcher le mal moral qui afflige l'humanité, tandis qu'on déploie tant d'énergie, tant de talent et d'activité, que l'on consomme tant de force et de richesses pour étaler aux yeux du monde les pompes et les résultats fastueux du progrès matériel !

LE MUSÉE DU VATICAN

Ce serait une prétention absurde que de vouloir ajouter à ces pages fugitives la description de ce nombre considérable de galeries immenses, de vastes salles, de cabinets, de cours, etc, renfermant une quantité prodigieuse d'œuvres d'art, qu'on appelle musée du Vatican. Cette merveilleuse réunion de richesses artistiques, tant antiques que modernes, formant plusieurs musées dans un musée, est telle, en vérité, que « l'esprit en reste confondu au premier abord. »

Nous y venons deux fois par semaine passer quelque temps pour bien voir l'un ou l'autre à peine des chefs-d'œuvre de ce musée, le plus grand du monde. L'immense et précieuse collection d'antiquités qu'il possède fournirait, à elle seule, de quoi occuper l'attention pendant des années entières.

Les loges de Raphaël, par où nous avons commencé nos excursions dans cette enceinte, contiennent encore, quoique déjà altérées, les admirables peintures de ce divin artiste. De là nous passons à cette profusion extraordinaire d'objets variés qui remplissent la grande partie du Vatican, c'est-à-dire les stanzes, les chapelles Sixtine et Pauline, les galeries de tableaux, où sont les deux chefs-d'œuvre de Raphaël et du Dominiquin (l'admirable Transfiguration et la confession de saint Jérôme), les chambres de l'école d'Athènes ou de la *Segnatura*, avec leurs figures allégoriques, les divers musées, sacrés, profanes, chrétien, égyptien, étrusque, Chiaramonti, Pio Clementino, etc. Un nombre considérable de sarcophages curieux, de bas-reliefs, de vases, de bassins de marbre, de porphyre, etc.; de mosaïques précieuses, d'*arazzi* exécutés d'après les cartons de Raphaël; de bustes, de statues parmi lesquelles ressort l'admirable Apollon du Belvédère, y sont rassemblés et rangés en ordre.

Tous ces beaux échantillons d'art, antiques et modernes, laissés par une immense légion d'artistes de divers pays, de diverses générations, de diverses époques, attestent encore le génie et la grandeur de tant de nations actuellement plongées dans le néant!

L'homme disparaît; ses ouvrages restent, et quelques-uns traversent les siècles, les grands orages physiques et moraux, pour servir encore de modèles aux générations nouvelles qui se succèdent sur la terre, et dont quelques individus cherchent à étudier et à connaître le passé, autant que leur permet la faible lumière que la série plus ou moins grande de siècles laisse après soi.

Mais, tandis que des savants et des artistes se livrent,

dans ce vaste et inépuisable sépulcre de la majestueuse
Rome, comme partout ailleurs, à l'étude et à la propagation
des chefs-d'œuvre retrouvés, des ouvrages laissés par des
peuples différents, moi, humble admiratrice de tant de
grandes productions de l'esprit humain, je me demande
où sont les traces de cet art, de cette science qui aurait dû
enseigner aux peuples à bien se gouverner et à se rendre
mutuellement heureux. Où trouve-t-on parmi ces innombrables productions, parmi ces vieux documents, ceux qui
nous prouvent l'existence d'un seul gouvernement qui ait su
harmoniser la grandeur matérielle et intellectuelle de son
peuple avec un développement moral toujours croissant
sous les auspices salutaires de la liberté? Où les sciences
et les arts fleurirent jadis, en Asie, ce berceau du genre
humain et de la philosophie, en Égypte, dans la savante
Grèce, dont aucun peuple moderne n'est encore parvenu à
imiter les œuvres splendides, jamais le peuple ne jouit des
avantages d'un gouvernement tel qu'il a le droit de l'espérer. Lycurgue, avec l'austérité de ses lois; le sage Solon,
en promulguant d'autres lois mieux adaptées au caractère
des Athéniens de son temps, préparèrent Sparte et Athènes
pour atteindre à ce degré de courage et de gloire auquel
l'une et l'autre parvinrent depuis. Mais les vertus spartiates,
ainsi que la civilisation athénienne, passèrent de mode sans
laisser aucun profit réel à l'humanité. Il en fut de même de
cet admirable colosse de force qui vint après, et qui étonna
le monde en le subjuguant par tant d'entreprises extraordi-
naires, tant de triomphes merveilleux.

　Partout l'humanité se débattit alors, comme elle se
débat encore de nos jours, contre l'ambition, la tyrannie,
l'ingratitude et tous les autres fléaux qui germent et qui
germeront dans le sein des sociétés pour en retarder, en en-
traver le développement, jusqu'à ce que les gouvernements

tournent sérieusement leur attention vers l'éducation morale des peuples.

Il y a eu dans tous les temps de grands savants, des artistes remarquables qui ont travaillé toute leur vie pour l'amour des sciences et des arts. Mais quel a été le gouvernement qui ait pris à cœur de faire une réforme complète, radicale, dans ce qui concerne l'éducation de son peuple, et se soit livré exclusivement au soin de le rendre heureux?

Noble et saint amour de l'humanité, que de biens tu répandras sur la terre quand les hommes, sachant bien te comprendre, puiseront dans ta source divine, non pas de brillantes théories, mais de grandes vertus! Alors, seulement alors, les peuples, liés entre eux par l'homogénéité de leur attachement constant à la pratique des devoirs que des institutions libres, éclairées et sages, leur auront appris à connaître et à aimer, l'esprit du vrai progrès joindra aux gloires dont le monde se vante la gloire la plus essentielle qui lui manque : la paix générale des nations, et leur prospérité par le travail, l'ordre et l'amour.

Pour ceux qui ont foi dans la Providence, les tourments qui les accablent ne leur font jamais désespérer d'en voir le terme. De même, ceux qui aiment de cœur l'humanité, et ont foi dans l'avenir, ne se découragent jamais dans l'espérance qu'elle atteindra un jour à ce degré d'amélioration où elle n'aura plus à souffrir les vices s'intronisant parmi elle, et la flagellant impunément !

Rome, qui pendant le jour offre une si grande profusion de chefs-d'œuvre de tout genre pour satisfaire le goût le plus difficile et faire passer les heures comme des secondes, présente, le soir, l'aspect le plus triste et le plus monotone. La plupart de ses rues, mal éclairées, sont parcourues dans

tous les sens par des groupes de dévots qui, derrière un
prêtre, entonnent des prières discordantes; cette espèce de
psalmodie inspire un sentiment de sombre tristesse qui n'a
rien de commun avec les suaves émotions religieuses qu'on
s'attend à éprouver ici dans tout ce qui touche aux rites du
catholicisme.

La rue du Corso est la seule qui soit animée le soir. Là se
trouvent les magasins principaux de la ville; là se promè-
nent la plupart des étrangers lorsqu'ils ne vont pas se désennuyer, selon l'expression de quelques-uns, de l'insipidité
de cette ville, au théâtre ou dans des soirées chez des familles
romaines, ou bien chez certains personnages de l'Église qui
en donnent de très-brillantes quelquefois, en tempérant la
simplicité apostolique par un luxe tout mondain.

L'extrême monotonie des nuits à Rome, dont j'entends
chaque jour se plaindre quelques étrangers que je connais
ici, n'est pas parvenue à me faire éprouver ses effets; car
mon esprit est tellement préoccupé de ce que je vois pendant la journée, que, même quand nous n'avons pas de visites le soir, les heures s'enfuient avec rapidité. J'ai à peine
le temps de tracer mes impressions du jour et de me procurer un peu de repos pour recommencer le lendemain nos
excursions à travers cet interminable musée de beautés
artistiques, ce labyrinthe de ruines, qui m'attachent de plus
en plus à ces lieux.

Les amusements, les distractions des autres villes sié-
raient mal à Rome, qui n'en a pas besoin pour intéresser les
gens de goût ou d'imagination.

Comment, au milieu des splendeurs d'art et des souvenirs historiques de la ville éternelle, peut-on regretter les
passe-temps brillants et vulgaires des autres capitales?

Il ne manque à Rome qu'un gouvernement adapté à
Rome. Trois choses choquent l'étranger aussitôt qu'il ar-

rive dans cette métropole du catholicisme : 1° l'absence de surveillance pour la propreté générale de la ville ; 2° le nombre considérable de mendiants ; 3° le luxe de son haut clergé.

Le goût de propreté des anciens Romains, ainsi que la coutume du clergé, ont subi des transformations très-grandes et très-diverses. On peut juger du premier d'après le soin qu'avait ce peuple de faire venir l'eau en abondance dans la ville, d'y bâtir des bains publics, thermes spacieux, commodes et d'un grand luxe. Ce goût a disparu tout à fait chez les Romains modernes, parmi lesquels il n'existe pas aujourd'hui un seul établissement de bains publics. A peine dans trois ou quatre hôtels, y compris celui de la Minerve où nous sommes, trouve-t-on des cabinets de bains.

A l'opposé de cette décadence, la coutume de son haut clergé, simple et sévère dans les premiers temps de l'Église, a prodigieusement gagné en élégance et en richesse.

Quant aux mœurs en général,

> ... sur un pareil tableau
> Il faut passer l'éponge ou tirer le rideau.

Celui qui, venant à Rome, ne monte pas à l'admirable coupole de Saint-Pierre ne peut se figurer la hauteur et la grandeur de cette superbe basilique. On parvient à la partie supérieure de cet immense temple par un escalier dont la pente est extrêmement douce. Lorsque, arrivées à la seconde balustrade supérieure, nous regardâmes en bas, tous les objets dont les grandes dimensions nous avaient frappées, quand nous les regardions avant de monter, disparaissaient presque à nos regards par la petitesse que leur donnait l'éloignement. A l'aspect de cette coupole admirable, de cet admirable ensemble, toutes les magnificences

que la puissance de l'art déploie sous ces voûtes hardies et
majestueuses, l'homme se sent en effet orgueilleux de son
œuvre; mais, quand on parvient à la balustrade extérieure
qui fait le tour de la lanterne, qu'on embrasse du regard
l'immense plaine qui entoure Rome, la lointaine chaîne de
montagnes qui environne cette plaine ; quand on regarde ce
beau ciel de lapis-lazzuli qui s'étend comme un dôme infini
sur ces montagnes, cette plaine, cette ville encore grande
dans sa tombe elle-même, on doit rougir de l'orgueil de
l'homme et de ses œuvres en face de la grandeur éternelle,
de la splendeur innombrable des œuvres du Créateur!

Du haut de la coupole, où j'inscrivis mes initiales, nous
descendîmes dans la basilique souterraine.

L'impression du christianisme se fait sentir diversement
à l'esprit sous ces voûtes antiques qui résonnèrent jadis du
chant des premiers chrétiens.

Quand je fus sous ces voûtes de quinze siècles, sur lesquelles on éleva depuis la merveille moderne de Rome, je
ne pus m'empêcher de réfléchir au tronc de ce bel arbre
que j'avais vu en rêve dans mon premier sommeil à
Rome.

Parmi les tombeaux de papes qui se trouvent dans ce souterrain, je cherchai ceux de quelques-uns dont on vénère
justement la mémoire ; mais je n'y trouvai que ceux d'Urbain VI, Adrien IV, Nicolas V, Alexandre VI, Boniface VIII,
et le sarcophage de la célèbre Christine de Suède.

L'aspect taciturne de ces tombes et d'autres de divers
personnages, renfermant à l'ombre de cette basilique souterraine la cendre de tant de grandeurs passagères, me
remplit le cœur d'une pieuse mélancolie. En regardant le
sarcophage de Christine, ma pensée vola à Fontainebleau,
près d'une certaine fenêtre de son historique et beau palais ;
puis à Avon, petit hameau situé non loin de là, où j'allai

visiter, dans le temps, la dalle qui couvre les restes du malheureux Monaldeschi !

Et j'ai quitté la vieille basilique pour me replonger de nouveau dans la contemplation de la moderne.

Comme Rome elle-même, la basilique de Saint-Pierre offre toujours un objet nouveau à considérer. Pour tout voir, il faut y venir bien des fois et habituer ses yeux, d'abord éblouis par la splendeur de tant de magnificence, à examiner séparément ces riches chapelles, ces autels, ces tableaux, ces statues, ces colonnades, ces pilastres, cette Confession de Saint-Pierre, placée sous le maître-autel, ces colonnes qui la soutiennent et qui ne seront jamais assez admirées, ces bénitiers de marbre jaune soutenus par des anges hauts de 2 mètres, sculptés par d'habiles artistes, cet autel majestueux en arrière du maître-autel, etc., etc.

Parmi ses somptueux tombeaux on distinguera le plus simple et le plus élégant, celui d'Innocent VIII, de bronze, celui de Paul III Farnèse, et, parmi d'autres encore, celui de Clément XIII, ouvrage magnifique de Canova.

Plus nous visitons l'intérieur de cette basilique, plus il excite notre admiration. Il en est de même de presque tous les monuments de cette Rome si attrayante, à laquelle, en y arrivant, je n'aurais jamais cru tant m'attacher. C'est là toujours le privilége d'un mérite réel, quand même ceux qui le possèdent ne sont pas doués d'un extérieur qui prévient en leur faveur au premier abord. Ils gagnent, comme Rome, à faire connaître les trésors de leurs cœurs.

M. A***, un des écrivains français les plus distingués, que j'eus l'avantage de connaître lors de mon premier voyage en France, et qui se trouve maintenant ici, est une des personnes qui m'ont indiqué les choses les plus intéressantes à voir à Rome.

J'éprouvai une grande satisfaction en revoyant l'éminent littérateur, dont la présence me rappelle le temps où j'assistais avec mes deux enfants à ses leçons au collège de France, ce sanctuaire des lettres d'où émanent les trésors des sciences physiques et morales, dans un haut et libre enseignement.

Les rares qualités de cœur et la modestie de M. A*** rehaussent, à mes yeux, son mérite littéraire, et lui ont attiré mon admiration. Je fus toute confuse de l'indulgence avec laquelle il me parla de mon pauvre *Itinéraire en Allemagne*, pages fugitives et sans suite, comme toutes celles que j'écris pour me procurer une distraction utile, loin de ma chère famille et de la patrie que je porte partout dans le cœur.

Nous rentrions, un de ces jours passés, d'une de nos excursions habituelles, lorsqu'on vint m'annoncer que deux étrangers désiraient me voir. C'étaient deux Brésiliens, l'abbé L***, curé dans une ville de Bahia, et le jeune O. B***, qui fait ses études à Rome, et se destine à l'état ecclésiastique. Me connaissant à peine de nom, ils eurent néanmoins l'amabilité de venir me rendre visite et de m'offrir leurs services.

Je fus touchée de cet élan patriotique et de cette obligeante politesse de la part de deux compatriotes que je n'avais jamais vus. L'abbé L***, dont on vante beaucoup les vertus ecclésiastiques, me semble un cœur simple et excellent ; mais je ne sais si son esprit sera à même de comprendre la tâche que le progrès du siècle lui imposera, s'il atteint à l'évêché auquel, m'a-t-on dit, il aspire.

Quant au jeune O. B***, né dans la province même de Rio-Janeiro, il y a sa famille, une mère qui le regrette sans doute comme je regrette mon cher fils. Les pensées des deux mères, l'une à Rio-Janeiro, l'autre à Rome, se croisent dans ce moment au milieu du vaste Atlantique, cherchant dans les deux hémisphères la chère portion de leur bonheur maternel !

Le tendre âge du futur prêtre me représente vivement mon enfant lorsqu'il vivait encore seul par moi et pour moi : doux et caressant souvenir qui brille toujours dans la nuit de mes tristes pensées, comme une étoile luit furtivement à l'horizon où gronde la tempête.

L'enthousiasme et le goût avec lesquels le jeune O. B*** parle des beautés de la partie de l'Italie qu'il connaît, ses réflexions sur quelques-unes d'entre elles, révèlent chez lui un développement précoce. Sa conversation spirituelle est mêlée de cette naïve spontanéité naturelle dont la contrainte physique et morale, transmise par l'enseignement clérical, n'a pas encore eu le temps de le dépouiller. Si ce jeune compatriote parvient à étouffer par de sérieuses études le germe d'une certaine vanité qu'il m'a semblé découvrir à travers les belles qualités qui le distinguent déjà, il pourra se frayer une route brillante dans l'avenir auquel doit aspirer la génération nouvelle.

Il y a à peu près douze ans, un tout jeune Brésilien du Nord, qui étudiait alors à Rio-Janeiro, attirait déjà l'admiration de tous ses compatriotes par son extrême application aux études sérieuses, et ses mœurs exemplaires, quoiqu'il vécût au centre d'une grande ville, et qu'il fût entouré de compagnons d'école à conduite peu austère. On le citait comme un prodige dans les mathématiques, et comme un modèle de modestie.

Je ne l'avais pas encore vu, quoiqu'il demeurât en face de ma maison, avec d'autres jeunes gens dont il ne partageait jamais les distractions. Sa chambre se distinguait de celle des autres par la lumière qui y brillait aux heures avancées

I.

de la nuit. Le futur savant se livrait aux études qui devaient
faire plus tard de lui un des astres brillants de notre horizon natal.

Combien de fois, dans mes longues nuits de travail, en
apercevant cette lumière, j'ai fait des vœux ardents pour
que le goût et l'application soutenue de celui dont elle
éclairait les veilles se développassent un jour chez l'enfant
adoré dont je dirigeais alors les études, et sur lequel je
fondais mes plus chères espérances ici-bas depuis que l'inexorable mort m'avait si prématurément ravi son adorable père !

Je témoignai à un de mes frères, ami du jeune étudiant,
mon désir de faire sa connaissance. Il vint me rendre visite,
alors que sa timidité et sa modestie étaient aussi proverbiales à Rio-Janeiro que sa haute intelligence. Après une
longue conversation littéraire, qu'il soutint avec une aisance et une profondeur dont je ne croyais guère capable
un jeune étudiant absorbé dans l'étude des sciences, quand
il me quitta je dis à mon frère : « Voilà un jeune homme
qui sera un jour une gloire de notre patrie. Je ne sais s'il
est un mathématicien éminent, mais il possède tous les
éléments pour devenir un grand penseur. »

Douze ans se sont écoulés depuis, et le jeune étudiant,
devenu peu après un grand mathématicien et un penseur,
représentant de la noble province qui le vit naître, débuta
à l'assemblée nationale, dans la carrière politique, par une
opposition digne de l'esprit réformateur du siècle.

Revenons maintenant au jeune O. B***. Doué d'un caractère et de goûts différents, il possède néanmoins des ressources naturelles qui pourront faire de lui un homme distingué dans un autre genre.

Je ne sais s'il se fera prêtre, ce qui n'est point à désirer,
d'autant plus qu'il ne me paraît pas avoir cette vocation.

Mais ce qui me semble sûr, c'est que, s'il donne une direction convenable à ses études, et s'il les approfondit en affranchissant son esprit de certains préjugés aristocratiques, les ailes de son talent prendront leur essor dans le vaste horizon qui s'ouvre pour le Brésil.

La plupart des familles qui se trouvaient dans cet hôtel sont parties. Plus de cette nombreuse société, de ces bruyantes conversations à table; plus de cette foule de voitures sortant et rentrant dans la cour; de cet empressement de domestiques montant et descendant les escaliers pour accourir à l'appel des voyageurs. Le calme a succédé à tout ce grand mouvement qui me fatiguait parfois, et qui plaisait assez au propriétaire de l'hôtel.

Les repas sont maintenant plus tranquilles et mieux servis. Parmi les personnes qui nous y tiennent encore compagnie se trouve le bon abbé R***, Portugais de naissance et de cœur, qui vit depuis vingt-quatre ans à Paris, où il a une cure. Il a écrit un dictionnaire et quelques petits ouvrages pieux très-répandus en Portugal et au Brésil. J'avais fait sa connaissance à Paris dès mon premier séjour dans cette ville.

Outre les bonnes qualités de cet estimable ecclésiastique, je trouve une véritable satisfaction, en causant avec lui, de parler, dans ma langue maternelle, de mon cher fils, qu'il a connu à Paris, et qu'il a distingué si jeune encore. Nous nous entretenons souvent de nos observations sur Rome, dont il est, comme moi, enthousiaste, quoique la jugeant sous un tout autre point de vue. Je respecte ses convictions, tout en restant fidèle aux miennes. De telles convictions ne se commandent point, et personne n'a le droit ni le pouvoir d'y porter atteinte.

L'âme, cette lumière divine que, faible ou éclatante, l'homme a reçue du Créateur, peut être plus ou moins éclairée, plus ou moins obscurcie, selon le milieu où il est

né et l'éducation qu'il a reçue. Mais ses inspirations religieuses tendent toutes au même but, quelles que soient les
croyances qu'il ait reçues et qu'il pratique.

19 avril.

Je me levai ce matin, l'âme tout imprégnée du doux parfum que me laissa un de mes plus beaux rêves sur les rives
de mon fleuve natal. Mais Rome est là avec tous ses trésors
et ses misères, qui appellent toute mon attention.

Aussitôt après le déjeuner, madame M***, ma jeune Polonaise et son respectable père vinrent nous prendre pour
aller visiter avec eux quelques établissements de charité, et
la fabrique de mosaïques du Vatican que nous n'avions pas
encore vue. Nous commençâmes par la maison des sœurs
de Saint-Vincent de Paul, dont la supérieure nous fit voir
en détail tout l'établissement.

Quant aux hôpitaux, je les passerais sous silence, n'y
ayant pas trouvé l'amélioration désirable dans la pratique
du grand esprit de charité que je croyais rencontrer mieux
ici qu'ailleurs.

Nous descendîmes à la fabrique de mosaïques, où l'on
fait de beaux tableaux d'un travail remarquable par la perfection et la finesse des couleurs. Plusieurs artistes y tra-
vaillaient, et nous admirâmes la patience et la précision
minutieuse avec lesquelles ils exécutent ce long ouvrage. Il
y a certains tableaux pour l'achèvement desquels on consacre deux, quatre et six ans d'un labeur assidu.

En sortant des mosaïques, nous sommes allées de nouveau contempler, dans la chapelle Sixtine, le jugement dernier, cette fresque merveilleuse terminée par le Titan des
artistes, à l'âge de soixante-six ans. Inspiré par le poème de

l'immortel Dante, Michel-Ange traça d'une main puissante cette vigoureuse et sublime allégorie, ouvrage si connu et si admiré dans le monde artistique.

Il y a huit ans environ, entourée de mes deux enfants, je regardais au palais des Beaux-Arts, à Paris, la belle copie, par Sigalon, de ce tableau incomparable, et, en les entretenant du grand artiste qui avait produit l'original, j'étais, hélas! loin de croire que je le contemplerais un jour avec un seul de mes enfants. O mon fils! ô mon fils! rien ne peut me consoler de ton absence. Presque toutes les douleurs qui m'ont frappé l'âme, je les avais prévues d'avance; mais jamais l'idée que tu me laisserais sitôt ne s'était présentée à mon esprit. Tu aimais tant ta mère, qu'il lui semblait impossible qu'un autre amour que celui de l'étude envahît si précocement ton cœur, et t'enchaînât si loin d'elle dans les liens du mariage.

Mais je suis à la chapelle Sixtine, et je tâche de dompter ma tristesse pour en admirer les grandes beautés.

« On se sent pris d'un indicible sentiment d'admiration à la vue de ces chefs-d'œuvre. Cette religieuse poésie du pinceau fait ressortir les plus sublimes effets de la nature physique et morale : cette éloquente représentation d'une attendrissante et redoutable philosophie fait flotter l'âme entre les mouvements les plus passionnés de l'admiration et les croyantes exagérations de la terreur. Dans les grandes pages primitives de l'histoire, Michel-Ange a tracé en caractères de feu celle de notre mystérieux avenir. »

La figure aux oreilles d'âne, qui représente le maître des cérémonies de Paul III (Michel-Ange l'avait placée dans l'enfer pour se venger, dit-on, de sa supercherie), a une physionomie assez grotesque, que l'ombre fait ressortir encore plus.

On connaît la réponse que Paul III fit à son maître des

cérémonies qui se plaignait à lui de cette plaisanterie du
grand artiste : « Si Michel-Ange t'avait mis en purgatoire,
lui dit le Pape, je tâcherais de t'en retirer ; mais, puisqu'il
t'a mis en enfer, je n'y peux rien : tu sais bien que là il
n'y a pas de rédemption. »

Le maître des cérémonies ne put faire autrement que de
se résigner à cette précoce expiation de ses péchés, espé-
rant toutefois qu'il obtiendrait de Dieu la grâce que le Pape
ne pouvait lui accorder.

Parmi les peintures de la chapelle Pauline, on admire le
Crucifiement de saint Pierre, tableau que Michel-Ange finit
à l'âge, dit-on, de soixante-quinze ans.

Rome est la ville des musées, étant elle-même le plus
grand, le plus important musée qui existe. Outre ceux du
Vatican et du Capitole, il y a les musées Latran, de l'Aca-
démie, à Saint-Luc, etc. ; les importantes galeries des palais
Borghèse, Barberini, Farnèse (le plus beau palais de Rome),
Farnésine, Massimi, édifice célèbre par son architecture,
Mattei, Panfili, Corsini, et le Quirinal, palais pontifical à
Monti-Cavallo, dont les meubles sont faits avec les jolis bois
du Brésil. Tous ces palais renferment une quantité considérable d'objets d'art plus ou moins remarquables. A la
Farnésine nous avons admiré les célèbres fresques de
Raphaël représentant toute la fable de Psyché et le triomphe de Galatée : les premières exécutées sur ses dessins par
son élève Jules Romain ; les secondes, par le divin peintre
lui-même. On nous y montra la tête colossale dessinée au
charbon par Michel-Ange, en attendant, dit-on, Daniel de
Volterra, qu'il était allé visiter. A la bonne heure ! pensais-
je en observant le soin avec lequel on conserve même cette
esquisse du grand maître de la statuaire moderne ; on a de
la religion ici, pour l'art du moins.

Les églises de Rome sont elles-mêmes des musées précieux; chacune contient un chef-d'œuvre ou un objet d'art qui mérite de fixer l'attention. Presque toutes ont été bâties sur les ruines des temples païens, dont on y voit quelques débris servant d'ornements. Ainsi, sous ces voûtes sacrées, ouvrage du christianisme, on se trouve à la fois entouré du luxe du paganisme et des pompes du catholicisme, de deux époques si différentes entre elles, qui se rapprochent pourtant ici.

Sans parler de la basilique de Saint-Pierre, car aucun temple catholique ne peut lui être comparé, on trouve dans d'autres basiliques et églises de Rome des œuvres d'art admirables. On doit placer au premier rang les Sibylles de Raphaël, fresques d'une beauté merveilleuse, dans l'église de *Santa-Maria della Pace;* le prophète Isaïe, par le même, dans l'église de Saint-Augustin; le magnifique tableau du Guide, représentant l'archange Saint-Michel, figure d'une grande beauté, dans l'église des Capucins; dans l'église Saint-Pierre *in Vincoli*, le Moïse de Michel-Ange, statue devant laquelle, après l'avoir finie, il s'écria : *Parla adesso!* dans l'église de *Santa-Maria sopra Minerva*, la belle statue du Christ debout tenant la croix, du même puissant artiste, œuvre que je trouve toujours un nouveau charme à contempler. Mais son chef-d'œuvre, c'est le *Moïse :* la superbe statue du grand législateur, d'un style aussi vigoureux qu'original, révèle le génie créateur du statuaire qui savait imprimer à ses œuvres un cachet de virilité et de grandeur qu'aucun autre artiste n'a pu jusqu'à ce jour égaler. Canova et Thorwaldsen ont donné de nos jours à leurs statues une beauté de formes et une grâce admirables; mais la beauté énergique des formes reste incontestablement à Michel-Ange. On trouve à Rome plus qu'ailleurs l'empreinte de ce grand génie qui, ayant été à la fois peintre, architecte et sculpteur célèbre, ne manqua pas de réussir dans la poésie; on sait quelle fut sa bravoure quand il s'agit de défendre la patrie.

Sainte-Marie des Anges, une des plus grandes églises de Rome, bâtie dans une vaste salle des thermes de Dioclétien, fut aussi l'œuvre de Michel-Ange, âgé de plus de quatre-vingts ans. On y voit, encore à leur ancienne place, les huit colonnes de granit, témoins jadis des plaisirs des baigneurs, et qui sont maintenant en face des autels où les croyants viennent s'agenouiller. Vanvitelli transforma complétement, sous Benoît XIV, l'œuvre du grand architecte.

Comme je le disais plus haut, toutes les églises de Rome rappellent, ou par leur emplacement, ou par leurs ornements, les temples du paganisme. Ici, des colonnes, des porphyres, des bronzes, etc.; là, des baldaquins, des têtes d'Isis et de Sérapis, comme on en voit dans la vieille basilique *Santa-Maria in Trastevere*. Sur l'emplacement du temple de Cérès et de Proserpine s'élève l'église de Sainte-Marie en Cosmedin, où l'on montre encore la célèbre bouche de la Vérité.

San-Bartolomeo est bâti sur les ruines et avec les colonnes du temple d'Esculape, dans cette île du Tibre, formée, selon l'expression originale d'un grand écrivain italien, « des monopoles qui, résistant au cours des eaux, se mêlèrent avec la terre. »

Santa-Maria in Ara cœli se trouve sur l'emplacement de Jupiter Capitolin, tout à côté du Capitole. Contraste, en effet, singulier, entre le glorieux temple du puissant empire, et cette humble église de pauvres moines franciscains.

Les basiliques Saint-Jean de Latran et Sainte-Marie Majeure, la première considérée comme le siége du patriarcat romain, et bâtie sur l'antique basilique fondée par Constan-

tin, la seconde consacrée à la Vierge, sont d'une richesse,
d'une magnificence éblouissante. On voit à Sainte-Marie
Majeure de belles colonnes ioniques provenant d'un temple de Jupiter, et, parmi ses chapelles, nous avons remarqué celle qui contient l'imitation de la grotte de Bethléem
et du Saint-Sépulcre.

Sur la place Saint-Jean de Latran est placé le plus grand
obélisque de Rome, et au fond du grand portique de la
basilique; la statue colossale de Constantin, trouvée dans
ses thermes, y rappelle le fondateur de la vieille basilique,
et le don qu'il fit des *Laterani* à l'évêque de Rome.

C'est dans la basilique de Saint-Jean de Latran que se
trouvent les têtes de saint Pierre et de saint Paul, ainsi que
le baptistère de Constantin. Des chapelles, des colonnades,
des statues; de magnifiques peintures, de riches tableaux
en mosaïque, etc., tout y est d'une splendeur inouïe.

En sortant de cette majestueuse église, nous nous arrêtâmes quelques instants sur un point de sa place pour admirer l'aspect grandiose qu'on découvre de là, présenté
par la campagne de Rome avec ses anciens aqueducs, ses
vieilles murailles et ses ruines. Sous l'impression des sentiments religieux que le grand spectacle de la nature nous
fait toujours éprouver, nous nous dirigeâmes du côté de la
place où est le bâtiment qui renferme la *Scala santa*, de
marbre, appelée le *saint Escalier*, et que la tradition donne
comme ayant appartenu au palais de Pilate, à Jérusalem;
par cet escalier, dit-on, le Christ passa lorsqu'il fut conduit
en présence de ce magistrat. Plusieurs personnes le montaient à genoux et descendaient par d'autres escaliers laté-
raux. L'Escalier saint est recouvert de marches de bois.

Les bouleversements que les guerres acharnées et continuelles ont apportés sur ce coin de terre où une crèche et
un Calvaire présentèrent au monde l'exemple le plus su-

blime d'humilité et d'abnégation, rendaient peu probable la
découverte d'un si grand nombre d'objets ayant rapport ou
ayant appartenu au Christ et à plusieurs saints, objets qui
forment une grande collection de miracles, conservés dans
diverses églises de Rome et d'autres villes. Cependant un
escalier de marbre avait plus de chance de résister aux
bouleversements des guerres et de la nature que des cordes,
des couronnes, des croix, des clous, des tuniques, des vê-
tements. Quelle que soit cependant la vérité ou la fable de
la tradition de l'*Escalier saint*, le fait est qu'en me trouvant
près de lui je me sentis tout émue. Une grande et une douloureuse pensée qui se confondent souvent dans mon esprit
s'emparèrent au même instant de moi, et m'ouvrirent les
pages du livre immortel des souffrances humaines, où le
Christ voulut inscrire son nom pour relever le courage des
malheureux à travers le rude chemin de cette pauvre vie
terrestre, et enseigner à tous les hommes à conquérir le
bonheur par les vertus dont il donna l'exemple. Mon esprit
embrassa à la fois et la grandeur de l'amour du divin maître
pour l'humanité, et les derniers moments d'un père bien-
aimé invoquant Dieu en faveur de la chaste épouse et des
enfants à qui son amour pour la vérité l'avait prématurément ravi. Et près de la *Scala santa* j'ai remercié encore
Dieu de devoir le jour à qui avait su mieux pratiquer que
prêcher la doctrine du Christ.

Livrée à ces pensées, j'étais là en silence, regardant les
pieuses créatures qui montaient cet escalier avec une grande
humilité, lorsque l'image si douce et si pure de ma mère
se montra aussi vivement à mon esprit que si elle se fût
trouvée en réalité devant moi, entourée de l'auréole de ses
saintes croyances. Mon émotion fut profonde! Je m'inclinai
et je montai les marches qu'elle m'indiquait avec un sourire ineffable, un geste plein d'amour et de béatitude,

comme elle les eût montées elle-même. « O ma mère ! me suis-je écriée dans le fond de mon âme et prosternée devant un crucifix dans la chapelle *Santa-Santorum*, que je ressens de bien à prier sous ta salutaire influence ! »

Nous avions laissé derrière nous toutes les magnificences d'art et de luxe renfermées dans ces basiliques et par lesquelles on croit honorer celui qui voulut vivre et mourir dans le mépris des richesses humaines. Nous n'avions plus devant nous les somptueuses chapelles Borghèse et d'autres, les superbes tombeaux de quelques personnages étalant encore leur pompe sur la cendre du sépulcre !

J'avais ordonné au cocher de nous transporter sur le Janicule, non pas pour contempler un des terribles théâtres de la fureur des Français bombardant, en 1849, leurs frères les républicains de Rome ! J'y étais venue pour m'agenouiller sur une modeste dalle qui couvrit les restes d'une pauvre victime, Béatrice Cenci. Son corps mutilé, séparé de la tête, fut porté à l'église de Saint-Pierre in Montorio. Mais le pieux pèlerin chercherait en vain maintenant cette éloquente sépulture ! comme dit un grand écrivain italien :

« I frati, come il buon figlio di Noè, affannosi a velare le « vergogne della corte dei papi, hanno voltato sotto, sopra la « pietra, e la iscrizione è scomparsa. Poveri frati ! troppo « gran manto ci vuole per cuoprire i peccati impij e rei « dell'avara Babilonia ; nè le memorie cancellansi come le « vite e i marmi. »

Du côté de l'autel majeur, au delà de la balustrade près des gradins, on voit un pavé en marbre : ce fut là qu'on avait enseveli les restes de la malheureuse Béatrice Cenci, peut-être sur la même place où saint Pierre subit le martyre ; et la vierge et l'apôtre, si maltraités des hommes ici-bas, jouissent, dans l'éternité, de la gloire ineffable que les tyrans de la terre ne peuvent ni donner ni ravir !

Toujours poussées par le désir de voir ce que Rome renferme d'intéressant, soit par les œuvres d'art, soit par le souvenir, nous visitons les temples, les galeries, les ruines, etc. Ici ce sont les débris des thermes de Titus, de Livie, contenant encore des vestiges de peintures et d'objets curieux, malgré l'état de complète détérioration où ils se trouvent ; la chambre sépulcrale de la pyramide de Caïus Cestius, le tombeau des Scipions, les vastes débris du palais de César, promenade assez pittoresque, etc. Là, les basiliques remarquables de Sainte-Agnès, de *Santa-Croce in Gerusalemme*, et la nouvelle basilique de Saint-Paul. Celle-ci, bâtie sur le même emplacement que l'ancienne, se lève majestueuse et superbement enrichie à un peu plus d'un mille hors de la porte de Saint-Paul, sur les lieux mêmes, dit-on, où le grand apôtre avait reçu la sépulture de son disciple Timothée.

Ce nouveau temple, avec ses remarquables autels de malachite et autres riches ornements, est aujourd'hui un des plus somptueux et des plus splendides du culte catholique. Quatre-vingts colonnes corinthiennes divisent les cinq nefs, et présentent, avec l'ensemble de tout l'intérieur de cette basilique, l'aspect le plus grandiose. Les portraits en mosaïque de tous les papes ornent les frises de la nef. Je regardais celui de Léon X, lorsqu'un Français, donnant le bras à une dame qui semblait sa femme, passa près de moi : il lui parlait, avec l'esprit qui caractérise sa nation, de la papesse dont il pensait trouver là le portrait.

La colonne Trajane, au milieu du forum du même nom, la plus belle de toutes celles que j'aie vues, est un des monuments antiques de Rome qui attire le plus l'admiration.

des étrangers; elle est encore intacte. La statue de Trajan, de bronze doré, qui la couronnait, lui fut enlevée, et l'on y mit celle de saint Pierre. Cette colonne est toute ornée de bas-reliefs représentant les expéditions de Trajan et ses victoires. C'est une immense et remarquable composition qu'on ne peut jamais assez admirer.

Rome contient plusieurs places, presque toutes ornées d'obélisques et de belles fontaines. La place Navone, une des plus vastes, conserve encore la forme du cirque d'Alexandre Sévère. Elle est embellie de quatre fontaines, d'un obélisque et de statues colossales. Dans l'église de Sainte-Agnès, qui se trouve à côté, on nous fit voir les corridors souterrains qui soutiennent les gradins du cirque. Un bas-relief représente sainte Agnès nue, couverte de ses cheveux, et conduite au supplice.

Toute cette ville est remplie du souvenir des premiers chrétiens qui y souffrirent le martyre sous divers empereurs plus ou moins acharnés contre cette pieuse légion de vrais croyants; elle se levait partout, à la fois humble et énergique, en affermissant dans l'esprit des nouvelles générations, par ses saintes pratiques et son courage surprenant, la foi de la religion régénératrice. Partout on foule ici la terre baignée du sang d'un guerrier, d'un martyr, d'une victime; partout un monument, une ruine, un site, renfermant une grande histoire, brillante ou ténébreuse, des temps passés, et dont quelques-unes sont reproduites encore sur la toile vivante des nations modernes, par des artistes de meilleur goût qui ont le talent et la grande adresse d'adapter la méthode surannée de ces siècles à l'exécution des tableaux de notre temps.

Lorsqu'on se trouve à Rome, et qu'on veut connaître ce qu'elle renferme de beau et de grand, on se sent en effet épuisé de tant voir, de tant admirer! On a peine, comme

le dit très-bien un écrivain moderne, à séparer ses impressions les unes des autres et à les rendre.

« Une plume, disait Gœthe, quand on devrait écrire avec
« mille poinçons ! Mieux encore : il faudrait rester ici
« des années dans un silence pythagoricien. Une journée
« dit tant de choses, qu'on ne devrait pas oser dire la moin-
« dre chose de la journée. »

Le grand poète avait raison. — Il faut s'habituer d'abord
à respirer dans cette atmosphère d'art et de souvenirs, au
milieu d'un nombre prodigieux de chefs-d'œuvre antiques
et modernes, à se reconnaître peu à peu parmi ce monde
de morts nous parlant par ces innombrables ruines, ces
monuments admirables, afin que nous puissions en parler.

Loin d'approuver l'opinion d'un touriste qui me disait
très-naïvement, à Paris, qu'il ne savait à quoi l'on pouvait
employer à Rome plus de huit jours, je pense comme l'auteur de *Faust* à l'égard de cette ville, la plus intéressante
du monde, où il partageait son attention, ainsi que le dit
un de ses apologistes, entre les ruines d'un grand peuple et
la vie sensuelle des Italiens.

Quant à moi, je ne m'arrêterai pas sur celle-ci, et ne
chercherai à connaître que ce qui leur reste encore des
nobles sentiments et de l'énergie qui ne peuvent jamais
s'éteindre entièrement dans le cœur d'un peuple dont les
ancêtres ont laissé partout une empreinte si profonde de
leur grandeur, et dont les aspirations et les efforts tendent
sans cesse vers son affranchissement ! Et je me consolerai
du sort si dur, si affligeant qui pèse sur les Italiens, si je
trouve chez eux cette bonne semence religieusement conservée pour être livrée à la terre dans une saison plus favorable, sous l'influence d'un soleil salutaire et vivifiant.

L'espérance, ce flambeau divin de l'âme, qui l'éclaire à
travers les sentiers tortueux et obscurs de la vie, cette vertu

que le christianisme plaça entre les deux plus saintes vertus du cœur humain, n'abandonne jamais l'homme, quelle que soit la grandeur des maux qui l'oppriment. S'il a de l'énergie dans l'âme, il combat dignement ces maux sans s'en laisser jamais abattre ; s'il n'en a pas, malheur à lui ! il se courbe pusillanimement en se dégradant de sa noble nature. Mais, dans l'un comme dans l'autre cas, l'espérance est toujours là, ou pour l'encourager à vivre de luttes jusqu'à ce qu'il ait accompli sa tâche, ou pour lui faire attendre la mort dans une résignation sans gloire.

L'esprit des nations, plus fort que l'esprit individuel, garde dans toute sa plénitude cette sainte bienfaitrice au milieu même des plus rudes et des plus longues épreuves. L'homme souffre et prie. Les nations endurent, sous le joug de leurs oppresseurs, toutes les souffrances qu'ils leur infligent, et sous lesquelles quelquefois elles s'affaissent jusqu'à paraître destituées de tout élément de vie morale. Mais leur esprit, que l'espérance tient toujours sous ses ailes divines, est là qui attend avec patience le moment d'agir et de se relever.

L'homme doit pardonner à ceux qui lui ont fait du mal, et, s'il suit les inspirations de ce grand amour qui commande l'abnégation de soi-même pour le bien d'autrui, son âme s'élèvera ainsi d'avance à la béatitude céleste après laquelle elle soupire comme le but de son bonheur réel.

Mais les nations tendent à un autre but que celui où toute âme religieuse repose doucement sa pensée.

Suivant les lois générales de la nature, qui change dans ses constantes évolutions sans jamais se détruire, les nations aspirent sans cesse au développement des idées qui doit leur procurer une organisation adaptée à leur siècle et à leurs besoins matériels et moraux ; et, pour y parvenir, elles travaillent sans relâche, plus ou moins activement, dans les vastes et inépuisables mines de l'intelligence.

TIVOLI

— 23 avril. —

Quelques familles qui se trouvaient à cet hôtel avec moi m'avaient souvent invitée pour faire une excursion dans les sites si délicieusement chantés par Horace. Mais j'étais trop préoccupée de Rome elle-même, pour m'en éloigner avant d'avoir satisfait ma première curiosité. Ce matin donc, vers six heures, nous nous dirigeâmes vers Tivoli, avec la marquise de N***, et M. H***. La marquise de N***, Parisienne du faubourg Saint-Germain, est une femme de cinquante-six ans environ, extrêmement simple et pieuse, qui s'est retirée du monde depuis quelque temps. Sa conversation à la fois aimable et sérieuse, dépourvue de toute sorte d'orgueil, révèle chez elle un grand fond de bon sens et une modestie qui font mieux ressortir son mérite réel. M. H*** est un jeune professeur d'environ vingt-huit ans, qui réunit aux agréments d'un esprit cultivé une distinction de manières peu vulgaire et une politesse affectueuse. Le feu sacré brille dans sa physionomie intelligente, et contraste singulièrement avec les symptômes de maladie empreints sur son visage. Son enthousiasme à l'aspect des beautés de la nature et de l'art, ainsi que la profondeur de ses réflexions, révèlent plutôt le double cachet du cœur du Midi et de l'esprit du Nord que celui du caractère de l'enfant de Paris, où il est né, et d'où il est venu demander la santé au beau ciel de l'Italie.

Nous traversions la campagne de Rome vers l'antique Tibur, et chacun faisait sa réflexion adaptée au lieu que nous franchissons, on se recueillait pour mieux goûter l'impression produite par la présence de ces sites dont la vue reveille dans l'esprit tant de grands souvenirs.

Déjà nous avions traversé et laissé derrière nous le Tave-rona ou Anio, puis le canal ou le Solfatara avec ses eaux minérales d'apparence savonneuse, où venait se baigner l'empereur Auguste, et dont on sent l'odeur à grande distance.

Voulant voir la ville Adriana avant d'aller à Tivoli nous ordonnâmes au cocher de nous y conduire d'abord, et, munis de la permission nécessaire, nous pénétrâmes dans cet amas prodigieux de ruines éparses, dans la vaste enceinte qui contenait jadis la splendide demeure de l'empereur Adrien.

Il ne reste plus de trace de cette magnificence qui avait ébloui tant de générations, et dont plusieurs musées d'Europe possèdent encore de beaux échantillons d'art trouvés dans les décombres de ces ruines.

Le guide, en nous conduisant à travers ce champ de débris, nous indiquait, ici les traces du palais impérial, des bains et des casernes prétoriennes; là, les vestiges des temples des stoïciens, de Vénus et de Diane; ailleurs, ceux d'un cirque, de l'académie, d'un théâtre grec, etc., etc. Mais la végétation qui couvre ces immenses débris de tant d'œuvres d'art et de luxe, y présente maintenant le seul spectacle de grandeur qui ne périt jamais.

En parcourant ces ruines, ma pensée se transportait de l'antiquité à toi, grand génie de la liberté, et il me semblait te voir, là, campé quelques instants avec ta brave légion, lorsque tu marchais contre les troupes de Naples dans ce mémorable 1849, où la république française vint arrêter l'œuvre de la république romaine.

Après avoir payé le tribut de notre curiosité d'étrangers à ce qu'on appelle encore *villa Adriana*, nous reprimes la

I. 10

voiture, qui nous conduisit par une route montante, au travers d'une belle forêt d'oliviers, à Tivoli, la belle Tibur si aimée du grand poëte ami de Mécène.

C'est ici que l'imagination se peuple de tous les souvenirs d'Horace. Les somptueuses villas de Mécène, de Quintilius, de Varus, de Salluste, de Catulle et d'autres illustres personnages, s'élevaient dans les beaux environs de l'antique ville des Sicules, dont les Romains faisaient un lieu de délices. La ville actuelle, de six à sept mille habitants, n'offre aucun intérêt par elle-même. Ce sont les souvenirs attachés à ses sites, ses charmantes cascatelles et les ruines du temple de la Sibylle, qui attirent ici les étrangers. De ce temple célèbre, il n'existe plus que quelques colonnes. Placée au bord du gouffre creusé par l'Anio, cette ruine se présente encore aux yeux du contemplateur et lui rappelle les mystères révérés par les anciens, chez qui la Sibylle jouait, comme on sait, un rôle important.

N'ayant pas de goût pour les romans, je me dispensai de descendre dans la grotte de Neptune et des Sirènes afin d'y chercher les traces de la capricieuse Anglaise et de l'artiste que la sublime plume de George Sand y fit s'égarer ensemble.

Un guide que nous avions pris dans la petite ville nous fit longer une belle route tournant toujours en face des cascatelles, et nous pûmes les admirer à l'aise. Les eaux, en se précipitant, offrent, par le jeu de la lumière, l'aspect le plus ravissant. Pour les contempler du dessous, nous descendîmes par un côté de la montagne au fond du ravin. Ce magnifique spectacle se déroula alors à mes yeux avec toute sa poésie, et mon esprit magnétisé se représenta les images les plus fantastiques dans ces grosses nappes d'eau tombant d'en haut, se succédant, se confondant, et se perdant dans la vallée pour ne plus revenir.

Semblable à ces torrents d'eau, se succédait dans mon

esprit, aux divers souvenirs attachés à l'antique Tibur, le cher souvenir de mon Brésil.

Assise sur la déclivité du ravin entre ma chère enfant et la marquise de N***, tandis que le jeune malade s'approchait lentement du torrent qui coulait rapide à nos pieds, je me figurais reposant, après une course de plaisir, à travers la luxuriante et éternelle verdure de mes campagnes natales, sur de moelleux tapis de fleurs, à l'ombre de ces beaux arbres gigantesques dont les branches s'entrelacent dans un long embrassement en formant, avec les énormes lianes qui s'y attachent et tombent en festons variés et fleuris, la plus belle et la plus délicieuse voûte.

A l'aspect des jolies cascatelles artificielles de Tivoli, je me représentais les superbes chutes d'eau, non pas formées, comme celles-ci, par la main de l'homme, mais disposées et pompeusement embellies par cette main immortelle et sage dans toutes les distributions de ses dons sur la terre. Je regardais les beautés qui m'entouraient et qui perdaient de leur grandeur quand je les comparais à celles que j'avais contemplées dans l'intérieur du Brésil lorsque j'y accompagnais dans ses voyages un père enthousiaste de la sublime grandeur de la nature, qu'il m'enseignait à connaître et à aimer. Je parcourais encore maintenant par l'esprit ces forêts imposantes, ces imposantes chaînes de montagnes, ces plaines fertiles, tapissées d'une variété infinie de fleurs et rafraîchies par mille ruisseaux murmurant doucement et allant mêler leurs modestes eaux à celles des rivières et des fleuves majestueux qui abondent partout dans cette contrée que la nature enrichit de ses trésors les plus précieux.

Combien de fois je m'extasiais, tout enfant encore, à l'aspect de cette grandiose nature qui parlait déjà si puissamment à mon âme ! Avec quel charme mon jeune regard suivait tout émerveillé ces nuages immenses, ces brillants oiseaux qui, traversant les plaines et les rivières, formaient, sous l'azur de mon ciel tropical, un second ciel mouvant de couleurs variées et éblouissantes ! Et ces chaînes de montagnes, ces forêts vierges, ces riches prairies, ces prodigieuses chutes d'eau, ces fleuves, ces oiseaux, tous ces chefs-d'œuvre de la nature du sol qui me vit naître, revenaient vivement à mon esprit, avec la chère image des êtres qui avaient embelli ma courte existence de bonheur ! O doux souvenirs de l'enfance ! ô pensée ineffaçable de la patrie, caressée par l'amour de ceux qui guidèrent nos premiers pas dans la vie, et par les puissantes impressions que nous y avons reçues ! quel charme sous le ciel étranger, quelque séduisant qu'il soit, pourra jamais vous être comparé ?

À ce tableau rétrospectif, la mélancolie commençait à s'emparer de moi, lorsque nous reprîmes notre excursion de Tivoli, où se trouvent les vestiges de quelques ruines de villas, parmi lesquelles le guide nous en indiqua une qui marquait l'endroit où avait été celle de Salluste. Il faut une grande puissance d'imagination pour se représenter, à la vue de si faibles vestiges, ces belles habitations d'autrefois. Quant à la célèbre villa ou ferme d'Horace, de laquelle, selon les guides, il n'existe plus même de trace, je n'ai pas voulu proposer aux personnes qui nous accompagnaient d'aller voir les lieux où l'on prétend qu'elle était autrefois située; car, les voitures ne pouvant y monter à travers les montagnes de la Sabine, il faut prendre des ânes pour faire cette excursion fatigante. Nous visitâmes ensuite les ruines de la villa de Mécène, les seules qui présentent encore quelque apparence d'une grandeur passée. Lucien Bonaparte transforma ce qui restait de cette villa en une usine où l'on travaille le fer. Métamorphose singulière dont ne se doutait guère pour l'avenir le favori d'Auguste, quand il

recevait dans cette somptueuse demeure les deux grands
poëtes Horace et Virgile, et tant d'autres personnages illustres par les lettres et par les arts.

La villa d'Este, construite au seizième siècle par le cardinal d'Este, est encore une demeure somptueuse mais
abandonnée. D'énormes cyprès séculaires lui donnent un
air sombre et triste. Lorsque nous entrâmes dans le parc,
quelques étrangers comme nous s'y promenaient, et d'autres causaient, assis au bord des pièces d'eau, ou se perdaient
solitaires sous des allées ombreuses. Une famille se tenait
à l'écart, faisant collation à côté d'une vasque d'eau près
de laquelle je m'étais arrêtée pour examiner une plante
aquatique.

Les personnes dont se composait cette famille causaient
entre elles d'un air très-gai ; leurs physionomies étaient
rayonnantes de bonheur. Cette vue me toucha : ce n'était plus
une plante qui m'arrêtait là, c'était ce tableau vivant qui me
représentait ceux de ma vie passée en famille. Je la contemplai en silence en me disant : « Ils sont heureux, ceux-
là, de se trouver tous ensemble loin de la patrie. » Dans
ce moment, un tout jeune homme prononça le nom de
« maman, » en montrant à la dame qui était à son côté un
petit oiseau qui passait au-dessus de leurs têtes. Ces deux
syllabes sorties des lèvres d'un fils réveillèrent dans mon
âme toute la douleur qui m'oppresse par l'absence du
mien !.. Heureuse mère ! pensais-je, entourée de toute ta
famille, tu as raison d'être contente. Moi, privée de ce bonheur, j'erre partout sans gaieté, mais forte encore pour l'a-
mour de cette chère enfant qui m'accompagne, seule fleur
rapportée du vaste jardin cultivé par mon zèle et mon amour.

Et, m'éloignant mélancolique et pensive de cet intéressant groupe dont la vue m'avait impressionnée, j'allai rejoindre la marquise qui nous attendait avec le jeune ma-

lade sur la terrasse, d'où l'on jouit d'une belle vue sur la campagne de Rome.

Chacun exprimait sa pensée sur la beauté des sites qui nous environnaient et sur les souvenirs qui s'y rattachent. Domptant ma tristesse, j'ajoutai quelques mots pour ne point paraître étrangère au sujet dont tous étaient préoccupés, ni troubler le plaisir que leur procurait cette promenade.

Ceux qui ont de la tristesse doivent la refouler dans le cœur quand ils paraissent en société, car rarement on trouve dans le monde des âmes vraiment compatissantes que ce spectacle intéresse et touche au lieu d'ennuyer.

La gaieté insouciante, l'amabilité naturelle ou feinte, l'esprit, quelque versatile qu'il soit, pourvu qu'il sache le secret de plaire, sont toujours mieux venus dans la société que la mélancolie provenant d'une douleur quelconque, qui laisse dans l'âme des traces profondes ou d'une sensibilité exquise.

Le monde est ainsi fait : il faut le prendre tel qu'il est, sans se faire illusion sur son compte ; autrement il vaut mieux vivre à l'écart dans les sages principes de la philosophie, en cherchant à s'améliorer soi-même pour se rendre utile à ses semblables.

Nous étions descendus à Tivoli dans l'hôtel de la *Regina*, où nous fîmes ensemble une collation assez agréable avant notre excursion aux environs de la ville. Puis notre voiture vint nous reprendre vers le coucher du soleil à la villa d'Este, d'où nous reprîmes le chemin de Rome, par une soirée tiède et imprégnée des plus suaves émanations du printemps.

Madame F***, sachant l'intérêt que m'inspire l'éducation des jeunes filles, me proposa de me faire connaître l'école des sœurs du Sacré-Cœur, où elle a une de ses enfants. J'acceptai son invitation, et nous nous rendîmes à ce couvent, contigu à l'église de la *Trinità del Monte*. La sœur qui nous reçut nous fit visiter cette église en attendant le moment où la supérieure serait libre de nous recevoir, et nous y vîmes le chef-d'œuvre de Daniel da Volterra, une admirable Descente de croix, exécutée, dit-on, d'après les cartons de Michel-Ange. Puis nous retournâmes au couvent, où la supérieure nous montra l'école, le réfectoire et d'autres pièces visibles.

On accorde une grande préférence, surtout en France, pour l'éducation des filles, au couvent du Sacré-Cœur. Si je devais juger de cette institution d'après plusieurs jeunes filles qui y ont été élevées, je n'hésiterais pas à dire que cette préférence me semble loin d'être justifiée. Il est vrai qu'on ne doit pas juger toujours des maîtres d'après les élèves ; mais ce qui paraît incontestable, c'est qu'en général les filles élevées dans cette atmosphère morale contractent souvent l'habitude de la dissimulation et de manières aristocratiques très-déplacées chez les élèves des humbles servantes de Jésus. C'est pourtant en vue d'un certain mérite aristocratique un peu passé de mode, que des parents confient encore à ces sortes d'établissements l'éducation de leurs filles. On prétend aussi que les études y sont mieux dirigées, et que l'éducation est basée sur des principes plus solides : j'ignore si cela est, mais il faut convenir que la méthode et les efforts de ces sages et savantes sœurs ne réussissent pas mieux que ceux de bien d'autres dignes institutrices.

Les meilleurs principes inculqués à la jeunesse féminine dans les bonnes maisons d'éducation se perdent ou s'affaiblissent lorsque la jeune fille rentre dans la famille, où elle ne trouve bien souvent que des éléments pour la préparer à cet avant-goût de frivolités, ou de ces ambitions qui tendent à détruire et qui détruisent presque toujours les leçons qu'elle avait reçues.

Combien de fois ai-je entendu, à Paris, des mères tout éblouies des plaisirs du monde, s'enorgueillir d'avoir leurs filles au Sacré-Cœur, où les demoiselles reçoivent, ajoutaient-elles, la meilleure éducation et la plus distinguée !

Pauvres mères ! pensais-je ; elles ignorent que les leçons des institutrices les plus sages, les plus saintes, fussent-elles des Pénélopes ou des saintes Thérèses, ne pourraient jamais parvenir à former dans l'esprit de leurs filles une barrière suffisante à l'invasion de certains exemples qui les attendent quelquefois là où elles devraient trouver seulement les leçons de toutes les vertus.

Ce n'est point dans les maisons étrangères, y compris les couvents, que la jeune enfant trouvera les bases solides de la meilleure éducation qu'il lui faut, mais dans le foyer domestique : «nel santuario della famiglia, dove la madre «sarà il primo e degno sacerdote, avendo il cuore per «altare e la morale per sacrifizio (1). » C'est là seulement que la fille puisera avec une utilité réelle, quand les mères seront capables de comprendre et d'accomplir leur plus sainte mission dans la société, les principes et les leçons dont elle a besoin pour devenir ce qu'elle doit être un jour : simple, vraie, bonne, compatissante et parée de la dignité naturelle, qu'une sage éducation maternelle aura développée convenablement et fortifiée chez elle en chassant toute sorte de prétentions ridicules ; la femme alors s'attirera par son mérite réel autant de sincères hommages que de ces fades galanteries dont elle est l'objet et dont elle aime en général à être entourée.

(1) *Étincelles d'une âme brésilienne,* ouvrage écrit en italien par l'auteur de ces *Voyages.*

Mais ce n'est pas ici le moment de développer un sujet si important, et sur lequel je reviens toujours malgré moi, toutes les fois que s'ouvre à mes yeux une page de ce livre capital que tout le monde parcourt et que très-peu de personnes lisent avec l'attention qu'il mérite : l'influence incontestable de l'éducation morale de la femme sur le bonheur des nations, éducation qui doit commencer et s'affermir au foyer domestique, sous la sage direction de la mère de famille.

27 avril.

Une circonstance toujours heureuse pour moi vint ce matin nous affranchir de la triste préoccupation où nous étions depuis quelques jours, et nous faire mieux goûter les charmes que les beautés de Rome continuent à nous offrir. Ce fut l'arrivée des lettres de notre chère famille, très-retardées ce mois-ci.

O les premières bienvenues sous le ciel d'Italie ! bonnes, affectueuses missives qui nous apportent de la patrie lointaine le doux parfum des cœurs que nos cœurs chérissent, soyez bénies ! Que de consolations j'éprouve en savourant une à une ces lignes si vivement empreintes de la tendresse la plus pure et la plus profondément sentie !

Gloire, bonheur éternel à celui qui le premier inventa le moyen mille fois béni de transmettre ainsi les trésors de l'âme aux régions les plus éloignées, en portant dans une lettre l'espérance et la vie au cœur qui se débat contre les douleurs de l'absence !

Rassurée sur la santé de mon cher enfant et de tous les miens qui vivent au delà de l'Atlantique, je me suis senti un si grand bien-être moral que tous les objets qui s'offraient ce jour à mes yeux prirent pour moi un nouveau charme, m'inspirèrent un plus vif intérêt. Tels furent le joli temple de Vesta de forme circulaire et entouré d'un portique soutenu par des colonnes corinthiennes ; le temple de la Fortune virile; la maison historique de Salvator Rosa, et enfin les jardins de la villa Médicis; sa terrasse plantée de chênes verts; son poétique belvédère, où nous nous arrêtâmes quelques instants pour nous mieux livrer aux émotions que nous faisait éprouver cette promenade.

Ayant déjà visité le palais où se trouve l'Académie de France, contenant les ouvrages des artistes que cette nation entretient à Rome pour y achever leurs études, nous continuâmes à respirer l'air embaumé du mont *Pincio*, en nous dirigeant du côté où se trouve la belle promenade publique de Rome. Là les voitures et les piétons, circulant tous les soirs de quatre à sept heures, donnent à ce lieu une grande animation; la musique, les fleurs et le magnifique coup d'œil sur la ville et ses environs mélancoliquement imposants, lui communiquent un charme tout particulier.

LE CONCERT DES ROSSIGNOLS.

A l'écart de la foule des promeneurs, là où les vibrations de la musique venaient doucement mourir à nos oreilles, de suaves mélodies arrêtèrent nos pas et répandirent dans notre âme un courant magnétique sous la puissance duquel nous restâmes quelques instants. C'était un concert de rossignols. Il semblait être donné exprès aux deux naturelles du nouveau monde qui, toutes remplies des souvenirs de la patrie, s'écartaient des bruyantes distractions pour venir, à l'ombre des allées solitaires de la villa Médicis, goûter le charme d'une distraction plus calme et plus analogue aux pensées qui se succédaient dans leur esprit, aux sentiments dont palpitaient leurs cœurs. Voltigeant d'un arbre à l'autre, ou posés sur le sommet

de la voûte de verdure sous laquelle nous étions assises, ces
rois des chanteurs ailés modulaient alternativement dans
leur langage mystérieux la douce harmonie de leurs amours.
Nous écoutions avec ravissement, en respirant les émanations délicieuses de cette heure poétique où la nature,
échangeant les brillantes couleurs de sa parure splendide
pour le voile transparent d'un demi-jour, donne à ses charmes plus de mystère et plus d'attraits.

Sur le *Pincio*, plus que dans le grandiose parc de Versailles, où nous aimions à aller, aux beaux jours du printemps, chasser la triste impression que nous laissèrent
toujours les brouillards des longs hivers de Paris, le chant mélodieux des rossignols produisit sur nous un effet plus agréable et plus salutaire. C'est que l'âme se sent ici mieux que là,
ouverte aux profondes impressions que Rome seule sait produire, et que tout ce que j'y vois, tout ce que j'y entends, me
frappe plus que partout ailleurs; c'est que la bienfaisante
influence des lettres arrivées ce matin a mieux disposé mon
âme à recevoir toutes ces impressions et à les embellir.

Les dernières lueurs du jour fuyaient Rome lorsque nous
descendîmes du mont *Pincio*. Le concert avait cessé, les
rossignols se caressaient dans leurs nids; les plantes et les
fleurs, rafraîchies par la rosée du crépuscule, répandaient
un plus vif parfum. Le phare du catholicisme s'élevait, déjà
imperceptible aux regards, dans l'obscurité, majestueux et
imposant, sur toutes les autres coupoles de la ville des papes.

Dans la place du Peuple, cette belle place que je préfère
à toutes les autres de Rome, et où nous avions assisté à un
splendide feu de Bengale dans la nuit du lendemain de
Pâques, tout était déjà silencieux. Décorée de ses fontaines
monumentales, de ses statues, de son obélisque, de ses
colonnes et de ses terrasses, cette place rappelle mille souvenirs que le silence qui s'y fait à cette heure imprime plus

vivement dans l'esprit de celui qui s'y promène et médite.

À côté de la porte du Peuple, l'église de Sainte-Marie du Peuple me fit penser à la tradition selon laquelle elle fût bâtie, dans « le but de purger cet endroit des démons établis autour du tombeau de Néron. » Superstition ridicule, entretenue, comme tant d'autres, chez le peuple par une ignorance grossière qui asservit l'esprit de l'homme et le dégrade de sa nature.

Ombres des nobles victimes de la liberté qui planez ici, apaisez-vous !... Le jour où sera arboré l'étendard de la délivrance de l'Italie ne semble pas bien loin.

Et en laissant la place du Peuple avec tous ses souvenirs et tous ses mystères, nous descendîmes à notre hôtel, où quelques visites vinrent compléter par leur agréable société un jour de si bonnes émotions. M. F***, professeur de littérature à Rome, M. P***, artiste distingué, mesdames F*** et M***, et la marquise de N***, ainsi que l'archevêque D***, eurent, cette fois, la puissance de me faire préférer le charme de la conversation à la solitude où j'aime à me recueillir après mes excursions journalières à travers les monuments et les ruines de la ville éternelle.

À Paris, la conversation ; à Rome, le recueillement. Cependant les grâces de l'esprit français se réunissent quelquefois ici aux charmes des sentiments italiens, et nous offrent une diversion agréable.

UN CRIME COMMIS PAR AMOUR, ET SA PUNITION.

La jalousie dans l'amour, qu'on dit être une des passions caractéristiques chez les Italiens, et que je crois une faiblesse cosmopolite, vient de produire à Rome une des scènes les plus terribles et les plus touchantes dont j'aie jamais été témoin.

Une jeune personne de bonne famille et éperdument aimée d'un jeune Romain à qui elle venait d'être fiancée, se trouvait, un de ces derniers soirs, au théâtre avec son père et sa belle-mère.

Un étranger entre dans sa loge et cause quelques instants avec le père, qui le connaissait de vue. Le fiancé de la jeune fille observait du parterre, avec dépit, cette visite qui lui parut trop longue.

La pièce finie, il accourut rejoindre sa bien-aimée, et lui demanda brusquement quel était cet étranger qui se tenait dans la loge à côté d'elle. La jeune fille, surprise de ce ton de colère, si étrange pour elle, garda le silence, et le père offensé répondit qu'il n'avait à justifier auprès de qui que ce fût la présence des personnes qui venaient le voir.

Une sombre pensée traversa l'esprit du jeune homme. Dans son aveuglement jaloux, il prit le silence de sa fiancée pour de la confusion, et la réponse du père pour une défaite. Il se crut trahi, joué, la raison l'abandonna. Dans un accès de folie, il donna un coup de poignard à la jeune fille, qu'il aimait, disait-il.

Rien n'a été plus généralement mal compris et calomnié dans le monde que l'amour. En profanant ce nom sacré, on le fait présider aux jouissances grossières et quelquefois ignobles. On s'en empare souvent comme d'un beau costume, pour déguiser les souillures d'un vil intérêt ou d'un égoïsme outré ; on l'invoque pour fouler aux pieds les devoirs les plus saints de la nature et de la reconnaissance ; on s'en sert pour justifier des actes de barbarie !

L'amour, cette flamme divine dont tout le monde parle, et dont bien peu de cœurs éprouvent la puissante influence, ne produit que des actions grandes, nobles et généreuses. L'homme dans le cœur duquel descend une étincelle de cette flamme régénératrice, sent sa nature s'améliorer et s'agrandir pour mieux comprendre et pratiquer les vertus, que l'amour fait toujours jaillir de son grand foyer, quels que soient les bouleversements et les malheurs qu'il subit !

L'homme qui aime de cet amour, quand même il verrait s'évanouir toutes ses espérances fondées sur l'objet aimé, et qu'il dût être malheureux pour tout le reste de sa vie, non-seulement ne se souillera jamais de la plus insigne lâcheté en levant la main sur une femme, il n'offensera pas même d'une parole celle qu'il aime : il l'abandonnera si l'honneur l'exige, mais il restera pur de toute souillure.

Du reste, qu'est-ce que toutes ces fureurs, toutes ces vengeances, sinon la manifestation la plus évidente de l'a-mour-propre blessé et de l'égoïsme, qui prouve qu'on n'aime que pour soi, tandis que l'amour vrai est tout abné-gation pour ce qu'on aime !

Mais, que l'homme impartial l'avoue avec moi, c'est du cœur de la femme que cette abnégation prend le plus grand essor. La conduite sublime de la jeune Romaine qui vient d'être frappée de mort par son fiancé en fournit encore une preuve.

Tombée dans les bras de son père, qui n'eut point le temps de prévoir ce coup terrible, elle fut portée à son domicile, où la justice se rendit aussitôt pour prendre con-naissance de l'événement. La déplorable nouvelle volait déjà de bouche en bouche, avec tous les commentaires que, dans de pareilles occasions, on ne manque jamais d'ajouter à la simple vérité. Le médecin appelé trouva la blessure très-dangereuse ; elle avait complétement défiguré la mal-heureuse jeune fille, qui conservait pourtant une énergie et une présence d'esprit admirables.

Ici finit la scène horrible, et commence la scène tou-chante. A peine l'amant halluciné eut-il versé le sang inno-cent de celle qui l'aimait, que, revenu de sa funeste erreur, il vint tomber à ses pieds et à ceux du malheureux père, en

avouant l'énormité de son crime et en demandant d'en être
puni. Mais la jeune fille mourante, recueillant toutes ses
forces, protesta, en présence du magistrat et des personnes
qui entouraient son lit, qu'une autre main que celle de son
cher fiancé lui avait porté ce coup. « Ne l'accusez pas !
s'écriait-elle dans le plus sublime enthousiasme que le dévouement d'un véritable amour sait communiquer à la
femme, ne l'accusez pas, répéta-t-elle en s'adressant au
magistrat que l'émotion produite par cette scène sur tous
les spectateurs commençait à gagner ; il est innocent. Son
accès de folie, en me voyant dans cet état, lui fait croire
que c'est lui qui m'a frappée. Le véritable meurtrier s'est
enfui aussitôt ; je l'ai vu s'éloigner en courant, tandis que
mon fiancé restait tout désolé près de moi, et aidait à me
porter ici !...

— « Je ne mérite pas cette générosité, dit en l'interrompant le jeune homme. C'est bien moi qui ai eu la barbarie
de commettre ce crime exécrable en méconnaissant un
moment cette céleste créature. Punissez-moi, mais ne m'ar-
rachez pas de ses côtés tant qu'elle respire. Et il lui baisait
les mains, et il pleurait en se tenant toujours agenouillé.

— « Ne voyez-vous pas qu'il a perdu la raison ? répondait
d'une voix faible la pauvre blessée. Il croit que je vais mourir, tandis que nos noces vont se célébrer. »

Lutte singulière et touchante dont on ne saurait rendre
l'image.

Des larmes d'attendrissement et de pitié s'échappaient
des yeux de tous ceux qui étaient témoins de ce spectacle,
et la justice ne pouvait s'emparer du coupable, que sa propre victime proclamait innocent.

Le père, profondément consterné de la situation de sa
fille, garda le silence, et se laissa toucher par ses prières.

La générosité de la malheureuse ne s'arrêta point là : elle

voulut constituer son fiancé héritier de la fortune qui lui venait de sa mère, et chercha ainsi à assurer son avenir, après avoir tout employé pour laver aux yeux de la société la tache dont il s'était souillé.

Concentré dans la douleur la plus profonde, l'amant égaré reste là comme anéanti sous le poids de ses remords, refusant obstinément toute sorte de nourriture, et voulant, dit-il, suivre dans la tombe celle qu'il aime et qu'il y a précipitée.

Et, en voyant ce malheureux couple échanger des regards d'amour sur le seuil de l'éternité, on se demande lequel des deux est le plus grand : le remords de l'un, ou la générosité de l'autre ?

Un de ces jours nous admirions, à l'église de Jésus, une des plus vastes et des plus belles de Rome, les pilastres, les stucs dorés, les sculptures, les peintures, et, plus que tout cela, l'autel de la chapelle de saint Ignace de Loyola, dont rien n'égale l'admirable richesse et la magnificence, lorsqu'un gentilhomme romain de notre connaissance y entra avec deux dames étrangères. En m'apercevant, il vint à moi, et me présenta ces dames comme deux illustres voyageuses qui aimaient, ainsi que moi, disait-il, à puiser des souvenirs dans la source intarissable de la ville éternelle. Ces deux dames nous saluèrent avec une aimable franchise, et je fus charmée de reconnaître dans l'une d'elles la charmante Allemande qui avait paru recevoir la même impression que moi en entendant le *Miserere* à la chapelle Sixtine ; nous nous parlâmes alors comme de vieilles connaissances. Nous partons demain pour Venise, me dit-elle, puis nous irons passer l'été en Suisse ; ainsi nous ne nous revoyons que pour nous quitter ! Elle me donna son adresse à Manheim, et je lui donnai la mienne à Paris, sachant que sa famille y passe quelquefois l'hiver. — Vous y retournerez donc, me demanda-t-elle ? — Je l'espère bien, lui répondis-je, car Paris est ma ville de prédilection en Europe; et, quand j'aurai bien connu toute l'Italie et vu la Sicile et la Grèce, j'irai vivre de nouveau dans cette capitale. Moi aussi je vais quitter Rome, mais pour aller à Naples et dans d'autres villes, Venise viendra après.

Un élan sympathique nous attirait ainsi à oublier, en causant ensemble, les beautés que nous étions venues admirer dans cette église, lorsque le seigneur romain se pencha vers moi et me dit, en me montrant un frère jésuite qui venait de passer tout près de nous : « Voilà le frère de Silvio Pellico, Madame : l'avez-vous déjà vu?

— « Non, lui répondis-je, mais je savais que le célèbre auteur *delle mie Prigioni* avait ici un frère dans cette congrégation; » et je le suivis des yeux; la belle Allemande se mit à le regarder avec moi, et le noble Romain ajouta d'un air de pitié : « Quel contraste avec l'illustre prisonnier du Spielberg, la victime torturée par l'Autriche, enchaînée au fond d'un cachot pour l'amour de la liberté; et le jésuite son frère, paisiblement occupé aux ministères de sa plus qu'intelligente congrégation, tandis que la patrie gémit encore sous le poids de la même oppression !

— « Mais Silvio Pellico lui-même, lui dit la dame allemande qui l'écoutait avec nous, n'a-t-il pas fait aussi le jésuite dans les dernières années de sa vie, en ternissant la gloire que lui avaient conquise naguère ses plus nobles inspirations?

— « C'est vrai, répondit son compagnon de promenade; et cela démontre comment les esprits les plus forts et les plus capables de résister aux tortures dont la tyrannie des despotes connaît seule tout le raffinement, s'écartent quelque-

fois du flambeau de la vérité qui les éclairait, et tombent
dans le domaine du fanatisme, où ils commettent de grossières erreurs, en fournissant aux ennemis les plus dangereux du progrès des peuples un argument de plus pour appuyer leur doctrine. Il viendra un jour, je l'espère avec une
ferme conviction, où l'on cessera de profaner la sainte religion du Christ en la faisant servir de marchepied aux ambitions politiques. C'est là, Mesdames, la plaie principale,
la grande plaie de cette malheureuse Italie, que vous autres
étrangers venez visiter dans sa prison; de cette Italie toute
resplendissante encore de beautés et de sourires pour vous,
malgré les chaînes qui lui meurtrissent les bras et lui font
saigner le cœur!...

— Mais vous autres, lui dis-je à mon tour, vous Italiens,
fils d'une mère si prodigue, si palpitante des plus grands
souvenirs, si remplie encore d'éléments capables de vous
faire redevenir une puissante nation, pourquoi ne vous
réunissez-vous pas dans une seule pensée, un seul et commun intérêt, dans le but de réhabiliter cette digne mère
dans la jouissance de ses droits incontestables? Pourquoi
vous êtes-vous laissé entraîner par le funeste esprit de division, fomenté par vos ennemis, à l'avilissement de servir
des maîtres étrangers, vous, peuple héritier de si grandes
gloires?

— « La réponse en est simple et claire : nous nous sommes
énervés sous une *sainte* influence, » répliqua en rougissant
le seigneur romain. « Les successeurs de saint Pierre ont
oublié leur mission, et, s'étant arrogé indéfiniment le pouvoir temporel, trafiquèrent toujours de leurs brebis avec
toutes les puissances qui se sont inspirées de leur amour
paternel. »

La présence du frère de Silvio Pellico avait suscité tous
ces raisonnements et d'autres encore que j'écoutais en quit-

tant l'église de Jésus, et en nous dirigeant ensemble vers la place Montanara pour voir le peu qui reste du théâtre bâti par Auguste en l'honneur de Marcellus. En quittant ce lieu, les dames allemandes prirent congé de nous; celle qui m'avait donné son adresse me pria de ne pas l'oublier, et toutes deux s'en allèrent avec leur cavalier, qui me dit, en s'éloignant : « J'espère, Madame, que vous nous reverrez dans des jours meilleurs pour ma patrie.

— « Je le désire de tout mon cœur, » lui répondis-je; et nous nous éloignâmes à notre tour.

Tandis que les cœurs romains d'aujourd'hui exhalent ainsi à la dérobée leurs plaintes amères contre le gouvernement du Pape, nous continuons nous, à visiter les débris de la grandeur des Romains d'autrefois.

Je ne répéterai pas ici le récit qu'on me fait presque chaque jour, et qui contraste avec le panégyrique d'un gouvernement paternel que j'entends d'autre part, de nouveaux abus pratiqués ou tolérés par la cour de Rome.

« N'approchez pas de Rome, » disait une personne qui avait bien étudié la vie de cette ville. « N'approchez pas de Rome, ô vous qui sentez battre dans votre poitrine un cœur débordant d'amour pour l'humanité! Vous qui êtes animé d'un vrai esprit catholique, tenez-vous loin de Rome, afin d'aimer Rome dans toute la grandeur que le christianisme présente à votre imagination! »

VILLAS

Il y a aux environs de Rome de riches et remarquables villas; je n'en ai visité que quatre, qu'on dit être des plus importantes :

1° La villa Albani, avec ses beaux jardins et une galerie
fort riche.

2° La villa Borghèse, devenue une promenade publique
où les habitants de Rome vont jouir, sous les beaux ombrages de son vaste parc, d'une fraîcheur délicieuse et d'une
charmante solitude. Parmi les objets d'art que la galerie du
palais contient, on admire, dans la salle dite de *Venus
Victrix*, la statue, par Canova, de Pauline, sœur de Napoléon 1er : c'est un ouvrage digne de ce célèbre sculpteur ;
je l'admirais sans pouvoir faire abstraction de la vanité et
du manque de pudeur de son modèle, qui avait posé dans
une telle nudité.

3° La villa Ludovisi, bâtie sur l'emplacement des jardins
de Salluste et contenant trois palais dans lesquels se trouve
une belle collection d'antiquités et d'autres objets. Dans un
de ces palais nous avons admiré la fresque du Guerchin représentant l'Aurore s'avançant sur son char, et chassant la
nuit en répandant des fleurs. Dans le jardin, parmi des
statues et des bustes divers, il y a un satyre qu'on attribue
à Michel-Ange.

4° La villa Panfili Doria, dont je préfère les jardins à ceux
de toutes les autres, déploie aux yeux du visiteur ses groupes
gigantesques et variés de beaux camélias rafraîchis par des
jets d'eau et des bassins, ses pins séculaires et magnifiques
en parasol, ses pelouses vertes et ses belles allées à travers
des fleurs soigneusement disposées.

Ici se présente vivement à l'esprit du visiteur le souvenir
du plus intrépide guerrier de nos jours, qui y eut son quartier général.

Comme la villa Borghèse, celle-ci souffrit des dommages
pendant l'attaque des Français. « Ce fut ici, me dit madame M***, en descendant avec nous à la villa Panfili, que
le général français, ce destructeur de notre victoire, établit

son quartier général, après celui de notre immortel Gari-
baldi, dont les nobles efforts pour affranchir notre chère
Italie de la domination étrangère se renouvelleront peut-
être un jour avec plus de succès. »

Cette dame me parle toujours du malheur qui accable sa
patrie, avec un enthousiasme patriotique digne des antiques
matrones, mais elle est la première à reconnaître combien
cet enthousiasme se trouve déplacé au milieu de la décadence où sont tombés ses compatriotes!

30 avril.

La terre, dans son mouvement perpétuel de translation,
me ramène encore au jour inscrit parmi mes dates remarquables. Fertile pour moi jadis en douces et poétiques
inspirations, le 30 avril marquait une chère naissance qui
fut, hélas! si près de la mort.

O pittoresque Olinda, dont les beautés mélancoliques se
regardent dans les eaux mugissantes du superbe Atlantique,
et reçoivent les émanations de la poétique Beberibe : la
brise qui berce tes hauts palmiers panachés, tes bosquets
odorants, m'apporte encore l'écho des notes mélodieuses
du jeune étudiant qui chanta sous tes doux ombrages son
premier et son unique amour !

Les vibrations de cette voix aussi sympathique que puissante ne se perdirent pas pour moi dans l'espace : non;
mais, agitant sans cesse l'air que je respire, elle s'y propage
encore en frappant harmonieusement mon oreille, et, se
communiquant à mon âme, l'attire vers ces mondes imma-
tériels où je puise de nouvelles forces pour continuer ma
mission ici-bas.

La gracieuse ville de Porto-Allegre, capitale de l'héroïque
province de Saint-Pedro, au Brésil, assise sur sa riante

colline baignée par le majestueux Jacaby, vit briller dans
toute la splendeur de l'amour et des honneurs le dernier
30 avril de cette vie si vigoureuse, si belle et si utile, qui
passa rapidement sur la terre. Et mon cœur, tout gonflé de
larmes, en recueillit le précieux souvenir et le garde religieusement à travers les années, les événements de la vie,
comme un préservatif salutaire contre les idées découra-
geantes qui parfois viennent m'assaillir.

Jeune colosse de vertu, tu t'affaissas à ton vingt-cinquième
printemps sous la main inexorable de la mort, quand les
destinées les plus belles, l'amour et la patrie te souriaient
de leurs sourires les plus séduisants! Et moi, renonçant
depuis lors à tout bonheur personnel, je n'ai trouvé que
dans ma tendresse pour nos enfants et dans le bonheur
d'autrui des consolations et des forces pour franchir sans
toi cet espace si pénible et si long de l'isolement du
cœur!

Sous l'empire de ces idées d'un passé qui m'est toujours
présent, je ferai avec moins de regret mes adieux à Rome,
que j'ai appris à tant aimer et que je vais quitter demain.
Avec moins de regret, dis-je; car la privation d'un plaisir
que nous pouvons nous procurer de nouveau, qu'est-elle en
face de la privation d'un bonheur perdu à jamais? Rome, j'y
reviendrai bientôt; je pourrai encore jouir de la vue de tout
ce qui m'y intéresse et me charme l'esprit; mais le bonheur
dont je fus privée si prématurément, rien au monde ne
peut plus me le faire goûter. Et puis, pourquoi m'attrister
en quittant l'une ou l'autre ville qui m'attire le plus par ses
agréments matériels ou moraux, quand je n'y laisse aucun des
êtres chéris qui, réunis autour de moi, cherchaient à alléger
la pression d'une tristesse dont ils connaissaient et appré-
ciaient la cause? C'est qu'à chaque adieu que je fais à une
ville et aux personnes qui nous y affectionnent, il se réveille

plus vivement dans mon cœur, cet adieu douloureux que je fis à ma chère famille et à la patrie.

Ceux qui sont doués d'une grande sensibilité et d'une vive imagination, qui voyagent, sans un but scientifique, non pas pour se *désennuyer*, ou pour pouvoir dire qu'ils ont voyagé, mais pour chercher des distractions convenables à une grande douleur; ceux-là, dis-je, que les affections de la famille et les souvenirs les plus chers attachent au lointain pays natal, pourront seuls comprendre ce qui se passe alors dans mon cœur : pour ceux-là seuls les quelques lignes qui viennent de s'échapper de ce cœur, hiéroglyphe indéchiffrable pour le vulgaire qui me lira peut-être indifférent sur les choses émanées du cœur, et qui cherchera seulement dans ces pages le récit des choses si répétées par d'autres voyageurs avec un talent et un goût exquis de forme auxquels je n'ai aucune prétention.

11 *heures du soir*. — Le soleil se couchait à l'horizon de Rome, lorsque, après avoir parcouru encore une fois celles de ses ruines qui m'intéressent le plus, nous descendîmes à la basilique de Saint-Pierre pour lui consacrer notre dernière visite. La majesté du temple, le demi-jour qui y régnait à cette heure si propice à la prière, les impressions que je venais de recevoir, ce jour surtout dans les dernières courses de l'après-midi; l'émotion que la veille d'un départ me fait toujours éprouver, donnèrent à ma prière une sorte de solennité qui remplit mon âme du calme le plus suave.

Trois chères ombres ouvrirent sur moi et sur mon enfant leurs saintes ailes et nous bénirent sous les voûtes somptueuses de Saint-Pierre, que la solitude et le silence, à cette heure, rendaient plus imposantes et plus solennelles ! Je m'en éloignai, l'âme fortifiée par la douce illusion sous l'influence bienfaisante de laquelle je vais quitter cette ville

pour en visiter d'autres qui ne pourront m'offrir le même
intérêt.

_____

J'ai vu la Rome morte, et la Rome vivante : l'une dans le
repos de la tombe que lui marqua l'Éternel, après tant d'é-
volutions de grandeur, de gloire et de misères! l'autre dans
le paroxysme de ses maux chroniques, tout entourée du
faste de sa cour et de ses grands chefs-d'œuvre de l'art.

J'ai admiré ses temples, ses palais, ses musées, ses colonnes, ses arcs, ses obélisques, tous ses monuments, et,
plus que tout cela, ses ruines grandioses. Et ses ruines,
parlant encore si éloquemment du grand peuple qui n'est
plus, les sites si célèbres, si pleins de vie jadis, si mornes
et si tristes maintenant, ont laissé dans mon esprit la plus
profonde impression !...

Je me suis agenouillée sur les tombes de ses martyrs,
et j'y ai réfléchi sur leur foi, sur leur grande œuvre et sur
ses résultats.

J'ai contemplé la richesse éblouissante de ses églises, et
le luxe de sa brillante cour, contrastant singulièrement
avec la misère du peuple.

J'ai enfin entendu les plaintes des opprimés, les prétentions des oppresseurs, les espérances des uns, l'assurance
des autres !

Et je porte profondément gravé dans l'esprit et dans le
cœur ce qui m'a le plus impressionnée et touchée à Rome :
le souvenir de ses ruines et la triste décadence du peuple
qui se dit encore romain !

Une longue série de déplorables souffrances poussées
jusqu'à l'avilissement de la propre dignité punirait les
fautes encore les plus graves ! Rome en est là; elle avait
beaucoup péché, il lui fallait beaucoup souffrir pour

expier ses fautes, et elle l'a fait; elle le fait encore avec plus ou moins de résignation.

Il est temps maintenant d'espérer qu'après tant de cruelles épreuves, elle ressuscitera dépouillée de son trop lourd fardeau de misère, et se présentera au monde grande encore, non pas dans le sein du paganisme, comme elle le fut jadis, mais dans le véritable esprit du christianisme. Espérons qu'elle se régénérera d'une manière digne des temps modernes, en suivant les progrès des idées qui marchent avec le siècle, sans qu'aucune puissance humaine puisse les arrêter, à la conquête du perfectionnement matériel et moral des générations à venir.

ROUTE DE ROME A NAPLES

Vers six heures du matin, le premier jour du plus beau mois de l'année, mai, nous quittâmes Rome, en emportant la profonde impression qu'elle a produite sur notre esprit, et le bon souvenir des cœurs affectueux qui nous y ont sympathiquement accueillies. De fraîches fleurs du printemps offertes par l'amitié embaumèrent doublement notre séjour dans la ville éternelle, et remplirent de poésie le moment de notre départ.

Décrire la belle route qui conduit de Rome à Naples serait répéter ce que tant d'autres voyageurs ont déjà dit. Je me bornerai à signaler quelques-unes des parties que j'ai parcourues l'imagination remplie des scènes qui s'y sont passées et des héros qui les ont rendues célèbres.

Déjà Albano, avec ses lacs et ses vestiges de ruines; Velletri, ancienne capitale des Volsques et patrie d'Auguste, avec ses souvenirs et ses belles femmes; Cori, l'ancienne Cora, avec les débris de ses temples d'Hercule, de Castor et Pollux, et les restes de ses murs cyclopéens qui résistèrent si longtemps aux guerriers de Rome; Cisterna, avec ses traditions de saint Paul, qui y eut la première entrevue avec les chrétiens de Rome : déjà, dis-je, tous ces sites et bien d'autres encore, très-remarquables dans l'antiquité et sans aucune importance de nos jours, étaient derrière nous, lorsque les marais Pontins se présentèrent à nos regards dans toute leur morne solitude! Ce territoire, où, selon Pline, plusieurs villes fleurirent jadis, et par où Appius Claudius fit passer la voie qui porte son nom, n'est aujourd'hui qu'un désert verdoyant abandonné aux troupeaux. La végétation y est luxuriante, mais, malgré tous les travaux qui furent entrepris pour essayer de dessécher ces marais, la *malaria* y règne toujours dans certains mois de l'année, et en éloigne ceux qui désireraient venir s'y fixer. Ces marais ont la réputation d'être pestilentiels et fatals aux voyageurs qui s'endorment pendant qu'ils les traversent. L'imagination des poëtes a trop exagéré ce danger, qui a fourni à la brillante plume de madame de Staël cette page si éloquemment sentimentale de la tendre prévoyance d'Oswald, lorsque sa Corine traversait avec lui ces marais dont il redoutait les miasmes pour elle! Il cherchait avec une touchante sollicitude à épargner une vie que lui-même il devait plus tard si tristement briser! Mais, passant de la poésie aux souvenirs classiques que cette route réveille si vivement dans l'esprit, je voyais avec plaisir l'intérêt que ma chère enfant prenait à me parler d'Horace, lorsque nous nous trouvâmes à l'endroit où il s'embarqua sur l'antique canal d'Auguste (*Naviglio grandi*) pour aller à Brindes.

C'est à *Foro Appio*, entre *Freponti* et *Bocca di Fiume*, qu'on indique cet endroit représenté par le grand poëte comme rempli alors d'une population animée. Aujourd'hui silencieux et tristes, ces lieux semblent invoquer de ceux

qui y passent (affranchis de la terreur qu'inspiraient les
bandes de brigands dont naguère cette route était infestée)
une pensée sur la mobilité du sort qui transforme tout sur
la terre !

Les ormes et les peupliers qui bordent la route formant
une longue avenue ; la fraîcheur des marais couverts d'une
vigoureuse végétation ; ce canal qu'on côtoie quelque
temps, et dont les eaux semblent refléter encore l'ombre
du poëte de Mécène et celle de tant d'autres personnages
historiques qui voguèrent sur elles, prête à ces solitudes
un certain charme mélancolique qui me les fit aimer.

A la sortie des marais Pontins, Terracine, l'ancienne
Anxur, fondée par les Volsques, se présente avec tous les
souvenirs de ses fondateurs, et de ses conquérants succes-
sifs, les Grecs, les Romains, etc.

Assise pittoresquement sur une colline escarpée, et se
prolongeant jusqu'au bord de la mer, Terracine compte
actuellement à peine 5 à 6,000 habitants, et renferme encore quelques débris du fameux palais de Théodoric, situé
au haut d'un rocher d'où il dominait cette Méditerranée
que, selon l'expression d'un écrivain contemporain, il voulait disputer à l'empire d'Orient.

Nous dînâmes à l'hôtel de la Poste, au bord de la mer
dont le spectacle subjugua plus mon esprit que la vue de la
cathédrale bâtie sur l'emplacement d'un ancien temple
d'Apollon, ainsi que les ruines de quelques tombeaux antiques que les guides indiquent, et des inscriptions du
temps de la République, au couvent des Pères de la Doctrine. Concentrée dans mes réflexions, je regardais cette
mer jadis sillonnée par les flottes romaines qui avait à
Terracine un de ses ports les plus importants, et je pensai
à la malheureuse veuve de Britannicus exilée par Tibère
dans une île déserte de cette côte, où elle mourut de faim.

Nous avions pour compagnons de voyage un vénérable chanoine français, l'abbé C***, madame D. B***, et l'astronome D***, directeur de l'observatoire de Florence, que je voyais pour la première fois, mais que ses manières simples et son langage modeste me firent aussitôt distinguer. Comme la plupart de ceux qui se livrent sérieusement à l'étude de la voûte céleste, il paraît parfois fort abstrait des choses de la terre, ce qui le rend un compagnon de voyage très-commode pour moi, qui aime à me recueillir souvent dans mes idées lorsque je me trouve au milieu des imposants spectacles de la nature.

Le temps continuait à être magnifique, et la route, en quittant Terracine, devenue de plus en plus intéressante, nous offrait des tableaux variés, tantôt d'une beauté riante, tantôt d'une majestueuse sévérité, selon les plaines ou les montagnes que nous traversions, le défilé, entre la mer et les rochers, célèbres dans la guerre des Romains contre les Samnites.

Les lieux historiques s'y succédaient de l'un et de l'autre côté de la route.

Il était nuit quand nous franchîmes *Forre de' Confini*, dernier village du territoire pontifical, et *Portella*, où se trouve la douane de la frontière du royaume de Naples. Je passerai sous silence les ennuis que l'on y éprouve; là, ainsi que partout où l'on s'arrête sur cette route pour changer de chevaux, il faut avoir toujours la bourse ouverte, et s'armer de résignation pour satisfaire aux exigences répétées des postillons, et d'une foule de mendiants qui vous obsèdent. Mais j'étais trop préoccupée des temps anciens pour que ces ennuis matériels du présent, qui semblaient tant contrarier nos compagnons de voyage, pussent m'impressionner.

Non loin de nous s'étendait toute cette plage historique

où était, entre autres, le petit port dans lequel descendit
le grand orateur romain lorsqu'il fuyait les assassins sala-
riés par Antoine. Ils l'atteignirent et le tuèrent non loin des
lieux de sa naissance.

A Fondi, aujourd'hui petite ville d'aspect misérable, le
sombre souvenir du corsaire Barberousse, qui, ne pouvant
enlever la belle Gonzague, comtesse de Fondi, fit brûler la
ville et emmena les habitants en esclavage, se présenta à
mon esprit, ainsi que les exploits du fameux brigand connu
sous le nom de Fra Diavolo. C'était ici le poste principal
de ce redoutable bandit, dont on connaît les crimes et
l'appui que lui donnait la reine Caroline; elle et Ferdinand étaient aussi, affirme-t-on, en correspondance,
pendant les guerres civiles, avec un autre bandit bien plus
féroce que Fra Diavolo, Mammone, le plus barbare de tous
les brigands, et que ces deux têtes couronnées nommaient
mon général et mon ami.

Mais bientôt ces lugubres pensées firent place aux souvenirs classiques dont cette route est remplie, et, à mesure
que nous avancions, ils se multipliaient de plus en plus.
Là c'était Castellone, village qu'on croit bâti sur l'emplacement de l'antique *Formiæ*, célébrée par Horace; ici la
tour dite de Cicéron, reste de la célèbre villa qu'il possédait dans ces lieux, et qui, selon la tradition, désigne l'endroit où était son tombeau. Non loin de là on place la fontaine Artachia, où Ulysse rencontra la fille du roi des
Lestrigons. Et la poésie, se réunissant à l'histoire, prêtait un
nouvel intérêt à ces sites que mon imagination se représentait non pas comme ils sont aujourd'hui, mais comme ils se
trouvaient jadis. Entre Molla et Carigliano, près de l'ancienne Minturnes, étaient les marais où se cacha le grand
Marius poursuivi par les soldats de Sylla. Les rives du Carigliano, autrefois Léris, furent témoins, après plusieurs

autres scènes importantes, des exploits guerriers du chevalier Bayard, qui y défit un grand nombre d'Espagnols en
gardant le passage du pont qu'il défendait. Tous ces sites,
plus ou moins près de la route que nous parcourions, sont
empreints du souvenir des guerriers fameux, des héros,
des poëtes, des génies qui y avaient séjourné ou passé. Et
les rives de cette partie de la Méditerranée, les montagnes,
le rochers, la campagne tout entière que nous traversions,
me semblaient répéter l'écho de ces grands noms !

Nous étions entrées dans la *Campania Felix*, et j'admirais la fertilité et la riche culture des champs de cette partie
de la péninsule, dont les naturels ont en général une réputation d'indolence. Les vignes, disposées avec art, grim-
pent d'un arbre à l'autre en formant de longues et gracieuses guirlandes de verdure, et embellissent avec coquetterie
le magnifique paysage qu'on a toujours sous les yeux.

Le soleil avait reparu avec la même splendeur des jours
précédents, et la beauté de ces tableaux champêtres, re-
haussés par les flots de lumière qu'il jetait sur eux, me
faisait rêver souvent aux tableaux naturels éclairés par mon
soleil tropical !

Nous laissâmes de côté Capoue, avec ses souvenirs des
Pelasges (les fondateurs de l'antique Capua), des Étrusques, des Samnites et des Romains ; Capoue, l'ancienne et
brillante ville aux femmes séduisantes, lieu de délices, si
funeste au grand Annibal.

Remettant à plus tard notre excursion à Capoue pour y
voir les restes de son amphithéâtre, qu'on croit le plus ancien de l'Italie, nous entrâmes dans la belle Parthénope, ce
tombeau riant de l'antiquité, comme l'a si bien nommée un
écrivain de nos jours.

e-
en
s,
nt
)s,
Et
es,
ns,

ni-
tie
pu-
m-
eu-
rie

)urs
re-
me
non

des
rus-
ie et
s, si

)ur y
s an-
e, ce
ie un

NAPLES

— 4 MAI —

Je te contemple, ô ravissante Parthénope, dans ta mystérieuse nonchalance, gracieusement inclinée sur tes montagnes volcaniques, et te mirant avec amour dans les eaux
bleuâtres de ton golfe splendide dont tu reçois les hommages et les caresses.

Je te contemple, tout émue au souvenir intime que ce
jour me rappelle vivement, la naissance d'un philosophe
auquel m'attachent les doux et saints liens fraternels. Ah!
permets qu'avant de payer mon tribut d'admiration à tes
charmes éblouissants, je consacre ici une pensée à celui
dont l'enfance fit le charme de mon enfance, et dont la vie
s'identifia avec ma vie par l'enthousiasme et l'énergie de
nos sentiments mutuels quoique diversement dirigés, par
l'harmonie de nos principes dans la tâche sociale que nous
nous imposâmes à l'aurore de notre jeunesse, et par l'homogénéité enfin de nos efforts dans la lutte prolongée contre le matérialisme qu'un certain monde préconise!

Maintenant en face de ce beau golfe, pâle image de celui
au bord duquel nos jours s'écoulèrent dans la pratique
assidue de nos mutuelles inspirations à nous rendre utiles
à la patrie, je t'envoie, frère de mon cœur, une tendre
pensée renfermée dans un long et mélancolique soupir!

Muette et douloureuse expression de l'âme qui souffre, un soupir en résume parfois toute l'histoire. Celui que je t'envoie de si loin aujourd'hui te porte la vive, l'inaltérable expression de ce sentiment sacré qui se fortifia dans notre cœur à travers une vie active et toute d'abnégation employée à la constante recherche d'un meilleur avenir !

Naples, la plus belle ville d'Europe par sa magnifique position, la richesse de son sol, son atmosphère brillante et imprégnée d'une grandiose poésie, tout d'abord frappe l'œil et subjugue l'âme du voyageur !

Cette longue et gracieuse courbe de rives dont une partie est toute peuplée d'habitations riantes, embrassant le golfe depuis le cap de Misène jusqu'à Sorrente ; ces verdoyantes montagnes, parmi lesquelles s'élève tout aride et brûlant le Vésuve, avec son énorme panache de fumée se perdant dans l'espace sous un ciel azuré ; cet horizon limpide, sous lequel se dessine, en forme d'une barque, Caprée, rappelant le souvenir des dernières années de crimes du tyran Tibère ; ces bateaux à vapeur, ces nombreuses *bacheroles* qui vont et qui viennent, sillonnant mollement les eaux, toute cette splendeur de la nature et de l'art donne à cet immense tableau un charme particulier que le souvenir de ce que la civilisation de la Grèce avait créé jadis sur cette terre rend encore plus puissant. Cependant, quoique agréablement impressionnée par les trésors de beautés que Naples vient de déployer à mes yeux, je regrette la beauté sévère de Rome, et mes ruines favorites parmi lesquelles j'aimais à errer au milieu de ce silence qui donne tant de solennité aux grandes et graves pensées qu'inspirent ces lieux !

La physionomie de Naples, ainsi que la gaieté de son peuple, si en harmonie avec son ciel, présente le plus grand contraste avec celle de Rome.

Ce sont deux vieilles sœurs fardées, l'une, à l'extérieur grave et sévère, cachant sous l'impuissance de la décrépitude tout l'orgueil de ses avantages de jeunesse, et la prétention de faire encore courber toutes les têtes au seul accent de sa voix ! L'autre, toute riante et insoucieuse, s'enivrant du parfum des orangers au bord des cratères de ses volcans mal éteints !...

Sous la douce atmosphère de ces rives enchanteresses, en présence de ces flots éclatants que les âges n'ont pu ternir, de ce sol radieux où sont ensevelies tant de villes fameuses, et où circule maintenant le peuple le plus gazouillant du monde, on comprend parfaitement la poétique expression du Napolitain, fier à juste titre des charmes de sa terre natale, quand il s'écrie : « Veder Napoli e poi morir ; » proverbe auquel a donné lieu le nom d'un endroit appelé autrefois *Mori*, et que les étrangers allaient visiter après avoir vu Naples.

Habituée aux horizons grandioses du Nouveau Monde, et à la perspective incomparable du magnifique golfe de Rio Janeiro, je n'ai éprouvé ni la surprise ni l'enthousiasme que Naples produit en général sur les naturels des autres pays. Mais, trouvant dans ses beautés naturelles beaucoup de rapport avec celles que j'ai tant aimées, j'éprouve en le contemplant un mélange indéfinissable de plaisir et de tristesse, particulier à tout cœur sensible qui loin de sa patrie rencontre des sites semblables à ceux qui lui furent chers !

LE MIRACLE DE SAINT JANVIER

Je me hâte de tracer ici quelques lignes sur le spectacle le plus étrange que j'aie jamais vu dans mes voyages. C'est un des types caractéristiques du peuple napolitain en fait de croyance religieuse. Nous sommes arrivées assez à temps pour voir par nous-mêmes ce phénomène que la tradition a transmis de siècle en siècle sous le nom de Miracle de saint Janvier, phénomène qui fit époque chez ce peuple superstitieux, et qui se renouvelle chaque année.

Saint Janvier est le patron de Naples. Il vécut au troisième siècle de notre ère; prêtre de mœurs irréprochables et d'une grande charité, sa vie fut une constante pratique de vertus chrétiennes, qui devinrent sublimes sous la persécution cruelle et acharnée du proconsul Timothée. Celui-ci, irrité de la constance du bon Janvier (alors évêque de Benevento) à persister dans la foi du Christ, lui appliqua l'édit terrible de proscription publié sous le nom de Dioclétien, lorsque Constance-Chlore et Galère arrivèrent à l'empire.

Après avoir souffert la torture que dans ces temps-là les païens faisaient subir aux chrétiens, et que depuis, ceux-ci firent subir non-seulement aux païens, mais aux chrétiens eux-mêmes, le vertueux évêque de Benevento fut conduit à la colline de Solfatara, tout près de Pozzuoli, et y fut décapité, en 299, ou, selon d'autres, en 305. Il montra jusqu'au dernier moment un courage qui étonna le bourreau lui-même! Cette fermeté héroïque dans la foi n'était pas rare à cette époque, même chez les créatures les plus délicates, dont l'âme, trempée dans l'amour du Christ, triomphait avec une surprenante énergie de la faiblesse du corps livré au martyre par les persécuteurs de la nouvelle religion.

Quelques écrivains parlent de plusieurs actes édifiants de la vie du saint évêque de Benevento, et des miracles, disent-ils, opérés par Dieu en sa faveur; tels, entre autres, ceux de la fournaise, et du cirque des bêtes féroces : il sortit intact des flammes qui le respectèrent, et de la fureur des animaux, qui le caressèrent au lieu de le dévorer ! Je me bornerai à raconter le miracle que je viens de voir vénéré encore par une partie de la population de Naples, et par la cour elle-même, et je laisserai aux esprits éclairés à s'en former une idée juste.

La tradition rapporte que, lorsque saint Janvier fut décapité, une pieuse femme, comme il y en avait tant dans ces temps-là, s'étant munie d'une fiole, la remplit, sur le lieu du supplice, du sang de saint Janvier : elle garda cette fiole avec une grande dévotion jusqu'à la première translation des reliques dans une autre église, avant qu'elles fussent placées dans la cathédrale où elles se trouvent actuellement. Cette femme, qui demeurait dans le voisinage des lieux où passait le convoi funèbre, sortit de chez elle à ce moment, et fit présent à l'évêque de Naples, saint Sévère, de la fiole contenant le sang du martyr Janvier. L'évêque la reçut avec une grande joie, un profond recueillement, et, la déposant (dit encore la tradition) à côté de l'urne où se trouvaient les cendres du martyr, le sang tout coagulé, commença aussitôt, au grand étonnement de tous les spectateurs, à s'agiter, et se liquéfia en changeant de couleur et de volume !

F. Capaccio, Summonte, Rossi, et d'autres écrivains parlent de ce phénomène extraordinaire qui se reproduit depuis seize siècles, trois fois l'année, le premier samedi de mai, anniversaire de la translation ; le 19 septembre, anniversaire du jour de la naissance et du martyre du saint, et le 16 décembre.

Il était dix heures du matin lorsque je me rendis avec mon enfant à la cathédrale, qu'une grande foule remplissait déjà en se pressant dans la chapelle dite du Trésor où allait s'opérer le prodige. Cette chapelle, sous la voûte de laquelle sont peintes diverses scènes ayant rapport à saint

janvier, est d'une grande richesse de décoration ; la foule
qui s'y rassemblait, devenue plus compacte, attendait impatiemment le moment du miracle.

Un chanoine monta à l'autel ; il tenait à la main une
fiole remplie d'une matière rouge et coagulée, et, la montrant au public, il commença à la tourner et retourner à
plusieurs reprises. Un groupe de femmes du bas peuple
grotesquement mises était placé tout près de la balustrade
et s'y tenait comme dans une place d'honneur. Ces femmes
attiraient l'attention par leurs gestes et par la ferveur sauvage avec laquelle elles priaient. De grosses larmes s'é-
chappaient de leurs yeux, et elles imploraient à voix haute
et discordante saint Janvier de se montrer favorable au
peuple napolitain en opérant bien vite le miracle de la li-
quéfaction de son sang. Cette ferveur et ces larmes me touchèrent au premier moment. Je fus même saisie d'admiration en voyant chez ces pauvres femmes, qui se disent
descendantes de la nourrice de saint Janvier, une si ferme
croyance transmise ainsi de génération en génération depuis presque seize siècles avec le même enthousiasme et
sous la même forme. Une telle conviction si prolongée, si
inébranlable, se manifestant avec tant de fermeté en ces
jours où l'édifice des vieilleries s'écroule au choc des idées
nouvelles qui envahissent et transforment le monde moral,
me parut d'abord un spectacle plutôt digne d'intérêt que
de blâme, et plus naïf que choquant, comme le trouve
une partie des étrangers qui m'en avaient parlé. Mais je ne
tardai pas longtemps à partager leur opinion ; car à ces
ferventes prières et à ces larmes qui m'avaient touchée,
succéda bientôt une exaltation fanatique qui allait presque
au paroxysme de la folie.

A mesure que le prêtre continuait à tourner et à retourner la fiole du sang qui ne voulait pas se liquéfier, cette

exaltation augmentait davantage. Ce n'étaient plus des paroles pieuses, des vœux humblement ardents, invoquant le saint d'opérer le miracle; c'étaient des cris, des phrases inconvenantes, inachevées, des blasphèmes, des menaces même contre le retard que mettait le saint à satisfaire leur désir.

Ce vacarme, cette exaltation indécente sous la voûte d'un temple catholique; la figure toute décomposée de ces étranges adoratrices de saint Janvier, simulait plutôt certaines bacchantes du paganisme, que de pieuses chrétiennes. Cette multitude qui écoutait, indifférente, les imprécations profanes sortant de leurs bouches dans un langage grossier; la présence de ce prêtre sur les marches de l'autel, et tourné vers le peuple, en tenant toujours la fiole entre ses mains et l'approchant parfois d'une lumière en attendant froidement le miracle qui devait calmer ces esprits exaltés, et satisfaire la curiosité des spectateurs : tout cet ensemble singulier, ce contraste ou ce mélange de foi, de fanatisme et de dissimulation peint sur les différentes physionomies de ceux que je contemplais dans cette enceinte sacrée, formait un tableau des plus curieux !

Le sang coagulé se liquéfia enfin sans qu'aucune préparation chimique s'y mêlât en apparence. Nous étions tout près du bon vieux chanoine qui nous montra la fiole, ainsi qu'à toutes les autres personnes qui s'empressèrent de s'approcher pour bien vérifier le prodige, la plupart pour embrasser à genoux la fiole que le prêtre leur présentait alternativement en commençant par les groupes de femmes dont l'exaspération m'avait frappée.

La joie et le calme succédèrent à leur excessive exaltation : il était temps !

Nous retournâmes à notre hôtel, suffisamment initiées à

l'une des plus anciennes et des plus étranges coutumes du
peuple napolitain.

Le peuple m'intéressa toujours beaucoup; j'aime à étudier partout ses vertus, et ses efforts dans sa lutte plus ou
moins énergique, plus ou moins comprimée contre la tyrannie qui l'écrase, ou l'hypocrisie qui cherche à le dénaturer et à l'avilir. Aussi ne suis-je pas indifférente à voir de
près la physionomie du chef de la nation que je visite, et
dont les traits, malgré le masque qu'il porte souvent, permettent quelquefois de lire les sentiments qui le font agir
envers les hommes qu'il gouverne. Sachant donc que le roi
des Deux-Siciles, avec toute sa famille et sa cour, devait venir ce matin de Gaëta pour vénérer à la cathédrale le miracle de saint Janvier, je m'y suis trouvée à l'heure indiquée. Un autre motif, et celui-ci puisé dans mon cœur, car
il était lié au souvenir de ma chère patrie, me fit encore
désirer d'assister à cet acte; c'était de revoir la bonne princesse D. Januaria, cette angélique créature si généralement aimée dans notre pays natal, où elle était princesse
impériale jusqu'à ce que son frère, l'empereur actuel du
Brésile, eût un héritier. Mariée à D. Louis, frère de Ferdinand II, cette vertueuse princesse, cette brillante fleur des
tropiques, fut transplantée ici, où elle languit malgré la
splendeur de ce ciel et la magie de cette nature enivrante !
C'est que, née au milieu d'une nature plus riche, plus splendide, plus majestueuse que celle de Naples, elle était d'ailleurs habituée à vivre parmi des cœurs francs et affectueux
qui l'adoraient, et les sourires enchanteurs de notre printemps éternel; c'est que son âme n'y était pas en proie aux
chagrins qui usent de bonne heure la vie.
Un obligeant seigneur de la cour eut la complaisance de

nous conduire à travers la baie des gardes postés dans
l'église et de nous placer à l'une des tribunes, dans la chapelle, tout près de la place réservée à la famille royale. Peu
d'instants après la cour entra. Nos regards cherchèrent
tout d'abord celle qui nous y intéressait le plus, et l'ayant
aussitôt reconnue, malgré le grand changement qui s'est
opéré dans son physique, nous éprouvâmes à sa vue une
vive émotion, mêlée de plaisir et de mélancolie !

La chère princesse, dont la présence réveillait dans mon
âme tout un monde de souvenirs, s'agenouilla la première,
en arrivant, sur le tapis de velours tendu près de la balustrade. Recueillie sans affectation, sa figure bonne et sympathique était empreinte de résignation chrétienne. Dans
sa prière elle n'oubliait pas sans doute sa sainte mère,
dont les cendres reposent à Rio-Janeiro, où le souvenir de
ses vertus reste encore gravé dans tous les cœurs.

Tu ne prieras plus probablement sur la tombe de cette
illustre mère, ô fille des tropiques reléguée sur la terre
étrangère ! pensai-je en contemplant le recueillement de la
comtesse d'Aquila. Et cette pensée qui nous mettait en rapport m'attendrit et m'attrista. Mes regards étaient fixés
sur elle, tandis que, en quittant et la chapelle de Saint-
Janvier et la cour de Naples agenouillée devant l'autel, je
m'imaginais être à la chapelle impériale de Rio-Janeiro, dans
des jours meilleurs pour la princesse et pour moi. Sa mise,
ainsi que celle de sa belle-sœur, la princesse de Syracuse,
et de la reine elle-même, était d'une grande simplicité. Une
écharpe blanche lui couvrait la partie postérieure de la tête
et tombait jusqu'aux genoux sur une simple robe de soie.
Le roi portait le costume militaire ; son jeune héritier et ses
frères le suivaient.

Je m'attendais à trouver dans la figure de Ferdinand II
une expression dure et féroce ; je fus surprise de rencon-

trer chez lui plutôt un air de bonhomie que l'expression
d'un méchant despote. Ceux qui, ne connaissant point les
actes de tyrannie émanés de ce roi, le verraient là, comme
un bon père de famille entouré de sa femme, de ses enfants,
de ses frères et de ses belles-sœurs, prosterné devant les
autels, priant avec l'apparence d'un profond recueillement,
ne manqueraient pas de le croire le meilleur souverain
du monde. « Est-il bien vrai, me disais-je en le regardant,
que ce despote croie au miracle de saint Janvier ! » S'il y
croit sincèrement, comment ne craint-il pas la fin du proconsul Timothée, le persécuteur, comme lui, des idées
régénératrices ! »

Après une courte prière, lui et toute sa famille se levèrent et allèrent s'agenouiller de nouveau sur les dernières
marches de l'autel, où un cardinal leur présenta la même
fiole que nous avions vue là veille; et sur laquelle chacun,
en commençant par le roi, déposa un humble baiser.

Aussitôt que cette cérémonie fut terminée, le roi et la
cour sortirent de l'église, en saluant tout le monde. Les
équipages l'attendaient à la place contiguë à l'église, et de
là il reprit aussitôt la route de Gaëta.

Quelques mots maintenant sur un trait d'indépendance
populaire qui me surprit beaucoup.

Lorsque nous arrivâmes dans les places réservées de
la chapelle, je m'étonnai de voir, parmi les dames de la
cour et quelques étrangères, le même groupe de femmes
dont l'exaltation fanatique m'avait frappée hier. Au moment où le roi entrait, j'entendis une des plus âgées répondre fièrement à un seigneur de la suite royale qui
lui disait de se lever comme tous les autres : « Personne
ici n'a le droit de me commander, et mes compagnes
et moi nous tenons à nos priviléges comme le roi aux
siens. » Et elle resta assise, le dos tourné à la cour, tandis

que le courtisan garda le silence et s'en alla tout vexé !

Curieuse d'apprendre la cause d'une scène si singulière, je demandai au personnage qui nous avait placées, pourquoi ces femmes se tenaient et parlaient si librement. « C'est un ancien usage, me dit-il, qu'on ne peut empêcher; ces femmes se croient privilégiées, il faut les tolérer. »

L'amertume peu déguisée avec laquelle le seigneur napolitain prononça ce « il faut », m'éclaira assez sur une des méthodes employées par le gouvernement pour prolonger le règne de son pouvoir, malgré le dépérissement de sa force morale.

Quoi ! de pauvres femmes de la dernière classe du peuple étaient donc là plus reines que la reine elle-même !

Cette remarque me fit connaître que, quoi qu'on dise, un reste de liberté est encore debout ici, où règne pourtant un roi absolu. Quand devant ce roi un groupe de pauvres femmes représente si énergiquement l'indépendance de l'esprit populaire, on doit croire que le cœur de cette nation renferme encore les éléments d'une vigoureuse vie sous les plaies qui recouvrent son corps.

CAVA ET POMPÉI

— 6 MAI —

Les trésors de la nature et de l'art se réunirent aux pensées religieuses pour me rendre cette journée une des plus intéressantes et des plus poétiques que j'aie passées à l'étranger. Ma première visite à Pompéi termina le magnifique tableau déroulé à mes regards ce jour-ci, qui, désigné par un chiffre cher à mon cœur, donne toujours plus d'attraits et de solennité aux objets dont je m'entoure.

Il était cinq heures du matin lorsque le vénérable chanoine C***, qui, désirant faire le pèlerinage à la chapelle de
Saint-Alphonse de Liguori, et sachant que je devais aller à
Cava, m'avait engagée à nous y rendre ensemble, vint nous
chercher; nous partîmes pour la gare du chemin de fer
qui conduit à Pagani. Deux autres ecclésiastiques français
de sa connaissance nous rejoignirent et prirent avec nous
des billets pour la même destination.

C'était ma première excursion hors de Naples, et je la
faisais dans la société de trois prêtres français instruits,
pieux et très-accessibles. Leurs manières aussi modestes
que distinguées, leur conversation aussi éclairée qu'aimable
et retenue, me fortifièrent dans l'opinion que je m'étais
toujours formée du mérite du clergé français. Me trouvant
à l'aise dans une si bonne société, je me livrai avec mon
enthousiasme ordinaire à la contemplation des admirables
tableaux de la nature, dont l'imposant spectacle semblait
les toucher autant que moi.

Aussitôt arrivés au temple objet de leur pèlerinage, ils y
dirent la messe.

La présence de ces trois ministres de l'Église (dont deux
ont déjà passé leur soixantième printemps), offrant le sacrifice de la messe sur l'autel de Saint-Liguori, près duquel
nous étions agenouillées, ma chère enfant et moi, changea le
cours de mes idées, et la méditation sur les choses invisibles
remplaça dans mon esprit l'enthousiasme dont j'étais quelques instants auparavant remplie pour les choses visibles !
L'image adorée de ma mère remplit alors ma pensée ; et je
me livrais à une religieuse rêverie, dont m'arracha la vue
des modestes ornements, les reliques du bon Liguori, qu'une
espèce de laïque attaché à l'église nous montrait. Nous
regardâmes l'un après l'autre ces objets précieux, ainsi que
les peintures représentant différents miracles du saint.

Ce pèlerinage accompli, nous descendîmes au vaste hôtel de Londres pour y déjeuner.

Cava, cette délicieuse vallée suisse, comme l'appelle Valéry, avec des oliviers et le soleil de Naples, contient environ treize mille habitants. La ville est peu importante, mais ses alentours, leur position pittoresque, leur aspect varié, sont de toute beauté, et offrent le charme le plus séduisant.

A peu de distance sur le mont Finestra s'élève le couvent de la *Trinità della Cava*, monastère de bénédictins. « Il fut l'asile des lettres dans les siècles barbares. » Filangieri y composa son ouvrage célèbre. Une grande voiture à trois chevaux vint nous prendre à l'hôtel, et nous conduisit à ce monastère, où se trouve le magnifique tombeau en mosaïque incrusté dans le marbre de saint Alfière, sous la roche même qu'il habita, et où il mourut à l'âge de cent vingt ans. La chapelle est aussi bâtie sous la roche qu'on aperçoit de l'intérieur de la coupole.

Le couvent, bâti sur la pente d'un rocher, a à ses pieds un profond ravin où serpente un ruisseau qui s'y précipite d'une espèce de cascade dont le murmure, au milieu de la solitude qui entoure ce monument du moyen âge, réveille dans l'esprit une foule de souvenirs historiques et fantastiques !

Privées, comme toutes les femmes, de visiter l'intérieur des couvents, mon enfant et moi nous allâmes passer dans la chapelle de Saint-Alfière le temps qu'il nous fallait attendre nos compagnons de cette excursion. Là, aux sons mélodieux de l'orgue renommé que toucha pour nous une main pieuse, j'ai écrit au crayon les lignes suivantes, que je transcris sans les altérer :

> Ici, sous cette voûte où vécut saint Alfière,
> Je parcours le néant des choses de la terre...
> O mes frères, ma sœur, mon fils ! un ange saint

Vient éclairer mon âme encor tout embrasée
De votre souvenir qui respire en mon sein.
Alors ta douce image, ô mère bien-aimée,
M'apparaît radieuse aux pieds de cet autel,
Priant le Tout-Puissant pour ta fille chérie
Qui pleure et garde encor le principe éternel...
Ces sons mélodieux que j'entends, recueillie,
Le cœur rempli de trouble et d'ineffable émoi,
Serait-ce le prélude à la douce harmonie
Qu'en exauçant tes vœux, Dieu fait vibrer en moi?
O mère, père, époux, ma trinité première,
Qui, s'envolant sitôt dans une étoile d'or,
Me laissa sur la terre où je gémis encor,
Répandez devant moi votre pure lumière,
Et me tendez la main pour aider mon essor!...

Quelques instants après, les trois ecclésiastiques vinrent nous rejoindre, et nous quittâmes l'église, chacun livré à ses pensées célestes ou terrestres, que le ravissant aspect des paysages de Cava, sous un ciel du plus beau lapis-lazuli, entretenait en nous jusqu'à la rêverie! La voiture longeait une route ombragée, pratiquée dans la gorge de montagnes plus belles les unes que les autres. Le château de Cava se montrait poétiquement assis sur le sommet de l'une d'entre elles; là, un village et des maisons éparses sortant du fond d'une vallée ou de la pente d'une colline; ici, des tours disséminées dans la campagne, le poétique clocher d'un hameau, un ravin, un précipice; plus loin, un mamelon, un grand trait de route couverte de vignes grimpant en guirlande, comme les paysans napolitains la disposent si gracieusement; partout un bosquet fleuri ou touffu, tantôt sur le haut des collines, tantôt dans la prairie.

Je me sentis saisie d'émotion, et la mélancolie me prit en présence de ces grandes beautés que je contemplais, la pensée fixée là où respire mon cher enfant!

O Cava, tu me rappelles les sites parcourus par moi, lorsque j'avais l'âme encore toute remplie des plus belles espérances qui dorent la vie d'ici-bas! Que ton séjour conviendrait à la fille qui pleure, à la mère qui prie, à la sœur qui soupire, à la femme qui rêve!

Esprit distingué, noble cœur appréciateur des riches tableaux de la nature, toi qui me conseillas, à Paris, de visiter Cava, je te dois ma première douce impression à Naples, sois béni!

Je retournerai parmi les frais ombrages de ces collines pour y goûter la paix et la suave mélancolie d'une si charmante solitude. Et alors je ne manquerai pas de visiter la citadelle de Nocera, non loin de là, où le pape Urbain VI mit à la torture et enferma dans une citerne six cardinaux qui lui étaient suspects, lorsqu'il soutint un siége de six mois contre Charles Durazzo, dont tous les jours, du haut d'une fenêtre, il excommuniait l'armée.

Pour terminer mes excursions de ce jour, je tenais à donner un premier coup d'œil à Pompéi, qui était sur notre route.

Après la poésie, l'abîme de la réalité; après la vie, la mort; après Cava, Pompéi!

Seul, le vénérable chanoine C*** nous suivit dans notre première visite à la ville déterrée; les autres, l'ayant déjà visitée une fois, prirent à Pagani le chemin de fer qui conduit directement à Naples, où ils retournèrent en se contentant, comme la plupart des voyageurs, d'avoir jeté à peine un regard sur cette merveilleuse et vaste tombe de tout un peuple vivant! Au milieu d'un silence solennel, je m'enfonçai tout émue parmi ces admirables et éloquentes ruines que j'admirais, rêveuse et triste! C'est qu'on ne peut voir Cava sans rêver, ni visiter Pompéi sans s'attrister! Là, la poésie se glissant dans notre âme par l'air embaumé des fleurs odorantes et la fraîche verdure nuancée qui tapissent les vallées et les collines; ici, l'affligeant souvenir

de tant de malheureux surpris par les cendres du Vésuve!
Pompéi fut engloutie, comme on sait, l'an 79 de l'ère
chrétienne, et en 1748 seulement elle fut découverte par
des paysans qui, s'occupant à cultiver leurs vignes sur ce
sol fertile, y trouvèrent quelques objets d'art. Le roi Charles III
fit faire des fouilles régulières en 1750, et, depuis lors, on
y travaille toujours, quoique assez lentement, pour découvrir toute la ville, dont une partie, apparue à la lumière,
peut être considérée comme la plus grande curiosité, non-
seulement de l'Italie, mais du monde. C'est en effet une
chose admirable et surprenante que cette ville sortie des
entrailles de la terre avec toutes ses richesses précieuses et
ses curiosités telles qu'elles étaient lorsque le Vésuve vomit
sur elle sa colère. On y trouve l'antiquité réelle, et, pour
ainsi dire, toute vivante. Chateaubriand disait avec raison
que « si tous les objets découverts à Pompéi étaient laissés
en place avec les précautions nécessaires et faciles à prendre pour leur conservation, ils seraient le plus merveilleux
musée de la terre. » Mais ces objets, à mesure qu'on les découvre, vont orner différents musées de l'Europe, spéciale-
ment le musée Bourbon, qui en possède déjà un nombre
prodigieux. L'âme se contriste dans sa méditation, lorsqu'on parcourt ces rues désertes qui étalèrent jadis le faste
et la civilisation du grand peuple, et qu'on voit ces maisons, ces temples, ces théâtres, ce forum, ces thermes, ces
places, toute cette ville debout et solitaire! Que d'œuvres
d'art! quelle profusion de marbre, de mosaïque! que de
monuments superbes disparus subitement de la surface de
la terre, et y reparaissant de nouveau aux yeux des générations modernes avec l'histoire vivante du peuple qui l'habita! Partout ici de remarquables vestiges d'une activité et
d'un luxe excessifs; mais l'écho seul répond à la voix du
voyageur qui s'y promène, examinant çà et là cet amas de

richesses d'art et de beautés antiques qui constatent le goût
et l'opulence de ce peuple dont la fin déplorable se présente vivement à mon esprit en présence de cette extraordinaire nécropole !

Comme dans toutes les villes anciennes, les rues de Pompéi sont très-étroites, mais bien alignées et toutes pavées
en laves. On y voit parfaitement encore des ornières creusées par les roues des voitures, et la vue de ces traces,
comme de tous ces appartements vides, de ces portiques,
de ces autels, de ces niches, de ces peintures, de ces inscriptions, qui, quoique vieilles de dix-huit siècles, sont encore en grande partie parfaitement lisibles ; tout cela, dis-je,
porte un moment le visiteur d'imagination à penser qu'il va
rencontrer vivants ceux qui ont été suffoqués depuis tant
de siècles au milieu de leurs occupations habituelles et de
leur pompe !

Je ne saurais décrire l'émotion qui s'emparait de plus
en plus de mon âme, à mesure que j'avançais à travers ces
nombreuses merveilles réunies ou éparses qu'on nomme
Pompéi, et que je voulais embrasser d'un coup d'œil dans
cette première visite, en me promettant d'y venir en faire
bien d'autres pendant mon séjour à Naples, pour mieux
connaître cette merveille.

Nous suivions le guide, qui nous faisait remarquer les
choses principales à voir ; mais je ne donnais aucune attention à ce qu'il disait. Mon esprit était tout absorbé dans le
passé, non pas comme parmi les ruines de Rome dévastée
par la fureur des hommes et par le temps. Ici je marchais
parmi les ombres d'une population qui me montrait ses
chefs-d'œuvre, me faisait assister à ses fêtes, à ses réunions
brillantes, m'ouvrait ses maisons pour me faire admirer les
choses précieuses qu'elles contenaient, me laissait pénétrer
dans le *peristylium*, portique intérieur ; dans le *sacrarium*,

chapelle domestique; dans le *lararium*, niche où brûlait
une lampe en l'honneur des dieux Lares, lorsqu'elle fut ensevelie toute vivante par la plus terrible des catastrophes
que la nature puisse produire! Il me semblait voir la terreur, l'effroi le plus épouvantable peint sur la physionomie
de tous ces milliers de créatures, entendre leurs derniers
gémissements de désespoir, les uns cherchant à échapper
à la cendre qui les étouffait, les autres y disparaissant déjà,
embrassant les êtres chers à leur cœur, ou prononçant leurs
noms dans la dernière agonie!... Ce ne sont pas là les ruines
d'une ville florissante, vaincue et dévastée par un ennemi
puissant contre lequel elle avait longtemps combattu en
employant toutes les ressources de l'art, toute l'énergie de
l'esprit, toute la force du corps jusqu'au moment où, la résistance devenant inutile, on se rendit, où l'on préféra la
gloire de mourir en combattant. C'est une ville magnifique,
vaste tombeau d'une population entière qui y périt soudainement sans gloire et sans combat, et qui sort tout entière
debout, avec ses trésors immenses et ses squelettes, du sein
de la terre, où elle se cacha pendant presque dix-huit siècles,
aux regards des générations qui se succédèrent et fleurirent
à côté d'elle!

En allant visiter la maison et les caves de Diomède, la
villa *suburbana*, nous passâmes dans la voie des Tombeaux.
Sortis, comme la ville, de dessous terre, ces tombeaux
offrent un sujet de curiosité non moins intéressant. Entre
autres, on remarque celui qui fut élevé par ordre de Næ-
voleia Tyché, pour Caïus Mumatius, pour ses affranchis et
pour elle-même; celui qu'érigea Alleïa Decimilla, prêtresse
de Cérès, à son fils et à son mari; celui de Calveßtius Luietus,
qu'on dit le plus élégant et le mieux conservé des monuments funèbres de l'antiquité; et celui d'Articius Scaurus,
orné d'un atrium à quatre colonnes.

La maison de Diomède est une des plus remarquables, et des premières, qui aient été découvertes à Pompéi; les chambres sont presque toutes décorées de fresques, ainsi que le péristyle soutenu par quatorze colonnes. Après nous avoir montré les salles de bains et d'autres pièces en général très-petites, le guide nous indiqua la place des celliers où l'on trouva les squelettes de dix-sept personnes qui y furent ensevelies sous la cendre. Deux autres furent trouvés tout près de la porte du jardin; l'un portant une clef et de l'or qu'on trouva à côté de lui, passe, dans l'opinion de ceux qui ont écrit sur cette terrible catastrophe, pour Diomède, qui périt, pensent-ils, en cherchant à s'échapper par la porte du jardin. Quelques-unes des amphores à vin qui garnissaient les caves de cette maison y sont encore à la même place, et leur vue entretient l'illusion du visiteur qui y descend.

Un petit oranger, isolé au milieu du jardin entouré de portiques, y végète en face de ces vastes décombres qui parlent si éloquemment à l'imagination! J'en cueillis une feuille, pensant à mes plages natales, et nous nous éloignâmes de Pompéi, dont nous étions sorties par la porte d'Herculanum.

Les belles mesembhzi centhresum qui tapissent dans cette saison le terrain que nous franchîmes pour prendre le chemin de fer, nous souriaient là à côté de la douleur silencieuse dont Pompéi est la vive expression; la vie étale ses plaisirs sur la tombe des morts. C'est là l'image du monde! La nature fleurit toujours plus radieuse, là où la mort a porté ses ravages les plus affreux.

SORRENTE LA GENTILLE

Salut, berceau du Tasse, séjour gracieux et souriant de poésie et d'amour! Douce et suave vision de ma plus tendre

I.

13

jeunesse, je te retrouve ici sous les bosquets embaumés, chargés à la fois de fleurs et de fruits dorés! Oh! ne m'échappe point! Laisse-moi m'enivrer de ton délicieux parfum, rêver sous tes ombrages mystérieux, m'y reposer de la fatigue de mon long et difficile pèlerinage! Charmante oasis dans le désert de ma vie, que je te bénirais si tu pouvais tarir la soif que je porte dans mon âme!

Le ciel est plus ravissant ici; l'air pur et caressant, la brise de la mer, portant à mes oreilles le murmure poétique des vagues, réveille dans mon esprit mille souvenirs fantastiques, et mon cœur frissonne d'émotion.

Parée de ses attraits les plus séduisants, la nature me sourit de ses sourires les plus magnétiques, et, comme complément de ce ravissant tableau déployé à mes yeux, la brise du soir me porte à l'oreille les premiers accents du malheureux amant d'Éléonore. O Tasse! Tasse! que je voudrais posséder une étincelle de ton génie pour exprimer tout ce que mon âme éprouve en visitant ce délicieux séjour de ton enfance, cette place de la maison où tu es né, ces bosquets parfumés, ces collines riantes avec leurs souvenirs et leurs mystères, où ton jeune esprit reçut les premières émanations de la muse divine qui t'immortalisa plus tard! Mais, hélas! ma pauvre plume est incapable de traduire les profondes impressions que je reçois.

S'il m'était permis de choisir une patrie et d'y rassembler dans un coin tous les êtres aimés, c'est à Sorrente que je viendrais demander un doux abri, du repos, de la poésie pour le reste de mes jours. Mais la patrie n'est pas où le ciel est pur, la lumière caressante, l'air parfumé, les vagues azurées et murmurantes, parmi les bois de citronniers et d'orangers : elle est où se trouvent ceux que cherche notre cœur, qui sont la plus grande partie de nous-mêmes.

La patrie, elle est là où notre lèvre a murmuré le nom de

notre mère, où nous avons vu son dernier sourire, reçu sa
dernière bénédiction. Elle est là où tant d'amis font des
vœux pour notre retour. Oui, la patrie est sur la terre où
l'on aime, et où l'on est aimé.

Sorrente, petite ville d'environ six mille habitants, et délicieusement située, était, dit on, sous Auguste, plus grande
que Naples. L'éruption de son redoutable voisin de 79 dé-
truisit ses édifices principaux, et, comme bien d'autres victimes du Vésuve, elle ne conserve plus rien de son antiquité. Les guides voulurent nous faire voir les vestiges d'un
temple de Cérès, de celui d'Hercule, et d'autres. Mais je
préfère, à Sorrente, rêver sous les frais ombrages de ses
beaux vergers, ou au bord de la mer, dont les gémissements
me disent tant de choses de toutes ces vieilles populations
phéniciennes, grecques, romaines, qui se succédèrent dans
ce coin de terre dont une partie est envahie par la mer. Il
me semble de plus écouter le poëte, dont l'ombre me
suit partout dans ces sites, l'y voir plus distinctement que
dans son enfance, lorsque, déguisé en pâtre et s'échappant
de Ferrare après sept ans de captivité, il fut reçu par sa
sœur Cornélia, en 1577, dans la maison des Versali que je
viens de visiter, et qui appartenait alors à cette sœur.

J'entends les sons plaintifs de sa lyre amoureuse, lorsqu'il fuyait les lieux où il avait tant aimé et tant souffert!
Et, à part l'extrême orgueil et la dernière faiblesse dont
quelques-uns accusent le grand chantre de la *Jérusalem délivrée*, sa mémoire ne mérite-t-elle pas mieux d'occuper les
visiteurs de Sorrente que tous les vestiges incertains de
ruines qu'elle renferme, ainsi que les grottes de la mer et
le profond ravin qui la contourne de trois côtés?

Des sites pittoresques, de belles habitations parent toute
la côte, de Sorrente à Castellamare, jolie ville de seize mille
habitants, située dans une position charmante, et rendez-

vous des riches napolitains et des étrangers que la salu-
brité de son air et la réputation de ses eaux minérales y
attirent moins que la prédilection de certains esprits pour
tout ce qui est à la mode. Quant à moi, je lui préfère Cava
et Sorrente.

On prétend que Castellamare fut bâtie sur les ruines de
l'ancienne *Stabiæ*, ensevelie, comme ses voisines, sous les
cendres du Vésuve.

La route de Castellamare à Sorrente est ravissante, presque toute en corniche, et bordée d'acacias et d'autres arbres; elle est flanquée, à gauche, de hauts rochers, de montagnes semées de jolies maisons, de clochers, de grottes et
de ravins; à droite, par le golfe, dont les vagues se brisent à
plusieurs pieds au-dessous de la rampe qui sépare la route
des eaux du golfe, qu'on a toujours sous les yeux. C'est une
promenade ravissante, surtout quand on la fait vers le coucher du soleil. Vico, joli village pittoresquement assis au
milieu de l'éternelle verdure de ces bords enchanteurs, me
rappela le grand philosophe qui, le premier, essaya d'expliquer par une formule universelle le mouvement des sociétés.

L'air embaumé de Sorrente et le souvenir du Tasse, dont
l'air y est imprégné, avaient infiltré dans mon âme une
poésie toute nouvelle. Et lorsque, de retour à Naples, je me
trouvai dans ma chambre située sur la rive de Sainte-Lucie,
d'où l'on aperçoit la pointe de ce charmant coin de terre
qui m'a tant ravie, il me semblait que je venais de retrouver et de quitter là, avec toutes mes illusions de jeune fille,
ma délicieuse *Floresta*, ressortant en beautés parmi les habitations de ses alentours.

L'esprit subjugué par cette douce réminiscence, je regardais, rêveuse, Sorrente, qui m'apparaissait au loin comme
une fraîche naïade, sortie des eaux du golfe splendide, au

bord duquel elle semble se reposer sur sa couche parfumée. Des nuages, dorés par les derniers rayons du soleil, passaient sur sa tête, et elle prit peu à peu à mes yeux l'aspect d'une figure humaine, mais tout aérienne, qui fendait l'espace en s'approchant de moi.

Le ciel et toute la nature semblaient me sourire à son approche. Elle portait dans son regard tous les trésors de la poésie, dans ses traits l'empreinte d'une longue souffrance résignée, dans toutes ses attitudes le charme d'une timidité exquise, et sur ses lèvres un sourire angélique.

Une suave brise embaumée se glissait à travers les fenêtres, et portait jusqu'à moi le léger murmure de la vague affaiblie qui vient s'endormir sur la plage. Les eaux, dorées quelques instants auparavant par les splendeurs pourprées d'un superbe coucher de soleil, reflétaient maintenant le noir, l'infini manteau parsemé d'étoiles étincelantes qu'une des plus féeriques nuits de Naples avait déroulé sur la terre !

Tel que le pèlerin des vastes déserts de l'Afrique, après de longues marches sous ce ciel embrasé, se repose heureux dans la bienfaisante oasis recélant la source qui l'a désaltéré ; de même je me sentais heureuse, magnétisée par la puissante influence de ce spectacle magique.

Mais, hélas ! l'enchantement cessa bientôt, et du délicieux séjour de mon enfance, et de la douce vision planant sur Sorrente, il ne me resta que le souvenir impérissable que garde mon esprit de tout ce qui m'impressionne vivement.

UNE ASCENSION AU VÉSUVE

— 10 MAI —

Tout voyageur, en arrivant à Naples, désire voir de près cette merveille naturelle, bouche béante qui vomit la mort sur tant de milliers d'individus écrasés et confondus au milieu de leurs trésors avec la cendre et la lave au-dessous de cette végétation luxuriante des environs de Naples, et de ces villes auxquelles sert de dôme un ciel pur et radieux.

Pompéi et le Vésuve sont les deux premières curiosités de Naples qui attirent l'attention de l'étranger; et quand on a pu constater l'admirable résurrection de l'une après avoir dormi dix-huit siècles sous la cendre de l'autre, au lieu de s'effrayer des ravages produits par ce terrible voisin de la plus riante des villes, on se sent, au contraire, plus désireux de s'en approcher.

Ainsi, ce matin à six heures, nous prîmes une voiture pour nous conduire jusqu'à l'Ermitage, à deux ou trois kilomètres de la hauteur où se trouvent les ouvertures du double cratère actuel. Mais, comme nous avions tout un jour devant nous, et que nous désirions voir le coucher du soleil de ces hauteurs volcaniques, nous nous arrêtâmes à Resina, bâtie comme Portici sur les ruines d'Herculanum, pour visiter la partie découverte de ces ruines. Deux causes rendent les fouilles d'Herculanum bien plus difficiles que celles de Pompéi : la première, les villes et les différentes villas modernes qui se trouvent bâties sur elle; la seconde, la matière extrêmement dure à percer sous laquelle elle est ensevelie. Découverte en 1711 par le prince d'Elbeuf, cette même partie d'Herculanum donne déjà une grande idée, par ses édifices et par les trésors d'art qu'on y a trouvés, de son opulence et de son goût artistique.

Les fouilles reprises et puis interdites furent reprises encore de 1828 à 1837. On découvrit un temple de Jupiter avec la statue du dieu, une basilique ornée de statues en bronze et en marbre, de peintures à fresque, un forum orné de statues d'empereurs romains, et un théâtre enrichi de colonnes et d'autres œuvres d'art.

L'Homère, l'Aristide, le Mercure, les six célèbres danseuses, la Minerve étrusque et bien d'autres choses précieuses furent trouvées dans la villa d'Aristide, ou de Papyrus, dont la découverte fournit l'intéressante bibliothèque de papyrus qu'on voit au musée Bourbon.

Plusieurs objets curieux furent aussi trouvés dans la maison dite d'Argus, découverte en 1828.

En quittant les ruines qui se trouvent à ciel ouvert, nous descendîmes aux ruines ténébreuses du fameux et vaste théâtre qui étala jadis ses magnificences sous la clarté splendide de l'atmosphère de ces plages, et qui maintenant, enfoui au-dessous du sol, à plus de vingt mètres, ne peut être visité qu'à l'aide de flambeaux. Précédées des guides qui nous éclairaient, nous descendîmes, par un long escalier de lave récemment pratiqué, puis par l'ancien escalier découvert, jusqu'aux galeries et à l'amphithéâtre immense d'Herculanum, dont je n'ai pu bien distinguer la forme, à la lueur des flambeaux. Ici plus encore qu'à Pompéi, le cœur se serre au souvenir des malheureux qui périrent dans une si horrible catastrophe, car vous n'avez pas ici comme là l'aspect d'un ciel brillant pour faire diversion aux pensées affligeantes que vous offrent ces débris de morts! Quoique poussée par le désir de tout voir dans cette silencieuse tombe de tant de scènes bruyantes et joyeuses, je m'y trouvais à peine que déjà il me tardait d'en être sortie. L'obscurité me fut toujours antipathique; je crois que je serais capable de me soumettre ou de résister avec courage à toutes les privations, hormis à celle de la lumière. De là l'accroissement de mon horreur pour ces cachots ténébreux créés par les tyrans d'autrefois pour y torturer leurs victimes. Nous nous sentîmes refroidis au fond de ce souterrain; parmi de hautes murailles d'un lit dur, simulant la lave formée par des masses embrasées de cendres qui cal-

cinèrent les objets sur plusieurs endroits de cette ville en-
terrée dont on ne peut calculer l'étendue. Ce théâtre a été
dépouillé de toutes les choses précieuses qu'on y a trouvées,
et est obstrué par des piliers qui soutiennent les terres
supérieures. Le guide se donnait beaucoup de peine pour
nous faire aller d'un côté et de l'autre en nous indiquant,
ici, l'orchestre tout pavé de marbre et d'une dimension
très-grande; là le puits moderne qu'on avait creusé pour
se procurer du marbre, et qui fit découvrir ce théâtre.

Craignant pour la santé de mon enfant, je me hâtai de
quitter ces humides et sombres ruines.

La vue du beau soleil et l'air pur de ces rives enchanteresses nous firent de nouveau respirer à l'aise, et nous dé-
dommagèrent des longs moments écoulés dans la privation de leur salutaire influence.

Herculanum remonte, comme on sait, à une haute antiquité. Selon Denys d'Halicarnasse, elle fut fondée par Hercule, soixante ans avant la guerre de Troie. Après avoir été
occupée par les Osques, les Pélasges, les Étrusques et les
Samnites, elle tomba au pouvoir des Romains et devint
une des villes les plus florissantes de cette contrée. Elle
avait de magnifiques villas appartenant aux grands seigneurs de Rome, qui du reste en possédaient partout de
splendides. On prétend qu'Herculanum était une ville bien
plus artistique que Pompéi. Il est regrettable qu'on ne
puisse la mettre entièrement à découvert, comme on est en
train de faire de cette dernière.

Nous venions de visiter encore une des victimes du Vésuve, et nous nous acheminions vers son cratère, cet abîme
toujours menaçant d'engloutir d'un moment à l'autre les
modernes beautés créées à ses pieds par la main de
l'homme! Que l'esprit humain est téméraire, et son cœur
insatiable d'émotions!

Il en est de certaines natures comme des terrains fertiles : plus les sillons de la charrue y passent, plus abondamment ils produisent : de même, plus ces natures sont
secouées par la main du malheur, plus elles déploient d'é-
nergie pour résister à ces secousses pénibles.

Notre voiture reprit le chemin du Vésuve en longeant le
bord du golfe; puis, en montant par une nouvelle et commode route en zigzag, elle nous conduisit, à travers les vi-
gnobles engraissés par la cendre du volcan, jusqu'à l'Ermitage où nous nous arrêtâmes pour y faire une simple
collation que je payai extrêmement cher, bien qu'on ne
nous servit point du célèbre *Lacryma Christi*, que l'on peut
se procurer partout à Naples, excepté à l'Ermitage.

Un homme grotesquement affublé en ermite y reçoit les
étrangers dont il pressure la bourse en ayant l'air de les accueillir avec le désintéressement d'une franche hospitalité.
Quelques beaux arbres ombragent l'entrée de cette rustique
maison, contiguë à une chapelle délabrée de Saint-Salvator.
C'est le dernier signe de végétation qu'on trouve d'ici au
Vésuve, vers lequel nous nous dirigeâmes aussitôt que la
grande chaleur fut passée. Des chevaux et de nouveaux
guides nous furent offerts, ainsi qu'à d'autres voyageurs qui
s'y trouvaient pour faire la même excursion que nous. Je
louai un cheval pour mon enfant, et, malgré les observations des guides qui me parlaient de la rudesse du chemin
qu'il fallait faire de l'Ermitage jusqu'au bas du cône où
commence l'ascension, je voulus avoir le plaisir de faire à
pied ce trajet.

Nous marchions tous, précédés de nos guides, parmi les
décombres de laves qui se prolongent dans toutes les directions depuis l'Observatoire météorologique, à deux pas
de l'Ermitage, jusqu'au bas de la hauteur où est le cratère actuel.

Une immense plaine de laves amoncelées çà et là, selon
la direction que prenaient les diverses éruptions du volcan,
se présenta de tous côtés à mes yeux. Pas un brin de verdure, pas un filet d'eau, ou une trace de l'industrie humaine n'y annonce la richesse de végétation et de vie à peu
de kilomètres de là !

Tout en marchant, je promenais mes regards vers cet
amas de vestiges de dévastation et de mort, lorsqu'un des
guides me montra à notre gauche la place de l'ancien cratère qui avait englouti Pompéi, Herculanum et Stabies. La
triste fin de Pline le Naturaliste, victime de son amour pour
la science, se présenta à mon esprit, ainsi que la digne conduite filiale de Pline le Jeune ne voulant pas quitter sa mère
qui l'implorait de la laisser exposée au terrible danger afin
qu'il pût y échapper; abnégation d'une mère que toutes
les mères comprennent, car exposer sa vie pour sauver
celle de son enfant est chose très-naturelle. Toute mère,
je crois, est capable ou doit l'être de braver tous les
dangers pour l'amour du cher être qu'elle a nourri dans
son sein.

Il y a d'autres épreuves, sinon plus violentes, du moins
bien plus difficiles à subir que la mort dans un moment
suprême comme celui où se trouva la mère du jeune Pline;
épreuves dont quelques mères se sont héroïquement tirées.
C'en est une assurément de pouvoir braver et dompter,
quand on a dans l'âme un volcan d'amour, la voix d'une
longue jeunesse isolée, assiégée de séductions puissantes,
afin de ne vivre que pour son enfant. C'est là, il me semble,
le résumé des plus grands efforts de la femme et de toute la
tendresse de la mère.

Mais j'approche du Vésuve en demandant à la brise bienfaisante qui me caresse au milieu de cette désespérante
aridité l'écho des chères voix qui à cette heure peut-être

prononcent tendrement mon nom au milieu des splendeurs naturelles de notre terre natale.

Ma fille, désirant marcher un peu à pied parmi la lave, m'offrait à plusieurs reprises son cheval. Le vénérable chanoine français qui avait visité avec nous Pompéi, et qui se trouvait aussi dans cette excursion, m'offrait également son cheval, que je refusai toujours, trouvant du plaisir à surmonter les difficultés de cette marche. Arrivée à la base du sommet à pic, toute la caravane s'arrêta, et des *portantines*, espèce de fauteuils portés par des hommes exercés à faire cette ascension, furent offertes aux dames. J'en louai aussitôt une et y fis placer commodément ma fille, malgré le désir qu'elle montrait de gravir à pied ce précipice; je lui évitai par là une fatigue extrême, à laquelle son organisation délicate n'aurait probablement pu résister.

Quant à moi, j'ai refusé non-seulement la *portantine*, mais aussi l'aide des hommes habitués à tirer les voyageurs par une courroie qu'ils attachent à leurs ceintures en les faisant grimper derrière eux d'une manière assez grotesque.

Laissant passer devant moi toutes les personnes, les unes en portantines, les autres remorquées de la façon que je viens d'indiquer, je suivis, en montant toute seule du mieux que je pus sur la lave, le véhicule de mon enfant, qui faisait arrêter ses conducteurs de moment en moment pour être sous mes yeux.

A chaque pas que je faisais, la difficulté augmentait, les laves menaçaient de se détacher et de m'écraser les pieds déjà meurtris malgré la chaussure *ad hoc* dont on se munit pour cette ascension. Mais toutes les fois que, m'arrêtant pour me reposer, je me retournais vers l'horizon qui grandissait à mesure que je gravissais cette hauteur, mon âme s'élevait à sa perspective dont le changement allait se succédant toujours, et toute préoccupation de danger dispa-

raissait. J'oubliais ma fatigue elle-même en contemplant
les grands tableaux qui au loin se déroulaient peu à peu à
mes regards avec toutes les images sombres et brillantes de
l'ancienne civilisation qui régna jadis dans cette contrée.
Et parmi ces images y réapparaissait l'espérance radieuse
d'une nouvelle époque qui marquera la régénération de ces
peuples assoupis sous le poids de leurs chaînes au milieu
d'une nature si vigoureuse ! — Grâce à la force d'une vive
imagination et à mon sincère enthousiasme pour tout ce
qui est grand, ou mérite de le devenir, j'accomplissais l'ascension du Vésuve aussi lestement que je gravissais les som-
mets verdoyants de mes collines natales dans des jours qui
sont déjà bien loin !

Arrivée enfin au sommet isolé et fumant de ce rocher aride
formé de grosses laves, de cendre calcinée et de scories,
deux spectacles diversement grandioses, l'un de beauté
riante, l'autre de beauté menaçante, frappèrent mes regards, et exaltèrent mon esprit jusque-là enchanté mais non
pas émerveillé en face des magnificences que j'avais vues
en Europe.

A peine eus-je mis le pied sur le large plateau crevassé
çà et là et laissant échapper par ses nombreuses fissures
une fumée dont l'odeur révèle aussitôt l'immense gouffre
volcanique sur lequel nous nous trouvions, que j'embrassai
d'un coup d'œil, l'âme tout émue, ces vastes horizons
éclatants des derniers rayons du soleil, ce golfe azuré,
étincelant, où se bercent nonchalamment ses trois filles rivales en souvenirs historiques comme en beautés particulières, Caprée, Procida et Ischia. Ces villes qui sont là-bas
blanches et belles comme la couronne d'une mariée ; ces
montagnes, ces collines surmontées de verdure et d'édifices.
J'avais sous les regards le point de vue le plus magnifique
sur Naples et ses environs.

Mais ce qui m'impressionna profondément, ce fut l'imposante perspective de la belle horreur que présentent les deux larges bouches du cratère actuel, vomissant des flammes qui s'élèvent à une prodigieuse hauteur, suivies, par intervalles, de détonations effrayantes, accompagnées de petits morceaux de laves, de pierres plus ou moins volumineuses. Je ne tenterai pas de décrire tout ce que j'éprouvai en présence de ces deux grands spectacles qui dominèrent puissamment mon esprit. Ma parole est trop stérile pour rendre mon émotion dans toute son intensité.

Dans le premier moment de mon admiration en arrivant sur ce point culminant, je me détournais muette, vers ma fille, que le vénérable chanoine invitait à se mettre à genoux avec lui pour rendre grâce à Dieu de nous avoir fait terminer sans accident fâcheux la périlleuse ascension, quand nous étions pourtant sur un danger plus grand encore !

Ma prière, à moi, était renfermée dans mon cœur et se traduisait dans mon admiration religieuse pour tant d'œuvres grandioses et surprenantes du Créateur qui se présentaient à mes yeux. La vraie prière ne consiste pas dans une formule extérieure, dans une réunion de paroles que les lèvres prononcent souvent machinalement. Dieu, qui sait tout ce qui se passe dans le cœur de ses créatures, connut seul ma prière faite du haut du Vésuve, et qui s'étendit au delà des mers et des cieux.

A peine avions-nous fait quelques pas sur l'abîme volcanique qu'un nuage de fumée nous enveloppa. Le bon chanoine trouva prudent de s'arrêter à quelque distance du cratère pour voir à l'écart les flammes qu'il jette, et nous conseillait d'en faire autant. Mais notre ardeur de curiosité avait grandi à la vue de ce phénomène après les difficultés que nous venions de surmonter. Mon enfant et moi nous nous approchâmes donc de la première et de la seconde bouche du cratère, jusqu'à ne pouvoir plus supporter la chaleur de leurs flammes montant à plusieurs mètres au-dessus du plateau lézardé de fissures et plus ou moins brûlant sur lequel nous marchions ! Quel spectacle effrayant que ces deux énormes bûchers s'échappant avec un fracas sinistre de la vaste, de l'épouvantable fournaise souterraine qui se prolonge au-dessous de ce sol noirci et fumant, cette écume calcinée que nous foulions en les contemplant ! Chateaubriand avait raison de s'écrier en regardant d'ici les magnificences de Naples et de ses alentours : « C'est le paradis vu de l'enfer. » La forme du cratère était alors dif-férente de celle qu'il présente aujourd'hui, car à chaque éruption elle change, et ces éruptions ont été malheureu-sement très-fréquentes. Ainsi, de toutes les descriptions de la forme diverse du cratère du Vésuve, que j'ai lues, aucune ne m'avait donné l'idée de celle qu'il a maintenant. Les visiteurs actuels de ce volcan n'y trouvent pas non plus cet endroit par lequel on pouvait descendre jusqu'à une certaine distance pour mieux observer l'abîme à peine fumant qui s'ouvrait au-dessous de l'observateur impru-dent, victime quelquefois de sa curiosité. De ce nombre fut le malheureux J. Delius, de Brème, qui le 11 mai 1854, voulut s'approcher trop près de l'abîme, perdit l'équilibre et roula dans le gouffre. Maintenant, au lieu des parois in-térieures du gouffre, on voit les deux énormes bûchers flamboyants dont je parle plus haut.

Tandis que nous regardions les guides imprimer sur des morceaux de scories, vomies dans ce moment par le volcan, les petites pièces qu'ils nous avaient demandées, une grêle d'autres scories tomba tout près de nous, d'une dame anglaise et de deux messieurs, les seules personnes qui nous avaient suivies si près du cratère, dont deux pe-tits morceaux de scories frappèrent nos chapeaux.

Une détonation semblable à une décharge de grosse artillerie retentit plus forte que les autres à nos oreilles. Alors il me sembla entendre la voix de mon cher fils, celle de ma sœur et de mes frères qui me conjuraient de m'éloigner de ce lieu funeste où nous écoutions impassibles le grondement ténébreux, avant-coureur de la colère du terrible volcan qui pouvait en un clin d'œil nous engloutir !

L'image de ces êtres chéris exerça sur mon esprit une influence magnétique, et je m'éloignai du cratère en entraînant avec moi ma fille vers l'autre côté du plateau, du haut duquel nous jetâmes un dernier regard sur Naples et son golfe inondés des teintes pourprées de mille nuances magiques. Nous restâmes là quelques instants à contempler cet immense horizon déjà faiblement éclairé qui commençait à échapper au regard. Et mon esprit voyant au delà des nuages se demandait : « Où est-elle ! où sont mes morts bien-aimés !... » Et ces quatre vers touchants d'Eugène Nus me vinrent à l'esprit :

> O morts aimés, que cette terre
> A vus passer, mêlés à nous,
> Révélez-nous le grand mystère :
> O morts aimés, où vivez-vous ?

La voix des guides m'arracha à ma rêverie ; j'écrivis sur une énorme lave les noms de mes chers vivants, et nous suivîmes les autres personnes vers le côté de la cendre, par où s'effectue avec plus de facilité la descente du sommet du Vésuve. Pour l'ascension on préfère toujours la lave, à cause de la résistance qu'elle présente. Il faisait tout à fait nuit quand nous arrivâmes au bas de la curieuse descente sur la cendre. Une famille anglaise nous y força, avec une amabilité qui n'est pas proverbiale chez ce peuple, à goûter du lacryma Christi qu'elle avait fait porter dans ce

lieu. Un Français qui s'y trouvait dans cette occasion s'é-
tonna beaucoup de cette prévenance britannique; et, avec
l'esprit propre à sa gracieuse nation, il ne manqua pas de
trouver un mot spirituel pour expliquer cette politesse
après les émotions d'une course si fatigante! Quant à moi,
ayant de la nation anglaise, principalement de ses dignes
femmes, une tout autre opinion, je remerciai, sans m'étonner, celle qui venait d'admirer de tout près avec nous les
deux cratères du Vésuve.

Des chevaux nous attendaient; j'en pris un aussi pour
moi; nous rejoignîmes notre voiture à l'Ermitage, et nous
arrivâmes vers onze heures à notre hôtel, en emportant de
notre ascension au Vésuve la plus grande impression que
j'aie reçue en Europe.

L'aurore du 12 mai se levait radieuse sous le poétique
ciel de Naples, et sur mon âme pesait une mélancolie écra-
sante! En fuyant la gaieté de ce peuple bruyant, je partis
avec mon enfant pour Cava, où nous goûtâmes mieux cette
fois la douce solitude de ses sites pittoresques. Mes premiers jours à Naples avaient été remplis de trop vives et
trop diverses émotions; la vue de son golfe me faisait
éprouver parfois des accès de nostalgie que j'avais peine à
surmonter! Le calme et les promenades de Cava remirent
mon esprit de l'agitation que cette vue avait produite
sur lui.

Une nouvelle excursion se présenta alors à mes goûts
avec tous les charmes de l'antiquité! C'était la morte Pœs-
tum. Ses ruines, que l'on dit être les colonnes d'Hercule
des voyageurs en Italie, méritent en vérité l'admiration
qu'elles excitent.

Droits et sévères comme des sentinelles des temps

passés, les temples de Neptune, de Cérès et un autre qu'on désigne sous le nom de Basilique, seuls débris de tant de grandeur de l'art restés debout sur ces lieux solitaires depuis plus de vingt siècles, semblent commander à ceux qui les approchent la vénération et le recueillement ! L'aspect de la plage déserte où les majestueuses ruines de ces trois temples se dressent solennelles, en offrant dans leur architecture, principalement celui de Neptune, le plus bel échantillon du génie grec en Italie, est en parfaite harmonie avec les mélancoliques pensées qui s'emparent du voyageur méditatif qui arrive devant elles ! Que de choses éloquentes vous disent ces colonnades doriques, ces portiques solitaires et délabrés sur les milliers de générations qu'ils y ont vues passer !

Point de trace de ces belles habitations particulières, de ces bosquets fleuris, de tous ces charmes où s'écoulait dans une molle oisiveté la vie efféminée des sybarites ! Ces colons, venant s'établir ici, agrandirent l'antique ville phénicienne ou étrusque qu'ils y trouvèrent, et dominèrent jusqu'à ce qu'elle tombât au pouvoir des Romains. Rien n'y réveille maintenant l'attrait d'un sol qui, bien qu'ayant, déjà du temps de Strabon, la réputation d'être insalubre, fut néanmoins disputé avec acharnement par tant de peuples divers du Midi et du Nord !

Des plantes paludéennes remplacent aujourd'hui les rosiers renommées de Pæstum de jadis. Ravagée par les Sarrasins, dit l'histoire, cette ville fut tout à fait ruinée par Robert Guiscard, qui lui enleva ses plus beaux ornements artistiques pour en décorer le vaste dôme de la capitale de ses États, Salerne, ville surnommée de son temps *Civitas Hippocratia*, à cause de la célébrité de son école de médecine.

La *malaria* qui règne à Pæstum pendant les mois d'été

I.   14

surtout, et le manque d'habitations fait que l'on y reste à
peine le temps indispensable pour visiter ses ruines. Mais
mon insurmontable horreur pour les serpents, que l'on
dit abonder dans ces lieux, m'en éloigna bien plus que le
danger de l'air malsain par ses eaux dormantes et ses
plaines marécageuses.

Étant à Cava, il nous fut très-facile d'aller à Pæstum et de
retourner dans un même jour ; de Salerne une voiture tirée
par trois bons chevaux nous y conduisit en trois heures environ. Jusqu'à Battipaglia nous suivîmes la grande route de la
Calabre, d'abord entre la mer et les collines, puis à travers
une campagne déserte qui n'est pas, ainsi que toutes les autres parties de cette route, sans intérêt pour ceux qui aiment
à nourrir leur esprit des souvenirs d'un grand passé.

Où est en Italie la parcelle de terrain, inculte ou labourée,
qui ne soit marquée d'un fait historique, glorieux ou ténébreux, du passage d'un homme de génie, d'un héros, d'un
conquérant, qui laissèrent partout des traces de leur grandeur, de leur ambition créatrice ou de leur esprit dévastateur ! Où le voyageur ne trouvera-t-il pas un site qui lui
parle éloquemment des nobles efforts des opprimés pour
conquérir la liberté perdue !

L'Italie est un immense livre vivant dont chaque page
résume l'histoire entière de l'humanité, qui s'y est élevée
au faîte de toutes les grandeurs, et s'est abaissée jusqu'au
paroxysme de toutes les infortunes !

Dans le trajet de Cava à Pæstum, comme partout ailleurs
dans cette délicieuse Péninsule, l'imagination du voyageur
se représente vivement cette ancienne et insatiable activité
de l'esprit humain à produire, par ses œuvres gigantesques
dans les genres les plus divers, tout ce qui pouvait agrandir,
illustrer l'existence de l'homme et sa renommée dans la
postérité.

Avant d'arriver à Pæstum, on passe sur des lieux où fleurit jadis la capitale des Picentins; puis, entre le Silarus des
anciens et Pæstum, j'ai voulu visiter le site où Crassus défit
l'armée du brave Spartacus. Et, tout en admirant les belles
ruines qui nous avaient attirées sur ces plages remarquables,
je pensais à ce noble rebelle qui tenta de briser les chaînes
du honteux esclavage pesant sur une partie de ces conquérants du monde ! Et le soleil qui éclaire les vieux temples de Pæstum éclaire encore de nos jours tant de millions de malheureux esclaves répandus sur la terre !...
Mais laissons là ces ruines, éloquents débris d'une civilisation éteinte sur ces plages destinées peut-être à refleurir
avec un éclat plus digne des temps modernes. Laissons
également Salerne avec tous ses beaux et ses tristes souvenirs de l'antiquité, ainsi que de Robert Guiscard et de Jean
de Procida, le fameux conspirateur des Vêpres siciliennes ;
Salerne, dont la magnifique cathédrale renferme, entre autres tombes intéressantes, celle de Grégoire VIII, mort fugitif dans cette ville ; laissons, dis-je, toutes les beautés
d'art et de nature que recèle cette partie au sud-est, et di-
sons quelque chose sur l'autre rive du golfe à l'ouest.

En retournant à Naples par Pompéi, où nous descendîmes
encore pour visiter les nouvelles fouilles, nous avons commencé nos excursions à l'ouest par le tombeau de Virgile
que l'on montre au-dessus de l'entrée de la grotte de Pausilippe. Malgré les doutes qui se sont élevés sur l'authen-
ticité de ce tombeau, ma fille et moi nous n'avons pu nous
approcher sans émotion de cette place où Virgile a voulu
être enterré, et où tant d'illustrations sont venues tour à tour
rendre hommage à l'un des plus grand génies de l'antiquité. Pétrarque y avait planté un laurier dont on ne trouve
plus de trace ; un autre laurier l'avait remplacé, planté par

Casimir Delavigne. Une branche tout à fait desséchée nous fut indiquée par le guide comme étant un débris de cet arbre ; mais il paraît que la branche que l'on montre actuellement aux étrangers y a été déposée par une autre main que celle du poëte français. Quoi qu'il en soit, l'esprit de doute n'ôtera jamais à cette ruine sa *religion* et sa *gloire* aux yeux de ceux qui aiment mieux à garder leur vénération pour un lieu qui a reçu, pendant plusieurs siècles, le sacre du respect d'une foule de grands génies, que de suivre l'opinion nouvelle qui enlève le prestige de ce lieu sans qu'elle se base sur l'évidence de la vérité.

Débris du tombeau de Virgile ou d'un *columbarium*, la présence de ces ruines, assez pittoresques du reste, réveille dans l'esprit du visiteur le souvenir du grand poëte, et de ses jours écoulés sur cette plage, près du mont Pausilippe où il fut enterré, selon ses désirs. Il y possédait une villa où il écrivit, dit-on, les *Églogues* et les *Géorgiques*. Cicéron, Marius, Pompée, César, Auguste, Pline, Néron, Tibère, Jugurtha et d'autres y laissèrent des traces qui représentent vivement à l'imagination du voyageur parcourant cette rive ces grandes scènes émouvantes, ainsi que ces monstrueuses pratiques dont ni les siècles ni les révolutions des éléments ne peuvent effacer le souvenir. Les édifices, nombreux et magnifiques, ont été complétement détruits ; leurs débris sont couverts d'herbe, ou engloutis par la mer et par les éruptions des volcans maintenant éteints dans cette partie de Naples jadis si fertile de tout ce que la nature et l'esprit humain peut produire ; mais ce souvenir restera à jamais.

Tout au bout du quai de la Chiaia, promenade favorite du beau monde de Naples, ayant à gauche le délicieux jardin Royal sur le bord du golfe, et à droite de beaux hôtels dans la rue qui longe la promenade, deux routes se présentent, l'une moderne, suivant la rive du golfe à travers les belles villes récemment bâties, l'autre qui conduit à la grotte de Pausilippe, et par où nous passâmes en sortant de Naples pour faire notre première excursion sur cette autre rive. La grotte de Pausilippe est un vaste tunnel creusé dans une roche et éclairé par des réverbères. Il date du temps des Romains, et facilitait, dit-on, la communication entre Naples et Pouzzole, alors ville riche et commerçante, dont le port était un des plus beaux de l'Italie. Ayant embrassé le parti de Brutus après l'assassinat de César, cette ville souffrit beaucoup. Elle fut embellie après par Vespasien, Trajan et Antonin. L'apôtre saint Paul y laissa aussi son souvenir. Les grands de Rome accouraient aux bains de Pouzzole. Le corps d'Adrien, mort à Baies, fut quelque temps déposé dans la maison de Cicéron, au bord de la mer, et dont il ne reste plus de vestiges. Les guerres des barbares, des Sarrasins, des Turcs et d'autres, ainsi que les éruptions de la Solfatara, dépouillèrent Pouzzole de ses attraits artistiques. Elle n'est aujourd'hui qu'une petite bourgade, et n'offre d'autre intérêt que les quelques ruines qu'on y trouve encore. Sa cathédrale est bâtie sur l'emplacement d'un temple élevé à Auguste; on y voit des colonnes antiques.

Les ruines du temple de Sérapis, ou Thermes, la plus belle curiosité de Pouzzole, font encore comprendre la grandeur et la magnificence des œuvres de cette époque. On y voit encore trois belles colonnes, et les débris de plusieurs autres qui entouraient le temple. On nous montra l'endroit où les prêtres se lavaient les mains après le sacrifice, ainsi que les sources minérales chaudes et froides qui servaient de bains pour les malades, et qui existent encore.

Tout près de là nous descendîmes pour visiter les fameuses ruines de l'immense amphithéâtre dont une partie

est encore debout, constatant la force autant que la gloire
barbare de la nation dominatrice. Ruiné par les tremble-
ments de terre, et envahi par une riche végétation, cet
amphithéâtre n'a pas perdu entièrement son ancienne
forme. Parmi les spectacles que l'imagination se-représente
sur cette arène, deux s'offrirent à mon esprit et m'y firent
réfléchir sur le contraste des passions humaines qui de
tout temps se montra chez les nations. Ces deux spectacles
furent : les jeux célébrés en l'honneur d'Auguste, et auxquels
il assista dans cet amphithéâtre ; et le supplice que le martyr saint Janvier y souffrit. Une multitude considérable se
réjouissait de l'attaque des bêtes féroces contre un humble
serviteur du Christ, où elle avait applaudi aux triomphes
d'un despote couronné !

Un vaste édifice souterrain, ou labyrinthe de Dédale, servait, dit-on, de réservoir pour l'eau des naumachies données
à l'amphithéâtre.

À quelque distance de là nous visitâmes les étuves dites
di san Germano, et sur une rive du lac Agnano, la célèbre
grotte du Chien, dont le sol exhale un air délétère qui, res-
piré jusqu'à une petite hauteur, est mortel. Un pauvre chien,
condamné par un misérable spéculateur à lui faire un revenu journalier, y est jeté quelques instants sous les yeux
du visiteur pour lui offrir un simulacre de mort qui se renouvelle sans cesse à mesure qu'un nouveau voyageur désire
se procurer pour 2 carlins (monnaie napolitaine) le plaisir barbare de voir ce chien se débattre quelques instants
contre les tourments d'une affreuse convulsion, sans trouver
la fin de sa malheureuse existence. Le gaz acide carbonique
dont cette grotte est remplie, ne s'élevant qu'à une petite
hauteur au-dessus du sol, fait périr ou tomber en convul-
sions les animaux qui y entrent, tandis que l'homme y passe
sans danger.

Pline parlait déjà de ce phénomène, et de barbares expériences faites sur de malheureux esclaves qui, forcés de
se baisser contre le sol, ne manquaient pas d'y périr.

Aujourd'hui que la théorie des gaz est connue, et que
la chimie a fait tant de progrès, il n'y a en effet, comme
dit un écrivain contemporain, qu'une curiosité niaise et
cruelle qui pourrait s'intéresser au supplice répété d'un
pauvre chien. Mais c'est encore une bien triste vérité que
les barbaries des temps anciens ont laissé dans l'esprit de
l'homme, révolté cependant contre les cruelles pratiques
de ses ancêtres, quelques restes de leurs goûts féroces que
la civilisation si préconisée de nos jours n'a pu jusqu'ici
effacer.

Heureux si cet instinct dont il a hérité n'avait pour victimes que les seules créatures privées de raison.

Après avoir visité la chapelle où se trouve la pierre sur
laquelle saint Janvier a été décapité, nous montâmes vers
la Solfatara, ce cratère de volcan à demi éteint maintenant.
C'est une plaine blanchie, aride et creuse, qui résonne quand
on y jette une pierre avec force. Le guide nous fit entendre
ce phénomène avant de nous conduire à une des extrémités
de la petite vallée où se trouve la bouche du volcan par laquelle s'échappent de la fumée et une vapeur brûlante. Des
matières volcaniques sortent de cette vapeur et remplissent
les environs du cratère. Une fabrique de soufre est le seul
établissement qu'on voie près de ce dévastateur du douzième siècle, maintenant en repos.

L'aridité et le silence entourent presque partout cette
partie, et mille contes fantastiques rappellent au voyageur
l'enfer placé dans ces lieux par le poète. Mais, si les excursions de l'autre côté de Naples intéressent vivement par la
richesse du sol, les phénomènes volcaniques, l'admirable
Pompéi et tant d'autres beautés naturelles et artistiques,

les excursions de cet autre côté de Naples offrent, outre ses ruines, les phénomènes géologiques et les souvenirs historiques, le charme puissant de la poésie que le génie de Virgile, après celui d'Homère, y a répandu. L'imagination suit le pieux Énée allant sur les bords du Styx et de l'Achéron; l'Averne, communiquant avec le Cocyte, le Lucrin, lac situé entre le *Monte-Nuovo*, la mer et le lac Averne, qui occupait le fond d'un ancien cratère. De là l'esprit se figure voir le fils d'Anchise gagner les champs Élysées entre la mer morte de Misène et le lac Fusaro, regarder le Tartare, et contempler les âmes errantes depuis tant de siècles sur les bords du Léthé.

Toutes ces admirables fictions firent cependant bientôt place dans mon esprit à la triste réalité, en me représentant les tyrans fameux qui laissèrent dans ces lieux des traces ineffaçables de leurs crimes. Ici, ce sont les vestiges de la villa de l'affranchi Pollion, qui faisait jeter dans ses viviers des esclaves vivants pour nourrir ses murènes; là, les prisons de Néron, cent petites chambres souterraines, humides, affreuses, où, à peine introduite, précédée des torches que portaient les guides, je reculai d'horreur, tant m'y avait frappé le souvenir du monstre parricide!

Près de Bauli, sur la hauteur, était autrefois la villa d'Auguste, héritée du plus célèbre despote de ces temps-là, qui passa à la postérité revêtu du titre du plus grand héros! Ce fut là que vécut la triste et abandonnée Octavie après la mort de l'époux qui l'aima d'abord, et qui la fit tant souffrir après s'être attaché à Cléopâtre. Là elle pleurait la perte prématurée de son fils Marcellus, quand Virgile lui vint lire le passage célèbre de l'*Énéide* où le grand poëte fait l'éloge de ce jeune homme infortuné. Plus tard une autre mère, dont le cœur ne ressemblait guère à celui de la sœur d'Auguste, vint expier d'une manière atroce dans ces mêmes lieux les crimes qu'elle avait commis pour élever son fils sur le trône.

Si, en présence des ruines qu'on désigne ici sous le nom de tombeau d'Agrippine, mon cœur ne se sent pas ému comme il le fut à Cologne devant la tombe de la pauvre reine de France exilée et persécutée par son propre fils, mon esprit est bien autrement révolté au souvenir du monstre qui mit le comble à ses atrocités en faisant assassiner sa mère.

La coupable conduite d'un des plus imbéciles rois de France, soumis aux astucieux manéges du grand homme d'État, pâlit devant celle du buveur de sang de toute sa famille et de l'humanité !

L'affreux souvenir de ce parricide, dont Tacite a si bien immortalisé l'histoire, se présente plus vivement à l'esprit du voyageur qui parcourt ces bords si peuplés et bruyants autrefois, si déserts et silencieux maintenant, offrant dans leur déplorable transformation, produite par les bouleversements de la nature, l'empreinte de la malédiction qu'un crime si monstrueux attira sur cette côte !

Parmi les vestiges des nombreuses villas disparues de ces rivages, qu'Horace appelait les plus délicieux de l'univers parce qu'il vivait dans un temps où l'Amérique n'était pas encore connue de l'Europe, on nous montra ceux de la villa de Lucullus, où mourut cet autre monstre qu'on nommait Tibère.

Baïa, ce lieu de délices du temps de l'empire romain, et que Sénèque surnommait le réceptacle de tous les vices, est aujourd'hui, comme toute cette plage, transformée en un désert aride et insalubre. Une colline, un rocher, une pointe de terre nue ou couverte d'herbe, présente à peine çà et là un vestige de ruines qui n'ont pas été tout à fait englouties par les flots ou par la fureur des volcans.

Les temples de Vénus *Genitrix,* de Mercure et de Diane *Lucifer* (que des écrivains modernes disent être des restes de salles de bains) dont cette côte, comme toutes les possessions des Romains, étaient remplies, sont encore en partie debout.

Sous la voûte à demi écroulée d'un de ces temples, des pâtres assez bizarres nous donnèrent le grotesque spectacle d'une danse qu'on appelle la *Tarantella,* accompagnée de timbales.

A côté des débris qu'on désigne encore sous le nom de Bains de Néron, se trouvent des grottes immenses, et des étuves brûlantes, dont, dit-on, les Napolitains se servent contre les douleurs rhumatismales.

Casimir Delavigne, en parlant de ces thermes, dit :

> Ces temples du plaisir par la mort habités,
> Ces portiques, ces bains prolongés sous les ondes,
> Ont vu Néron, caché dans leurs grottes profondes,
> Condamner Agrippine au sein des voluptés.

La ruine la mieux conservée de cette côte, et celle qui nous a le plus frappée, c'est l'édifice connu sous le nom de *Piscina Mirabile,* ancien réservoir qui fournissait de l'eau à la flotte romaine stationnée à Misène. C'est un vaste et beau monument de quatre rangs de voûtes, soutenues par quarante-huit pilastres. Les stalactites qui s'y sont formées en augmentent la solidité; les voyageurs ne manquent pas d'en emporter un petit morceau comme souvenir de ce magnifique ouvrage dont la construction remonte à une grande antiquité.

Sur la pointe au nord du port de Misène, le souvenir d'une grande femme vint, comme une brise parfumée, caresser mon esprit et le distraire des noires pensées que cette côte m'inspirait. C'était le souvenir de la vertueuse et énergique Cornélie : le guide nous indiqua la place de la villa où elle s'était retirée. Là, je me représentai cette noble mère, si grande encore dans son malheur parce qu'elle était couronnée par la mémoire glorieuse que laissèrent ses dignes enfants, et que le malheur, quand il est le résultat d'un grand héroïsme, élève au lieu d'abattre l'âme qui l'éprouve.

Nous avions visité les lieux où le grand poète avait placé les champs Élysées, et où nous ne retrouvâmes aucun vestige des beautés merveilleuses qui puissent justifier ce nom, pas même ces arbres élégants couvrant la terre de leurs feuillages avec toute cette grâce décrite par quelques voyageurs trop poétiques. Du temps de Virgile, ce coin de terre aurait pu lui offrir une délicieuse image de l'Élysée ; mais actuellement on y trouve plutôt quelques traces de son enfer, si l'on fait abstraction du ciel splendide qui sert de dôme à ces lieux, et du magnifique panorama qui se prolonge en côtoyant les eaux bleuâtres et transparentes du golfe, depuis la charmante Sorrente jusqu'à la gracieuse Visita, les rivages de Baïa, et tout ce qu'on aperçoit de quelques-uns de ces points.

Les galeries souterraines dont abonde cette côte ont fourni à certains narrateurs une foule de versions curieuses qui ont passé de génération en génération en altérant souvent les faits historiques qui remontent à une très-haute antiquité, où l'on se plaisait à mêler le merveilleux à la simple réalité. Ces nombreuses galeries souterraines (on ne sait au juste à quel peuple en attribuer l'admirable construction) paraissent avoir servi de communication entre diverses villes de cette contrée avant que les Romains les eussent conquises.

On prétend qu'une de ces galeries creusées sous la montagne où se trouvait jadis l'Acropole de Cumes, détruite par

Narsès, avait une entrée du côté de la mer, et que c'est là qu'était l'antre où la sibylle rendait ses oracles. Aujourd'hui on appelle grotte de la sibylle un des tunnels qu'Agrippa fit creuser pour accomplir les grands travaux dont il s'occupait dans cette partie de Naples.

Cette grotte se trouve sur les bords du lac Averne, entouré de montagnes à forêts épaisses et sombres, qui ont disparu depuis, ainsi que la forme ancienne de l'endroit où Virgile plaça la descente d'Énée aux enfers.

Ce passage de l'*Énéide*, que mon enfant se plaisait à répéter en se trouvant avec moi sur ces lieux, le charme de cette puissante fiction, là, sur l'endroit même qui la fournit au grand poëte, réveilla dans mon âme le souvenir de la tendresse et du courage d'un jeune cœur filial qui brava, non pas comme l'illustre Troyen, les terreurs d'un enfer imaginaire pour chercher l'auteur de ses jours, mais les poignards des assassins au milieu du véritable enfer de la guerre civile, à travers les éclairs des foudres et d'une nuit orageuse, pour aller porter à son père, poursuivi par la cupide fureur de vils scélérats, de quoi se défendre contre leur attaque. A cette guerre civile, à ce courage filial, à ce digne père triomphant ce jour-là, et plus tard subissant dans l'ombre un martyre qui ne coûta à l'Église aucun frais pour perpétuer sa mémoire, a manqué, comme à tant d'autres, la plume d'un grand poëte qui les transmît à la postérité.

Je regardais ma chère enfant, qui prenait plaisir à tout examiner dans ces lieux, et nous nous approchâmes de la grotte de la sibylle. On y pénètre à l'aide de torches et monté sur le dos des guides, à cause des marécages dont le sol est envahi. Ne voulant pas nous soumettre à cette sorte de véhicule, nous nous sommes contentées d'examiner l'entrée de la grotte, dont l'intérieur n'offre du reste, selon les personnes qui se sont donné la peine de le visiter actuellement, rien de curieux.

La vue de ces sites rappelle encore le souvenir des terreurs de la sibylle, et une foule d'événements historiques qui y succédèrent au règne de la mythologie. On y rattache mille gracieuses fables, dont quelques-unes m'amusèrent par la naïveté de leurs conteurs. Voyant la flaque d'eau marécageuse, reste du lac Lucrin si célèbre par les fêtes nocturnes des anciens, je pensai à cette partie du grand peuple déjà amolli par les plaisirs, qui venait se livrer aux charmes de ces fêtes, dans lesquelles, dit-on, on semait de feuilles de rose les eaux de ce lac qui couvraient un cratère.

On raconte que, le 27 septembre 1838, après des secousses répétées de tremblement de terre, on vit paraître, dans la nuit du 29, une montagne embrasée; la terre s'était ouverte à côté du lac Lucrin, et y présentait une bouche d'où sortait du feu, de la cendre et des pierres. Le lac, envahi par les cendres, disparut presque entièrement. Le mont soulevé jeta pendant plusieurs jours des flammes et des matières volcaniques qui inondèrent Pouzzoles et une partie de Naples elle-même; un grand nombre de maisons et de ruines antiques furent englouties, entre autres les ruines qui restaient de la villa d'Agrippine. Cette éruption, où plusieurs personnes périrent, souleva le mont qu'on appelle aujourd'hui *Monte-Nuovo.* On nous montra, à la place du volcan éteint, le terrain nu et stérile qui marque, comme la Solfatara et le lac Averne reculé du rivage, la révolution des éléments, qui, de ce côté aussi, s'unirent au ravage des hommes.

Naples et tous ses environs eurent plus que toute autre partie de la Péninsule à supporter, outre la tyrannie des despotes de tous les siècles et les invasions des barbares, la terrible fureur des éruptions. Et, tandis que les nations se disputaient la possession de la brillante Parthénope, des volcans en repos continuaient leur travail intérieur, puis, ouvrant soudainement leurs cratères, répandaient sur cette contrée de nouvelles dévastations !

Montées sur les hauteurs de Misène, nous fûmes charmées de la magnifique perspective que Naples, le golfe et les îles, présentent encore de ce côté.

Ischia, située à une petite distance du cap de Misène, ainsi que Procida, se présenta à nos regards avec tous ses charmes naturels, ses traditions grecques et romaines, ses montagnes volcaniques, sous lesquelles Homère et Virgile placèrent le fameux géant si redouté des dieux. Le château construit par Alphonse Ier d'Aragon, ce despote qui contraignit les femmes de cette île à épouser ses soldats, s'élève sur un rocher. De petits villages et de blanches maisons éparses çà et là parmi la riche végétation et sous la lumière de cette atmosphère diaphane, forment avec Procida, sœur détachée de ses flancs par une éruption, un des tableaux les plus gracieux et les plus poétiques de cette côte.

L'île de Caprée, entourée de rochers, et qu'on croit former avec l'île d'Ischia les bords extrêmes du vaste cratère de ce golfe, est empreinte de l'affreux souvenir du monstre qui s'y plaisait, dans les dernières années de sa vie de crimes et de débauches, à flageller ses victimes avant de les faire précipiter, en sa présence, dans la mer, du haut d'un rocher qu'on nomme encore il Salto. Il ne reste plus aucun vestige de son palais, qui fut rasé après sa mort par ordre du sénat. Les guides officieux de Caprée, comme des autres lieux de cette contrée, encore plus ignorants que les voyageurs, de la place véritable où existaient certains mo-

numents dont il ne reste plus de traces, brodent souvent
sur l'histoire de ces monuments avec un tel aplomb et une
telle naïveté, qu'on ne peut faire autrement que de les
remercier encore en payant leurs anachronismes.

Des douze palais qu'Auguste avait fait bâtir dans cette
île et que Tibère agrandit et consacra à ses dernières tyrannies, à peine de faibles vestiges en indiquent la place.

Près de la grotte où se trouvaient jadis des monuments
du culte de Mithra, on voit les débris d'un amphithéâtre.
On prétend que ce sont là aussi des traces des *Camerelles*,
d'une si affreuse célébrité !

Si, comme on fait d'un lieu infecté de la peste, on fuyait
un séjour imprégné de la sinistre mémoire d'un être qui a
commis les plus atroces cruautés et s'est livré aux débauches les plus honteuses, personne n'aborderait contre les
rochers de Caprée. Mais la répulsion que l'homme poussé
souvent par l'impérieuse loi de la nécessité, ou par l'insatiable soif de gloire, est capable et se permet de braver,
une simple et stérile curiosité en porte bien d'autres à la
surmonter.

La grotte d'Azur, connue déjà du temps de Capaccio, qui
en fait mention dans son Histoire de Naples, offre le spectacle d'une belle couleur bleue, mystère de la nature que
les hommes expliquent à leur manière. On y pénètre dans
une petite barque, quand la mer est calme, par une petite
ouverture du côté de Naples. Cette grotte, dont les parois
présentent la même couleur du bel azur que ses eaux
reflètent, est une des curiosités de cette île, mais non pas
un objet qui mérite de l'emporter, dans l'esprit du voyageur
intelligent, sur l'admiration de tant de chefs-d'œuvre et de
grandes merveilles que cette contrée renferme. Cependant
l'auteur de certaines lettres, qu'il eut la naïveté de publier
récemment sous le titre prétentieux de *Lettres philosophi-*

ques, parlant à quelques personnes de la chose qui l'avait le plus intéressé dans son voyage de Naples, nomma la grotte d'Azur.

Des lettres de recommandation que l'on m'avait données pour Naples, je n'en remis que deux, l'une pour M. S***, le disciple le plus éclairé du fondateur du *Positivisme*, et l'autre à l'adresse de M. R*** de S***, chargé d'affaires par le gouvernement du Brésil dans le royaume de Naples.

Ce dernier, aussitôt qu'il eut reçu la lettre que je lui avais envoyée, eut l'aimable obligeance de venir nous rendre visite avec sa charmante femme, princesse russe, douée de cette accessibilité et de cette politesse distinguée qui caractérisent les personnes bien nées de son pays. L'intérêt qu'elle me témoigna pour ma patrie, qui est celle de son mari, et surtout la tendresse avec laquelle elle me parla, la première fois que nous nous vîmes, de la triste perte de son enfant, lui attira aussitôt ma sympathie et mon estime. Son mari et elle nous ont fait toute sorte de civilités et nous ont priées de fréquenter leur maison, où se réunit une très-bonne société. Mais, nos goûts n'étant point pour le monde, nous continuons à lui préférer notre vie intérieure et notre intime entretien sur les objets variés qui nous frappent plus ou moins dans nos excursions quotidiennes en dedans et en dehors de Naples. Si nous pouvions changer nos goûts pour ceux qu'inspirent les attraits de la société, madame R*** de S*** serait certes du nombre des personnes qui nous en offriraient de plus vrais, car elle semble posséder toutes les qualités qui constituent le mérite réel de la femme.

Quant à M. S***, il était à la veille de son départ pour Gênes, lors de mon arrivée ici. J'eus cependant, les deux fois qu'il vint nous trouver, l'occasion d'apprécier sa haute intelligence. Un excellent cœur paraît se réunir au mérite intellectuel, chez ce digne démocrate, dont la santé s'est altérée par les pénibles luttes d'un long exil.

Avant de partir, il voulut nous accompagner au musée Bourbon, pour nous faire jeter un premier coup d'œil sur les richesses d'art qu'il renferme, et que nous cherchons depuis à connaître un peu en détail.

Le musée Bourbon est une des merveilles de l'Europe; il est supérieur à tous les autres par ses collections de bronze, de verreries, de bijoux et pierres précieuses, de sculptures antiques, autant que par le nombre prodigieux d'instruments appartenant à toutes les sciences et à tous les arts, et enfin par la profusion de curiosités diverses et d'objets mobiliers à l'usage des habitants des villes ensevelies, Pompéi, Herculanum, Stabie, Cumes, Minturnes, Pæstum, et d'autres! Ce ne sont pas seulement des inscriptions, des sarcophages, des statues, des fragments antiques trouvés çà et là dans des fouilles accidentelles, ou un reste de théâtre, d'un temple et de palais. Ici, ce sont les trésors de l'art, les objets d'industrie, ceux principalement d'une ville tout entière sortant du sein de la terre et fournissant chaque année, depuis sa découverte, à ce musée, les choses les plus précieuses, sous le rapport artistique, ou sous le rapport historique.

Ce remarquable et vaste musée est le seul qui peut offrir une étude approfondie du génie de l'antiquité. L'Égypte, l'Étrurie, la Grèce, la Sicile, la Parthénope avec toutes ses villes ensevelies ou détruites par la fureur de la guerre et des volcans, y sont représentées par des chefs-d'œuvre de sculpture en tout genre, et par une variété nombreuse de productions d'art qui révèlent les talents divers, la grande industrie et la vie intime de tant de générations chez qui le goût artistique se développait en même temps qu'une

1.

15

force virile et un profond esprit religieux qui donnaient à
leurs œuvres l'empreinte de cette grandeur et de cette
solennité perdues avec elles et que Dante et Michel-Ange
seuls ont su traduire dans les temps modernes.

   La collection de papyrus où quelques savants modernes
cherchent avec peine à surprendre la pensée des anciens
auteurs est disposée en ordre dans de vastes armoires vi-
trées. C'est une des plus intéressantes curiosités de ce
musée, et la plus remarquable sans doute sous le rapport
des connaissances de la littérature ancienne, que ces petits
rouleaux noircis, calcinés par le feu, au nombre d'environ
trois mille.

   En parcourant les salles, les galeries de ce musée remplies d'une si grande profusion de beautés artistiques, et de
tout genre de productions anciennes servant à toute sorte
d'états, d'industries, de sciences et de luxe, constatant la
fécondité du génie antique, on est embarrassé de signaler
l'objet dont on est le plus frappé.

   Des statues antiques, celle d'Eschine, de la Vénus
drapée, de l'Hercule Farnèse, de Proserpine, femme de
Germanicus, et de la Vénus Callipyge, trouvée dans la maison dorée de Néron, sont des plus remarquables. Il faut
une permission pour pénétrer dans le cabinet où cette
dernière se trouve avec plusieurs autres statues de Vénus.

   La galerie des brouzes, dont la collection est la plus importante et la plus riche que l'on connaisse, suffirait à elle
seule à constater le sentiment de l'art chez les anciens.
Quand nous y entrons, j'aime à regarder plus particulièrement deux génies grecs aussi contrastant que sublimes,
Sapho et le divin Platon.

   Une belle statue de Solon orne une des galeries ; Lycurgue,
Anacréon, Homère, Socrate et d'autres grandes célébrités,
lui tiennent compagnie.

Parmi cette illustre réunion d'antiques personnages, un portrait en bronze se présente à nos regards et nous fixe quelques instants de plus devant lui. C'est le suprême poëte des temps modernes que je salue avec émotion ; c'est l'auteur du poëme prodigieux qui résume en lui seul la grandeur du génie et des malheurs de l'Italie.

Parmi les chefs-d'œuvre de sculpture antique de ce musée, on cite entre autres les neuf statues retrouvées à Herculanum, ainsi que la Vénus de Capoue, qu'on attribue à Praxitèle.

Les riches collections de verres antiques et de vases italo-grecs offrent un grand intérêt ; on y voit, entre autres choses précieuses, le fameux vase funéraire de Charmines de Cos, trouvé dans les ruines de Carthage, les vases de Nola et une foule d'objets curieux. Les collections étrusque, osque et égyptienne, et d'autres, contiennent des choses extrêmement intéressantes.

La vue de toutes les antiquités remarquables renfermées au musée Bourbon nous y entraîne plus que sa collection de tableaux, parmi laquelle s'en trouvent de très-beaux, tels que le mariage mystique de sainte Catherine, du Corrége ; le portrait de Léon X, de Raphaël ; Armide et Renaud, d'A. Carrache, et la célèbre Danaé, du Titien.

Au milieu des admirables choses de ce musée, depuis les plus riches productions d'art jusqu'aux plus simples ustensiles de cuisine, et le pain trouvé dans un des fours de Pompéi, rien ne me frappa autant que la vue d'une portion de cendre durcie enveloppant le corps d'une femme trouvé dans la cave de la maison de Diomède, et renfermée ici dans une armoire vitrée.

La seule fois que nous nous arrêtâmes pour regarder cette déplorable page de l'histoire de Pompéi, trois visiteurs qui nous y avaient précédées se mirent à rire entre eux

en commentant le désordre où la malheureuse femme aurait dû se trouver dans son épouvante avant de succomber
à la terrible catastrophe ! Une raillerie si profane devant
les restes d'un cadavre, une telle indifférence au souvenir
d'un grand malheur nous choqua et nous révolta. Pleine
de respect pour tous les malheurs, même pour ceux dont
plusieurs siècles nous séparent, je sortis du musée Bourbon, l'âme remplie de tristesse !

Plus d'une fois, en visitant les ruines des châteaux féo-
daux où l'on montre encore la trappe fatale et les oubliettes ;
en voyant à Avignon la salle à haut toit, en forme de che-
minée, du palais des papes, où l'on brûlait les victimes de
l'Inquisition ; en trouvant dans le splendide musée du Vatican des instruments de torture ; en voyant enfin partout
les signes de la barbarie de l'homme : plus d'une fois, dis-
je, je m'étais attristée, comme je m'attriste maintenant, en
observant la froideur avec laquelle on regarde en général,
non-seulement les traces les plus horribles des malheurs
des peuples du passé, mais aussi des peuples du présent !

Si j'étais du nombre des personnes qui, oubliant les crimes commis par les générations éteintes, s'acharnent contre ceux que commettent les générations actuelles, chez
qui, selon leur jugement, le penchant des vices se développe avec plus de progrès, je nommerais notre siècle le
siècle de l'indifférence et de l'égoïsme. Mais les sociétés
anciennes plus que les modernes elles-mêmes ont toujours
nourri dans leur sein ces deux avortons de l'esprit humain,
ennemis de la dignité et des aspirations fraternelles des
peuples. De tout temps, ainsi que tous les autres fléaux de
l'humanité, ils se sont fait jour parmi les nations et, ce qui
est triste à avouer, l'ont trop souvent emporté sur les nobles efforts des cœurs dévoués qui cherchèrent, comme ils

cherchent encore çà et là, avec une ténacité héroïque, à améliorer la société !

Le nombre des véritables amis de l'humanité qui travaillent dans le but de la servir est bien petit ; mais la grandeur du sentiment et de l'idée dont ils sont poussés console déjà beaucoup toute âme généreuse qui souffre au spectacle présenté encore partout chez cette race qui, ayant la supériorité de la raison sur toutes les autres races, s'entre-déchire avec plus d'acharnement qu'elles !

On voit partout l'orgueil, la vanité des uns pour élever tout ce qui flatte leur amour-propre ; la patience ou l'insouciance des autres à supporter l'oppression et la honte elle-même d'être commandés par le vice en dépit de leur propre dignité ; la pitoyable ignorance de ceux qui regardent comme un devoir de sacrifier leur vie à la cause d'un tyran contre leurs frères ; l'ambition et l'hypocrisie de ceux-là, voilées sous le grand nom de gloire nationale et des intérêts sacrés de la religion ; la crédulité, ou la faiblesse de ceux-ci, en servant de marche-pied aux prétentions du despotisme qui monte pour les écraser ; enfin la naïve persuasion où sont presque tous de marcher dans la voie du vrai progrès, parce qu'ils reproduisent avec plus d'élégance et moins de solidité les œuvres des anciens, et perfectionnent avec un certain raffinement l'art de séduire par les apparences.

Je me livrais à ces considérations générales, lorsqu'une dame française que j'ai rencontrée lors de ma première promenade dans cette ville, vint me trouver en compagnie d'un Napolitain qui venait de lui faire voir extérieurement une des prisons principales de la ville, et dont elle regrettait de n'avoir pu visiter l'intérieur.

« Madame est fâchée de ne pas voir la plus triste chose de Naples, » me dit ce monsieur ; et là-dessus il me fit le récit des tyrannies exercées par le roi, et du sort déplorable des pauvres prisonniers, ainsi que de tout ce qui se trouve sous le despotisme de son gouvernement absolu.

Sans savoir même s'entourer d'une certaine auréole de gloire qui fait trop souvent excuser aux despotes leurs actes de cruauté, Ferdinand II excite chez les Napolitains de la haine et du mépris à la fois. Cette haine et ce mépris sont couvés et progressent de jour en jour en silence, au cœur même de cette ville gardée par la plus nombreuse troupe des États d'Italie et surveillée par une des polices les plus inquisitoriales. Cependant, à juger de ce peuple par sa gaieté extérieure et par l'aisance avec laquelle il vaque à ses occupations journalières ainsi qu'à ses amusements habituels, on le croirait le peuple le plus heureux du monde.

C'est ainsi que souvent les grandes plaies des nations leur rongent la vie, cachées sous des dehors de prospérité et de bonheur.

————

La ville de Naples ne conserve aucun vestige de ses premiers fondateurs; son origine se perd dans la nuit des temps.

On prétend que son premier nom lui vient de la sirène Parthénope, divinité phénicienne. Ville grecque, après avoir été habitée par diverses races elle brilla par toutes les lumières dont la Grèce fut le grand foyer.

Les Romains y vinrent plus tard comme ils allaient partout, et y élevèrent de nouveaux monuments; c'est de leur temps que datent les intéressantes ruines des environs de Naples. Quant à la ville en elle-même, quoique peuplée actuellement de plus de 400,000 habitants, et contenant toutes les ressources et tous les agréments d'une grande ville, elle n'offre rien de bien intéressant. La vieille ville, peu propre, à rues étroites et tortueuses, inspire un sentiment désagréable aux étrangers qu'y attirent la curiosité et le désir de voir le contraste offert par ces taciturnes et repoussantes habitations d'une partie des Napolitains, avec les splendides beautés de la nature de leur pays !

En présence de ce grand contraste, j'ai pensé aux imprécations qu'à la suite d'une certaine offense personnelle, lord Byron lança contre la population d'une ville plus favorisée de la nature que celle-ci, car au milieu de ses trésors naturels n'existent pas des volcans destructeurs !

> Poor, paltry slaves. Yet born'midst noblest scenes,
> Why, Nature, waste thy wonders on such men ?
>
> BYRON.

De toute sa splendeur ancienne comme ville docte, la riante Naples actuelle ne présente plus rien que le génie impérissable de ses nationaux ; descendants des Grecs, quoique dégénérés, ils conservent quelque trace caractéristique de leur origine, qui les distingue encore des Romains à l'air grave et circonspect.

Naples, ayant été une des villes sur lesquelles les ravages des barbares s'exercèrent avec le plus de fureur, resta complétement dépouillée de sa magnificence primitive. A cette désolation et à cette misère succéda, comme on le sait, la fatale ignorance où toute l'Europe fut plongée pendant si longtemps. Nouveau fléau, dont les ravages ne furent pas moins funestes que ceux des barbares eux-mêmes, cette ignorance servait à merveille les projets des despotes, qui tendirent toujours à arrêter chez le peuple les nobles élans de liberté, source première des grandes inspirations vers le progrès.

Peu à peu les peuples se réveillèrent de leur longue léthargie ; les lettres et les sciences, réfugiées çà et là dans des retraites hospitalières, commencèrent à refleurir. La musique, pour laquelle les Napolitains ont une grande disposition naturelle, y brilla avec éclat malgré tous leurs bouleversements politiques.

Quoique sous l'oppression étrangère, le mouvement littéraire ne s'est jamais arrêté dans le royaume des Deux-Siciles, et de remarquables écrivains s'y sont fait jour dans tous les temps en prouvant, comme les autres villes de l'Italie, que le goût non-seulement des arts, mais aussi des lettres, y siége en souverain.

Si la gloire du génie, toujours en action chez un peuple opprimé de longue date, doit l'emporter sur la gloire du génie de tout autre peuple dont le gouvernement libre lui ouvre de l'espace où il peut déployer ses ailes, c'est sans contredit au génie italien que cette gloire est due. Mais le vrai mérite chez l'homme malheureux est souvent éclipsé soit par des nullités favorisées de la fortune, soit par certains esprits hardis qui savent se faire jour et se procurer une réputation parmi les multitudes toujours prêtes à encenser ceux qui obtiennent le plus de succès, et ne se donnant pas la peine d'examiner si ces succès sont ou non mérités.

Comme les hommes en particulier, les peuples infortunés prodiguent les trésors de leur intelligence sans en obtenir d'autre récompense qu'une faible mention ou des éloges stériles. Cependant ils n'en continuent pas moins, dans leurs travaux remarquables et dans leurs nobles efforts, à contribuer au développement général des progrès qui perfectionneront peu à peu l'humanité.

S'il est vrai que la décadence de cette héritière de la Grèce savante, qui regarde du haut des nobles restes de son Parthénon les orgueilleuses nations de l'Occident parées de ses riches dépouilles, est due aux fléaux de la domination étrangère secondée par la lâcheté de quelques-uns de ses propres nationaux, il n'en est pas moins vrai que cette domination, quoique puissante et trop prolongée, n'a jamais pu, ni ne pourra jamais déraciner du sein des générations dont elle a courbé la tête l'arbre sacré de la Liberté, rempli encore d'abondante séve, quoique dépouillé de son brillant feuillage. Attendons que le travail des peuples s'accomplisse. Et chaque nation, se formant, sous la bienheureuse influence d'une fraternité générale, à cette morale universelle fournie par l'éducation solide de la famille autant que par une juste réorganisation sociale et politique, élèvera alors à l'Éternel ses actions de grâces en entonnant dans un saint enthousiasme l'hymne sacré de la régénération des peuples.

O avenir, avenir! quelle douce consolation n'éprouvet-on pas en pensant à l'amélioration, au bonheur que tu réserves à cette pauvre Humanité, déjà sujette à tant de fléaux naturels et inévitables, traînant encore la lourde chaîne de l'esclavage physique et moral, avec tout son déplorable cortége de malheurs! Tu feras comprendre aux hommes que ce n'est pas en isolant l'enseignement de l'esprit de l'enseignement du cœur qu'on pourra obtenir la parfaite morale chez les peuples, morale si vainement prêchée depuis le Christ jusqu'à nous!

Tu les convaincras enfin que, la famille étant l'élément immédiat de la société, celle-ci ne présentera jamais une prospérité véritable sans que celle-là soit dignement constituée, et de manière à faire rejaillir du foyer domestique les vertus salutaires qu'y développe le sentiment d'ordre comme base première de la solidarité sociale.

La partie de Naples qu'on appelle ville nouvelle est, sous tous les rapports, supérieure à la vieille ville. La rue de Tolède, une des plus belles de Naples, est journellement encombrée d'une foule de promeneurs et de personnes qui vaquent à leurs affaires. Mais ce que j'aime le moins ici, c'est l'intérieur de la ville proprement dite. On y voit encore, dans certaines rues, des maisons sur le devant desquelles les femmes du peuple font la cuisine, se coiffent et vendent des fruits, et où s'accumulent les immondices.

La police, préoccupée de veiller à la sûreté et d'exécuter les ordres de son roi, semble entièrement dédaigner dans ce beau pays de Naples tout ce qui concerne la propreté de sa capitale !

C'est sur la rive du golfe, en partant de l'hôtel d'Europe jusqu'à la Chiaia, que je trouve préférable d'habiter quand on ne veut pas s'éloigner de la ville.

On y a non-seulement l'avantage d'une vue magnifique, mais on n'a pas besoin de traverser des rues incommodes et insalubres.

Six jours après notre arrivée à Naples, j'ai trouvé à nous établir très-confortablement sur cette rive, chez une excellente dame anglaise qui habite une maison appartenant au frère du roi, marié à une princesse du Brésil. Cette dame est l'institutrice des enfants de cette princesse; nous sachant du même pays, elle nous a pris en affection, prétendant que les femmes qui y naissent doivent ressembler de cœur à l'angélique et illustre mère de ses élèves, dont elle est une des plus grandes apologistes.

Cette enfant de la vieille Albion et son vieux mari font tout pour nous être agréables, moyennant une moitié de ce que je payais à l'hôtel ; nous y avons de plus l'avantage de jouir de l'irréprochable propreté britannique au milieu de Naples.

A part la contrariété que cause à notre hôtesse mon refus de nous rendre à son invitation trop souvent réitérée d'aller avec elle à Pausilippe voir notre princesse, son aimable humeur envers nous n'est jamais en défaut.

Vivant depuis de longues années dans cette ville, elle connaît parfaitement les usages et les goûts des Napolitains, tant ceux de la haute que de la moyenne classe, et sa conversation sur l'une et l'autre est un des renseignements les plus éclairés et les plus véridiques qu'on puisse désirer. Attachée à la maison d'un Bourbon, et conservant toute la retenue des femmes anglaises, elle ne me parle jamais de cette famille qu'avec la plus grande discrétion.

Aujourd'hui elle m'entretenait de l'aimable simplicité et des grandes vertus de la princesse, lorsque la voiture de la cour vint, comme à l'ordinaire, la chercher.

— « Pourquoi ne voulez-vous pas venir lui rendre visite, ma chère dame? me dit encore la persévérante Anglaise. Votre princesse sait que vous habitez cette maison, et elle aime tant à voir les personnes de son pays! Et puis, elle reçoit sans l'étiquette qui vous déplaît si fort. »

Plus que les paroles de mistress W., dans le même sens de celles que monsieur R*** et sa charmante femme m'avaient déjà fait entendre, ma sympathie pour la princesse parle à mon cœur. Mais bien plus fort encore est mon éloignement pour tout ce qui a l'air de courtiser. Et comme notre visite à cette princesse, à laquelle aucun devoir obligatoire de convenance, ni public ni particulier, ne nous attache, pourrait paraître plutôt un moyen de nous insinuer dans ses grâces que de lui prouver simplement notre sympathie et notre dévouement sincère, j'impose silence à mon cœur, et je renonce au plaisir d'aller lui rendre visite.

MAISONS DE CHARITÉ

A la vue des nombreux mendiants qui se présentent à Rome comme à Naples, on serait tenté de croire que ni l'une ni l'autre de ces villes ne possèdent d'établissements de bienfaisance; et pourtant il y en existe un grand nombre.

Entre autres, à Naples, l'*Albergo dei Poveri*, très-vaste édifice, est un asile ouvert aux indigents des deux sexes, qu'on y emploie à diverses occupations; là, ainsi que dans bien d'autres, on leur fournit tout ce dont ils ont besoin pour vivre.

Mais ce ne seront pas ces établissements ni d'autres du même genre que j'ai visités partout, y compris les hôpitaux, dont la pratique intérieure ne correspond pas toujours au sentiment charitable qui les fonda (comme j'ai eu occasion de l'observer souvent), qui parviendront à soustraire le pauvre peuple aux funestes conséquences de la misère. La source principale de ce fléau qui le ronge, le décourage quelquefois, et le porte assez souvent au vice, c'est l'ignorance où l'on s'est plu toujours à le laisser plongé. Ce blâme, on ne le répétera jamais assez. Le pauvre peuple de Rome et de Naples, les deux villes d'Italie que j'ai le mieux vues jusqu'ici, manque entièrement d'instruction. Rien de plus négligé que l'éducation des classes dites inférieures de ces deux villes! Une grande misère y existe, avec cette seule différence, que les pauvres de Naples traînent cette misère en chantant, et que ceux de Rome la traînent tristes et taciturnes!

Qu'on se garde bien cependant de croire, à l'aspect affligeant de la misère qui se présente en Italie aux regards du public, surtout dans la capitale des États pontificaux, qu'elle soit plus grande ici qu'en France, où la mendicité est interdite, et par conséquent voilée aux regards de l'étranger qui y passe. Ici, comme à Rome, elle n'est pas défendue, et voilà pourquoi elle est plus en relief qu'à Paris.

Remarquez, dans cette dernière ville, la nombreuse quantité de pauvres qui vont çà et là en chantant et en jouant de divers instruments sous les fenêtres et dans les cours des maisons pour ramasser quelques sous qu'on leur jette. Montez surtout dans les mansardes ; entrez dans les obscures et humides chambres des pauvres maisons délabrées, perdues au milieu de cette immense et splendide ville, et vous verrez que la misère en Italie n'est qu'un mot lorsqu'on la compare à celle où se débat une partie des habitants de cette éblouissante capitale, si fière de sa civilisation !

Londres, la superbe et grandiose Londres, en déployant, comme sa rivale, les résultats surprenants de son industrie, et, par ses lois et par ses mœurs, marchant devant elle dans la large voie du progrès ; Londres, elle-même, dis-je, voit périr dans son sein chaque année une quantité de malheureux exténués par le travail et la faim ! A l'artistique Italie, qu'on a tant exploitée, manquent les draperies brillantes sous lesquelles ses puissantes usurpatrices déguisent les plaies qui leur rongent le cœur.

En admirant la splendeur de la nature de Naples et les magnifiques ruines de ses environs ; en rendant un sincère hommage au talent de ses grands hommes, et en se berçant de l'espoir que la gloire de ce peuple si enthousiaste, si rempli encore de vie et de vigueur, ne se bornera pas toujours, comme depuis quelque temps, à ses succès dans l'art musical, mon cœur se serre pourtant ici, comme à Paris, quand je vois l'abjection où est tombée la femme dans une partie de la population ! C'est là un sujet trop pénible, trop désolant, que ma plume se refuse à aborder !

Le voyageur doit tenir à tout connaître dans les pays qu'il visite ; mais il répugne à la femme qui écrit de lever le voile qui cache certaines plaies de la société... Je passe donc outre en réclamant de l'avenir une digne réforme qui

fasse disparaître du milieu des nations civilisées la honteuse
loi qui permet à la femme de se dépraver.

Quel lamentable et véridique tableau pourraient faire des
mœurs de certaines villes d'Europe ceux qui voudraient
imiter quelques écrivains dont l'esprit s'est plu à exagé-
rer et à mettre en relief les mœurs du Brésil, mœurs qu'ils
se permettent de juger en général d'après celles de la malheureuse classe des esclaves et des affranchis !

Je faisais, il y a dix ans, cette remarque à l'illustre naturaliste Auguste de Saint-Hilaire; ce savant, qui aimait à venir s'entretenir avec nous de notre terre, où il avait voyagé,
reconnut la justesse de ma remarque. Il me dit avec la
bonté qui caractérisait sa belle âme : « Vous avez raison,
madame, et j'accepte avec docilité la partie de votre juste
critique qui me regarde. Mais vous avez bien vu, dans mes
observations sur les mœurs d'une des villes de votre belle
patrie que j'ai parcourues, qu'en touchant avec peine à
cette triste plaie, je n'ai pas manqué d'impartialité dans la
comparaison que j'ai faite entre elle et celle qui dévore le
cœur de ma propre patrie. »

En effet, cet illustre savant, en faisant la description
des mœurs d'une partie du bas peuple de la ville de saint
Paul, ajoute : « Ces femmes-là même conservent une sorte
de pudeur, et n'avaient absolument rien de ce dévergondage
cynique qui, à la même époque, révoltait si souvent dans les
Parisiennes de bas étage, etc. »

DE QUELQUES ÉGLISES DE NAPLES

Quand on vient de visiter les églises de Rome, on trouve
très-peu à admirer dans celles de Naples. Cependant cette
ville en contient un grand nombre, pour la plupart riches de
décoration, mais très-peu remarquables par leur architec-

ture. La cathédrale (S. Gennaro) est une des plus vastes et des plus belles; elle contient diverses peintures de maîtres. Parmi quelques tombeaux remarquables, on y voit la simple tombe du roi André de Hongrie, tué à l'âge de dix-neuf ans, et dont l'inscription perpétue le crime de son épouse Jeanne première! Le tombeau magnifique du cardinal Carracciol attire plus l'attention du visiteur, qui préfère contempler les œuvres d'art à méditer près d'une modeste tombe parlant quelquefois avec plus d'éloquence à l'esprit que bien des beaux monuments élevés sur des cendres! La sacristie, outre quelques bonnes peintures, contient plusieurs objets précieux; le buste de saint Janvier est couvert de riches bijoux, donnés par des souverains de dynastie ou improvisés qui cherchaient à apaiser par ces offrandes splendides les remords de leurs consciences, ou à imposer au peuple par l'apparence de leur foi religieuse.

L'église de Saint-Philippe de Néri est d'une grande magnificence à l'intérieur. C'est ici que reposent les restes de Jean-Baptiste Vico : une simple pierre en marbre marque le dernier séjour de ce grand philosophe, qui, laissant dans ses ouvrages un monument impérissable, peut bien se passer de celui que ses compatriotes auraient dû lui élever comme à une des plus grandes gloires de Naples.

Parmi les peintures de Guido Reni et d'autres maîtres que cette église possède, une belle fresque de Luca Giordano attira plus que les autres mon attention. Elle représente Jésus chassant les marchands du temple, et me fit penser à ceux qui, de nos jours, y trafiquent paisiblement en exploitant les fidèles sans craindre que le fouet de Jésus vienne les troubler dans leur marché profanateur.

Santa-Clara est l'église qui m'intéresse le plus ici par les tombes remarquables qu'elle renferme.

On n'y voit plus qu'une Madone de toutes les belles

peintures de Giotto qui s'y trouvaient autrefois. Les productions de ce grand artiste conseillées par son ami, l'im-
comparable Dante, pour décorer cette église, disparurent
dit-on, par l'ordre stupide d'un magistrat espagnol.

Il y a des tombeaux très-remarquables, entre autres ceux
du roi Robert, de Jeanne reine de Naples, de sa sœur
Marie, et du duc Charles de Calabre.

C'est dans cette église que reposent les cendres de la
première femme du roi actuel des Deux-Siciles, à laquelle
le peuple donne la réputation de sainte. Les deux fois que
nous y sommes entrées, nous avons toujours vu des femmes
prosternées près de sa tombe en pleurant et en implorant
des grâces.

Je me sentis fort touchée à l'aspect de cette simple
tombe baignée de pleurs pour une reine dont les vertus
étaient autant vénérées que la conduite de son mari est
détestée.

Des femmes du peuple que j'avais vues dans leur indépendance braver, à la chapelle de saint Janvier, la présence de ce roi, viennent en toute humilité rendre hommage aux cendres de sa femme, dont le bon souvenir règne
plus dans leur cœur que la force de ce despote dans leur
esprit.

Santo-Domenico, belle église gothique, contient une
grande profusion de peintures, et, parmi d'autres chapelles, celle de Saint-Thomas d'Aquin, où se trouve le tombeau de Jeanne d'Aquin, par Masuccio. Quelques tombes intéressantes de princes et de princesses d'Aragon, ainsi que
d'autres, nous retinrent quelques instants dans la sacristie.

Une tombe y attira plus que les autres notre attention,
celle du héros marquis de Pescaire, mort si jeune encore,
et dont la digne veuve, la fameuse Victoria Colonna, immortalisa l'héroïsme dans ses beaux vers. Mais bientôt

les impressions que m'avait laissées ce que je venais de voir dans ces églises firent place à un souvenir dont je fus entièrement absorbée en quittant la sacristie de San Domenico.

Les tombes des princes d'Aragon, placées dans de larges coffrets recouverts de velours cramoisi, me rappelèrent les tombes des rois du Portugal à l'église de *San Vicente de Fora*, à Lisbonne, que j'avais visitée dans les premiers jours de janvier 1852.

Sous la limpide atmosphère du climat délicieux du Portugal, j'allais avec mes deux enfants, au milieu de son doux hiver, respirer la brise embaumée de la poétique Cintra, de Collares, Dafundo, Belem, Cassilhias et Larangeira. Le souvenir de ces charmantes promenades se réveilla tout puissant dans mon esprit avec toutes les circonstances qui les avaient précédées dans cette patrie bien-aimée de mon cher père, patrie que j'avais tant à cœur de connaître et que j'ai appris à aimer pendant les six mois que j'y séjournai.

Je repasse, dans mon esprit, ces jours écoulés sur les rives du Tage, où ma langue maternelle résonnait à mes oreilles avec cette noble gravité d'inflexion, cet accent mâle, ce style pur, qui charment chez Camoens, Filinto Elisio, Garret, Castilho et tant d'autres poëtes, et surtout chez le grand penseur, l'athlète moderne de la littérature portugaise, Alexandre Herculano. Ce digne héritier des anciennes vertus lusitaniennes mérite d'être comparé aux plus grands sages de l'antiquité par son profond savoir, son noble désintéressement, sa vie exemplaire et son sublime refus des honneurs que lui conféraient la nation et une cour qu'il sait aimer sans lui sacrifier sa dignité ni son indépendance.

J'ai eu l'avantage de connaître de près cet illustre écrivain, et tout ce qui m'avait été dit sur son extrême modestie

I.

resta au-dessous de ce dont j'ai été témoin moi-même.

Les célèbres écrivains que j'avais jusqu'alors connus personnellement à Paris, et dont la vogue s'est répandue avec plus ou moins de retentissement sur les deux mondes, me parurent au-dessous de ce profond philosophe si grand dans sa simplicité, vivant loin du faste qu'il méprise, dans sa poétique retraite de l'Ajuda, aux ravissants environs de la jolie Lisbonne !

Là, astre lumineux du Portugal, il fait jaillir de sa haute intelligence des pensées nombreuses empreintes d'une puissance exquise de vérité et de profondeur, d'une vigueur et d'une admirable beauté de style toute à lui, qui éclairent la route que sa nation doit suivre pour éviter les erreurs où elle s'est si souvent égarée !

Après A. Herculano, un groupe remarquable d'écrivains distingués fait actuellement honneur au Portugal, écrivains qui peuvent être mis à côté des plus célèbres de la France. S'ils ne sont pas aussi connus que ceux-ci, c'est que la noble et riche langue portugaise, la plus fidèle fille de la langue latine, n'étant étudiée presque nulle part en Europe hors du Portugal, on ne peut apprécier les trésors qu'elle renferme.

Dans les cours de littérature auxquels j'ai assisté à Paris, je n'ai jamais entendu citer à propos du Portugal que le grand Camoëns. C'est le seul poëte, le seul grand écrivain de cette nation que connaissent les hommes de lettres, même les plus renommés, de ce pays si littéraire. On ignore absolument que, outre le Tasse portugais, un grand nombre de poëtes ont illustré et illustrent encore cette fertile région, si puissante, si glorieuse jadis par ses importantes découvertes et ses exploits guerriers dans les deux mondes !

Nation d'où sortit, parmi tant de faits héroïques et d'héroïques vertus qui s'y accomplirent, le plus grand exemple d'amour que le monde ait jamais vu, le Portugal garde avec orgueil dans sa décadence le souvenir de son passé, et cherche, sous le gouvernement libéral qui le régit, à remplacer les triomphes de la force, dont il a perdu le prestige, par le triomphe de l'intelligence, bien plus digne de nos temps.

Ma dernière étape en Europe lors du premier voyage que j'y fis, Lisbonne disparut à mes yeux le 17 janvier 1852, et je garde encore religieusement le souvenir de ses rives poétiques et des nobles cœurs qui m'y firent un sympathique accueil.

La sainte mission pour laquelle j'avais entrepris un voyage si difficile alors qu'il n'y avait pas encore de bâtiments à vapeur entre le Brésil et l'Europe était accomplie. Une mère adorée, une tendre famille et des amies affectueuses m'attendaient impatiemment sur le sol natal, que la présence de la première embellissait doublement pour moi. Je m'y rendis avec mes chers enfants, ivre de bonheur de me retrouver entre les bras de cette mère bien-aimée, sans prévoir, hélas ! que la mort me la ravirait sitôt, en laissant autour de moi un vide immense que rien ne peut remplir ! Plages majestueuses du Janeiro, vous avez été témoin de ma seconde et profonde douleur filiale qui, me suivant depuis sur le vaste Atlantique, se fortifie dans mon cœur avec le temps !

> Triste dequem perdeo o doce e santo abrigo
> Do seu ditoso lar ! o ninho quente e amigo,
> Onde a familia emtorno o circulo seu prefaz !
>
> ZALUARE.

Lorsque tout ce que les villes et la campagne déploient d'intéressant à mes yeux s'enveloppe dans les ombres de la nuit, et qu'à la rumeur du monde extérieur succède un silence profond comme en ce moment-ci, mes idées, dis-

traies pendant le jour, se concentrent et me retracent aussi
vivement que si je les voyais encore, ces éloquents tableaux
si touchants du foyer domestique, mon grand temple à
moi, où ma mère m'enseigna la première de sa douce voix
persuasive, en y ajoutant l'exemple de ses vertus, à aimer
Dieu, la famille et l'humanité ! Puis vinrent les luttes de la
vie, les orages, les secousses qui ébranlèrent les fondements
de notre prospérité, et les ravages cruels de la mort qui dé-
truisit notre bonheur et nos espérances les plus brillantes !
Mais l'amour de la famille triompha dans notre cœur de la
douleur qui l'opprimait; et, en puisant dans ce sentiment
sacré le courage de nous créer encore des moyens pour
satisfaire nos élans humanitaires, je fus heureuse de pouvoir
offrir à cette bonne mère le résultat de son digne enseignement.

Jours de doux charmes domestiques, d'heureuses fatigues, d'amour et d'espérances écoulés sous mon ciel natal,
entre les caresses maternelles et filiales, vous ne reviendrez
plus pour moi ?   . . .   .

.   .   .   .

Une image chérie se présente devant mes yeux ! me tend
les bras !... tombe à mes genoux !... me baise la main, et,
en essuyant mes larmes, me répète de cette voix touchante
qui tant de fois émut toute mon âme :

« Me voilà, mère tendre et bien-aimée; me voilà pour
te consoler avec ma chère petite sœur et pour ne plus
te quitter. »

Je reste magnétisée sous l'accent de cette voix... C'est la
voix de mon Auguste, de mon fils si tendrement aimé.

Mon fils, âme de ma vie! c'est bien toi que j'entends,
que je tiens entre mes bras ! Oui, tu es là, je te comble de
caresses, mon doux enfant d'autrefois; image vivante de ton
père, tu vas déployer sous mes regards les vertus qui me le

firent tant aimer. Oh ! fais-toi, par des vertus comme
furent les siennes, survivre dans l'âme de ta charmante
épouse, si Dieu a décrété que son jeune front soit, comme
le fut le mien, ceint du triste crêpe... Mais non, tu ne
mourras pas si jeune, toi, mon enfant ; du moins tu ne
mourras pas avant moi. Dieu a déjà beaucoup éprouvé
sa pauvre créature ! Il ne me rend pas mon fils, après tant
de larmes, pour me l'emporter ainsi ! Non.

Ah ! laisse-moi te contempler à l'aise, mon doux enfant !
laisse-moi croire au bonheur de t'embrasser après une
absence si longue, si arrosée de pleurs que ta main n'es-
suyait plus !

Comme tu es changé dans ta physionomie juvénile, si
belle encore aux yeux de ta mère ! Que tes caresses me ra-
jeunissent, et vivifient mon esprit abattu ! Sous l'influence
de ton amour et de l'accomplissement de tes devoirs, tout
va prendre un nouvel aspect à mes yeux... Vois ce brillant
flambeau du Vésuve qui s'élève là-bas devant nous. Je le
contemplais tout à l'heure, l'âme plongée dans une profonde tristesse, pensant à ma bonne mère, à nos chers êtres
d'outre-mer, et à toi, mon enfant ! Ce golfe, ces bateliers
endormis sur cette rive en face de nous, cette onde qui
murmure doucement, ce beau ciel étoilé, toute cette solennelle nature en repos te représentait à mon esprit sur les
bords de notre superbe Guanabara, dans ces soirées où,
poussé par la passion des promenades maritimes, tu t'aven-
turais imprévoyant sur ses eaux dans une frêle nacelle, sans
mesurer la frayeur qu'un de nos grands orages inattendu
jetterait dans le cœur de ta mère attendant tout anxieuse
ton retour ! !

Maintenant plus de ces imprudentes excursions, plus de
ces frayeurs, de ces inquiétudes cruelles... Tu es devenu
homme, et ta tendresse filiale, unie à celle de ta chère sœur,

me consolera de tout ce que j'ai perdu dans la vie, et me
fera renaître avec toutes mes inspirations d'autrefois.

Transporté de joie de m'entendre parler ainsi, mon enfant me serre dans ses bras, et remercie Dieu de compléter son bonheur en lui rendant sa mère et sa sœur
bien-aimées.

La pendule sonne minuit.

Je me réveille de mon heureux monologue. L'illusion se
dissipe.

Je suis seule! seule et triste, je cherche, je veux encore
embrasser l'ombre fugitive qui m'échappe, hélas! Et ma
chère enfant qui dort paisiblement sous mes yeux sans
sommeil résume là toute ma famille, mes affections intimes, tous les soins et l'emploi principal de ma vie sur la
terre étrangère.

———

En forçant ma pensée vagabonde à se fixer sur les rives
splendides de Naples, je reviens aux remarques qu'elles me
fournissent chaque jour.

Avant de visiter les habitations royales, j'ai voulu connaître
la maison de Masaniello, située en plein quartier des Lazzaroni. Le guide qui nous y conduisait se découvrit avec respect devant cette modeste maison; ayant fait arrêter la voiture, il se tourna vers nous et nous dit dans un mauvais
italien, mais avec solennité : « Voilà, mesdames, l'ancienne
habitation du brave chef Masaniello ! »

La vénération avec laquelle cet homme prononça le nom
du célèbre prolétaire napolitain me frappa d'autant plus
que je n'avais jamais entendu prononcer de la sorte le nom
d'aucun des souverains dont j'avais visité les splendides
demeures !

Les Lazzaroni, cette partie du peuple de Naples que les

voyageursnous montraient si bizarre et si fainéante, se confondent aujourd'hui avec la population laborieuse de cette
ville; ne conservant presque rien de ses anciennes habitudes, ils gardent cependant toujours le goût pour l'indépendance, et une sorte de gaieté à la fois spirituelle et insouciante, qui les rend assez remarquables. Ceux qui ont lu
les poésies et les romans puisés dans la vie de ces prolé-
taires dont on peignait *la nudité sauvage, la vie errante sans
asile*, etc., chercheraient en vain à les reconnaître maintenant
parmi la classe inférieure de Naples.

La différence sensible qui depuis quelques années s'est
opérée chez cette sorte de race de parias par les progrès, dit-
on, que l'administration française y avait introduits, prouve
évidemment que certaines classes du peuple, quelque inférieures et destituées de nobles penchants qu'elles paraissent être, sont toujours susceptibles d'amélioration quand
un gouvernement éclairé et sage tient à cœur de s'en occuper. C'est donc à la manière d'agir de celui-ci, et non pas
à la condition où ces classes sont nées, qu'on devrait attribuer, ce me semble, leur misère et leurs vices.

Jetons un rapide coup d'œil sur l'histoire des peuples si
fiers aujourd'hui de leur civilisation, et nous verrons que
dans leur origine ils paraissaient aussi incapables de cette
civilisation que ceux-là mêmes sur qui, en les traitant de
sauvages, ils ont fait peser toute sorte de cruautés sous le
prétexte de les civiliser. Sans remonter à une époque plus
reculée, qu'est-ce qu'étaient les Gaulois et les Bretons,
avant que les lumières du christianisme vinssent les éclairer? Et encore, combien desièclesneleur a-t-il pas fallu pour
se dépouiller peu à peu de cette férocité primitive dont
l'instinct naturel ne manque pas, malgré les grands progrès
de leurs descendants, de se faire jour lorsque l'ouragan de
la guerre civile se déchaîne sur eux, ou que l'esprit d'u-

surpation les entraîne! La riche Amérique, l'Afrique,
l'Asie et l'Australie ont été et sont encore, comme le fut
de tout temps l'Europe elle-même, le théâtre des plus
atroces barbaries commises par la race européenne qui
s'arroge la prééminence sur toutes les autres races.

Les deux peuples appartenant à cette race supérieure
qui se sont le plus illustrés dans l'antiquité, les Grecs et les
Romains, tombèrent en décadence malgré le merveilleux
développement de leur progrès, aussitôt que leur manquè-
rent les bases solides d'un gouvernement adapté à leur esprit et sur lesquelles ils reposaient le grandiose édifice de
leur force et de leur gloire.

De même que le peuple le plus éclairé et le plus puissant, après quelques siècles d'oppression et de calamité
que lui firent subir ses gouvernements, est sujet à dégé-
nérer, de même les hommes nés dans la condition la plus
inférieure peuvent parvenir, si l'on cherche à cultiver
leur cœur et leur esprit, à honorer la société par de nobles
et grandes actions.

La race noire elle-même, dont on a voulu constater l'infé-
riorité morale par la différence physique que certains anato-
mistes trouvent entre quelques organes de l'homme noir et
ceux de l'homme blanc; cette race, dis-je, sur qui pèsent encore les préjugés les plus absurdes, et l'atroce tyrannie de la
race blanche, fournirait en général une preuve à la vérité de
mon assertion, si on la plaçait dans des conditions favora-
bles. Combien de fois ai-je eu l'occasion d'être témoin, chez
ces malheureuses victimes de l'usurpation et de l'avarice
des hommes civilisés, de traits de vertu et d'élévation d'âme
qui honoreraient les plus grands héros de la race blanche!

Ne parlant que d'une seule contrée de l'empire brésilien, on pourrait remplir de gros volumes si l'on voulait
énumérer les actes de dévouement, d'abnégation, de cou-

rage et d'héroïsme fournis par la race africaine qui y fut transportée en esclave, comme dans toute l'Amérique, par les Européens eux-mêmes : tout en se glorifiant de la prééminence de leur intelligence sur celle des autres races, ils ne rougirent point de la faire servir à violer les lois les plus saintes de la nature et de la morale, et d'enchaîner leur semblable dans un esclavage perpétuel !

Gloire éternelle à ceux qui briseront les chaînes qu'à la honte de la civilisation moderne, portent encore des millions d'individus dont la vie s'épuise dans des fatigues constantes et rudement commandées par des maîtres égoïstes et souvent cruels, sans connaître les jouissances que le travail et l'amour procurent à l'homme libre !

Puissent les gouvernements de tous les pays civilisés écouter les cris de l'agonie prolongée de ces malheureux opprimés blancs et noirs ! et que l'affranchissement général des esclaves dans le nouveau comme dans le vieux monde, marquant une des plus glorieuses époques dans les annales de l'Humanité, constate la hauteur des idées du siècle des merveilleux progrès intellectuels !

« Pour juger du caractère d'une nation, dit madame de Staël, c'est la masse commune qu'il faut examiner. » Cela étant vrai, aucun peuple ne peut être si aisément étudié que celui de Naples, car la manière de vivre de cette masse, ici, en facilite plus que toute autre l'examen. Mais, mon but n'étant pas de faire l'histoire proprement dite ni du caractère, ni de quoi que ce soit qui concerne en particulier la nation italienne, je me borne à signaler à peine l'une ou l'autre remarque que je fais dans mes observations générales.

Ardents comme le cratère de leur Vésuve, poétiques

comme le ciel servant de dôme à leur splendide contrée, les Napolitains déploient un certain charme d'esprit qui leur fait pardonner les défauts entretenus chez le peuple par l'éducation la plus négligée. Aussi ont-ils une foule de préjugés, augmentés par le fanatisme qui marche toujours à côté de l'ignorance.

Cependant, quand l'heure de la résurrection de l'Italie sonnera, je ne doute pas que le peuple napolitain, dépouillant son esprit des vieilleries fanatiques, et oubliant les discordes nationales qui ont tant entravé ses progrès, ne se lève avec ses frères à la hauteur de la gloire, à laquelle a le plus incontestable droit d'aspirer le noble peuple italien.

Je ne partage aucunement l'opinion de la plupart des voyageurs qui parcourent cette péninsule en se récriant sans cesse contre les vices de ses nationaux, vices qui abondent grandement chez les nations de ces voyageurs, et y méritent bien plus d'être blâmés que ceux d'un peuple sur qui de longue date pèse le fléau de la domination étrangère.

Rien ne me paraît plus reprochable que l'indifférence ou le manque d'indulgence envers ceux qui souffrent un grand malheur. Mais ce qui doit le plus révolter, c'est que ceux mêmes qui ont causé en partie ces malheurs blâment impitoyablement les fautes qui en résultent. Un Français me disait un jour à Rome qu'il ne concevait pas comment on pouvait aimer un peuple aussi dégradé que le peuple italien. Je le conçois parfaitement, lui répondis-je ; ce qui me semble plus difficile que cela, c'est qu'on puisse aimer des nations qui ont le plus coopéré à l'oppression de ce malheureux peuple que vous appelez dégradé, et pourtant j'aime beaucoup la nation française.

Il est vrai que ce ne sont pas les généreux sentiments de cette grande nation, mais les prétentions ambitieuses et le despotisme de quelques-uns de ses chefs, qui ont de tout

temps déchiré, ou aidé à déchirer le cœur de cette noble
victime qu'on nomme l'Italie ! On s'acharne à lui trouver
toute sorte de défauts sans se donner la peine d'en chercher la cause, ou en feignant de l'ignorer.

Les hommes sont les mêmes partout ; leur opinion sur
celui qu'ils jugent se mesure presque toujours d'après la
position où il se trouve. L'homme heureux a toujours
raison, et cela dans la vie privée comme dans la vie publique. Avec plus ou moins de modification, l'esprit de partialité et l'injustice dominent chez les nations, et plus obstinément dans certaines classes de la société. Ainsi, tandis
que tout un peuple, qui gémit sous la plus cruelle oppression, n'attire que la médisance ou le mépris de ces
classes, les oppresseurs de ce peuple reçoivent leurs hommages et leur admiration !

Mais le monde est ainsi fait, et jusqu'à présent la religion
et la philosophie ont en vain répandu sur lui leurs purs
rayons de lumière.

Il est à désirer que de grands architectes politiques,
éclairés par ces deux phares de l'esprit, fassent écrouler le
vieux temple de l'injustice, et élèvent un sanctuaire in-
destructible à la morale dans le cœur de la jeunesse à venir.

Depuis que je respire la brise parfumée de Naples, que
je contemple les splendeurs de sa nature, je suis plus souvent
encore absorbée par deux grandes pensées, celle de l'antiquité et celle de l'avenir. Mon esprit passe de l'une à l'autre pour aller chercher dans ce dernier des consolations aux
grands malheurs de tant de siècles, et dont le présent est
encore témoin ! Ces magnificences naturelles qui chaque
jour s'offrent à mes yeux et forment un si grand contraste
avec l'état politique de cette nation ; cette foule de promeneurs riches et pauvres courant après les plaisirs vers les-

quels les entraînent avec ardeur un ciel resplendissant et
une atmosphère imprégnée de poésie : toute cette gaieté,
tout ce luxe de nature et d'art à côté des malheurs occa-
sionnés par un despotisme qu'on dépeint sous les couleurs
les plus sombres me fait éprouver ici plus qu'ailleurs une
profonde tristesse dont je ne sais parfois me rendre compte,
car partout les maux de l'humanité me touchent également.
Mais les plaisirs faciles de cette foule joyeuse que je traverse
ici chaque jour me paraissent comme une insulte aux victimes
immolées à la politique de Ferdinand II, et dont une partie
gémit encore, me dit-on, au fond d'horribles prisons !

Ce roi se tient toujours dans sa forteresse de Gaële, que
l'on croit inexpugnable ; il se montre rarement ailleurs.
Pourquoi préfère-t-il ce séjour à celui de ses beaux palais
de la capitale et de ses environs ?

Un noble Napolitain à qui je faisais aujourd'hui cette question me répondit : « Les tyrans de cette espèce, Madame,
sont comme les loups ; ils aiment à dévorer leurs proies à
l'ombre des solitudes. Mais le jour n'est pas loin, j'espère,
où lui et toute sa nichée seront emportés par le souffle puissant de l'esprit national, qui balayera cette race détestable
et en délivrera nos plages. »

Comme à Rome, j'entends toujours à Naples, malgré la
surveillance de sa police inquisitoriale, l'expression d'une
haine concentrée contre le gouvernement qu'on abhorre en
ayant l'air de l'aimer. Cet état de choses pourra-t-il se prolonger? Une *nouvelle constitution* donnée au peuple napolitain sera-t-elle suffisante pour détourner les esprits de la
direction qu'ils prennent ? ou les grands moyens matériels
dont dispose le roi lui assureront-ils toujours, à lui et à sa
dynastie, ce trône en apparence si solide? — C'est ce qui ne
semble pas du tout probable.

PALAIS ET VILLAS DE LA VILLE ET SES ENVIRONS

Naples ne possède pas de palais aussi importants que ceux de Rome sous le rapport de l'architecture. Le palais royal, dont la façade est un des beaux ouvrages de Dominique Fontana, occupe une des plus ravissantes positions de la ville. De ses fenêtres on aperçoit le golfe, le Vésuve et une partie de ses délicieux environs qu'on ne se fatigue jamais d'admirer. Il a, d'un côté, le beau théâtre de San-Carlos; de l'autre, l'Arsenal militaire; en face, une large place et la moderne église de Saint-François de Paule, avec ses deux portiques soutenues par deux rangs de colonnes qui donnent un aspect assez gracieux à cette place. L'Arsenal d'artillerie se trouve derrière ce palais, dont le jardin est très-médiocre. Mais il paraît que l'entourage des forteresses et d'instruments de destruction a été toujours plus goûté des habitants de ce palais que ne le seraient les plus beaux jardins du monde. Quelques peintures remarquables de grands maîtres, et plusieurs tableaux d'artistes vivants, ornent les appartements de ce palais, dont huit salles sont occupées par la bibliothèque particulière du roi.

Sur la colline Capo di Monte se trouve le palais de ce nom, appartenant au roi. On a de cette villa le plus ravissant coup d'œil sur Naples, aux portes de laquelle elle est située. Ses jardins sont vastes mais très-négligés; il y a une faisanderie des plus grandes et des plus belles que j'aie vues en Europe. Le palais contient plusieurs tableaux sans grande importance.

Nous étions accompagnées dans cette promenade par le savant D***, et deux de ses compatriotes, Toscans aussi distingués que lui. Ainsi, tout en admirant le magnifique panorama qu'on découvre de ce site, nous avions l'avantage

d'entendre cette harmonieuse langue musicale que les Toscans seuls possèdent dans toute sa beauté.

Le palais de Portici, ce faubourg de Naples aux belles
maisons de campagne, n'offre plus une grande importance
depuis qu'on transporta au musée Bourbon les antiquités
de Pompéi et d'Herculanum qu'il contenait.

Le palais de Caserta, le Versailles de Naples, comme quelques-uns ont nommé ce vaste château royal à treize milles
de la capitale, est depuis longtemps solitaire, le roi l'ayant
déserté pour Gaëte. La façade principale de ce palais compte
à elle seule deux cent quarante fenêtres. Ses colonnades de
marbre, ses cours, son grand escalier, magnifique morceau
d'architecture, ses salles, sa riche chapelle, avec ses marbres,
ses tableaux et ses dorures, son théâtre orné de belles colonnes qui figurèrent jadis au temple de Sérapis à Pouzzoles; tout cela se présente aux regards des visiteurs au
milieu d'un silence qui n'est troublé que par la voix du gardien indiquant çà et là les divers changements et les scènes
qui ont eu lieu dans ce palais... Une longue pièce d'eau, au
bout de laquelle on voit une grotte assez curieuse, embellit
son parc immense, qui contient une gracieuse variété de
jolis petits réduits à demi cachés dans des bosquets d'o-
rangers et de fleurs.

Une famille américaine qui avait habité le même hôtel
que nous à Rome, et avec qui nous nous sommes liées ici,
était avec nous dans cette excursion. — Madame M***,
femme d'un cœur excellent, a une fille de l'âge à peu près
de la mienne. Nous nous voyons tous les jours, et, quoique
nos idées sur l'éducation des enfants diffèrent beaucoup,
nous nous sentons attirées l'une vers l'autre par cette sympathie qu'inspire la presque conformité des sentiments
maternels chez deux femmes qui se trouvent si loin de la
patrie.

En nous promenant, précédées de nos filles, dans le parc de Caserta, nous causions sur les dangers dont elles pouvaient être entourées si la mort nous surprenait à une si longue distance de notre famille.

« Lions-nous par un engagement mutuel, me dit madame M***, avec un élan que je ne lui connaissais pas encore : si une de nous meurt pendant nos voyages, celle qui restera servira de mère à l'orpheline. »

Cette proposition, faite avec la spontanéité la plus affectueuse, me toucha profondément, et me fit croire à la sincérité de l'affection que cette mère nous témoignait. Mon cœur la rassura, et depuis lors une liaison amicale s'établit entre nous.

Pour en revenir aux palais de Naples, je signalerai, outre ceux qui appartiennent au roi, les palais Gravina, Monticelli, Santangelo, Miranda, d'Avalos et Costa, contenant quelques tableaux de maîtres, et des objets curieux. Quant aux villas, il y en a un grand nombre de très-intéressantes soit par leur position, telles que la villa nommée Régina, la plus vaste de Naples, soit par leurs collections curieuses de plantes et d'animaux, telles que les villas Roccaromana, Angri, et Anspach, qui ornent avec plusieurs autres les collines de Pausilippe et du Vomero... Les ruines assez pittoresques du palais que l'épouse du duc de Médine, vice-roi de Philippe III, fit construire, et que l'on appelle vulgairement palais de la reine Jeanne, s'élèvent sur les bords de la mer, qui s'y brise comme pour engloutir un des monuments du temps de la domination espagnole sur ces plages.

Aucun tableau de la nature que j'ai vu en Europe n'égale en charmes celui que présente cette côte de la Mergellina chantée par le poëte Sannazar, qui l'habita.

Lorsque, vers la chute du jour, nous retournons de la promenade qui s'élève sur le promontoire de Pausilippe en

le contournant parmi des villas modernes où les cactus, les
orangers, les lauriers-roses abondent', et que j'embrasse
d'un seul regard ce golfe et ses bords ravissants, mon âme
semble s'identifier avec les inspirations du poëte qui les
chanta avec tant de grâce.

Mais la désolante réalité morale et politique est là toute
palpitante, et les splendeurs naturelles de ce pays ne font
que la rendre plus palpitante encore !

Sur une des hauteurs qui dominent la ville et toutes les
magnificences de ces environs, s'élève sombre et altier,
avec le souvenir des illustres victimes qu'il a vues gémir entre
ses murailles noircies, le fameux château Saint-Elme. Ce fut
dans cette prison que, parmi tant d'autres victimes lors de
l'invasion autrichienne à Naples sous Ferdinand Ier, Pierre
Colletta, illustre historien, souffrit les indignes menaces
du scélérat et hypocrite Canosa pendant les trois mois qu'il
y fut enfermé avant d'être traîné à Brünn, en Moravie, tout
près de ce terrible Spielberg où tant de dignes Italiens ont
péri ou langui dans les fers pour avoir servi la noble cause
nationale !

Tout le monde connaît les vengeances bourbonniennes
et la cruauté de leurs exécuteurs qui ensanglantèrent alors
Naples, déjà si éprouvée par tant de guerres antérieures !
Parmi les noms de ceux qui s'acharnèrent avec le plus de
barbarie contre les partis national et muratiste lors de la
restauration de Ferdinand sur le trône, on ne prononcera
jamais avec assez d'horreur le nom de son féroce ministre,
le prince de Canosa.

Quant on connaît tous les malheurs qui ont frappé
Naples, les fléaux qui n'ont pas encore cessé de l'affliger,
on ne peut laisser de s'étonner de la gaieté bruyante de son
peuple.

On dirait qu'il cherche, comme font certains malheureux

sans énergie pour braver les coups du sort, à s'enivrer pour oublier la cause de ses misères !

Le château de l'Œuf, dont le nom lui vient de sa forme, bâti sur une presqu'île ; le château Capuano, qui servit de séjour à la cour des princes d'Anjou et d'Aragon ; le Château-Neuf, avec ses remarquables portes de bronze, son arc de triomphe d'Alphonse Ier, ses tours et ses bas-reliefs, sont, comme le château Saint-Elme, des établissements militaires dont les fortifications rappellent les luttes acharnées entre Français, Espagnols, Autrichiens et d'autres qui s'y disputèrent ce sol.

UNE ÉRUPTION DU VÉSUVE

Parmi les admirables tableaux que Naples déploie, il m'y manquait un spectacle dont je désirais d'être témoin sans oser l'espérer : c'était une éruption inoffensive du Vésuve. Mon enfant l'avait vue en rêve il y a quelques jours, et nous en parlions, regrettant de quitter cette ville sans avoir vu en réalité ce grand phénomène de la nature. Voilà que le matin du 27 mai courant, un nouveau cratère s'ouvrit au-dessous de ceux que nous étions allées voir de tout près peu de jours auparavant, et sur l'endroit même que nous avions foulé, avec les curieux assez intrépides, ou plutôt imprudents pour grimper jusqu'au sommet de ce gouffre !

Vers huit heures du soir, l'éruption s'était parfaitement caractérisée ; et à minuit, des laves incandescentes coulaient lentement de la montagne comme des ruisseaux de feu, et présentaient le spectacle le plus merveilleux qui se soit jamais montré à mes regards.

Le surlendemain, il était six heures du soir lorsque nous quittâmes Pompéi, cette singulière nécropole où je retourne toujours avec un intérêt croissant, et nous nous di-

I.   17

rigeâmes vers la montagne embrasée : tel est l'aspect que
présente le Vésuve en ce moment. Il était déjà nuit lorsque,
en arrivant à l'Ermitage, la rumeur d'une foule immense
frappa nos oreilles, et ce fut avec difficulté que nous descendîmes de voiture parmi un grand nombre d'autres voitures qui, arrivées ou arrivant successivement, descendaient
les visiteurs nocturnes, comme nous, près de ce vaste champ
de laves coulantes formant des ruisseaux et se portant
dans différentes directions.

Des hommes, des femmes, des enfants même, des nationaux et des étrangers s'y étaient donné rendez-vous et s'a-
cheminaient, précédés de guides portant des torches, vers
les huit cratères nouvellement ouverts, ou s'approchaient
autant qu'il leur était possible de la lave ruisselante.

Cette foule compacte de curieux, ces nombreuses torches agitées par la brise de la nuit, ces torrents de laves
qui s'échappent du haut en bas de la montagne, et dont une
partie, en se refroidissant dans quelques endroits, glissent
avec un léger craquement les unes sur les autres et forment
des collines brûlantes; ces flammes sortant des nouveaux
cratères, et teignant d'une couleur rougeâtre toute cette
enceinte embrasée dont le ciel qui lui sert de dôme paraît
aussi tout en feu; ce bruit de milliers de pas et de voix se
confondant au milieu de la nuit avec le craquement de la
lave, le fracas des détonations répétées du volcan, qui
maintenant a plusieurs bouches; le cri des marchands de
rafraîchissements, tout ce pêle-mêle affreux et comique
présentait un tableau si extraordinaire, si varié et à la fois
si admirable de beauté et de frayeur, qu'il serait impossible
au peintre de le reproduire en toute vérité.

Le génie de l'homme est insuffisant pour bien rendre de
telles scènes de la nature. Ceux qui les ont vues, qui ont été
capables de les comprendre, de les sentir et de les admi-

rer, ceux-là les daguerréotyperont mieux dans leur esprit que les artistes les plus habiles ne pourront jamais les représenter sur la toile.

La bonne madame M*** et sa gracieuse fille étaient avec nous dans cette excursion à laquelle nous avait accompagné le respectable M. B***, dont la présence nous procura l'agrément d'errer en sûreté parmi cette immense foule composée de toutes classes d'étrangers et de nationaux se rendant, comme nous, aux endroits où l'éruption offrait le plus d'intérêt et le moins de danger.

Il était deux heures après minuit lorsque nous descendîmes du Vésuve, et de nouveaux spectacteurs de cette effrayante beauté y arrivaient encore par divers sentiers qui abrégent le trajet de Résina à l'Ermitage.

Le spectacle si nouveau pour moi que je venais de contempler m'avait tellement exalté l'imagination, qu'il me fut impossible de dormir. Je passai le reste de la nuit à regarder de mes fenêtres, non plus le panache de fumée et parfois les langues de feu qui, avant l'éruption, attiraient mes regards, mais les rivières de lave que je venais de voir de près, et qui, aperçues maintenant de loin avec les milliers de flambeaux vacillants qui guidaient les visiteurs dans différentes directions, me semblaient je ne sais quelle apparition surnaturelle éblouissant le regard et attirant la pensée vers des mondes inconnus!

A peine les premières lueurs de l'aurore commencèrent-elles à paraître dans l'horizon en faisant pâlir peu à peu le feu vomi par les cratères, que les eaux du golfe, agitées depuis quelques jours, grossirent; le tonnerre gronda et un des plus beaux orages que j'aie vus en Europe, enveloppant la nature, déroba le Vésuve à mes regards!

Après le merveilleux spectacle d'une éruption, celui d'une tempête. L'ouragan et la pluie me retraçaien sur le

golfe de Naples l'image de mon golfe natal lors de ces orages fameux des tropiques que je voyais toujours avec une
nouvelle émotion de joie quand ils ne causaient aucun
désastre.

Le spectacle de ce bouleversement passager des éléments
se confondant entre eux eut toujours pour moi, dès l'enfance, un attrait particulier. Il excitait dans mon âme un
enthousiasme religieux, poétique, indéfinissable, dont je
goûtais le charme sans pouvoir m'en rendre compte.

Je me rappelle que, toute petite encore, en voyant un
orage, je sautais de joie sur les genoux de mon père, qui
cherchait par des mots à ma portée à m'expliquer la cause
de ces éclairs sillonnant soudain la voûte du ciel, suivis de
ces coups de tonnerre dont le grondement retentissant, au
lieu d'effrayer mon esprit enfantin, lui communiquait déjà
cette vigueur et ce courage qui devaient le préparer à résister, malgré la grande sensibilité du cœur, aux orages
moraux les plus cruels !

30 mai.

Le temps s'est rasséréné ; l'éruption continue et l'aspect
qu'elle présente ce soir est de toute beauté. La direction
que prend cette fois la lave m'enlevant toute inquiétude
pour les populations situées aux pieds du Vésuve, je me
livre de plus en plus à l'admiration de cet imposant phénomène dont la perspective est, en vérité, tout ce que l'imagination peut se figurer de plus extraordinaire et de plus
surprenant.

On donne à peine un coup d'œil à la brillante illumination
de Naples aujourd'hui, à l'occasion de la fête du roi. Tous
les regards sont fixés sur le Vésuve ; la route qui y conduit
est de plus en plus encombrée d'un nombre considérable de
personnes à pied, en voiture, à cheval, qui se pressent dans

le trajet de la capitale au haut de cette montagne, dès que les premières ombres de la nuit font rehausser la merveilleuse clarté de l'éruption.

Je me sens attirée par la vue de ce grandiose phénomène dont l'intérêt seul me retient encore à Naples, après avoir reçu avant-hier les lettres si impatiemment attendues de ma chère famille.

Nous avons employé cette avant-dernière journée de notre séjour à Naples à visiter quelques établissements d'instruction publique.

Comme à Rome, il ne manque pas d'écoles à Naples; mais l'enseignement dans ces deux États va toujours en décadence. L'instruction de la jeunesse est, en général, confiée à des ecclésiastiques, dont le royaume des Deux-Siciles possède environ quatre-vingt-dix mille, ainsi qu'un grand nombre d'évêchés et d'archevêchés.

Parmi la quantité d'ordres religieux et de confréries, il y a une de ces dernières dont le costume bizarre me répugne beaucoup à voir : il représente la forme d'un mort, enveloppé dans son linceul.

Aujourd'hui, venant de visiter l'importante bibliothèque *Borbonica*, nous nous étions arrêtées dans un magasin de bijoux en laves, lorsqu'un convoi accompagné de cette confrérie passa devant la porte. La vue du cadavre, qui avait la figure découverte, comme c'est l'habitude ici, la voiture funèbre, tout ce lugubre appareil précédé de ces pénitents drapés de blanc, la tête et le visage sous le capuce, m'impressionna de la manière la plus désagréable et la plus triste.

ENCORE A NAPLES

— 31 mai —

Il est quatre heures et demie du matin; nous arrivons du Vésuve, où nous avons passé la nuit au milieu d'un prodigieux concours de spectateurs de l'éruption, qui présente encore des rivières de lave coulante. Malgré sa lenteur, une partie de cette lave a déjà parcouru un grand espace vers la mer, et quelques habitants de ce côté-là commencent à s'effrayer de l'approche d'un si terrible ennemi.

Hier nous sommes allées dîner à Pompéi pour lui faire nos derniers adieux. Après avoir parcouru encore quelques-unes de ses rues solitaires, admiré de nouveau les colonnades de ses temples, visité les maisons de Caïus Sallustius et d'Iphigénie, que je n'avais pas encore bien vues, et retrempé mon esprit dans les souvenirs qu'offre la présence de cette ville merveilleuse, nous montâmes vers le Vésuve, où il semblait que toute la population de Naples s'était donné rendez-vous.

Pompéi et le Vésuve eurent donc notre dernière visite, nos derniers regrets à Naples.

Le jour commençait à poindre à l'horizon, lorsque nous quittâmes le vaste théâtre de l'éruption. Sorrente, avec sa verte ceinture d'orangers, et l'ombre de son grand poëte, se montrait peu à peu au loin riante et modeste comme une épouse heureuse attendant le retour de son bien-aimé; la pleine lune dépouillée de ses mystères reflète sa pâleur sur les eaux du golfe. Quel spectacle que celui d'une aurore aussi calme qu'imposante se levant sous le ciel de Naples!

Quelques heures encore, et toute cette richesse de splendide nature ne sera plus sous mes yeux.

Une méditation profonde à Pompéi, une rêverie à Cava, un poétique sourire de Sorrente, une lave du Vésuve : voilà les plus chers souvenirs que je rapporte de Naples.

FLORENCE

— 3 JUIN —

A veder pien di tante ville i colli,
Par che il terren ve le germogli, come
Vermene germogliar suole e rampolli.
Se dentro un mur sotto un medesmo nome.
Fosser raccolti i tuoi palazzi sparsi,
Non ti sarian da pareggiar due Rome.

ARIOSTO. *Rime*, cap. XVI.

La procession de *Corpus Christi* venait de parcourir
quelques-unes des rues de Florence, tendues de longues
draperies en forme de dôme, et remplies d'une foule tranquille et joyeuse; les fenêtres se montraient ornées de
riches damas, et de gracieux visages à la chevelure, aux
yeux noirs, et le sourire aux lèvres; les sons des cloches
étaient répercutés dans la charmante vallée historique
que baigne l'Arno et qu'embaument les fleurs du printemps; le ciel et la terre paraissaient s'embrasser dans un
amoureux regard sous l'influence d'un soleil splendide,
d'une atmosphère diaphane, lorsque aujourd'hui nous avons
salué l'Athènes du moyen âge, la noble patrie du Dante.

Jamais, en entrant dans aucune des villes que nous avons
visitées en Europe, nous ne nous sommes senties si bien
disposées à l'aimer.

Cette remarquable ville, qu'on nous dépeignait sombre et

attristée par la construction de plusieurs de ses édifices noircis et grillés, quelques-uns ressemblant à des forteresses, s'offrit, au contraire, à nous sous l'aspect le plus séduisant, et produisit sur notre esprit l'impression la plus favorable.

Le peuple florentin paraissant accueillir d'un sourire bienveillant les étrangers arrivés parmi eux; l'air caressant et embaumé de la cité des fleurs; cette fête religieuse qui tombait le jour même de notre arrivée; plus que tout cela, l'ombre des grands génies que cette terre a produits, et qu'il me semble apercevoir de plus près dans ces lieux, où ils laissèrent une empreinte ineffaçable, contribuent à cette agréable disposition d'esprit dans laquelle nous nous trouvons en arrivant à Florence et sans que nous y connaissions encore personne. Personne, dis-je? Et le divin poète que j'ai toujours tant aimé à étudier dès ma jeunesse, et que je retrouve partout ici! Je le vois dans son enfance, dans ses chastes amours avec la bienheureuse jeune fille, la suave inspiratrice de cette vaste et sublime conception où il a immortalisé la femme mieux que ne l'a fait aucun écrivain; je me le représente dans ses luttes politiques jusqu'au moment où ses ingrats concitoyens, poussés par l'influence d'une tyrannie étrangère, l'exilèrent et le laissèrent languir et mourir loin de la patrie bien-aimée! Cette connaissance à Florence n'est-elle pas assez pour nous et pour tous ceux qui aiment le Dante?

O ville artistique et de noble mémoire, où les lettres brillèrent avec tant d'éclat, il te suffirait, pour rendre ta gloire immortelle, d'avoir donné le jour à ce poète unique, à cet unique penseur! Mais la nature, prodigue pour toi, te choisit encore pour berceau de Machiavel, de Michel-Ange et de tant d'autres illustres génies qui forment ta brillante pléiade.

Dans un temps de transition où tout ce qui nous entoure

se ressent du matérialisme grossier combattu de longue
date par des esprits trempés dans la sainte philosophie,
mais sans cesse renaissant comme la tête de Méduse, jusqu'à ce qu'une main d'Hercule en délivre la terre, il est
doux à l'esprit qui rêve un sort meilleur pour l'humanité
de se laisser aller à la contemplation de ces ombres illustres
qui planeront à jamais sur le monde.

S'entretenir par la pensée avec les grands cœurs qui travaillèrent pour améliorer les hommes, qui les aimèrent, et
qui souffrirent sans se décourager dans leur noble but,
n'est-ce pas là une diversion salutaire pour l'âme gémis-
sant à l'aspect des calamités qui encombrent encore le
monde moral ?

A quatre heures de l'après-midi, 1er courant, nous quittâmes le beau golfe de Naples, à bord du paquebot *Aventin*.
La mer était calme, et je pus rester sur le pont jusqu'à ce
que je perdisse de vue et le Vésuve et Sorrente ; Sorrente,
qui semblait m'adresser un mélancolique et dernier adieu.
L'estimable M. B***, étant venu nous accompagner à bord,
fut très-touché en nous quittant. C'est un noble vieillard
dont le cœur parait beaucoup souffrir dans la lutte de la vie
vers le déclin de ses jours.

Loin de sa famille, le tableau de la famille l'émeut ; et,
nous ayant mieux connues dans les derniers jours de notre
séjour à Naples, il sentait, disait-il, qu'il s'attachait à nous
comme un père et un vieil ami. Sensibles aux témoignages
de ses sentiments affectueux, nous faisons les vœux les plus
sincères pour que les derniers jours de ce digne Français
s'écoulent paisibles et heureux sous son toit domestique.

En voyant disparaître peu à peu cet amphithéâtre de
ruines et de beautés qu'on appelle Naples, le spectacle de
mon golfe natal, de ma chère famille et des amies y mê-

lant leurs larmes aux miennes le 10 avril 1856, se présenta comme un mirage à mes yeux. Alors Naples, toutes ses beautés et le souvenir des bons cœurs que j'y regrettais, pâlirent dans mon esprit; et mon cœur murmura dans un long soupir : Oh! ma patrie! ma patrie! . . . . . .

. . . .

Le lendemain nous nous réveillâmes devant Civita Vecchia, où je fus tentée de descendre pour aller revoir Rome; mais le souvenir des ennuis de la route que j'avais faite quelque temps auparavant arrêta mon élan, et je remis ce plaisir à quelques mois plus tard lorsque le chemin de fer sera terminé. Le paquebot repartit le soir pour Livourne, où nous descendîmes ce matin à huit heures. La troupe en grand uniforme, précédée de la musique militaire, donnait, avec le peuple, une double animation à cette ville dans une des principales fêtes religieuses de l'année. Je me hâtai de me débarrasser des formalités de la douane, et nous prîmes aussitôt le convoi de Florence, où nous arrivâmes en deux heures et demie.

Une famille à Rome m'avait donné les meilleures informations sur la maison tenue par madame S***, Allemande de naissance et mariée ici à un Florentin. Nous y descendîmes, et notre hôtesse ainsi que son mari nous paraissent mériter les éloges qu'on nous en avait faits à Rome.

LA MAISON DU DANTE

SON MONUMENT A L'ÉGLISE DE SAINTE-CROIX. — BAPTISTÈRE.

— 6 JUIN —

Suave et sacré est le souvenir que cette date réveille toujours dans mon esprit.

Suave et sacré fut l'amour du grand poète pour celle qui lui inspira ce poëme, monument de forme, de style, de force unique, impérissable, élevé à la gloire de l'Italie.

Rien ne pouvait donc remplir si dignement pour moi ce jour-ci à Florence, que la vue et la contemplation des lieux qui parlent encore éloquemment de l'amant de Béatrice.

Le soleil versait déjà des flots de lumière sur la riante souveraine de l'Arno, quand mon enfant et moi nous traversions ses rues propres, élégamment pavées; et nous nous mîmes à la recherche de celle qu'on nomme *Via Ricciarda*.

De gracieuses bouquetières ambulantes nous offraient çà et là de jolis petits bouquets de roses et d'œillets, dont on voit ici une abondance prodigieuse ainsi que de toutes les autres fleurs. Nous remarquions, en passant, la tenue du peuple, son air de bonhomie, et ses manières distinguées qui le rendent si supérieur au peuple de Naples.

C'était la première fois que nous sortions ici à pied, et nous pouvions mieux admirer la différence qui ressort au premier coup d'œil entre le peuple florentin et celui des autres villes d'Italie que nous avons vues;

Les voyageurs qui arrivent du royaume de Naples, surtout, ne manqueront pas d'être frappés de cette différence en entrant en Toscane.

En remarquant l'air calme et enjoué des Florentins, la douceur insouciante de leur physionomie, je me demandais si c'était bien là ce peuple turbulent, audacieux, actif, grave et magnanime; peuple d'artistes et de guerriers à la fois, intelligent, littéraire et brave, toujours prêt à échanger la plume et le pinceau pour l'épée, au premier appel de la patrie menacée dans sa liberté? Mais n'est-ce pas là la question que tout contemplateur se fait en parcourant cette noble péninsule, si remplie des plus grands souvenirs? Quel cœur possédant le sentiment de la liberté ne sera-t-il pas touché à l'aspect de la déplorable décadence où tant d'usurpateurs et de tyrans ont réduit cette immense et noble population, si brave, si glorieuse jadis, condamnée à plier sous le joug despotique des nations qu'elle avait attelées naguère au char de ses triomphes ?

Mais nous voilà arrivées à la petite place de San-Martino, rue Ricciarda, et nous nous arrêtons en face d'une modeste et vieille maison sur la porte de laquelle est écrit : *Casa del Dante.*

Je sonnai, et une jeune tête parut à la fenêtre : ce n'était pas la tête enfantine de Bice, nom gracieux qu'on donnait à la petite fille habitant au palais Portinari, où allait jouer avec elle le divin poète encore enfant lui-même ; innocents et doux entretiens qui allumèrent dans son âme la flamme céleste dont il fit plus tard une auréole à sa chaste héroïne.

Celle qui nous regarda du haut de la fenêtre et nous ouvrit la porte, en nous disant de monter, était une pauvre ouvrière qui travaillait, avec sa sœur et sa mère, dans la première pièce de la maison noircie et délabrée, où nous sommes entrées avec autant de recueillement que dans un temple.

J'étais tout émue en montant les étroits et vieux escaliers que Dante avait montés si souvent, en me trouvant sous le même toit où il vécut ici, où tant de grandes et nobles pensées, de bien poignantes aussi, agitèrent son cœur !

La guerre civile allumée par les Gibelins et les Guelfes, la division de ce dernier parti en Blancs et en Noirs, dont les luttes acharnées déchirèrent si longtemps Florence, et les tyrannies de Charles de Valois, qui y fut attiré par Boniface VIII, se présentèrent à ma pensée quand je me trouvais dans cette illustre maison pillée, comme toutes celles des personnes qui appartenaient au parti des Blancs. Mais, chassant aussitôt de mon esprit toutes les scènes d'horreur dont des despotes ambitieux, nobles et mar-

chands, mitrés et couronnés, ont rendu témoin Florence,
depuis l'année où elle donna au monde Dante jusqu'à nos
jours, je me livrai à la contemplation de cette demeure
autrefois le sanctuaire du génie, actuellement du travail de
trois pauvres femmes.

Pas un meuble, pas un souvenir du merveilleux poëte,
n'ont été conservés dans cet asile d'où prirent l'essor ses
vastes pensées !

A ma prière, ces bonnes femmes se hâtèrent de me montrer toutes les pièces de la maison.

C'est ici, me dis-je, en traçant ces lignes sur une vieille
table, qu'était probablement son cabinet d'étude ; là, sa
chambre à coucher ; son salon était peut-être là où ces trois
ouvrières nous reçurent ; un peu plus loin, la pièce où il
prenait ses repas.

Et mon imagination va ainsi de chambre en chambre,
précédée toujours de l'ombre du Dante, trop grande pour
être contenue entre ces murs étroits et délabrés.

Je remerciai la pauvre famille de sa complaisance, et, en
quittant ce temple du génie, nous nous dirigeâmes vers le
temple du Seigneur.

Nous étions impatientes de voir le monument tardif qu'on
érigea au grand poëte dans sa ville natale ; le soleil était
déjà très-chaud, et nous prîmes une voiture pour nous rendre
à l'église *Santa-Croce*, qu'on nomme à juste titre le Panthéon
de Florence.

C'est là que se trouve ce monument, ainsi que les cendres
de plusieurs hommes illustres, tels que Galilée, Michel-
Ange, Alfieri, Machiavel. Mais c'était de Dante que nous
étions préoccupées.

Les restes du grand poëte ne reposent pas dans la terre
qui le vit naître ; ils sont à Ravenne, d'où les Florentins ont
en vain désiré jusqu'à présent de les transférer dans leur ville.

Après avoir fait quelques pas dans la nef principale de l'église de Sainte-Croix, je m'agenouillai, par un effet singulier d'attraction, pour faire ma prière en face même de son monument que je n'avais pas encore remarqué à ma droite. Quand je me levai, ma fille me le montra aussitôt ; je m'approchai pour l'examiner.

L'intérieur de cette église, d'un aspect sombre et sévère, s'éclaira peu à peu à mes yeux éblouis par le soleil qui brillait au dehors dans toute sa splendeur.

Je pus alors mieux voir ce monument, grandiose dans la forme, mais très-médiocre sous le rapport de l'art, et que l'on consacra, après cinq siècles, à celui dont les traits eussent été digne d'être reproduits par le ciseau d'un Phidias.

Dante est représenté assis dans une pose méditative, mais assez vulgaire ; il tient son livre à la main.

Un peu au-dessous de lui, l'Italie triomphante et la Poésie pleurant sont figurées par deux statues aussi mal exécutées que celle du poëte elle-même. On lit sur ce colossal cénotaphe ce vers, tiré du chant IV de la *Divine Comédie* :

Onorate l' altissimo poeta.

Je m'appuyai quelque temps contre une colonne, et je restai un instant absorbée dans le souvenir de cette grande vie laborieuse, errante et mélancolique, dont les pages merveilleuses se déroulaient à mon esprit. J'y repassais les tortures symboliques de son *Enfer*, les espérances réconfortantes de son *Purgatoire*, lorsqu'aux sons harmonieux de l'orgue dans la grand'messe qu'on commençait à célébrer, son *Paradis* sembla s'ouvrir à mes yeux et m'y montrer sa rencontre poétique avec la céleste Béatrix.

O Alighieri, que tes hautes et clairvoyantes pensées me subjuguèrent en ce moment !

La gloria di Colui che tutto muove,
Per l'universo penetra, e risplende
In una parte più, e meno altrove,

Nel ciel, che più della sua luce ferende,
Fu' io, e vidi cose che ridire
Nè sa, nè può qual di lassù disrende;

Per chè appressando sè al suo disire,
Nostro intelletto si profondo tanto,
Che retro la memoria non può ire.

En quittant Santa-Croce, nous descendîmes sur la place du Dôme pour visiter le baptistère, *Il mio bel san Giovanni*, comme l'appelle Dante.

Cet édifice, placé vis-à-vis des deux chefs-d'œuvre de Brunelleschi et de Giotto (la coupole du Dôme et le Campanile), était le seul dans cette place qui existait du temps du grand poëte.

Le baptistère de Saint Jean-Baptiste, construit avec les débris d'un temple païen, fut restauré et revêtu de marbre blanc et noir par Arnolfo.

La vue de ces couleurs me rappelle à Florence ces deux partis ennemis, les inspirations démocratiques de l'un traîné à l'échafaud, au bûcher, à l'exil et à la prison ; celles de l'autre, préparant la voie par où les riches marchands Médicis, caressant la république florentine, l'étouffèrent peu à peu dans un embrassement hypocrite et se firent un chemin jusqu'au trône.

Les portes de bronze de ce baptistère sont des chefs-d'œuvre de sculpture ; Michel-Ange disait d'une de celles qui avaient été travaillées par Ghiberti, qu'elle méritait d'être la porte du paradis. D'admirables bas-reliefs y représentent la création de l'homme et plusieurs autres sujets tirés de l'Ancien Testament. D'autres remarquables bas-reliefs et des statues ornent ces portes magnifiques. L'intérieur du temple renferme diverses belles productions de l'art, entre autres les statues de l'Espérance et de la Charité par Donatello, celle de la Foi, par Michelozzo, et le tombeau du pirate et scandaleux Balthasar Coscia, général, puis pape sous le nom de Jean XXIII.

Malgré le changement qui s'est dû opérer depuis Dante, son image se présente toujours vivement ici à l'esprit de ceux qui se rappellent combien il aimait cet édifice.

A quelques pas du baptistère et presque en face d'une des entrées latérales du Dôme, nous nous arrêtâmes pour voir le marbre qui porte l'inscription : *Sasso di Dante.* Cette pierre marquait autrefois la place où le divin poëte venait souvent se reposer le soir. Tous ces environs sont remplis des souvenirs de ce génie extraordinaire, ainsi que toute Florence, quoique sa moderne et élégante parure ait effacé çà et là la trace matérielle du temps où il y vécut. Mais l'empreinte morale que laissent dans le monde les grands hommes y reste à l'abri des révolutions du temps, et de la fureur ou du caprice des hommes, qui détruisent les monuments, et transforment les villes et les nations.

Nous étions debout sur la place où se trouve la pierre de Dante ; nous ouvrîmes son poëme et nos regards tombèrent sur ces vers :

> Ahi serva Italia di dolore ostello,
> Nave senza nocchiero in gran tempesta.

Les trésors de l'art contenus dans les galeries des Uffizi et de Pitti occupèrent seuls notre attention, de neuf à trois heures, les trois jours qui viennent de s'écouler. Quand on a contemplé les chefs-d'œuvre admirables d'architecture, de sculpture et de peinture que renferment cette ville et ces galeries, on a raison, en effet, de s'écrier : « Florence est encore de nos jours le sanctuaire des arts. »

De grands maîtres y laissèrent de sublimes échantillons de leur génie, tels qu'Andrea del Sarto, le Raphaël de l'école florentine ; Titien, le magicien de la couleur, comme on l'appelle justement; Corrége; Masaccio; Léonard de Vinci; P. Véronèse; Guerchin ; Fra Beato Angelico ; Bartoloméo ; Dominiquin, etc., etc.; et les deux astres les plus rayonnants de la statuaire et de la peinture, Michel-Ange et Raphaël.

Dans la salle octogone, dite la Tribune aux *Uffizi*, se trouve une magnifique réunion de ces chefs-d'œuvre. « Cette salle est une des merveilles les plus célèbres de l'Italie et des arts, un de ces sanctuaires qu'on aborde pour la première fois avec une religieuse émotion, et dont on emporte un impérissable souvenir. »

On y admire la célèbre statue de la Vénus de Médicis, attribuée à l'Athénien Cléomène, et trouvée dans la villa Adriana, à Tivoli ; un Faune dansant, dont la tête et les bras furent restaurés par Michel-Ange ; un jeune Apollon ; un groupe de lutteurs et le Rémouleur, que quelques guides disent passer « pour le symbole des races opprimées par l'esclavage, attendant résignées et silencieuses l'heure de la délivrance. »

Parmi les tableaux, il y a la délicieuse Vierge au Chardonneret, par Raphaël ; le portrait de Jules II, un portrait de femme qu'on dit être de la Fornarine, par le même; la Sainte-Famille, le tableau peint par Michel-Ange ; la Madone entre saint Jean l'Évangéliste et saint François, par Andrea del Sarto; la Fête de saint Jean-Baptiste, par Corrége; deux Vénus couchées ; par Titien, qui oublia trop les lois de la pudeur dans ces deux grandes productions de son génie; Hercule entre Vénus et Minerve, par Rubens ; le massacre des Innocents, par Daniel de Volterra, et la Sibylle Samienne, par Guerchin.

Un grand nombre d'autres peintures, dont plusieurs remarquables, de statues, de bustes, etc., remplissent les trois vastes corridors et les vingt salles et cabinets qui composent la galerie des Uffizi. Les écoles italienne, toscane, vénitienne, française, flamande, hollandaise, la belle salle de Niobé, avec sa statue et celles de ses quatorze enfants; la salle de Baroccio, avec ses riches et magnifiques tables d'un travail admirable; les cabinets des bronzes antiques et modernes avec leurs objets précieux, leurs statues, l'une de Mercure, ouvrage merveilleux de Jean de Bologne; ceux de l'hermaphrodite, des inscriptions, des monuments Égyptiens; les salles des portraits des peintres, hommes et femmes, entre autres, Marie Robusti, fille de Tintorette; le cabinet dit des Trésors, décoré de colonnes d'albâtre oriental et de vert antique, et où l'on nous a montré, dans six armoires, une quantité immense de pierres précieuses, d'objets d'art travaillés avec un goût et une délicatesse exquis (la plupart ayant appartenu à la famille des Médicis), et divers ouvrages d'or et de smalt dans le goût de Benvenuto Cellini : toute cette galerie enfin, dont les vestibules sont ornés de diverses statues, déploie aux regards du visiteur des richesses d'art qu'on ne peut jamais assez admirer. La magnifique galerie Pitt, dont je parlerai plus tard, possède deux des chefs-d'œuvre de Raphaël, la madone della Segiola, et la vision d'Ézéchiel, délicieuses peintures qui subjuguent le plus nos regards quand nous visitons ces salles riches, élégantes et soignées, avec le religieux respect que méritent les nombreuses productions du génie artistique de divers grands maîtres qu'elles renferment.

A trois heures après midi du 9 courant, nous sortions de cette galerie, lorsque nous remarquâmes des préparatifs de fête qui s'accomplissaient dans la cour du palais sur laquelle donne l'entrée principale de la chapelle. Les arcades de cette cour étaient toutes ornées de tapisseries des Gobelins, et on était en train de finir un prodigieux tapis de fleurs naturelles disposé à terre d'un bout à l'autre au milieu de la première cour. En m'informant de la cause de ces préparatifs, j'ai appris qu'ils étaient pour la procession du *Corpus Domini* qu'on répétait ce soir, et qui sortirait de la chapelle du palais Pitt, vers sept heures, suivie par le grand-duc et par sa cour.

Après dîner nous retournâmes à l'heure indiquée pour voir ce spectacle religieux à Florence. Une grande foule se pressait sous les arcades, et surtout dans la chapelle splendidement illuminée. Le magnifique tapis de fleurs sur lequel devait passer le baldaquin, le duc et sa suite, était terminé. Le travail et le goût artistique avec lequel on l'avait arrangé produisaient un admirable effet.

La plus belle musique militaire de Florence, celle des *Veleti*, annonça la sortie de la procession, et la garde qui marchait en avant ouvrait passage parmi le peuple.

Nous nous trouvions parfaitement bien placées, et j'ai pu remarquer ici, comme je l'avais remarqué partout, que la curiosité et une simple formule, plus que le recueillement religieux président à ces sortes de cérémonies et à bien d'autres, non-seulement en Italie, mais ailleurs. Les ecclésiastiques eux-mêmes donnent quelquefois l'exemple de ce manque de respect qui choque le vrai croyant.

La procession marchait lentement; le prêtre qui portait la lourde croix la déposait d'espace en espace avec peu de vénération, d'autres causaient entre eux et prenaient leurs prises, en attendant que le reste de la procession approchât. La confrérie à capuce blanc couvrant la figure, et percé de deux trous pour permettre de voir, costume

qui m'avait déplu si fort à Naples et à Rome, levait et
baissait alternativement, poussée par la chaleur, le singulier capuchon. La foule groupée des deux côtés parlait en
gesticulant à la manière italienne, et faisait différentes remarques en comparant cette procession aux précédentes.
Cependant, quand le saint Sacrement approcha, le silence
se rétablit complétement, et tout le monde se courba avec
respect.

Le grand-duc, en uniforme militaire et tenant le dais,
marchait gravement et, à ce qu'il me parut, avec révérence,
derrière le prêtre qui tenait le saint Sacrement. Après lui
venaient ses deux fils, Ferdinand et Charles. L'héritier
du trône de la Toscane (si les Toscans prolongent leur ser-
vitude), marié et déjà père à vingt-deux ans, est, ainsi que son
frère, un beau garçon; mais sa physionomie révèle quelque
chose du despote naissant qui fait déjà son apprentissage
dans la vie privée, où il rend très-malheureuse l'angélique
princesse son épouse.

La taille et la jeunesse de Ferdinand me représentèrent
mon cher fils, mais bien autrement heureux par son amour
pour sa jeune épouse, avec laquelle il vit dans un enchantement mutuel.

Amour! quelle puissance politique pourrait t'être comparée? Les trônes, le peuple les donne et les ôte, selon les
évolutions de la société; mais le trône qu'un noble cœur
élève à l'objet de son amour est à l'abri de tous les événements. L'atmosphère lourde et viciée des trônes fait languir et mourir bientôt l'amour, si jamais il les visite.

Je comparais en silence ces deux tout jeunes ménages,
l'un dépourvu du feu sacré, soumis aux froides formules du
mariage, sans en partager les douceurs, marchant dans la
vie entouré du frivole prestige de la grandeur de naissance
et des serviles adulations des courtisans; l'autre, l'âme

toujours remplie de la mutuelle flamme que l'hymen bénit, sans l'amortir, vivant entouré des douces jouissances d'une existence confortable et des témoignages sincères d'affection au milieu des charmes d'une prodigue nature.

Là, les nobles inspirations patriotiques dans la recherche des éléments solides de la vie réelle sous la poétique atmosphère d'un sentiment spontané, profond et fertile, où s'épanouit dans toute sa vigueur printanière la fleur de l'espérance que vivifie le soleil de l'amour.

Ici, l'indifférence pour tout ce qui ennoblit en réalité la vie de l'homme, et l'oisiveté prétentieuse avec son cortége de vices, assise sur l'égoïsme qui écrase le peuple...

Maintenant, descendant dans la vie privée, quel contraste entre les jours qui s'écoulent pour les deux jeunes épouses, l'une dévorée de chagrin sous les lambris dorés des splendides appartements du Pitt, l'autre livrée aux soins d'une affection partagée sous le modeste toit de sa villa de Sainte-Ursule !

Deux anges de douceur et de bonté, l'archiduchesse de *** et la jeune madame de Faria demandent à Dieu dans leurs prières, celle-là, la patience pour porter avec résignation sa chaîne de douleurs; celle-ci, la continuation du bonheur qui dore et embellit son existence.

J'étais livrée ainsi à ces considérations : cette cour, cette nombreuse garde, cette musique, ce peuple, avaient défilé devant moi; et l'image seule de mon cher enfant absorbait toute ma pensée.

Quand la procession s'éloigna et que la foule qui l'accompagnait fut dispersée, il était presque nuit. Les arbres des premières allées du magnifique jardin de Boboli jetaient leur ombre sur le sable à la clarté des globes allumés. On apercevait le peu de promeneurs qui avaient préféré respirer quelques instants, dans la solitude commençant à régner dans cette vaste enceinte de verdure. Une légère brise agitait doucement le feuillage et rafraîchissait les sens après l'étouffante chaleur de la longue journée. Ce calme de la nature et la seule présence de ma chère enfant, qui le goûtait avec délices à mes côtés, m'invitaient à réfléchir sur les jours déjà bien éloignés, hélas! où l'aurore et le soir venaient me trouver, toujours entourée des caresses de mes deux enfants et sans cesse occupée de leur bonheur. Ils constituèrent ensemble, avec la jeune sœur bien-aimée que je confondais avec eux dans mon cœur, et avec ma bonne mère, la puissante égide derrière laquelle mon esprit se réfugia, lorsqu'une des plus navrantes douleurs qui m'étaient destinées dans ce monde me brisa l'existence à ma vingt-troisième année !

Ne possédant plus maintenant qu'une partie de ce tout qui composait ma vie morale, mon âme vit à demi, mes jours s'écoulent mélancoliquement, mais heureuse encore de puiser dans cette chère partie qui reste à côté de moi les plus douces consolations de la vie que nous traversons ensemble, et, comme le lierre et l'arbre, attachées dans notre mutuelle union à travers ces mondes étrangers. En vain les plus magnifiques tableaux de l'art attirent mon attention, et la charmante nature d'Italie me sourit de ses gracieux sourires ; en vain les spectacles variés des fêtes brillantes et des types nouveaux se déroulent à mes yeux chez les peuples de différents pays que je visite ; en vain ma bonne étoile me fait rencontrer partout un sympathique et caressant accueil ; le cœur murmure toujours partout : ce n'est pas ici la patrie, la famille, le fils bien-aimé, la vie !

Voyager, je l'ai dit autre part, c'est le moyen le plus efficace et le plus utile pour surmonter une grande douleur. Mais, quand il nous sépare des êtres aimés, il perd beaucoup

de son efficacité, et les charmes des nouveaux objets qui
frappent nos yeux et notre esprit diminue de plus de
moitié. Loin de ces êtres, le cœur se sent refroidir dans son
admiration pour tout ce qu'ils ne partagent pas avec nous.
Les plus grandes scènes mêmes de la nature ne peuvent
exciter notre enthousiasme qu'à demi; et plus ces scènes
sont belles et imposantes, plus on éprouve au fond de l'âme
la pression de la tristesse.

Observer le monde est une grande science; analyser et
comparer les mœurs, les coutumes, les divers degrés de civilisation des peuples, c'est la meilleure étude que puisse
faire le voyageur. Mais, pour que cette étude soit faite avec
ordre et avec un profit quelconque, il faut, avant tout, que
l'esprit soit calme, et que le cœur ne gémisse pas à plus
de 2,500 lieues de la chère patrie qui renferme la moitié
de sa vie!

13 juin.

Réminiscence, compagne inséparable et mélancolique
de l'existence! comme tu me déploies aujourd'hui dans
toute sa clarté le tableau rétrospectif de ces belles aurores où
l'amour, l'amitié et la considération venaient déposer aux
pieds de ma mère des vœux et des fleurs en saluant l'heureux anniversaire de sa naissance!

Comme cette joyeuse série d'anniversaires écoulée depuis
mon enfance jusqu'à ton départ de cette vallée de pérégri-
nation se présente vivement à mon esprit, ô ma mère adorée! Comme je me sens émue au souvenir de tes émotions
pendant cette période commencée à la délicieuse *Floresta*,
berceau de ma naissance, et terminée aux rives imposantes
du Janeiro, dans le sein de ta famille dont tu étais l'âme, et
où tu marquais chaque jour de ta vie par un nouveau trait
de céleste bonté!

Hélas! au milieu des fleurs de la ville qui en porte le nom, que ne puis-je en déposer une, arrosée de mes larmes, sur ta tombe dont deux vastes mers me séparent! Mais, si mes mains ne forment plus de guirlandes pour t'offrir dans ce jour, si elles ne peuvent déposer de nouvelles immortelles sur la terre qui te ravit à jamais à mes yeux, les prières les plus ferventes sortent de mon cœur en s'adressant vers toi au sein de l'Éternel.

Puissent-elles être exaucées! Et la fille dont l'âme est brisée depuis qu'elle ne reçoit plus tes tendres soins sera consolée, sinon heureuse; et le chemin qu'il lui reste à parcourir pour te rejoindre à toujours, lui paraîtra moins raboteux!

LE DOME ET SON CLOCHER

Gigantesque, grave et magnifique, cette merveilleuse création de Lapo, de Giotto et de Brunelleschi, ressort parmi tous les beaux édifices dont Florence est fière. Ce dernier artiste, élevant sa superbe et admirable coupole, compléta le plus majestueux monument de cette ville. Elle se présente la première aux regards des spectateurs, de quelque point des environs qu'il regarde cette réunion d'édifices admirables qu'on appelle Florence.

Revêtu extérieurement de marbre à trois couleurs, blanc, noir et jaune, qui avec le temps devinrent d'un sombre curieux, ce temple offre dans son intérieur une imposante sévérité qui impressionne.

C'est vers le soir que nous y entrâmes la première fois; à peine quelques dévots s'y tenaient çà et là plongés dans leurs prières. Le silence n'était troublé que par nos pas en faisant le tour des nefs pour admirer cette simple et grandiose architecture, cet ensemble imposant qui frappe l'œil et communique une religieuse mélancolie à l'âme sous ces voûtes de style gothique, admirables comme tout le reste de ce temple par sa rigoureuse et artistique simplicité, qui le distingue si particulièrement des autres cathédrales trop chargées d'ornements.

Les deux monuments avec des bustes de Brunelleschi et de Giotto y attirèrent notre attention, et nous firent penser aux scènes nombreuses et variées dont ces murailles, cette coupole, ont été témoins depuis que ces deux génies de l'architecture disparurent de cette terre en y laissant leur empreinte immortelle !

Comme Florence, son dôme (*Santa-Maria de Fiori*, nom qui remplace celui de l'ancien temple de *Santa-Reparata*) a une grande et curieuse histoire, qui se continue, ainsi que celle de sa ville, suivant les événements divers qui s'y sont succédé. Des partis opposés, des opinions politiques diverses, y vinrent exposer sur les autels et leurs prières et leurs actions de grâces ! Ce fut sous ses voûtes et pendant qu'on célébrait la messe, que se commit l'attentat de la conjuration des Pazzi, auquel succomba Julien ; et Laurent, appelé depuis le Magnifique, se sauva à travers les conjurés en se réfugiant d'abord dans la sacristie.

La franchise, cette divine spontanéité de cœur que les formules d'une civilisation raffinée repoussent et condamnent, me paraît toujours charmante, même quand elle néglige certaines règles dont, en général, les femmes sont si grandes appréciatrices.

Le savant Florentin que j'ai connu dans notre voyage de Rome à Naples, venant aujourd'hui me voir, me dit avec une simplicité tout italienne qu'étant venu, le 9 courant, pour me rendre visite, il avait été très-heureux de ne point me trouver chez moi. « Le ciel était beau, ajouta-t-il, et, retournant à l'Observatoire, j'ai découvert ce soir-là même une nouvelle comète, ce qui m'a causé une satisfaction bien grande et dont j'aurais été privé, madame, si vous aviez été chez vous pour me recevoir. »

Cet aveu si sincère, que bien des femmes eussent trouvé peu galant et même déplacé, me donna une haute opinion du digne astronome D***, et me le fait encore mieux apprécier. J'ai loué son amour pour la science, cette étincelle divine qui, descendue sur l'homme, en fait un être supérieur capable de produire tant d'utiles, de surprenantes choses!

Un Français qui aimerait comme M. D*** la science se garderait bien, dans une circonstance analogue, de dire pareille chose à une dame. Mais l'aveu simple et spontané de l'Italien qui sent, ne doit-il pas être préféré à la galanterie du Français qui flatte?

Pour moi, tout ce qui ne vient pas du cœur m'a toujours paru vide ou fade. L'esprit est beaucoup, le cœur est tout. Le premier séduit et quelquefois entraîne, mais le second possède seul la puissance de fixer à jamais. L'homme a beau faire de l'esprit, ce qui lui arrive souvent quand la nature ne lui en a point donné, sa conversation, quelque élégante qu'elle soit, si le cœur ne l'inspire, ne laissera jamais cette empreinte d'intérêt et de véritable charme qui peut être comparé au parfum extrait de certaines fleurs qui reste après qu'elles ont disparu.

SAINT-LAURENT

Grato m' è 'l sonno, e più l'esser di sasso,
Mentre che il danno et la vergogna dura;
Non veder, non sentir m'è gran ventura.
Però non mi destar! deh parla basso!

Ces beaux vers significatifs de Michel-Ange me vinrent à l'esprit en entrant dans la chapelle des *Depositi*, où sont les célèbres statues, dont quelques-unes inachevées, de cet incomparable artiste. Je me sentis saisie d'admiration en face de cette grandeur d'originalité de pensée, de cette hardiesse d'exécution qui me frappa malgré mon ignorance de l'art. Toute âme enthousiaste du beau ne pourrait manquer de devenir artiste si elle contemplait constamment les œuvres des grands maîtres.

La statue de la Nuit (à laquelle les vers ci-dessus furent appliqués), endormie dans une attitude expressive et mélancolique, est, en effet, une véritable merveille. La tête languissamment penchée, la main qui la soutient et le reste de cette sublime production, sont d'un effet saisissant. Je la regardais, aussi immobile qu'elle, dans la rêverie qui avait succédé à mon admiration, en me répétant ces quatre vers sortis du grand cœur de Michel-Ange, si rempli d'amertume alors par les malheurs de sa patrie.

Ame d'élite, l'insigne artiste sentait bien qu'aucune gloire du monde ne peut étouffer une profonde et juste douleur. Le sommeil, mais le sommeil représenté par une statue, peut seul donner l'oubli des peines cuisantes ; car, dans le sommeil réel, des songes douloureux viennent souvent troubler encore les esprits tourmentés, pendant les longues veilles, de pensées affligeantes. Combien ces images incertaines, qu'on a jusqu'ici cherché en vain à expliquer, des scènes qui se sont passées et de celles qui s'accomplissent encore dans l'avenir, se présentent à nous dans des rêves comme une réalité formelle, effrayante quelquefois, et dont l'impression profonde nous reste et trouble souvent notre repos pendant des jours entiers!...

En contemplant cette statue de la Nuit, on a vraiment envie de répéter : « Cette figure qui dort est vivante; si tu en doutes, réveille-la, et elle te parlera. »

Le Crépuscule et l'Aurore, celui-là représenté par une

superbe figure virile, les yeux tournés vers la terre; celle-ci;
d'une physionomie gracieuse et noble, analogue au sujet
qu'elle représente, sont encore deux magnifiques statues du
même artiste, qui ornait le sarcophage de Laurent de
Médicis, duc d'Urbino. Le Jour et la Nuit décorent celui de
Julien, son frère.

Saint-Laurent est une église de belle architecture.
Détruite par un incendie, Brunelleschi fournit le dessin
pour sa reconstruction. Elle renferme d'intéressantes chapelles; mais ce qui lui donne une grande importance et
une pieuse célébrité, c'est celle de Michel-Ange, et l'imposante et superbe chapelle destinée par Cosme Ier, grand-
duc, à être un mausolée pour la famille ducale. Cette magnifique chapelle dite des Princes ou des Médicis, est octogone, l'effet général qu'elle produit est surprenant. Ornée
de marbre, de pierres précieuses et de mosaïques, avec ses
statues colossales de bronze des grands-ducs de Toscane et
les fresques de Benvenuto, la statue dorée de Cosme II par
Jean de Bologne, chacune de ses parties, ainsi que tout
l'ensemble, offrent une harmonie admirable de richesses,
de goût et de simplicité qui impose et émerveille! Rien
dans ce genre ne m'avait tant frappée encore en Italie.
Monument d'orgueil élevé avec tant de magnificence pour
honorer la mémoire d'une famille, cette chapelle sombre
et mélancolique, malgré toute sa splendeur de luxe et
d'art, m'inspira un profond sentiment de tristesse.

Depuis que je vis en Europe, que je parcours ses champs,
visite ses villes, admire ses monuments, cette tristesse
entièrement étrangère à tout sujet qui m'est personnel me
prend toutes les fois que je contemple un site ou un monument qui me raconte l'histoire de l'oppression d'un
peuple et des triomphes d'un tyran.

Je quittai les chapelles de Michel-Ange et des Médicis,

l'imagination toute remplie de la grandeur réelle de l'un et de la gloire factice des autres, achetée par les larmes du peuple.

La voiture nous attendait à la place de l'église. Ordonnant au cocher de nous promener autour des murs de la ville, je me plongeai dans une méditation que me suggérait l'histoire de la noble enceinte entourée de ces hautes murailles à créneaux, rappelant le malheureux besoin de l'homme d'employer la force matérielle pour se défendre contre l'agression de son semblable.

Florence, comme toutes les villes de l'Italie, subit plusieurs dominations. Ses différentes formes de gouvernement depuis les Étrusques, à qui elle doit son origine, jusqu'à nos jours, lui imprimèrent tour à tour un caractère divers. Aucune histoire ne dit au juste de quel peuple l'Étrurie fut formée, si ce fut des Grecs, des Phéniciens, des Germains, des Celtes, etc.

Les Étrusques occupèrent, dit un historien, plus de mille ans avant J.-C. la partie située entre le Tibre et l'Arno, où ils fleurirent par le commerce et les arts, jusqu'à ce qu'ils tombassent sous la domination de Rome. Embellie de monuments par Sylla, cette remarquable ville fut alternativement dévastée par les barbares qui tombèrent sur l'Italie. — Quelques écrivains prétendent que ce fut Charlemagne qui la reconstruisit, mais il ne fit que lui donner son organisation politique. Elle passa ensuite par les diverses crises des factions qui se la disputèrent successivement sous les prétentions des papes et de Frédéric Barberousse, jusqu'au milieu du douzième siècle, que les cinq villes de la Toscane, Florence, Pise, Arezzo, Pistoie, se constituèrent en république indépendante.

La beauté d'une jeune fille (l'Hélène des Toscans) que la mère de la famille des Donati avait donnée pour épouse à Buondelmonte, chef de cette famille puissante (comme alors était celle des Uberti); lequel s'était déjà engagé à prendre pour femme une autre jeune fille de la famille des Amedei; cette beauté, dis-je, fut l'origine des guerres acharnées entre diverses familles de Florence, après le meurtre de Buondelmonte par Lamberti et d'autres membres de sa famille, Uberti et Amedei. Vengeant ainsi une injure personnelle, ils ne se doutaient pas des maux qui déchirèrent depuis la mère patrie.

Chaque maison de grands à Florence était alors parée d'une tour où ces seigneurs se fortifiaient, et, dans ces sortes de forteresses, ils se combattaient entre eux ou menaçaient le peuple, qui savait alors leur résister dignement sur le sol où il laissa des traces de sa bravoure et de sa dignité, malgré les grandes puissances religieuses et civiles qui se conjurèrent de tout temps pour étouffer les nobles élans de ce véritable souverain, si éprouvé partout!

Les heureux marchands surgirent, avec leur ambition, sur cette noble terre arrosée du sang de tant de braves qui rêvaient une république que tant d'ambitions diverses tendaient à étouffer, et qui s'évanouit peu à peu sous la domination de ces brillants parvenus.

Le monde connaît toutes les intrigues et tous les efforts de cette famille pour s'affermir dans le pouvoir, toutes les haines, toutes les ambitions et tous les crimes même dont elle fut capable, couverts par la gloire retentissante qui l'entoura pendant deux siècles et qui finit d'une manière si misérable et si ridicule!

Le siége de saint Pierre fut occupé par trois fils (dont un naturel, Jules de Médicis, Clément VII) de cette maison dont ils soutenaient l'éclat, ne s'arrêtant pour cela devant aucune difficulté ni devant les fautes les plus graves. Sur le trône de France brillèrent deux de ses filles : une page de l'his-

toire, si affreusement ensanglantée par une d'elles, instruira
à jamais les peuples des horreurs qu'une ambition outrée
produit quand elle se cache sous les apparences du zèle
religieux.

Cependant les arts et les sciences ressuscitèrent à Florence sous les Médicis, et y prirent un degré de développement qui marqua une nouvelle époque dans le monde artistique et scientifique. Des génies s'y multiplièrent et créèrent des chefs-d'œuvre immortels, malgré le despotisme et la dissolution de cette famille, combattus par l'éloquence du patriotisme et les mœurs sévères du célèbre dominicain italien qui osa déclamer avec force contre les abus du clergé, le despotisme de Laurent de Médicis, et signaler hautement les désordres et les crimes du pape Alexandre VI, qui l'excommunia. La patrie de Savonarola semblait se consoler, par l'impulsion qu'on y donnait aux arts, de la perte de la liberté; mais elle enregistra, sur le grand livre de la vengeance nationale, le bûcher qui consuma le corps du courageux prédicateur, naguère l'idole de ce même peuple qui assista indifférent à son supplice !

Comme l'Athènes de Périclès, Florence résume, dans les temps modernes, le splendide développement qui commença à décliner à son tour après la mort du célèbre Michel-Ange, surnommé à juste titre le Titan de l'art. Mais, si la célèbre école florentine ne produit plus maintenant la beauté virile, la perfection et la grâce naïve des œuvres immortelles de Mosaccio, de Beato Angelino, de Phillippino Ghirlandaio, de Buonarotti, de Léonard de Vinci, de Fra Bartolomeo, de Carlo Dolce, d'André del Sarto, de Sigoli, etc., etc., les galeries Pitt et Uffizi, les églises de Sainte-Marie Nouvelle, Saint-Laurent, *Carmine*, et d'autres sont ouvertes tous les jours aux étrangers qui viennent admirer ici les chefs-d'œuvre de ces grands maîtres, dont quelques-uns se distinguèrent dans plus d'un art, et cultivèrent (tels que le Titan des artistes), les Muses aussi glorieusement qu'ils manièrent les armes pour défendre la patrie.

L'artiste d'alors était complet; il connaissait à fond l'histoire, surtout celle de l'art, étudiait l'anatomie, les effets des couleurs et tout ce qui pouvait servir à rehausser son talent artistique. Les scènes de la nature lui étaient familières, ainsi que les élans de la poésie, dont il savait si bien s'inspirer pour donner à ses ouvrages cette expression d'originalité, de charme et d'intérêt qu'on cherche en vain dans la plupart des ouvrages de nos jours.

Qui n'éprouvera un vrai sentiment d'admiration, en contemplant la *Transfiguration* et les madones de la chaire et de Faligno de Raphaël, les statues vivantes du Christ, de Moïse, de la Nuit, etc., de Michel-Ange? Rome et Florence sont avec raison les dignes rendez-vous des artistes, ces êtres privilégiés de la nature, qui mériteraient tous les hommages du monde et l'affection de tous les nobles cœurs, s'ils ne s'écartaient si souvent de la pureté de mœurs qui devrait être l'auréole de leur admirable talent.

19 juin.

Depuis une longue attente, mon rêve constant de chaque mois s'est réalisé ce matin. Aussitôt que s'ouvrirent les bureaux de la poste, j'y trouvai un gros paquet de lettres du Brésil à mon adresse. Avec quel empressement et quelle vive émotion je l'ouvris, là même, dans cette remarquable place du *Palazzo Vecchio*, précieux musée en plein air que j'admire chaque jour, mais qui alors n'attira pas un seul de mes regards! J'avais entre les mains un trésor inappréciable pour moi : les lettres que mensuellement m'envoient mon fils bien-aimé, mes frères et des amies. Je parcourais avi-

I. 19

dement; en me promenant entre le David de Buonarotti et
le Persée de Benvenuto Cellini, et parmi d'autres statues,
ces chères pages du cœur qui viennent de si loin me communiquer une nouvelle vie!

Soyez mille fois bénis, tendres cœurs aimants, pour le
bien que vous me faites goûter dans ces douces et éloquentes épîtres, qui résument toute une existence d'amour, tout
un monde d'espérance que Dieu veuille réaliser pour nous.

Rassurées par les bonnes nouvelles que nous avons reçues ce matin, nous visitâmes dans l'après-midi quelques
établissements publics et le bel atelier de M. V***, dont on
m'avait beaucoup vanté le talent. Né dans la haute Italie,
M. V***, homme maintenant d'environ cinquante ans, était
allé de bonne heure à Rome s'inspirer des chefs-d'œuvre de
la sculpture, dont il étudiait l'art avec succès. Marié depuis
quelques années et déjà père, il fut présenté au marquis
de ***, qui cherchait un bon sculpteur pour lui confier l'exécution de son buste. Le marquis, âgé de soixante ans, avait
épousé une jeune Française dont il était devenu, malgré son
âge, éperdument amoureux, et qui se trouva tout à coup
élevée au rang d'une des premières familles de Rome, et
maîtresse d'une grande fortune. Il posa, et l'artiste commença son ouvrage.

Les séances se multiplièrent, le buste allait être bientôt
terminé, lorsqu'un matin le marquis attendit longtemps
l'artiste qui ne vint pas. Étonné de voir passer ainsi l'heure
de la séance sans recevoir aucune excuse d'un pareil retard,
il sonne et demande à son valet de chambre s'il n'avait pas
quelque lettre de l'artiste à lui remettre. Non, Monseigneur,
lui répondit celui-ci ; mais j'ai à annoncer à Votre Excellence que madame la marquise a quitté le palais, accompagnée de M. le statuaire.

La situation du marquis fut cruelle et terrible. Sa puissance était grande parmi la noblesse romaine : en quelques heures tous les ordres furent donnés pour atteindre et ramener à Rome les deux coupables qu'on signala à Paris, où l'on pensait que probablement ils se rendraient. La police les atteignit au bout de quelques jours ; l'artiste rentra enchaîné à Rome, et la jeune Française, par un excès de générosité maritale, reprit tous ses droits près de l'époux trahi.

Quelque temps après, la mort vint rayer du nombre des vivants, et l'épouse malheureuse de l'artiste et le marquis de ***. La jeune Française, dont la coupable passion ne s'était point calmée, même en présence de la bonté excessive du mari offensé, devint la femme de l'artiste en lui apportant une partie de la fortune avec laquelle le faible et malheureux marquis de *** avait récompensé, en mourant, la femme qui avait su si mal porter son nom.

Le bonheur des époux ne fut pas de longue durée. Ils quittèrent Rome et vinrent se fixer à Florence. Un jour l'ancienne marquise soupçonna son mari d'infidélité. Elle fait atteler sa calèche, et court le surprendre en criminelle conversation... Sans dire un seul mot, elle retourna dans son appartement, où son infidèle n'osa d'abord rentrer ; il n'y retourna que pour être témoin de la mort de sa femme. En effet, elle mourut presque subitement après, on ne sait si ce fut du remords d'avoir trahi le mari à qui elle devait toute l'élévation dont elle avait su si mal jouir, ou de douleur de se voir à son tour trahie par le seul homme qu'elle eût aimé.

Un enfant de cette seconde femme reste encore à l'artiste, qui semble avoir tout à fait oublié la malheureuse qui lui avait tout sacrifié. Trois ans se sont à peine écoulés depuis cette scène, et il étale dans son palais ses ouvrages au milieu d'un grand luxe.

Invitée à voir ces œuvres d'art, je me rendis chez ce sculpteur. Il était dans son vaste atelier lorsque nous y entrâmes. Prévenu par la personne qui nous accompagnait que nous venions admirer ses travaux artistiques, il commença par me faire remarquer avec une vanité extrême ses productions en sculpture, auxquelles, disait-il, Michel-Ange lui-même ne trouverait rien à reprocher. « On s'ébahit à tort devant les statues antiques quand les modernes présentent cette perfection-là, me dit-il, en découvrant une statue déjà à demi encaissée. — Tenez, continua-t-il sans me donner le temps de rien dire, je fais emballer ce chef-d'œuvre commandé par un *Signore* américain, qui doit être à juste titre orgueilleux de porter dans son pays un tel échantillon de la sculpture moderne qu'on ne trouve que dans cet atelier. »

Ces dernières paroles furent prononcées avec un accent et des gestes qui feraient honneur au plus raffiné des fats.

— « Vous ne connaissez pas bien les Américains, monsieur, lui dis-je; ces hommes, d'une trempe tout à fait diverse de celle des Européens, ne s'enorgueillissent que des œuvres qui portent le cachet de l'utilité, et concourent aux progrès tant matériels que moraux qui s'accomplissent dans cette robuste partie du monde, où les idées sont aussi fécondes que le sol! — Mais l'Amérique ne possède pas des ateliers comme celui-ci, répliqua-t-il du même ton prétentieux; l'artiste n'y est pas encore venu, et les œuvres d'art n'y sauraient être dignement appréciées. — Pardon, le goût des arts ne manque pas aux Américains, et la preuve, vous venez de l'avoir en vendant au prix si élevé que vous dites la statue qui est là. Mais, il est vrai, ajoutai-je, qu'un autre art dont la haute conception est tout américaine, art bien plus important que tous ceux dont les musées d'Europe sont enrichis, occupe encore de préférence les arlistes de la jeune Amérique qui le cultivent avec cette conviction, cette persévérance, cet enthousiasme qu'inspire seul le noble patriotisme d'un peuple agissant dans le but d'accomplir de grandes choses. Cet art, c'est la liberté, c'est-à-dire le progrès de l'humanité ! Et vous conviendrez que les œuvres de tels artistes enrichissent bien plus glorieusement la patrie que ceux des Michel-Ange, des Thorwaldssen, des Canova, et même les vôtres, permettez-moi de le dire. »

Celui qui lira ces lignes se sera déjà aperçu que l'homme à qui je parlais manquait autant d'esprit et d'instruction que de modestie. Aussi ne comprit-il pas l'ironie de mon dernier mot. Tout préoccupé de me faire connaître les productions de son génie, dont il se charge le premier de proclamer la grandeur, il étala à nos yeux des globes et des cartes géographiques de son invention. Une toute jeune fille mal mise et à l'air très-malheureux, à laquelle il parla fort durement, se tenait debout dans un coin derrière le fond de l'atelier, et travaillait courbée sur une de ces cartes, avec la gêne et l'attention craintive de l'esclave devant un maître.

Je détournai mon attention des objets exposés par l'artiste à mes regards, et me mis à regarder cette frêle créature dont l'air doux et malheureux m'avait beaucoup touché. Je m'approchai d'elle, et louai avec intérêt sa grande application et son travail. « C'est ma fille, me dit l'artiste d'un ton de maître satisfait, plutôt qu'avec cet accent paternel tendre et protecteur qui commande la bienveillance et la considération pour ses enfants qu'il présente à des étrangers. — « Comment, c'est votre fille ! » me suis-je écriée avec un étonnement involontaire que je n'avais pu contenir et qui le frappa sans doute ; car il me dit d'un air un peu embarrassé : « Je la fais travailler comme je travaille, madame,

souvent sans relâche du matin au soir, prenant même mes
repas ici, entouré de mes ouvrages. (Et en ce moment
un domestique entra, apportant un plat contenant un
bifteck, qu'il déposa près de son maître.) Voyez-vous,
quand on est actif comme moi, on a le temps pour tout :
on donne une caresse à ses enfants (et il regarda un petit
garçon frêle comme sa sœur et aussi négligé qu'elle), et l'on
continue les compositions sérieuses. Tenez, le travail est
une belle chose, et l'artiste en sait plus que tout autre,
croyez-le bien. — Certainement que le travail est une belle
chose, dis-je. Tout le monde n'est pas artiste, mais tout le
monde doit connaître le besoin et le noble but du travail.
Heureux ceux qui savent par lui se préserver des passions
qui, laissant après elle des marques ineffaçables de honte
et de misère, entraînent souvent dans le malheur d'inno-
centes victimes ! »

Cette petite réflexion, qui aurait frappé tout autre qui
se fût trouvé dans le cas de celui à qui je la faisais, sembla,
au contraire, exciter sa dominante vanité, et, cherchant à
nous faire voir tout ce qu'il y avait de précieux chez lui,
il nous montra un joli portrait de jeune fille, d'une douceur vraiment angélique. Ce fut la chose que j'admirai le
plus parmi ce qu'il m'avait montré de beau. Son orgueil
fut satisfait de l'enthousiasme avec lequel je vantai la régulière beauté des traits de ce portrait dont je ne connaissais
pas l'original, et il s'empressa de me dire avec emphase :
« C'est le portrait de ma femme, c'est-à-dire de celle dont
je possède le cœur, et qui dans quelques jours portera
mon nom. » — Un nom bien fatal pour celles qui l'ont
porté ! pensai-je.

Pauvre fille ! me disais-je en remarquant dans la physionomie de ce fat les signes visibles d'un cœur blasé et
d'une santé abîmée par les passions, que tu es à plaindre

de vouloir enchaîner ta belle et jeune existence à l'existence usée et coupable de cet homme ! — Mais qui sait si ce n'est pas pour plaire à des parents éblouis par une fortune si mal acquise, que cette douce créature se sacrifie ainsi !

Et, en effet, en quittant l'atelier de M. V***, la personne qui m'avait accompagnée me parla de la répugnance que la jeune fiancée éprouvait pour ce mariage si mal assorti ; mais sa famille, ajouta-t-elle, fait tous ses efforts pour le faire conclure ; car M. V*** possède une belle fortune et un talent remarquable.

O parents ! parents mille fois coupables de sacrifier à votre ambition ou à votre orgueil l'enfant que Dieu vous confia comme un dépôt sacré sur qui vous devez constamment veiller dans le seul but de son bonheur à venir ; si vous avez du cœur, quels remords doivent vous déchirer quand vous les voyez malheureux par votre faute !

————

Comme à Rome et à Naples, on nous entoure ici de témoignages sympathiques et d'affectueuses attentions, qui nous rendent de plus en plus agréable le séjour de cette bonne Italie : tout le monde la visite, mais peu de personnes savent rendre justice aux excellentes qualités de son peuple ; elles ressortent partout malgré la main de bronze qui cherche toujours à étouffer et à anéantir chez lui tout sentiment de grandeur.

Les Florentines sont, en général, des femmes aimables et insinuantes ; tout en participant de ce qu'on appelle de l'esprit chez les Françaises, elles conservent bien plus que celles-ci du naturel dans leurs manières et dans leur conversation. Elles aiment beaucoup le plaisir et le luxe, qu'elles se procurent cependant à bien moins de frais,

car, en général, leur goût pour la toilette dispendieuse
n'est pas encore aussi développé que chez la Parisienne ;
celle-ci se prive souvent du confortable dans son intérieur
et quelquefois même d'une convenable nourriture, afin
d'avoir de la vraie dentelle et d'autres accessoires pour se
faire remarquer dans le monde. Leur parler est comme une
douce musique qui frappe et charme l'oreille, en donnant
un attrait de plus à l'accueil plein de grâce et de bienveillance
qu'elles font aux étrangers avec une bonté obligeante et spontanée, et une délicate affabilité dépourvue des prétentions
qui rétrécissent au lieu de rehausser le mérite personnel.

Quant aux Florentins, ils ressemblent beaucoup dans
leur vie extérieure aux Parisiens, dont ils ont la fine
politesse, les phrases choisies, souvent guindées, le bon
ton et le goût du plaisir, quoique moins exagéré que
chez ceux-là. Plusieurs d'entre eux représentent en miniature l'immense tableau des flâneurs de Paris ; jeunes
gens comme il faut, lettrés ou non lettrés, fréquentent
les cafés et s'étalent en dandys dans la promenade favorite
de Florence, le Casino ; seulement ils ne s'affichent pas ici
comme là avec certaines compagnies dont les Italiens rou-
giraient encore, quelle que soit la dissolution de mœurs
qu'on leur attribue. Je n'ai pas rencontré en Italie, me promenant le soir dans ses villes, ces femmes dégradées qui
s'offrirent la première fois à mes yeux sur le pavé de
Paris, et dont le spectacle me serra le cœur autant qu'il
m'effraya l'esprit pour mon cher fils, jeune homme de
seize ans déjà très-développé, mais ayant toute la naïveté
et l'inexpérience de cet âge, où souvent le fruit de l'éducation la plus sage est emporté par les tourbillons délétères
que la soi-disant civilisation souffle sur la société en communiquant la mort morale, sinon physique, à ceux qui respirent dans cette atmosphère.

Oh ! pourquoi, m'écriai-je alors dans le silence de mon âme, pourquoi ceux qui ont entre les mains le gouvernail des nations ne préfèrent-ils pas, aux gloires factices qui les éblouissent et qui ruinent des populations entières, la gloire véritable de tarir cette corruption toujours envahissante qui ternit les plus belles perspectives des progrès d'un peuple !

Que de sommes d'argent, que de vies sacrifiées pour soutenir ce qu'ils appellent l'honneur de la nation, tandis que l'éducation des peuples, cette base principale du grand édifice social et du bonheur public et particulier, reste de côté comme chose secondaire ! ! ! Malheureux, ils oublient l'éloquente, l'épouvantable leçon fournie par le plus grand génie, mais le plus ambitieux des temps modernes, qui, négligeant dans ses réformes sociales celle que, plus que tout autre, il aurait pu réaliser, l'éducation du peuple, se berçait de la chimère de soumettre toute la terre à sa domination, et n'eut pour résultat de tous ses triomphes qu'un îlot pour prison, le mépris des philosophes, la malédiction des mères.

La dissolution des mœurs des grandes villes, la misère qui règne partout, et tant d'autres plaies dont la société est rongée, ne sont-elles pas la conséquence inévitable de cette fatale incurie que l'on a toujours eue pour l'éducation morale des peuples ? N'est-ce pas là la source empoisonnée qui flétrira à jamais les plus belles fleurs de la civilisation, si l'esprit humain qui les produit ne parvient à rompre avec tous les préjugés surannés, et, comme première condition des progrès futurs, à tarir complètement cette source funeste ? N'est-ce pas là la réforme la plus essentiellement importante qui devrait avant tout préoccuper un gouvernement prévoyant et comprenant bien sa mission providentielle ?

Ayons cependant foi dans l'avenir. L'attention des peuples aveuglés s'éveillera tout à fait sur leur intérêt le plus palpitant ; ils apprécieront, ils sauront mettre en pratique, espérons-le, cette éloquente réflexion d'un esprit progressiste, d'un célèbre écrivain français : « Philosophes, physiologistes, économistes, hommes d'État, nous savons tous que l'excellence de la race, la force du peuple, tient surtout au sort de la femme.

« Être aimée, enfanter, puis enfanter moralement, élever l'homme (ce temps barbare ne l'entend pas bien encore): voilà l'affaire de la femme.

« *Fons omnium viventium!* Qu'est-ce qu'on ajoutera à cette grande parole !.... »

La musique est, comme on le sait, la passion dominante en Italie; le clergé lui-même s'y livre avec plaisir. Quelques ecclésiastiques ont cultivé avec grand succès cet art divin qui s'accorde si parfaitement avec les douces et harmonieuses inspirations religieuses, quand ils savent s'en servir avec la dignité et la circonspection de leur état.

Invitées à un concert chez Monseigneur C***, ancien professeur de harpe de la reine d'Espagne, prieur de Saint-Laurent, et portant très-bien ses quatre-vingts ans accomplis, nous nous y rendîmes et trouvâmes déjà une nombreuse société, composée pour la plupart de prêtres de tous les grades.

Monseigneur C*** et son intéressante nièce nous accueillirent, ma fille et moi, avec une bonté, une distinction toutes particulières, accompagnées de cette amabilité distinguée et de cette grâce facile qui caractérisent l'homme de bonne compagnie et la jeune personne italienne.

Un vieux chanoine, bonhomme aimant beaucoup la

musique et jouant encore assez bien du piano, dont il s'accompagne quelquefois en chantant des chansons un peu trop gaies, nous avait rencontrées un jour lorsque nous sortions des galeries des Uffizi, et nous avait offert avec toute la politesse d'un Toscan de nous montrer l'intérieur du *Palazzo Vecchio*, dont nous admirons la gracieuse tour. Il se trouvait à cette soirée, et nous indiqua plusieurs personnages que nous voyions pour la première fois.

Quelques instants après, le concert commença, et l'attention de tous les assistants se tourna vers un enfant de huit ans qui jouait de la harpe avec une dextérité prodigieuse et un goût exquis. Je n'avais jamais entendu pareil phénomène. J'étais autant émerveillée de l'expression intelligente et céleste de la physionomie du petit artiste, qu'émue en entendant les sons harmonieux d'une justesse admirable que ses petits doigts tiraient de l'instrument qui dépassait de beaucoup sa frêle taille ! On eût dit un ange révélant dans ses doux accords les mystères du Créateur vers lequel il allait s'envoler en laissant dans l'âme de ceux qui l'écoutaient avec ravissement l'empreinte ineffaçable de ces notes divines.

En effet, l'enfant dont le remarquable talent émerveillait toute cette réunion paraissait d'une santé extrêmement délicate, et il était facile de lire dans son regard qui rayonnait du feu sacré du génie je ne sais quelle pâleur morbide semblable à la lueur qu'un souffle éteint avant qu'elle soit bien prise.

Quand il finit son premier morceau, une salve d'applaudissements se fit entendre. Moi seule je n'applaudis pas, quoique non moins ravie que toute l'assemblée de cet extraordinaire talent musical si précoce. Mais la pensée qu'une mort prématurée planait peut-être sur cette tête enfantine qui usait ainsi dans une étude si forte des facultés

encore en germe m'attrista malgré moi ; et je dis tout bas
à ma fille : « Pauvre ange ! je crains bien que ses parents
ne jouissent pas longtemps d'un triomphe qui les aveugle
sur la vie de leur fils !

Une dame âgée, mais élégamment mise, qui, avec une
affabilité remarquable, m'avait cédé sa place pour que je
fusse tout à fait à côté de ma fille, fut la seule personne qui
entendit ces paroles, car elle semblait nous observer avec
une grande attention, pleine cependant de bienveillance,
dès que nous entrâmes dans la salle. — « Vous craignez
pour la santé de cet admirable enfant, madame, me dit-
elle d'un accent affectueux. J'admire cet intérêt que vous
témoignez pour un enfant étranger dont la mère (et la
dame m'indiqua une femme qui se tenait tout près des
artistes), enivrée des éloges prodigués à son fils, ne pense
même pas que la santé de cet enfant puisse être altérée par
le travail excessif auquel elle le soumet, et qui est de huit
heures par jour, dit-on.

— Je la plains bien sincèrement, répondis-je ; car, si
elle a un cœur de mère, peut-être se repentira-t-elle amère-
ment, mais trop tard, d'avoir trop hâté les succès de son fils.»

La dame ne dit plus rien, mais elle témoignait une vive
impatience pendant le reste de la première partie du concert ; cette partie terminée, on distribua des rafraîchissements aux invités : elle profita de cet intervalle pour dire
quelques mots à voix basse au maître de la maison ; et ce
vénérable vieillard, s'adressant à moi, me dit : « Madame,
j'ai l'honneur de vous présenter Mme la marquise G***. »
Puis, se retournant vers cette dame, il répéta la même formule en me présentant à elle. Après cette banale formalité,
à laquelle la marquise donnait toute l'importance que lui
attache l'étiquette britannique, elle nous témoigna, pendant
tout le reste de la soirée, la plus vive sympathie.

« J'attendais avec impatience que vous me fussiez présentée, » me dit-elle avec une naïve franchise, « pour me
procurer le plaisir de votre société et celle de votre charmante fille ; car il y a peu de temps qu'une dame belge de
passage ici, que je rencontrai chez une de mes amies, m'a
parlé de deux Brésiliennes, la mère et la fille, qu'elle avait
connues aux bords du Rhin et dont elle portait un livre publié par vous ; elle m'en a dit mille belles choses. Je fis
dès lors votre connaissance en esprit, et j'espérai vous voir
un jour! J'ai su hier qu'une Brésilienne du même nom
devait venir à ce concert, et ç'a été le plus grand attrait qui
m'y ait attirée aujourd'hui. Vous venez d'arriver dans notre
ville, où peut-être vous n'avez pas encore beaucoup de connaissances ; je me fais donc un plaisir de vous y offrir tout ce
que je pourrai faire pour vous être agréable. On m'a parlé
très-avantageusement des deux étrangères que j'ai devant
moi, et j'espère que, pour mes offres de services, elles voudront bien m'accorder la préférence sur mes concitoyennes.

Ces bonnes et affectueuses paroles de la part d'une personne que je voyais pour la première fois, et quand je
n'avais rien fait pour les mériter, me touchèrent d'autant
plus, que je voyais la spontanéité d'élan et le désintéressement sincère de la noble dame. Je tâchai de répondre à
ces obligeantes avances d'amitié en lui témoignant ma
reconnaissance et celle de ma fille, ainsi que le désir sincère que son aimable accueil à deux inconnues nous inspirait de cultiver sa société de préférence à toute autre pendant
le peu de temps que nous séjournerions dans sa belle capitale. — « Puisque ma ville natale vous plaît, me dit-elle,
j'ai l'espérance que vous ne nous quitterez pas de sitôt.
Vous verrez que plus vous resterez à Florence, plus vous
vous attacherez à ce qu'elle contient de beau et de bon. »

Dans ce moment la voix d'un jeune abbé se fit entendre

accompagnée par un piano, et mon aimable voisine me
pria tout bas d'observer la sensation que ce nouveau chanteur allait produire sur l'auditoire. C'était, en effet, une
charmante voix, et tout le monde l'écoutait avec plaisir.
Mais, au second couplet, un prêtre aussi jeune que lui, et
le seul, excepté Mʳ C***, qui portât l'habit sacerdotal, se leva
brusquement et quitta le salon. Un petit murmure se fit
parmi tous ceux qui le virent s'en aller ; et personne ne
s'étant empressé de le suivre, comme je pensais qu'on eût
fait s'il s'était trouvé indisposé, je vis, au contraire, un
sourire moqueur ou dédaigneux errer sur quelques physionomies. Le chanteur finit ses trois couplets, assez applaudis ;
un vieillard qui était devant moi se pencha vers la marquise
G*** et lui dit : «Que pensez vous, marquise, de la conduite
de ce grand pécheur faisant la leçon de sévérité au public
qui connaît et tolère sa vie privée ? Ses oreilles ont été
blessées en entendant un couplet où se trouve le nom d'a-
mour, et de ce pas il va peut-être.... — N'achevez pas,
comte, reprit vivement et avec bonté la marquise ; épargnez
à cette chère étrangère qui nous écoute la connaissance de
cette triste chronique. »

Elle nous présenta au vieillard, selon son attachement
invariable à cette étiquette, en ajoutant, après mille choses
obligeantes sur notre compte, que nous venions de visiter
Rome, Naples, etc. Au nom de Rome, M. le comte O***, qui
avait changé le rôle de censeur en celui de distributeur de
politesses aimables, me dit avec beaucoup d'esprit : « La
marquise avait raison, madame, de vouloir vous épargner
la lecture attristante de l'immense collection ouverte à
tous les regards dans la capitale du monde catholique, où
l'on pourrait rester des années entières à la lire sans jamais
l'épuiser. »

Un touchant morceau de l'inspiré Bellini, et d'autres de

Rossini, de Verdi, etc, vinrent nous distraire de ce sujet, dont on commençait à parler hautement. En sortant du concert, la marquise voulut que je renvoyasse ma voiture, et nous conduisit dans la sienne à notre hôtel, en me priant avec instance, pendant le trajet, d'accepter un appartement dans son palais, où je serais, disait-elle, traitée avec mon enfant comme elle-même.

« Je suis seule avec mes gens, ajouta-t-elle en me serrant affectueusement la main ; vous serez chez moi comme chez vous ; je serai heureuse de vous avoir sous mon toit, et de vous faire tant aimer le peuple florentin, que vous ne voudrez plus le quitter. »

Une hospitalité si franche dans une capitale d'Europe m'étonna autant qu'elle me toucha. Je fis comprendre à celle qui me l'offrait l'estime qu'elle avait conquise dans notre cœur par un si vif témoignage de sympathie pour nous, et les raisons qui me forçaient de ne point accepter son offre gracieuse. Elle parut extrêmement contrariée de ma délicatesse, et me fit promettre que du moins j'accepterais à dîner quelquefois chez elle, et sa voiture pour nous promener dans les environs de Florence.

Le lendemain elle vint nous rendre visite, et, dès ce jour, s'établit entre nous une liaison qu'on dirait formée depuis longues années. Ceux qui connaissent ici cette marquise, et qui voient son empressement à nous obliger, nous félicitent de la magie, disent-ils, que nous exerçons ; car on prétend que la marquise n'aime guère à se déranger de ses habitudes domestiques, voulant vivre isolée dans son palais depuis la mort de son mari et d'une fille unique. Elle va rarement à la cour, bien qu'elle soit dame d'honneur de la grande duchesse.

Ses égards affectueux et assidus envers nous lui donnent de justes titres à notre reconnaissance et à notre amitié.

LES FÊTES DE SAINT JEAN-BAPTISTE, A FLORENCE

— 24 JUIN —

De tout temps et chez tous les peuples, il fut toujours des fêtes nationales et religieuses, rappelant à l'esprit de l'homme certaines époques remarquables par un fait glorieux, soit pour la patrie, soit pour la religion. Dans les anciens temps, et même au moyen âge, les fêtes religieuses se célébraient avec l'enthousiasme que donnaient les croyances non encore envahies par le torrent du scepticisme des temps modernes, qui leur enlève une à une les fleurs de leur poésie. De nos jours, les fêtes religieuses surtout ne présentent plus un caractère réel de solennité. Le faste qui succéda à la sublime simplicité du culte catholique perdit peu à peu son prestige; les esprits véritablement religieux n'ont jamais eu besoin, pour prier le Seigneur, d'un temple chargé de toute cette pompe inutile et profane qui frappe les sens sans toucher le cœur; le cœur, ce temple par excellence d'où doivent s'élever vers le Créateur, comme un pur encens, toutes les bonnes aspirations, toutes les pratiques charitables.

Depuis qu'il est permis de mettre au grand jour le manque d'harmonie qui règne parfois entre la conduite du clergé et la morale qu'il prêche, et que l'on comprend mieux la sainte charité au service de laquelle seraient employées avec plus de profit les sommes énormes qu'on dépense chaque année pour un faste dont on croit honorer celui qui donna aux hommes le plus sublime exemple d'humilité; depuis, dis-je, qu'on a vu et compris cela, on ne regarde, en général, ces brillantes fêtes d'église que comme une réunion mondaine, un amusement qui altire plus les curieux que les personnes vraiment pieuses.

Des esprits médiocres ou peu éclairés se laissent éblouir par les brillants dehors, qui n'ont aucune signification spirituelle. Quant aux esprits vraiment religieux, ils voient avec tristesse les égarements de ceux qui s'écartent de plus en plus de la sainte pratique constituant la base fondamentale du principe prêché par le Christ. Et il ne pouvait pas en être autrement, car l'admiration cesse où l'on découvre les grands défauts des objets dont naguère notre cœur était touché.

Quelque splendide que soit un édifice, cet édifice s'écroulera avant le temps si les bases qui le soutiennent manquent de solidité. Bienheureux l'architecte qui, après avoir ébloui le vulgaire par la magnificence extérieure de son œuvre, ne se trouve pas lui-même entraîné dans cet écroulement inévitable.

Depuis mon arrivée à Florence, on me parlait souvent des grandes fêtes de la Saint-Jean, patron de cette ville. Courses de voitures qui durent plusieurs jours, illuminations, grande solennité à la cathédrale et au Baptistère, troupe de musiciens sur la place de la première, brillant feu d'artifice sur l'Arno, etc., tout a été déployé avec un grand art pour donner de la splendeur à cette fête religieuse.

Les fêtes de la Saint-Jean commencèrent le 23. A 6 heures de l'après-midi, un grand cirque élevé en amphithéâtre autour de l'arène, sur la belle place de Santa-Maria-Novella, était rempli de monde et présentait un magnifique coup d'œil. La tribune où se trouvaient le grand-duc, sa famille et sa cour, était placée au bout de la place, du côté opposé à l'église, sous les arcades ou loges de Saint-Paul, établissement d'éducation de filles pauvres. Un orchestre nombreux exécutait des morceaux choisis.

I.

20

A un signal donné, les chars à la romaine, *cocchi*, entrèrent dans l'arène et firent les quatre tours prescrits par le programme ; un d'entre eux l'emporta sur les autres par la vélocité des chevaux que conduisait une main habile, mais non romaine. Aussitôt le peuple, contenu quelques instants pendant cette course, accourut et couvrit de ses applaudissements le char victorieux, qui alla promener son triomphe par toute la ville.

Cette représentation des jeux Olympiques de l'ancien cirque romain, imitation de ceux de la Grèce, me parut une véritable caricature à l'époque de décadence où l'Italie se trouve encore. Les chars, au lieu d'avoir deux roues, comme ceux des anciens, en ont quatre ; les athlètes modernes comptant moins sur leurs propres forces et sur leur adresse que ne le faisaient ceux qu'ils singent. Les *cocchi*, les valets (deux pour chaque *cocchio*), les harnais des chevaux, les équipages de différentes couleurs, ce cirque improvisé, cette arène, cette multitude de spectateurs animés par l'enthousiasme des applaudissements, tout cela était très-pittoresque et très-amusant.

Ces jeux eurent lieu pour la première fois à Florence sous Cosme de Médicis, surnommé le Père de la patrie, despote sournois et fastueux, préparant déjà, avec les fleurs fanées de la république toscane, la couronne de prince qui orna depuis le front de ses petits-fils. Voulant s'attirer le peuple qu'il opprimait en le flattant, il institua pour lui cette sorte de spectacle.

Vers 9 heures du soir du même jour 23, une foule considérable se dirigea vers l'Arno pour voir le beau feu d'artifice. Les fenêtres de toutes les maisons de l'une et l'autre rive étaient remplies de monde, et les rues adjacentes donnaient difficilement passage. Ce fut avec peine que nous parvînmes au palais Corsini, où nous étions invitées depuis quelques jours pour voir le feu d'artifice qui, reflété par les eaux, présentait un spectacle des plus pittoresques.

Le lendemain eut lieu, dans la cathédrale, une fête brillante à laquelle toute la cour assista et y déploya un grand luxe. L'après-midi, les courses de voitures commencèrent.

Parmi ces joyeuses fêtes populaires où régnèrent l'ordre et le calme le plus complet, un seul spectacle me déplut, et je m'étonne qu'un peuple civilisé comme le peuple florentin le puisse admettre : c'est la course de chevaux lâchés d'un point de la ville et courant avec une rapidité effrayante à travers les rues au milieu de deux grosses haies de peuple, jusqu'à une des portes à l'extrémité de la ville. Le grand-duc, qui paraît aimer beaucoup cette sorte d'amusements, présidait avec sa femme et ses enfants, du haut de la tribune qu'on lui avait préparée en face du palais Rouge, d'où nous les regardions, au départ de ces chevaux, qui, dans leur course dangereuse, risquaient d'écraser quelques malheureux.

J'ai assisté par curiosité à toutes ces fêtes. J'ai vu d'un regard mélancolique ces multitudes enjouées se livrant à la joie sous leur ciel natal ; j'ai remarqué les riches équipages que Florence étale dans les trois jours de Corso, ce Longchamps de Paris.

Le soir, une belle musique se fit entendre sur la place du Dôme.

Je me sentais triste au milieu de tous ces plaisirs populaires, et c'était avec effort que je refoulais dans mon âme cette tristesse devant les aimables personnes qui nous avaient témoigné le désir obligeant de nous procurer la vue de tous ces spectacles : c'est que cette animation, cette musique, ces réunions, ces fêtes, me rappelaient plus vivement et la patrie et la famille si loin de nous. Quand on voyage avec ces deux pensées dans la tête et ces deux

amours dans le cœur, une teinte de mélancolie se répand
sur tous les objets qui nous frappent, et, plus ces objets
nous représentent une idée ou un événement de notre
pays, plus ils réveillent dans notre esprit le souvenir d'un
passé toujours si cher à ceux qui y aimèrent et qui y furent aimés.

La présence de la grande-duchesse qui était là devant
nous, prenant part aux spectacles qu'offrait la ville des fleurs,
me retraçait les pompes dont Rio-Janeiro se para pour recevoir et fêter sa nouvelle impératrice, sœur de cette grande-
duchesse et la plus heureuse épouse des têtes couronnées.
Et quittant par l'esprit Florence, sa cour et son peuple
joyeux, je revoyais cette ville majestueuse, reine de l'A-
mérique du Sud ; je me croyais encore sur une de ses montagnes, occupée jadis par les jésuites qui y avaient un couvent, et formant aujourd'hui une ville suspendue sur
l'autre ville. Et je regardais de là le plus admirable, le plus
grandiose panorama, ces cités, ces environs délicieux, ces
îles verdoyantes et coquettes qui semblent nager avec leurs
palmiers et leurs bosquets d'orangers sur le plus superbe
golfe du monde ; ce golfe, traversé pendant presque trois
siècles et demi par diverses nations qui vinrent dans leur
ambition disputer aux Brésiliens cette terre de promission
et d'un si grand avenir.

De nombreux groupes de famille et une multitude de
peuple de toutes les classes montaient, dès la pointe du
jour, les sept collines qui, comme dans la ville éternelle,
couronnent la ville de Janeiro. Les rues et les fenêtres re-
gorgeaient de monde ; la joie et le soleil rayonnaient sur le
peuple.

Pourquoi ces arcs de triomphe, ces orchestres nombreux, cette troupe en grand uniforme, ce joyeux mouvement partout dans la pittoresque capitale de l'empire de

Santa-Crux, tout ce monde empressé, tous ces regards avides se dirigeant vers la vaste entrée de son port et vers la haute mer, que chacun cherchait à découvrir en montant sur les terrasses des maisons et sur les éminences des montagnes?

« La voilà! » s'écrie le peuple, en apercevant la flotte attendue qui rentrait toute pavoisée dans le golfe splendide dont les forteresses saluaient la belle frégate qu'elle accompagnait, rapportant de Naples l'heureuse princesse qui venait recueillir sur ces plages fortunées les premiers parfums d'une belle fleur qu'elles lui réservaient. Et des cœurs ouverts et généreux lui offrirent dès lors un empire de paix et d'amour dont elle jouit depuis le 4 septembre 1843.

Le débarquement eut lieu sur un des quais, qui prit dès lors le nom de quai de l'Impératrice. Depuis cette place jusqu'au palais de la ville, une foule considérable se pressait dans les rues et aux fenêtres pour voir passer les équipages des particuliers et de la cour, au milieu de laquelle la princesse napolitaine se montrait joyeuse et belle de son bonheur, et remerciant gracieusement les foules qui saluaient la nouvelle impératrice, l'épouse du premier monarque né au Brésil, et de son second empereur. Arrivé à peine dans l'adolescence, et doué d'excellentes qualités et d'un goût particulier pour les études sérieuses, il fit présager à ce jeune et vaste empire un grand développement de progrès tant moral que matériel, qui devait marquer dans les fastes de son histoire une époque de bonheur et de gloire.

Mais laissons là cet Éden de l'Amérique et ses futures destinées. J'ai voulu seulement signaler, en passant, le souvenir d'un événement que me rappelèrent les fêtes de la Saint-Jean à Florence et la présence de la grande-duchesse.

28 juin.

J'ai reçu ce matin, la visite du jeune malade dont nous avions fait la connaissance à Rome.

Je l'accueillis comme un ami qui, dans son élan affectueux, me représentait mon fils arrivant à l'improviste près de moi et chassant la tristesse de mon âme.

Le bon climat d'Italie n'a pas encore produit sur lui l'amélioration désirée. Il restera à peine deux jours à Florence, me dit-il, et retournera en France, où il croit pouvoir reprendre l'enseignement de sa chaire et payer à la patrie son tribut de travail et de gloire.

Les ménagements qu'il est forcé de prendre pour sa faible santé le firent rentrer de bonne heure à son hôtel, en me laissant le regret sincère que tant de mérite se trouvât ainsi en butte à des souffrances physiques.

Que de grands résultats peuvent obtenir la prévoyance et l'énergie réunies au dévouement maternel !

J'ai connu autrefois une mère dont l'enfant, qui s'était livrée très-jeune encore à de grandes études, commença tout à coup à languir, sans qu'aucune maladie caractéristique se déclarât. Cette mère fit d'abord cesser à son enfant toute espèce d'études et lui fit respirer l'air pur de la campagne. Mais l'enfant continua de languir, malgré tous les soins maternels et l'assistance des médecins. Un jour, un vieux docteur, ami de la famille, cherchant à rassurer la pauvre mère effrayée d'un mal que rien ne guérissait : « Cette langueur, dit-il, ne tient qu'au développement physique de votre enfant, qui s'opérera difficilement dans les conditions où elle se trouve. Si je ne vous savais pas si attachée aux obligations qui vous retiennent dans votre patrie, je vous conseillerais de faire tout de suite un long voyage avec votre enfant : un changement complet de climat, pendant deux ou trois ans, la fortifierait tout à fait, j'en suis sûr. »

Le docte médecin finit de parler sans que la mère l'interrompît par aucune considération ; elle réfléchissait, ou plutôt agissait déjà : les saintes affections, les devoirs, les considérations qui l'attachaient à son pays natal, sans se taire dans son cœur, firent place à l'accomplissement d'un devoir plus impérieux. Les craintes d'un long voyage, les sacrifices, l'intérêt matériel, la perspective même de la pauvreté et les réflexions saugrenues d'un certain monde idolâtre de la fortune et contempteur des grands élans de l'âme, qu'est-ce que tout cela quand il s'agit de la vie d'une enfant bien-aimée ? Tout pâlit devant l'amour maternel.

Vingt jours s'étaient à peine écoulés, que la mère avait tout quitté, sa famille, la position assurée dont elle jouissait, entourée de l'amour et de la considération des siens, son repos, les beaux aspects de ses aspirations vers l'avenir ; elle brava tout, traversa de longues mers, de lointains pays, et, après un séjour d'environ trois ans à l'étranger, elle rentra dans sa patrie, avec son enfant rendue à la santé, en bénissant Dieu de lui avoir inspiré et donné la force d'accomplir un des devoirs les plus sacrés.

LE DERNIER CORSO ET LA PROMENADE DU CASINO

J'avais rêvé toute la nuit que je voyais mon enfant, non pas gai et bien portant comme je l'avais laissé là-bas, mais triste et souffrant. L'âme remplie de ces images, j'ai fait venir une voiture, et, après avoir fait un tour dans la ville, nous quittâmes le Corso, et ordonnâmes au cocher de nous conduire vers la rive droite de l'Arno, à la promenade du Casino.

La soirée était délicieuse : la vieille et pittoresque Fiesoli se montrait au loin sur son éminence comme une reine dépouillée de sa grandeur et de ses charmes. L'air embaumé des champs nous inondait, en nous faisant goûter dans le calme de la nature ce bien-être de la solitude que le philosophe Zimmermann décrit avec tant de cœur !

Le Casino était désert; les beaux équipages qui y affluent chaque soir promenaient encore dans le Corso un monde toujours avide de fêtes et de plaisirs bruyants.

Cette promenade ne nous avait jamais paru si belle, ses ombrages si frais, si poétique le coucher du soleil, dont les derniers rayons se dessinaient sous les nuages roses et nuancés de l'horizon que nous contemplions à travers les feuillages. Dans ma rêverie je me figurais serrer la main de mon cher enfant, qui pressait tendrement la mienne et faisait passer en moi les émotions de son âme.

Qu'elles étaient pures et nobles, ces douces émotions, et qu'elles traduisaient éloquemment l'histoire de sa vie loin de sa mère et de sa sœur ! Que de paroles mentalement échangées ! que de regards où l'âme se reflète tout entière ! que de saint abandon ! que de bonheur suave et pur ! O bienfaisante illusion ! pourquoi t'es-tu sitôt évanouie !...

A neuf heures du soir, aux dernières lueurs du plus beau crépuscule de ce mois aux longs jours, nous rentrions à l'hôtel, et je versai dans une lettre à mon fils l'expressions de mon cœur.

LA BIBLIOTHÈQUE MAGLIABECHIANA

Cette bibliothèque contient plus de cent soixante mille volumes et douze mille manuscrits. Le vénérable docteur D***, dont j'avais fait la connaissance chez la marquise G***, nous conduisit la première fois à la *Magliabechiana*. Le conservateur

de la bibliothèque nous montra les précieuses curiosités qui
y sont sous clef, entre autres, une édition intéressante, et
deux manuscrits de trois de nos vieilles connaissances :
Dante, la *Divine Comédie*, imprimée sur parchemin en 1481 ;
Sanovarol, écrits *ascetici*, original ; Machiavelli, *Esquisse
de l'art de la Guerre*. Ces deux derniers ouvrages sont des
manuscrits de la propre main de leurs auteurs.

J'ai eu plus d'occasions ici que dans les autres villes de
l'Italie de mieux apprécier le goût du public pour l'étude.

Quoique la jeunesse de Florence aime beaucoup le plaisir, on voit toujours, de 9 à 4 heures de la journée, cette bibliothèque pleine de lecteurs. Toutes les fois que nous y
allions, à l'aspect de ces groupes studieux consultant les
œuvres précieuses des auteurs du moyen âge et d'autres,
j'admirais la passion des Toscans pour l'étude ; mais hier un
savant florentin me fit observer que la plupart de ces hommes que je rencontrais à la bibliothèque Magliabéchiana
étaient des étrangers des différents États de l'Italie. Ce nom
d'*étrangers*, dans la bouche d'un Italien parlant de ses frères
Italie, me choqua. Mais c'est ainsi qu'on désigne les naturels des villes et même des bourgs les plus voisins. La fatale semence des discordes civiles antiques, jetée à dessein
parmi le peuple italien par les despotes qui se partagèrent
les dépouilles de cette grande nation, aujourd'hui si divisée
et si désunie, y produit encore ses fruits empoisonnés. Espérons que des cultivateurs éclairés de l'arbre sacré, qui a
été arrosé par tant de sang, trouveront les moyens de détruire complétement les racines vénéneuses qui arrêtent les
progrès de cette terre encore si fertile !

FIESOLE

— 6 JUILLET —

Solitaire et pittoresque Fiesole, antique et glorieuse souveraine, maintenant triste squelette enveloppé dans ton linceul de verdure, tu sembles dire du fond de ton cercueil au voyageur qui monte jusqu'au sommet de la montagne : « Les siècles et l'inconstance des hommes m'ont plongée, avec tout mon éclat et ma puissance, dans le néant ! Mais regarde là-bas, et sois émerveillé à l'aspect des nouvelles beautés éparses çà et là sur les collines et les plaines environnantes qui furent jadis les fleurs de la guirlande dont se parait mon front. »

Et, en effet, quand, après une charmante route en zigzag, de Florence à Fiesole, on arrive au haut de cette montagne où est la pauvre petite ville actuelle, remplaçant la grande ville étrusque, et qu'on regarde en bas les villas des seigneurs et les maisons des paysans disséminées dans l'immense vallée de l'Arno, parmi les oliviers grisâtres, sous les doux rayons du soleil couchant, et, au fond de la plaine, la reine de l'Arno coupée gracieusement par cette rivière qui a reflété tant d'ombres illustres ; quand on contemple, dis-je, ce vaste et ravissant tableau empreint de grands souvenirs, le cœur semble se dilater dans la poitrine pour recevoir et contenir les émotions nouvelles offertes par cette vieille contrée si bouleversée, si changée et si poétique encore !

Florence la Belle se montre d'ici plus belle encore, avec ses palais, ses tours à l'aspect sévère, ses beaux temples, parmi lesquels le fameux dôme de Brunelleschi, ainsi que le *campanile* de Giotto et la ravissante tour de Lapo, se dressent vers les nues dans toute leur majesté artistique.

Je m'incline devant toi, ô génie puissant de l'Italie, merveilleuse grandeur de l'art, répandue partout avec tant de profusion sur cette terre fertile ! Je m'incline devant la magique influence que donnent à tes charmes les souvenirs de ton grand passé !

La voiture montait lentement en suivant les détours de la ville de Fiesole, et en nous permettant de contempler à l'aise les magnifiques spectacles qui se déroulaient à nos yeux et faisaient tressaillir mon cœur au souvenir d'autres sites plus riches, plus beaux, plus grandement doués par la nature, à défaut des surprenantes œuvres d'art qui honorent l'Italie. Ma fille, ravie des nouveaux points de vue que nous découvrions à mesure que la voiture montait, s'écriait à chaque instant en me faisant remarquer les prairies, les collines dont les blanches maisons ressemblent à des poignées de perles jetées çà et là au milieu des oliviers et des sapins.

L'excellente Allemande, maîtresse de la maison où nous sommes à Florence, et que j'avais invitée à faire cette promenade avec nous, se réjouissait en voyant l'enthousiasme de ce jeune cœur pour les beautés d'une terre qu'elle aime avec passion.

Arrivées tout en haut, nous descendîmes de voiture pour aller visiter la vieille basilique de Fiesole, le reste de ses murs étrusques, et l'église du couvent des Franciscains, bâtie sur l'emplacement de l'ancienne acropole.

Quant aux restes de l'amphithéâtre qu'on y désigne encore sous ce nom, rien n'en donne plus l'idée. La forme de la cathédrale ressemble à celle de l'église de Saint-Meniato aux portes de Florence, là où l'ombre du grand architecte guerrier plane encore toute vivante, rappelant le courage qu'il déploya en défendant sa patrie.

Rien de bien remarquable dans la vieille cathédrale de Fiesole, où l'on nous a fait voir le mausolée de l'évêque Salutati, de 1465, le tabernacle par Mino da Fiesoli et quelques fresques par Ferrucci. Malgré la ravissante vue qu'on découvre de ces hauteurs depuis la vallée arrosée par l'Arno, jusqu'au chemin des Apennins, et les montagnes élevées de Carrare, malgré le bon air qu'on y respire, Fiesole n'est maintenant habitée, en général, que par de pauvres gens qui se livrent à la fabrication des tresses de paille dont les femmes font le commerce.

Je revins de cette promenade l'âme suavement imprégnée des souvenirs qu'elle avait réveillés en moi plus vivement ce jour-ci, et me sentant le désir de revenir séjourner quelque temps à Florence pour mieux goûter les charmes de cette illustre et douce Toscane dont le peuple me devient de jour en jour plus sympathique.

FLORENCE

— 10 JUILLET —

L'AMOUR DANS LE MARIAGE.

Les partisans du célèbre romancier qui prétend que le mariage détruit l'amour ne manqueront pas de s'écrier, en jetant les yeux sur le titre ci-dessus : « L'amour dans le mariage est un phénomène ! » Phénomène qui n'est pourtant pas rare chez les êtres qui, en formant ces liens, n'ont pas été attirés par l'attrait de la richesse ou par certaines froides considérations portant souvent en elles-mêmes l'anéantissement du bonheur conjugal, mais par une véritable affection de cœur fondée sur le mérite réel de l'être qu'on choisit pour l'associer à ses plaisirs et à ses peines.

C'est une grande erreur de croire que les richesses ou une belle position dans le monde puissent par elles seules procurer le bien le plus doux et le plus à désirer ici-bas, le bonheur domestique. L'argent achète tout dans ce monde, titres, honneurs, hommes, femmes, etc., mais il ne peut, il ne pourra jamais acheter les vertus ni les cœurs. Et comme l'amour vient du cœur, et que, sans ce puissant mobile de nobles actions, il n'y a pas d'union heureuse possible, il ne faut pas, ce semble, accuser le mariage comme cause de refroidissement dans l'amour, mais bien l'homme ou la femme qui s'y engage légèrement et sans amour.

Plaignant donc plutôt que je ne blâme les esprits frivoles, les cœurs blasés qui s'attachent à profaner une sainte institution, la plus capable de développer et d'entretenir ce qu'il y a de plus beau, de plus grand et de plus noble dans l'amour, je citerai ici un des exemples de cette flamme divine, brûlant toujours avec intensité dans le cœur de deux époux après de longues années de mariage.

E. M***, appartenant à une honorable famille, Romain de naissance, Florentin de cœur depuis qu'il a épousé une digne Florentine, faisait sa quatrième année d'études à la Sapienza, à Rome, lorsque la passion de la musique l'emporta, chez lui, sur la brillante carrière qu'il suivait. Son père, homme d'une extrême sévérité, et aussi ambitieux qu'indifférent aux plus doux sentiments de la nature, aurait voulu que son fils épousât une riche héritière, jeune Anglaise qui s'était éprise du jeune M***.

Mais la fortune qui éblouissait le père ne toucha aucunement le fils, et celui-ci, ne pouvant pas aimer celle qui la possédait, refusa de l'épouser.

Le père, ne comprenant pas ce qu'il y avait de noble dans cette conduite, fut inexorable envers son fils. E. M*** quitta Rome, se rendit à Naples, en Sicile ; puis il vint à Florence, où l'amour triompha de son indifférence, sous les traits d'une jeune femme qui fixa son choix et devint pour toujours l'objet de sa plus vive affection. Ame à la fois

douce et passionnée, abritant toutes les vertus qui font de
la femme un être presque divin, Mme M*** charme depuis
seize ans la vie de son mari en se rendant chaque jour plus
digne du tendre et profond attachement d'un des meilleurs
cœurs d'homme de lettres que j'aie jamais connu jusqu'ici en
Europe. Onze enfants ont été le fruit de cette union. Des re-
vers de fortune que ce digne couple a essuyés, au lieu d'affaiblir, vint resserrer les liens que leur tendresse mutuelle
sait dorer, malgré la lourde main de l'infortune qui a pesé
sur leur vie.

C'est dans la puissance de ce sentiment sublime que l'un
et l'autre puisent de douces consolations. Littérateur, mu-
sicien et poëte, E. M*** occupe toutes ses journées à un
travail assidu et intelligent, qui lui donne pourtant à peine
de quoi satisfaire aux premiers besoins de sa famille. Mais
cela n'aigrit pas son caractère et n'affaiblit pas son zèle et
son amour. Il passe toutes ses soirées auprès de sa femme
et de ses enfants, en faisant de la musique avec la première,
qui possède, comme lui, une voix des plus mélodieuses ; il
repasse avec elle leurs auteurs de prédilection, ou il lui
explique le Dante, et compose des cantiques pour ses enfants, qu'il élève dans les principes d'une saine morale.

Souvent sa muse lui inspire des vers touchants, où l'a-
mour, la foi conjugale, la religieuse résignation dans le
malheur et le bonheur domestique de ce tendre couple ressortent au milieu des plaintes contre l'ingrate fortune qui a
cessé de lui sourire.

Une dame piémontaise, demeurant en face de la maison
que j'habite ici, ayant entendu la voix de mon enfant au
piano, désira faire notre connaissance et vint nous rendre
visite avec ses deux filles, jeunes personnes très-intéressantes, dont une est artiste. Ce fut chez elle que je vis pour
la première fois M. M***. Madame S*** me le présenta

comme un littérateur et un poëte de distinction, qui ins-
truisait ses filles et perfectionnait chez l'une d'elles l'art du
chant. « C'est un homme d'un grand mérite, me disait-elle,
avant que je ne l'eusse vu, et que je désire vous présenter.
Il n'a qu'un seul défaut, celui d'aimer trop sa femme. Il re-
fuserait le plus grand avantage qu'un emploi quelconque
pourrait lui rapporter, si, pour l'exercer, il lui fallait la quitter pour quelques mois seulement. Aussi préfère-t-il, depuis qu'il a perdu une assez belle position, traîner une vie de
gêne avec le peu de ressources que lui donne son professorat,
à entreprendre quoi que ce soit d'avantageux qui le prive-
rait longtemps de sa chère moitié. Il va même, ajouta madame S***, jusqu'à négliger de fréquenter le monde et à fuir
les cercles où son talent ne manquerait pas certainement de
lui être profitable ; et cela pour passer toutes ses soirées dans
des pratiques sentimentales qui ne lui rapportent rien ! »

Madame S***, femme d'esprit et de calcul, tout en me
déroulant le tableau des rares et précieuses qualités de ce
mari phénomène, selon l'expression de cet adepte féminin
de la nombreuse école dont j'ai parlé en commençant cet
article, regrettait qu'un si digne homme se laissât dominer
par une tendresse conjugale aussi mal entendue, disait-elle.

Ayant habité longtemps Paris, où l'expression d'un tendre attachement et les prévenances caressantes du mari
pour sa femme sont, en général, tournées en ridicule, je ne
m'étonnai pas de la censure faite par madame S***. Mais,
dès qu'elle m'apprit ce qu'elle nommait un grand défaut,
et que moi je vénère comme une grande vertu chez M. M***,
cet homme estimable et sa digne femme attirèrent toute
ma sympathie, et, en les connaissant de près, je les appré-
cie et les affectionne chaque jour davantage.

Les premiers jours de notre arrivée à Florence, dans notre avidité de voir les trésors d'art qu'elle renferme, ne voulant pas rentrer à l'heure précise du dîner italien (*al tocco*), nous allions dîner dans un restaurant où autrefois Orsini et Louis Napoléon venaient souvent ensemble prendre leurs repas.

Parmi les personnes que j'y rencontrais se trouvait un homme d'environ quarante ans, à la physionomie sérieuse des habitants du Nord; il dînait à une table en face de la nôtre, et paraissait examiner avec une attention discrète le monde qui entrait dans la salle où nous étions. La troisième fois que nous y retournâmes, trouvant notre table habituelle occupée par d'autres dames, nous prîmes les places que nous offrit le contemplateur muet que j'avais remarqué auparavant à la table qui n'était occupée que par lui.

A la manière dont il m'adressa quelques mots de politesse, ainsi qu'à son accent, quoiqu'il parle parfaitement l'italien, je reconnus que je ne m'étais pas trompée en le croyant un homme du Nord. En effet, M. R***, apprenant que j'étais récemment arrivée à Florence, m'offrit obligeamment ses services; il m'apporta dès le lendemain des journaux à lire. C'est une des personnes les plus estimables de cette fertile contrée, qui, par le développement des idées autant que par les affections viriles du cœur de ses nationaux, fut appelée à juste titre, par une des plus brillantes plumes françaises féminines, la patrie de la pensée et du sentiment.

Malgré sa prédilection pour cette bonne Toscane, où il vit depuis sa première jeunesse, M. R*** garde religieusement les principes austères de morale qu'il a reçus dans la mère patrie, et, tout en aimant les douceurs de la vie florentine, il révèle par son caractère la solidité d'esprit de sa noble nation.

Son goût pour le commerce, dont il suivit la carrière, l'emporta, chez lui, sur les suaves et sublimes inspirations de ses grands poëtes, de ses profonds philosophes, et il resta homme de calcul. Mais le côté positif de la vie, avec lequel il paraît s'être identifié, n'a fait aucunement tort aux bonnes qualités de son cœur.

Appréciant à un haut degré ces qualités, ainsi que les simples et franches manières germaniques que j'ai toujours préférées aux manières guindées de la politesse des salons, je me plais dans sa société plus que dans celle de bien des personnes d'un esprit hautement cultivé, mais dont le cœur n'abrite aucune des vertus qui donnent seules un véritable prix aux avantages de l'instruction.

Aussi nous attachons-nous de jour en jour à la bonne marquise de G***, qui ne cesse de nous prodiguer les attentions les plus délicates et les plus obligeantes d'une affection toute spontanée dont elle s'est prise pour nous. Agée d'environ soixante-dix ans, cette dame possède à peine la culture d'esprit qu'en général la vieille noblesse trouvait suffisante pour faire connaître à ses enfants la nomenclature de ses ancêtres, et les droits qu'elle s'arrogeait, dans des temps heureusement déjà éloignés, de faire incliner devant elle non pas de pauvres malheureux Africains abrutis par l'esclavage, que dans quelques pays une loi honteuse permet d'acheter, mais des hommes intelligents et de grand mérite valant bien mieux, par leurs vertus personnelles, que ces êtres orgueilleux de leurs titres de naissance passés de mode. Notre noble amie de Florence s'est révélée à nous tout à fait affranchie de ces vieux préjugés. Elle se montre même trop simple et trop naturelle pour une dame de son rang, et c'est là ce qui me fait apprécier surtout l'affection qu'elle nous témoigne. Connaissant bien la cour de Florence, dont elle s'est un peu retirée depuis 1848

I.

21

à cause de ses idées libérales, elle m'a mise au courant d'une
infinité de choses concernant l'intérieur de cette cour, sur
la haute société de Florence, afin, me dit-elle, que je la
connaisse bien lorsque je retournerai me fixer dans sa ville,
comme elle me presse chaque jour de le faire. Pour m'y
décider, cette bonne dame cherche avec empressement à
me faire voir tout ce qui peut m'intéresser sous le rapport
de la vie calme et douce qu'on mène à Florence, où l'on
goûte à la fois les avantages matériels et les agréments de
l'esprit. Elle vient souvent nous chercher dans sa voiture,
tantôt pour aller nous promener dans les sites les plus délicieux des environs de Florence, tantôt pour nous retenir
chez elle à dîner et nous présenter à quelque personne de
mérite qu'elle invite, pour nous rendre, dit-elle, sa société
agréable.

Tant d'amabilité et d'obligeance me confondent presque,
et je ne puis faire moins que de consigner dans ces pages
ma reconnaissance et ma vénération pour celle qui nous
comble ainsi de témoignages d'amitié et de considération,
sans avoir pour cela d'autre mobile que la bonté de son
cœur.

Un de ces jours où je ne pus sortir, elle vint passer la
soirée avec nous et dit au comte O***, noble vieillard
florentin qui venait de nous réciter un beau morceau de
poésie avec tout l'enthousiasme encore du jeune poëte
parlant dans cette divine langue toscane dont aucune autre
langue ne possède la douceur et le charme : «Savez-vous,
comte, que, malgré la sympathie que notre Florence inspire à ces chères créatures et mon vif désir de les posséder
parmi nous, je crains bien qu'elles ne m'échappent pour toujours? — Mais j'espère que madame et sa demoiselle, répondit le comte O***, appréciant comme elles le font les
beautés de l'Italie, ne manqueront pas d'y revenir et de

penser à leurs amis de Florence surtout. — Vous êtes trop bon, répondis-je à ce dernier, de donner le saint nom d'amis aux excellents cœurs qui ont eu l'amabilité de nous faire un accueil si sympathique et si obligeant dans votre beau pays. J'en conserverai toujours la reconnaissance la plus vive et le plus doux souvenir. J'emporte de l'Italie un cœur tout italien, c'est vous dire non-seulement que je partage et les douleurs et les espérances de ce bon peuple, que j'apprends chaque jour à aimer de plus en plus, mais encore que j'ai le ferme propos de revenir près de lui pour mieux me pénétrer de ses vertus et de ses malheurs ! »

Il est inutile de mentionner ici les belles paroles dont un poëte, et un poëte italien, se servit pour applaudir à un tel sentiment de la part d'une personne étrangère.

« Mais c'est très-peu pour moi, ajouta la marquise, que ce ferme propos de revenir en Italie ; et, tout en admirant vos beaux sentiments pour cette terre, je tiens à ce que vous donniez la préférence à ma bonne Florence, parce que ce sera de la sorte seulement que j'aurai le plaisir de pouvoir me dire : « Elles sont là près de moi. »

Ces paroles affectueuses, prononcées avec un accent de simple vérité qui me toucha, n'étaient pourtant que l'expression renouvelée d'un désir témoigné plus d'une fois par toutes les personnes qui nous fréquentent ici, et parmi lesquelles cette dame se fait remarquer, en m'attachant à elle et par son âge et par la prédilection qu'elle montre pour mon enfant quand elle parle des autres jeunes personnes.

Obéissant à mon penchant pour la patrie du Dante, j'ai promis facilement de revenir ici aussitôt que j'aurai visité les autres villes de l'Italie, et disposé mes affaires à Paris afin de me fixer pendant quelque temps à Florence. Aussi ai-je remis à mon retour dans cette intéressante ville l'excursion de la Vallombrosa, que la marquise m'avait invitée de faire avec elle maintenant. Je préfère, cette fois, connaître Sienne, et quelques autres villes de la Toscane.

SIENNE

— 18 JUILLET —

Sous la salutaire influence des nouvelles lettres que je reçus avant-hier de notre chère famille, nous prîmes hier à 7 heures le chemin de fer de Pise jusqu'à Empoli, où, en changeant de waggon, nous entrâmes dans la vallée de l'Elsa, puis dans celle de la Staggia, et nous visitâmes la maison de Boccace, au village de Certaldo, la ville de Saint-Gimignano, avec ses restes curieux du moyen âge, ses monuments d'art, sa curieuse église toute peinte à fresque par Berna et Benozzo Gozzoli, à Casciano, la villa où Macchiavel composa son fameux ouvrage du *Prince*; et enfin Sienne.

En sortant de Florence, nous revîmes avec plaisir la charmante vallée de l'Arno, semée, aussi de ce côté, de ses villas pittoresques se continuant jusqu'à Empoli, puis la vallée de l'Elsa et celle de la Staggia, sinon belle comme la première, du moins aussi fertile qu'elle, déroulant à nos yeux une série de tableaux riants, un long et poétique panorama de l'un et de l'autre côté de la route, et s'étendant à perte de vue à travers les collines couronnées de verdure et cultivées partout, jusqu'au sommet des montagnes éloignées, ramification des Apennins, qui se perdent dans l'horizon.

Nous passâmes en revue Granajolo, de l'autre côté de

l'Elsa, avec son importante école agricole; Castel-Fioren-
tino, perché sur le sommet d'une montagne; la vieille
Certaldo, aussi sur une hauteur, ayant à ses pieds le nouveau village qui porte le même nom. Nous y visitâmes la
maison où Boccace avait demeuré et où il fut inhumé,
ainsi que la pierre qui couvrit, dit-on, son tombeau; nous
allâmes voir en outre l'église de Saint-Jacques, où avait
été érigé, en 1503, un monument à ce poëte, dont les
restes conservés longtemps disparurent entièrement depuis.

Non loin de là se trouve Gimignano, dont les douze
tours anciennes et ruinées ressemblent à des colonnes vues
de loin.

Gimignano, entourée d'une enceinte fortifiée, fut autrefois constamment en guerre avec Volterre et Sienne; mais
aujourd'hui, réconciliée avec ses ennemis sous le même gouvernement, elle se repose avec elles de ces luttes intestines
qui les déchirèrent tour à tour. Elle déploie dans un grand
calme, comme les autres villes de la Toscane, ses monuments, ses ruines et ses chefs-d'œuvre aux yeux des étrangers, en attendant que la régénération de l'Italie leur per-
mette de déployer leur activité dans l'œuvre essentielle
pour la grandeur à venir de toute cette péninsule opprimée.

Poggibonsi, assise au bas d'une colline couronnée des
ruines d'un vieux château présentant l'aspect le plus pittoresque parmi la superbe verdure qui l'entoure, tous ces
beaux sites enfin que nous venions de parcourir, disposè-
rent mieux notre âme à apprécier l'artistique Sienne, que
nous découvrions peu après avoir passé un tunnel d'un
mille d'étendue. Après avoir admiré les beautés naturelles
de la route, l'esprit du voyageur se recueille quelques minutes dans cette profonde obscurité pour se livrer entièrement à une juste admiration devant les beautés de l'art que
Sienne renferme.

A peine descendues dans la gare, nous nous fîmes conduire à l'hôtel de l'*Aquila-Nera* que je choisis pour être en face du palais Tolomei, dont la vue nous rappelle un des plus beaux chants du Dante, où il parle si mystérieusement de la malheureuse Pise. Puis nous nous rendîmes d'abord au Dôme (cathédrale), une des merveilles de la Toscane, qui nous fit oublier pour quelques instants les grandeurs artistiques de Brunelleschi, de Giotto et de Buschetto. Quelle puissance d'architecture et de sculpture ! quelle richesse de marbre, de mosaïques, de lapis-lazuli ! Située sur une des hauteurs de la ville, entre le palais du grand-duc et celui de l'archevêque, la façade actuelle de cette cathédrale, attribuée à Jean de Pise, et couverte de remarquables sculptures, parmi lesquelles ressortent les prophètes et les anges de Jac. della Luercia, éblouit au premier abord. Divers animaux héraldiques symboliques des villes avec lesquelles Sienne fut alliée : « la louve, c'est Sienne ; la cigogne, Pérouse ; l'oie, Orvietto ; l'éléphant, Rome ; le dragon, Pistoie ; le lièvre, Pise ; le rhinocéros, Viterbe ; le cheval, Arezzo ; le vautour, Volterra ; le lynx, Lucques ; le bouc, Grossette. » Mais c'est l'intérieur qui attira le plus notre admiration par les beautés de ses piliers artistiquement ouvragés, de ses voûtes azurées et étoilées d'or, de son maître-autel, de son tabernacle en bronze, de la chapelle *del Voto*, enrichie de marbre, de lapis-lazuli et de précieuses mosaïques, de la chapelle de Saint-Jean-Baptiste, contenant des sculptures des artistes de Sienne, et la statue du saint, par Donatello, de la chaire, magnifique ouvrage de Nicolas de Pise, et d'Arnolfo ; de tous ces tableaux enfin et de ces objets variés d'art renfermés dans le dôme de Sienne. Une chose principalement y ressort sur toutes ces beautés, une chose que Sienne possède à un degré de perfection si remarquable ; c'est le pavé de sa cathédrale. Il est en marbres de diverses

couleurs, et représente plusieurs scènes de l'Écriture Sa nte
et d'autres travaillées avec un art admirable. Ces dessins
et cette peinture sans rivaux dans leur genre sont recouverts
d'une planche mobile qui ne se lève qu'à certaines fêtes de
l'année. Sachant qu'on enlève quelques parties de ce plan-
cher pour les montrer aux étrangers, je me suis adressée à
un gardien de l'église, qui découvrit à nos yeux divers endroits de ce pavé magnifique, en finissant par l'Ève incomparable, le Sacrifice d'Abraham, et Moïse sur le mont
Sinaï, ouvrage de Beccafumi. Dans une galerie attenante à
l'église et qu'on nomme *Libreria*, bibliothèque fondée par
le cardinal Piccolomini (depuis Pie III), on nous fit voir les
peintures empruntées à l'histoire de Pie II, son grand-oncle,
et au couronnement de Pie III, exécutées, nous dit le cus-
tode, d'après les dessins de Raphaël âgé à peine de vingt
ans, par Pinturicchio, qui en avait plus de quarante. Les
deux célèbres artistes y sont représentés l'un près de
l'autre.

Après que nous eûmes admiré le tombeau de Mascagni
et le groupe antique des trois grâces qui se trouve dans cette
libreria, on nous montra aussi des antiphonaires ornés de
miniatures de différents peintres.

En retournant dans l'église, nous remarquâmes encore
les trophées de la terrible bataille de *Monte-Aperto* sur
l'Arbia, contre les Guelfes de Florence, et les statues du
tombeau de Bandino Bandini par Michel-Ange, quand il était
encore jeune. Les colonnades qui divisent les nefs sont,
comme l'extérieur et l'intérieur du temple, en marbres
blanc et noir, ce qui lui donne un aspect à la fois grave et
majestueux. On attribue en général le mélange de ces deux
couleurs, dans les dômes de cette partie de l'Italie, à l'intention d'engager les factions nommées les Noirs et les
Blancs à se réconcilier; mais il est certain que, bien avant

l'existence de ces deux factions politiques, on voyait en Italie des monuments en marbres blanc et noir.

On disait la grand'messe ce matin, lorsque nous retournâmes au Dôme. Les sons harmonieux de l'orgue, cet instrument si religieusement poétique, réveillèrent dans mon âme une douce mélancolie; et, la mort et la vie se confondant dans ma pensée, je te mêlai dans ma prière, ô ma mère, avec mon fils bien-aimé et ceux qui continuent comme moi le pèlerinage de cette vie d'ici-bas, en attendant le jour où nous te rejoindrons dans le sein de Dieu!

J'étais là tout absorbée dans ces idées religieuses lorsqu'une voix enfantine et sonore, appelant doucement : « Maman, » et un frôlement de robe près de moi, me firent tourner la tête. C'était une petite fille et une dame qui s'agenouillaient à mes côtés. La vue de ces deux créatures étrangères fut pour moi comme un miroir magique où se refléta un des tableaux vivants qui me charmaient le plus autrefois et qui reste vivement empreint dans mon âme. Cette petite fille de Sienne priait dans un temple de sa patrie, comme toi, ma Nini bien-aimée, ange d'amour et d'innocence, tu priais naguère à l'église du couvent de Sainte-Thérèse, à côté de ta chère *mamita*, ainsi que tu nommais celle qui te conduisait, dans les rayonnantes matinées de notre zone, respirer l'air pur et embaumé de cette poétique montagne de Rio-Janeiro. L'enfant que j'ai vu ce matin avait ta vivacité et ton âge d'alors; ses petites mains jointes, elle répétait la prière que lui avait indiquée sa mère, comme toi tu répétais celle qu'à ta bonne mère et à moi avait transmise le cœur pieux qui nous avait élevées dans le sanctuaire de la famille, en nous apprenant chaque jour par son exemple à glorifier Dieu et à aimer l'humanité.

La présence d'une petite fille agenouillée sous les voûtes du dôme de Sienne me représentait à l'esprit tous ces tableaux rétrospectifs, et réveilla dans mon cœur le vif regret de la privation que je me suis imposée de tes douces caresses, ô fille d'une sœur chérie, toi que j'aime comme si tu étais mon enfant.

Pour faire diversion à la tristesse qui s'emparait de mon cœur, nous sommes allées visiter un de ces asiles que la charité publique offre aux malades qui ont le malheur d'en avoir besoin. Sur la place du dôme de Sienne dans le grand hôpital de Santa-Maria della Scala, le triste spectacle des souffrances physiques d'un grand nombre d'hommes et de femmes arracha mes pensées à toutes préoccupations personnelles pour les concentrer sur le sort de ces infortunés qui, ici comme partout, sont obligés de quitter le pauvre toit de leur famille dans l'espérance de se guérir, et qui meurent, en général, au milieu des indifférents, sans qu'une voix amie les vienne consoler dans leurs derniers moments ! En sortant de cet hôpital, nous visitâmes encore l'église de San-Domenico, remarquable par son style gothique et par les belles peintures qu'elle renferme de Guido, de Matteo de Sienne et d'autres, et surtout par le tableau admirable exécuté par Sodoma, représentant l'Extase, ou miracle de sainte Catherine de Sienne.

Dans l'église Fonte-Giusta, le tableau de Bald. Peruzzi nous rappela les sibylles de Raphaël, à Rome. La sublime sibylle de Peruzzi est représentée annonçant la venue du Christ à Auguste.

L'église de Saint-Augustin renferme, parmi plusieurs autres peintures d'artistes célèbres, un beau tableau représentant le Christ en croix, par le fameux Pérugin.

Dans l'Académie des beaux-arts nous trouvâmes une riche collection de remarquables tableaux d'anciens maîtres, tels que Guido, Simonet, fra Bartolommeo, Palma, Basson, Tintoret, Albert Dürer, etc. Après avoir visité l'oratoire de Sainte-Catherine de Sienne, lequel, dit-on, est construit sur l'emplacement occupé jadis par la maison et la boutique de son père, un teinturier de cette ville, nous allâmes voir le palais public et celui de Piccolomini, aujourd'hui palais du Gouvernement, sur la Grande-Place, où l'on voit une magnifique *loggia*. Le premier de ces palais, bâti par les architectes de la république siennoise, renferme plusieurs peintures remarquables de Sodoma et d'autres grands artistes.

Les salles de l'ancien tribunal, du grand conseil et d'autres en offrent en assez grand nombre aux visiteurs pour qu'ils y puissent passer des heures entières. La chapelle de ce palais possède aussi des choses très-intéressantes.

Nous sortions de l'église de Saint-Augustin à côté du collége Tolomei, lorsque nous rencontrâmes une dame habillée de noir, donnant le bras à un vieillard très-distingué. Ils étaient arrêtés devant la façade que ma fille et moi nous regardions en nous communiquant nos remarques. « Ce sont des Françaises, » disait la dame en parlant de nous dans cette belle langue italienne qui semble redoubler de douceur dans la bouche des naturels de Sienne. — « Non, lui répondit le vieillard, ce sont sûrement des Anglaises, ces voyageuses intrépides par excellence. — Et comme ils prononçaient ces paroles tout à côté de nous, et que l'air distingué de ce vieillard me plut autant que la douceur de la jeune femme qui était avec lui, je leur dis en italien : « Pardon, vous vous trompez tous deux : nous ne sommes ni des Françaises ni des Anglaises. » — « Mais excusez mon indiscrétion, » madame, dit aussitôt le vieillard; « en vous entendant parler une langue étrangère, j'étais bien loin de penser que vous fussiez italiennes. » — « C'est trop flatteur, monsieur, pour ma fille et pour moi, que vous nous preniez maintenant pour des Italiennes : nous ne le sommes que de cœur, et non pas de naissance. » Alors il me demanda avec une déférence et une affabilité exquise de quelle nation nous étions, et si lui et sa fille (qu'il me présenta), naturels de Sienne et y résidant, pouvaient m'être de quelque utilité dans cette ville. Je lui appris d'où nous étions, et je le remerciai de ses offres hospitalières, qui me prouvaient, du reste, que la réputation dont jouissaient à cet égard les Siennois n'était que très-méritée. Sa fille se joignit à lui pour nous témoigner le plaisir, disait-elle, qu'un heureux hasard lui procurait en lui faisant connaître des personnes d'un pays dont elle avait lu les récits les plus beaux et les plus poétiques. Puis elle ajouta avec beaucoup de grâce : « On dit que la curiosité est le partage de nous autres femmes ; mais mon père vient de vous prouver, madame, que les hommes n'en sont pas exempts. Nous allions voir mon fils au collège Tolomei, lorsqu'il vous a aperçues, et sa bonne curiosité nous a procuré le plaisir de vous parler. »

Apprenant que nous étions à Florence depuis presque deux mois, ils me demandèrent si j'y connaissais quelques-uns de leurs amis, parmi lesquels ils nommèrent l'illustre marquis G*** C*** ; monsignor C*** et la marquise G***. D'après notre liaison avec cette dernière, ils s'étonnèrent que la marquise de G*** ne nous eût pas adressées à eux. Mais je leur répondis que, devant rester deux jours seulement à Sienne, j'avais refusé d'accepter les recommandations que cette amie avait voulu me donner.

« Puisque nous devons nous séparer sans nous être à peine vues, chère dame, dit la jeune femme, venez du moins avec nous voir mon fils tout à côté ; nous vous ferons visiter un établissement qui peut-être vous intéressera. » — « Oh !

oui, tout ce qui concerne l'éducation de la jeunesse m'intéresse vivement, madame, lui répondis-je, et je serai témoin aussi avec intérêt d'un bonheur dont je suis privée, celui d'une mère revoyant son fils! »

Elle comprit ce qu'il y avait de mélancolie dans l'accent de ces derniers mots, me donna le bras, et nous entrâmes au collége. Son fils était un jeune homme de treize à quatorze ans; il vint se jeter dans ses bras avec cette tendresse expansive des cœurs du midi qui me rappela vivement mon fils quand j'allais le voir au collége anglais d'Andarahy, dans les charmants environs de Rio-Janeiro.

C'était aujourd'hui le second spectacle qui m'impressionnait. Je ne sais ce que je vis de tout ce que ces obligeants étrangers me firent visiter; à peine pouvais-je contenir mon émotion. Prétextant une grande fatigue, je pris congé d'eux, et nous nous retirâmes.

Après dîner, nous allâmes nous promener sous les allées de la promenade publique, sur l'emplacement du fort qui y avait été élevé par Charles-Quint, et qui fut détruit. Une forteresse construite par Cosme Ier se trouve tout à côté de cette promenade, qui contient plusieurs statues et de beaux arbres.

Sienne, bâtie sur une colline, est une ville maintenant déchue de son ancienne gloire; mais elle offre encore un grand intérêt, autant par les chefs-d'œuvre qu'elle renferme que par la douceur de son climat et de son peuple accessible et hospitalier, mais qui semble avoir cette extrême vanité dont l'accusait le Dante.

C'est une ville à l'aspect antique, avec de grandioses palais, de riches églises, de belles fontaines, des places remarquables, telles que celle de *Campo di Sienne*, sinon propre comme Florence, du moins aussi bien pavée. Quoique située au centre de la Toscane, elle ne possède aucun vestige d'antiquités étrusques. C'est le moyen âge qui s'y révèle tout entier avec les souvenirs de son ancienne république et de sa grande époque de l'art, dont on trouve encore partout des traces brillantes. Les monuments du douzième et du treizième siècle lui donnent un caractère tout particulier. Elle a eu un grand nombre d'artistes célèbres et a donné naissance à sainte Catherine. Ce fut elle qui, dit-on, engagea Grégoire XI à quitter Avignon.

On conserve, dans la bibliothèque de l'Université, les lettres de cette sainte écrites par elle-même, selon les uns, et, selon d'autres, seulement dictées par elle, car on prétend qu'elle ne savait pas écrire.

On nous a montré, derrière le Dôme, l'endroit du grand escalier de marbre par où elle passait habituellement, et qui est indiqué par une petite croix incrustée dans le marbre.

PISTOIA

En revenant de Sienne, le 19 courant, nous sommes allées visiter Pistoia avant de rentrer à Florence. Quoique j'aie l'intention de retourner bientôt en Toscane, je n'ai pas voulu la quitter sans jeter du moins un coup d'œil sur cette ancienne ville historique aux rues larges et bien alignées, aujourd'hui morne et solitaire, mais assez intéressante encore par sa richesse en sculptures des treizième et quatorzième siècles.

Quelques-unes de ses églises, et plusieurs de ses palais contiennent de beaux ouvrages d'artistes femmes. Ce fut à Pistoia que Catilina fut battu; une rue portant son nom y rappelle encore ce fameux conspirateur. Il paraît qu'une certaine férocité naturelle qu'on attribue à ses habitants leur avait été communiquée par les soldats de Catilina. Dante

fait allusion à une telle origine dans une imprécation vio-
lente contre leur patrie (1). En effet ce fut à Pistoia que se
forma dans le parti guelfe cette terrible division en blancs
et en noirs, ces deux factions si funestes aux destinées de
la république florentine et à la vie du Titan des poëtes.

Parmi les palais de Pistoia, on montre encore celui de
la puissante et redoutable famille Cancellière, nom à jamais horrible dans l'histoire de ce peuple par la haine
implacable et les actes de barbarie qu'elle pratiqua. Ce fut
dans ce palais, dit-on, que le féroce Gualfredo, appartenant à cette famille, fit couper, dans une mangeoire à chevaux, la main à un jeune homme, son parent des Cancellière blancs, qui avaït insulté un des noirs, et dont le père
l'avait envoyé demander satisfaction au père de l'insulté.

Ce crime donna origine aux deux partis qui ensanglantèrent cette belle contrée au moyen âge, temps de cheva-
lerie barbare dont les atrocités jettent comme un voile lugubre sur les grandes choses qui s'y accomplirent.

Le poëte et légiste Cino a sa tombe dans la cathédrale
de Pistoia. Il est représenté en bas-relief dans sa chaire et
enseignant le droit. Au milieu d'un auditoire attentif on
remarque parmi ses élèves une figure de femme qu'on croit
être cette Selvaggia bien-aimée à laquelle il a dédié ses
sonnets.

Dans la plus belle église de Pistoia, *Santa-Maria dell'
Umilità*, on voit encore la couronne de laurier en argent
reçue au capitole par la célèbre Morelli Fernandez, paysanne
des environs de cette ville, et qui prit depuis les noms de
Corilla Olimpica.

La belle ville de Puccini offre, à un mille de Pistoia,
une très-belle promenade.

(1) Inferno. XXV, 10,

ENCORE A FLORENCE

— 22 JUILLET —

Notre premier séjour à Florence est terminé; nous allons partir pour Bologne demain matin. Depuis deux jours nous ne sommes sorties qu'un peu le matin pour revoir encore quelques-unes des choses qui nous intéressent le plus, entre autres, le palais Bargello (1), où se trouve le portrait le plus vrai de Dante, fait par Giotto.

A partir de onze heures, la chaleur est étouffante, et c'est vers le soir qu'on respire librement sur la place du Dôme, remplie, à cette heure-là, de promeneurs qui vont prendre des sorbets aux cafés voisins ou dans la large *via* Calsajuolo.

Les bords de l'Arno nous attiraient de préférence, nous qui aimons la vue de l'eau et qui nous plaisons à y voir se refléter les réverbères qui garnissent les deux rives. Souvent nous allions plus loin, en longeant le *Cacino*, admirer ce ciel splendide de la ville de Dante, et ses astres se mirant dans cette rivière bien plus poétique de son temps, où elle coulait entre des tapis de verdure et des allées naturelles dont les arbres croissaient en liberté avant que la main de l'homme ne les eût abattus pour agrandir et embellir Florence.

La nature perd toujours où l'art triomphe. Aussi l'on prétend qu'à mesure que les peuples avancent dans la civilisation, la poésie s'en va, et que les âmes poétiques restent comme des exilées au milieu des sociétés modernes. Cela peut être, mais je crois que la patrie du poëte n'ayant

(1) Prison de Florence.

jamais été sur la terre, son âme y vécut toujours exilée.

Nous avons été, de 4 heures à 10 heures du soir, toujours entourées des obligeantes personnes de notre connaissance qui, sachant que je pars demain, sont venues encore, tour à tour, me témoigner leurs sentiments sympathiques, et me faire renouveler la promesse de retourner bientôt parmi elles.

La marquise G. est venue, la première, m'exprimer son regret de ce que je n'ai pas voulu accepter le dîner d'adieu qu'elle voulait me donner. Je m'excusai en lui montrant les lettres que j'avais reçues hier de Rome, et auxquelles il m'avait fallu répondre, aujourd'hui, en ajoutant à cette raison le besoin que je me sentais de reposer à la maison la veille d'un voyage fatigant par les grandes chaleurs de la saison. Elle me fit promettre qu'à mon retour je la dédommagerais amplement de cette privation, me dit-elle, que je lui avais imposée, avec tout le ménagement que mérite sa bonté pour nous. Mais je me refusai d'accepter son offre de descendre dans son palais en arrivant à Florence. Ma chère enfant se joignit à moi pour lui exprimer toute notre reconnaissance et notre particulière affection pour elle ; la bonne dame nous embrassa les larmes aux yeux et, nous priant de ne pas l'oublier et de lui écrire bientôt, elle nous quitta. Quand elle fut partie, je dis toute émue encore à mon enfant : Voilà comme le monde juge souvent mal ; on croit cette femme avare et indifférente, et elle traite et regrette ainsi deux étrangères.

BOLOGNE

— 26 JUILLET —

Dès l'aube du 23 courant, la maîtresse de la maison où nous logions à Florence, chargée par moi de quelques dispositions pour notre départ, vint-elle-même nous annoncer que tout était prêt. La bonne femme me témoigna son regret de nous voir quitter sa ville adoptive. « Vous êtes si aimées ici, mesdames, nous disait-elle, et vous appréciez tant cette bonne Florence, que je crois que vous y retournerez.

Tout semblait m'attacher à cette ville, depuis ses chefs-d'œuvre immortels et sa beauté naturelle, la vie douce et facile qu'elle offre aux étrangers au milieu d'un peuple affable, poli et le plus distingué de l'Italie, jusqu'à l'affectueux attachement d'une classe qui a partout la réputation de ne s'attacher qu'à l'argent. En descendant, nous rencontrâmes en face de la porte l'obligeant M. R. qui nous y attendait à cette heure matinale pour nous accompagner jusqu'à la poste et nous faire ses derniers adieux au moment du départ.

Cette délicate attention que je ne pouvais m'attendre de mes connaissances florentines, car je ne leur avais point fait part de l'heure où nous partirions, me surprit autant qu'elle m'émut ! Et, le remerciant du fond du cœur, nous quittâmes Florence, aussi impressionnées que touchées du bon accueil que nous y avions reçu.

Les premiers rayons du soleil commençaient à dorer la coupole de Brunelleschi, le brillant campanile de Giotto, et la gracieuse tourelle d'Arnolfo, lorsque, déjà assez loin, nous nous retournâmes pour les saluer encore une fois. Nous avions pris le coupé de la diligence, d'où nous pouvions voir à l'aise les points de vue plus ou moins intéressants qui se déployaient devant nous quand nous montions ou descendions les Apennins par la route de Porretto.

Au relais de ce village la diligence s'arrêta le temps nécessaire pour que les voyageurs pussent dîner à la hâte dans une auberge assez confortable dans ces hauteurs arides

pour la plupart. Après quinze heures de voyage nous arrivâmes à cette antique Felsina des Étrusques, aujourd'hui
Bologne, la seconde capitale des États du pape, sous la surveillance d'une garnison autrichienne depuis la dernière
tentative des Bolonais en 1848, pour reconquérir leur liberté.

Il était déjà nuit quand nous entrâmes dans la ville, qui
me parut aussitôt d'un aspect sombre par ses portiques et
par la présence de ces gardiens armés à qui il semble tout
naturel et tout juste, comme aux Français, d'agir en maîtres
chez les autres. Et la liberté de la noble Italie, s'enveloppant du long crêpe que lui ont jeté ces deux grandes ambitions politiques, se débat en silence dans sa longue agonie,
en attendant, dans cette terre fertile en prodiges, un miracle
qui puisse la sauver !

Nous descendîmes au grand hôtel Brun, ou Pension
suisse, et, le lendemain, reposées un peu de la fatigue du
voyage, nous sortîmes pour aller à la cathédrale et pour voir
Bologne, dont l'aspect ne me parut pas plus beau le jour
que la nuit. La plupart de ses rues, bordées des deux côtés
de portiques assez irréguliers, lui donnent un air presque
taciturne. Mais, lorsque le soleil se montra dans toute sa
splendeur brûlante, je m'aperçus que les anciens Bolonais
avaient eu raison de chercher un abri contre l'excessive
chaleur en se promenant à pied dans les rues de leur ville,
aussi chaude, me dit-on, en été, que froide en hiver.

Si Bologne me paraît triste par ses portiques et sa garnison autrichienne, ainsi qu'insupportable à cause de la grande
chaleur qu'il y fait maintenant, elle ne m'inspire pas pour
cela moins d'intérêt comme une des villes où les arts et les
lettres brillèrent avec plus d'éclat, et dont le peuple a
prouvé par sa lutte héroïque contre la tyrannie de ses oppresseurs, combien la devise : *Libertas*, qu'il avait adoptée,

est en harmonie avec le développement de l'intelligence humaine.

On connaît les trafics qu'ont fait tour à tour de cette illustre ville ses usurpateurs, souvent renouvelés, et les efforts de son peuple pour s'affranchir du joug qu'il déteste.

La trame ourdie entre le pape Eugène IV et le duc de Milan, par suite de laquelle fut assassiné Annibal Bentivoglio, qui avait été mis à la tête de la république; la bulle publiée par Jules II abandonnant au pillage les biens de ce chef et ceux de tous ses partisans, et vouant leurs personnes à l'esclavage; l'entrée militaire de ce pape à Bologne; et tant d'autres tristes souvenirs ne se sont pas effacés dans la mémoire de ce peuple. Il attend, sinon résigné, du moins patient comme ses frères d'au delà et en deçà des Apennins.

Ne pouvant pas voir, le jour qui suivit notre arrivée, la fameuse sainte Cécile de Raphaël, je suis allée, en sortant de la cathédrale, remettre une lettre que l'archevêque de T. m'avait donnée à Rome pour que je la remisse moi-même à son ami le chevalier U., quand je passerais à Bologne, où il exerce les fonctions de commandant de la place. J'ai trouvé chez ce digne chevalier l'accueil le plus obligeant et la délicatesse la plus exquise. Jamais des manières si distinguées et tant de douceur et de politesse dans la tenue et dans la conversation, réunies aux avantages d'une noble physionomie révélant une âme héroïque, ne s'étaient offertes à mes yeux sous le costume militaire. Vers trois heures de l'après-midi il se présenta dans notre hôtel, pour commencer, nous dit-il gracieusement, son heureux emploi de notre cicerone dans la vieille Felsina. Sachant les occupations qui absorbent le temps du chevalier U., je fus très-touchée de ce qu'il voulait ainsi nous consacrer quelques heures. Sa voiture nous attendait en bas, et, nous ayant entendu dire que nous avions regretté de n'avoir pu commencer à voir les curiosités de Bologne par la sainte Cécile de Raphaël, il ordonna au cocher de nous conduire à l'Académie des Beaux-Arts, qui, comme l'université tant l'ancienne que la moderne, nous fut ouverte hier même par son intervention.

Je le remerciai de cette double amabilité, et, en entrant dans la Pinacothèque, ou galerie de tableaux, mon enfant et moi nous cherchâmes avec avidité, parmi le grand nombre de tableaux, de l'école bolonaise et de divers autres écoles italiennes contenues dans huit salles de cette célèbre galerie, l'admirable sainte Cécile, un des objets principaux de notre curiosité.

Le divin peintre représenta la sainte tombée en extase en entendant la musique exécutée par des anges. Vasari appelle avec raison ce tableau : *Tavola divina e non dipinta.* La sainte Cécile de Raphaël est peinte sur bois, et entourée de saints. En effet, quand on contemple cette délicieuse peinture d'un style si parfait et puissant, on reste comme saisi d'admiration autant pour la pensée créatrice de l'auteur que pour l'exécution de l'ouvrage. Et je me demande comment celui dont l'âme était si hautement, si divinement inspirée, se laissa entraîner par l'excès d'une passion toute terrestre qui abrégea son existence !

Après cette sublime production de Raphaël, nous passâmes en revue quelques-uns de beaux ouvrages de Francia, le grand peintre bolonais, d'Albano, des Carrache, du Dominiquin, de Guido Reni, de son élève Élisabeth Sirani et d'autres artistes célèbres.

Puis, le chevalier U***, nous fit visiter les deux universités, dont l'ancienne m'intéressa plus particulièrement par les souvenirs qui s'y rattachent. Elle est après celle de Salerne l'université la plus ancienne d'Italie. On voit les noms de tous les étudiants des divers pays qui y ont été lauréats, et les armes de leurs nations, ainsi que des tombeaux de professeurs, décorés d'armoiries de toutes les nations. Tout y parle encore éloquemment de ces temps glorieux pour Bologne autrefois si renommée, surtout pour l'étude de droit de cette université. Elle renferme là une grande bibliothèque communale. L'ancienne salle d'anatomie contient plusieurs statues remarquables, représentant divers savants des siècles passés.

Ce fut là que le Bolonais Mondini disséqua le premier cadavre au commencement du quinzième siècle. Ce fut encore dans cette université que le célèbre Galvani, né aussi à Bologne, fit la découverte qui devait avoir une si grande portée pour la connaissance des phénomènes électriques. Parmi le grand nombre d'illustrations remarquables en toutes les sciences et arts, dont la Bologne d'aujourd'hui, dans sa décadence, se glorifie encore à juste titre, il y eut plusieurs femmes, dont un certain nombre occupèrent des chaires de droit, de philosophie, de langues, et même d'anatomie et de chirurgie. La belle Novella remplaçait, au quatorzième siècle, son père dans sa chaire de droit canon, et on lit dans plus d'un récit sur cette savante fille, qu'elle avait une petite courtine au-devant d'elle afin que sa beauté ne pût distraire l'attention de son auditoire. Caëtana Agnesi, et tant d'autres, sont encore citées ici comme de beaux ornements de cette légion de talents bolonais dont la mémoire fera toujours revivre leur patrie. Le dernier des grands talents féminins qui se distingua le plus dans l'université de cette ville, ce fut la célèbre Tambroni qui y occupa la chaire de langue grecque jusqu'en 1798, et qui mourut au commencement du siècle actuel.

La nouvelle université renferme, outre les musées d'antiquités, ceux de minéralogie et de zoologie, une collection d'anatomie comparée, un cabinet de physique, etc. Le cé-

lèbre polyglotte l'abbé Mezzofanti, qui savait quarante-deux
langues, et qui mourut en 1849, a été conservateur dans la
bibliothèque de l'université. Ce ne fut pas sans émotion que
nous visitâmes la salle où le *stabat mater* a été chanté pour
la première fois en présence de son auteur le célèbre Rossini, qui se choisit dernièrement Paris pour en faire sa demeure, par dépit, dit-on.

En visitant aujourd'hui la grande basilique inachevée de
Saint-Petronio, imposante par son architecture, nous y rencontrâmes son prieur l'abbé D. J*** que le chevalier U***
nous présenta comme son ami, et qui nous fit l'accueil le plus
flatteur en nous offrant ses services à Bologne, et en m'ex-
primant comme le chevalier le regret de ce que je ne voulais rester plus de trois jours à Bologne. « Nous y retourne-
rons plus tard, leur dis-je, mais maintenant nous avons
hâte de connaître Venise. » Il nous fit voir ce qu'il y a de
plus intéressant dans son église, actuellement en réparation.
Parmi plusieurs ouvrages artistiques de divers auteurs, nous
y trouvâmes des sculptures remarquables de Niccolo Tri-
bolo, et de la célèbre artiste Properzia de Rossi, qui était à
la fois peintre, graveur, sculpteur et musicienne. Le grand
amour de l'art n'a pas cependant malheureusement suffi
à son cœur, elle languit et mourut d'un autre amour non
payé de retour. C'était sous la grande porte de cette basilique que se trouvait la statue de bronze modelée par Michel-
Ange, Alfonso Lombardi, et élevée à Jules II, et brisée par
le peuple en 1511. Le curé D. J*** nous montra dans une
des chapelles le tombeau de la sœur de Napoléon Iᵉʳ, Élisa,
de son mari et de leurs enfants.

Le lendemain matin, l'officieux curé s'empressa avec une
extrême obligeance de venir nous chercher pour visiter les
églises de Saint-Dominico, Saint-Paolo, et Corpus Domini.
La première renferme des œuvres d'arts remarquables de

plusieurs grands artistes, le magnifique tombeau de Saint-Dominique, des sculptures, peintures, bons tableaux de Filippino, Lippo, Jean de Rimini, François et Jacques Francia, et du Guerchin. Le célèbre Guido-Reni et son élève, Élisabeth Sirani, empoisonnée dans toute sa gloire d'artiste à l'âge de vingt-six ans, y furent enterrés. Dans la belle église de Saint-Paolo, parmi les peintures de L. Carrache et de plusieurs autres artistes célèbres, on nous fit remarquer celles de l'infortuné Cavedone. Puis nous allâmes voir l'église Corpus Domini, et la chapelle de la *Santa* qui s'y trouve. Cette chapelle est éblouissante de richesses ; mais je ne saurais rendre le sentiment de répulsion qui s'empara de moi en y trouvant sur un fauteuil dans une espèce d'estrade richement décorée, un hideux squelette noir paré avec un luxe inouï. C'est là, dit-on, le corps de sainte Catherine dite de Bologne, ancienne abbesse dans le couvent attenant à l'église ! On voit à côté de la sainte, et sous une glace, son scapulaire et d'autres objets qui lui ont appartenu, ainsi que le violon dont elle jouait. Les Bolonais ont une grande dévotion pour cette sainte qui est là depuis plus de quatre siècles, m'a-t-on dit, opérant de grands miracles ! La sainte Catherine que j'ai vue à Rome couchée dans son cercueil sous le maître-autel de Sainte-Marie sur Minerve, me parut plus convenablement placée pour recevoir la vénération des dévots ; car les restes de la sainte femme tout recouverts de cire n'inspirent pas comme celle-ci de la répugnance en étalant au public l'affreux ravage de la chair, contraste singulier de la pureté de l'âme qui anima ce corps.

Dans l'après-dînée le chevalier U*** vint encore nous prendre pour nous faire voir le *Campo-Santo*, et le pittoresque Saint-Michele in Bosco. Avant de sortir de la ville il nous fit conduire à la petite place de la porte de Ravenne, pour voir de tout près les deux curieuses tours penchées, nommées

Asinelli et Garicenda. Puis nous nous adressâmes d'abord à la nécropole toute récente de Bologne peuplée déjà de 174,000 sépultures, plus du double de la population vivante de la ville actuelle. Dans l'ancienne église de la Certosa, nom que porte ce splendide cimetière, on nous montra, dans une de ses chapelles, deux beaux tableaux, l'un d'Élisabeth Sirani, l'autre de son père. Le *Campo-Santo*, comme on appelle les cimetières en Italie, est une suite de galeries voûtées et en arcades formant une grande place au milieu. Ces galeries contiennent de l'un et de l'autre côté des tombes à simples inscriptions, et un grand nombre de mausolées dont plusieurs assez remarquables. Celui du comte Zambicari est un des plus beaux et des plus riches en sculpture. Nous fûmes arrêtées devant lui pour admirer ce délicat travail, et, selon l'information que m'en donna notre illustre cicerone, j'ai appris que ce Zambicari était de la famille d'un comte du même nom que j'ai connu autrefois à Porto-Allègre, capitale d'une province du Brésil au sud, où il s'était réfugié après avoir échoué en 1831 dans la grande cause qu'il soutenait avec tant d'autres nobles Italiens. La galerie ou salle où sont les tombes des hommes illustres de Bologne avec leurs simples bustes m'intéressa beaucoup. Mais ce qui me toucha profondément, ce fut la pieuse précaution, si digne d'un peuple religieux, qu'on a ici d'attacher au pauvre cadavre destiné à la fosse commune, une plaque de métal où est gravé le nom de l'individu et la date de sa mort, afin que, si quelque personne de sa famille, ou ami du pauvre, acquiert à l'avenir de quoi acheter un morceau de terre pour l'ensevelir à part, il puisse retrouver ses restes.

Le soleil baissait tout à fait à l'occident, et une agréable brise commençait à chasser la chaleur étouffante de la journée, lorsque nous descendîmes à *Saint-Michele in Bosco*, ancien couvent, devenu caserne et puis une des résidences du légat de Bologne. Située sur une belle colline, cette résidence offre de charmants points de vue sur la ville et ses environs semés d'habitations pittoresques. Les belles fresques des Carrache, et de leur école, ainsi que toutes les autres productions d'arts qui ornaient le cloître de l'ancien couvent, sont entièrement ruinés. On nous en fit voir çà et là à peine quelque reste.

Le Chevalier U*** nous fit voir la chapelle privée du Légat et la demeure habitée autrefois par son ami, l'archevêque de T. dont nous nous entretenions en parcourant ces lieux.

Une des plus splendides soirées d'Italie s'annonçait sous la coupole céleste de Bologne, lorsque nous retournâmes à la ville laissant derrière nous le monte della Guardia, dominé par l'église de la Madona de Saint-Luca, et le long portique de six cent quarante arcades, qui y mène de la porte de Saragosse, tout en sortant de la ville. Avant de nous reconduire à notre hôtel, l'obligeant chevalier U. nous fit voir l'extérieur de quelques-uns des beaux palais de Bologne; et, ordonnant au cocher de s'arrêter en face d'un beau café, il fit porter à la voiture des sorbets, comme on fait à Florence.

28 Juillet.

Il était 8 heures du matin quand nous quittâmes Bologne. Le chevalier U*** vint nous trouver à 7 heures à notre hôtel, et nous accompagna avec bonté jusqu'à la diligence. Le curé D. G*** vint nous rejoindre, au moment du départ, pour nous faire ses derniers adieux. De telles marques d'attention et d'estime de la part de personnes qui nous connaissaient à peine me touchèrent sincèrement. Et mon passage à Bologne ajouta encore une page éloquente au livre de reconnaisance affectueuse qu'Italie écrit dans mon âme.

FERRARE

La route que nous avons faite de Bologne à Ferrare est une plaine immense bordée d'arbres et de vignes grimpantes, très-fertile, mais dénuée d'intérêt. Voulant abréger le voyage en diligence, qui m'est très-antipathique, surtout dans cette saison de chaleur, j'ai laissé l'ancienne route qui passe à *Cento*, petite ville où naquit le Guerchin, et dont la maison, dit-on, contient plusieurs de ses peintures, ainsi que les églises, et la pinacothèque de la commune. Mais où est le coin de cette artistique Italie qui ne recèle pas un chef-d'œuvre. Et cela même après tant de bouleversements et de vols qu'elle a subis !

C'est un vaste trésor inépuisable de beautés artistiques et naturelles, qui restera toujours serré dans son grand écrin de souvenirs pour éblouir et intéresser tous ceux qui le contempleront.

A une heure précise de l'après-midi nous descendîmes à Ferrare à l'hôtel de l'Europe.

Ferrare est la première ville d'Italie, dont l'aspect, quoique empreint d'une certaine grandeur, ne m'inspire aucun sentiment agréable. Je sens même un malaise que cet aspect triste et monotone semble augmenter, en me représentant vivement l'illustre poëte prisonnier, qui y aima et souffrit. Après avoir pris un bain, et dîné, nous sortîmes pour visiter tout d'abord la prison du Tasse.

Je t'ai vu, ô Ferrare, l'esprit rempli du Tasse, et, avant de payer mon tribut à Arioste, dont tu fus le berceau, et en restes la gloire, j'ai voulu répandre une larme dans cet antre obscur et humide, où le Génie de Sorente fut neuf ans la victime d'un tyran despote !

Tant d'illustres voyageurs ont parlé de ces quatre bas murs

voûtés et étroits, où tant de muses de diverses nations se sont inspirées, parmi d'autres, celle du brésilien Magalhans; où tant de grands génies, tels que Gœthe, Byron, C. Delavigne et Lamartine, y sont venus s'entretenir avec l'ombre plaintive du sublime chantre de la *Jérusalem délivrée*, que ma pauvre plume n'y pourrait rien ajouter. Mais une larme sincèrement versée n'est jamais de trop pour un grand malheur, et cette larme fut sans doute la première répandue par une femme brésilienne dans la prison du Tasse.

Ferrare, peuplée d'environ 25,000 habitants, population trop minime pour sa vaste enceinte, est presque déserte, on y parle un italien détestable. La plupart de ses rues sont larges, longues; elle contient des édifices assez remarquables, parmi lesquels ressort le magnifique palais qu'on appelle *palazzo dei diamanti*, à cause des marbres taillés à facette qui le revêtit. C'est actuellement là la Pinacothèque, et l'Académie Ariostea'y tient ses séances. On y voit quelques belles peintures de Dosso Dossi, Garofalo, et d'autres artistes ferrarais.

On sait que cette ville, outre la splendeur dont elle jouit du temps de sa cour renommée des ducs de Ferrare, brilla autant par les lettres que par son école de peinture qui compta, après les vieux maîtres ferrarais, les Dossi, et le Garofalo, nommé le Raphaël de Ferrare, Ortolano, Scarcellino, Succi, Bastianino, qu'on dit le Titien de Ferrare, Carlo Bonone, etc. Mais de toute la splendeur que donnèrent les princes d'Est à cette ville, il ne reste que le souvenir. Et le voyageur arrivé à Ferrare, qui parcourt ses rues où croît l'herbe, n'y trouve de véritablement grand et d'un intérêt réel que l'ombre des deux insignes poètes l'Arioste et le Tasse : l'un y brilla et jouit, pendant toute sa vie, de la faveur des ducs de Ferrare; l'autre n'y parut,

entouré de sa brillante auréole de gloire, que pour souffrir
et languir d'un amour malheureux, au fond d'une prison
affreuse où sa raison s'altéra. Ceux qui ne peuvent croire
que l'infortuné amant de la sœur d'Alphonse, duc de Ferrare, ait pu vivre sept années dans le caveau humide de
l'hôpital Sainte-Anne, semblent avoir oublié l'histoire de
tant de victimes de la tyrannie, dont l'organisation a résisté
à un plus long séjour dans des cachots plus affreux encore
que celui du grand poëte. Latude à la Bastille en est un
exemple, pour ne point citer tant d'autres.

En sortant de la prison du Tasse, nous avons visité le
vaste hôpital de Sainte-Anne, si rempli de son souvenir.
Puis nous sommes allées voir la maison d'Arioste, sur laquelle est l'inscription suivante :

> Parva sed apta mihi, sed nulli obnoxia, sed non
> Sordida, parta meo sed tamen ære domus.

Un vieillard et une jeune fille nous y reçurent gracieusement, et nous firent visiter toutes les pièces, en nous arrêtant
plus longtemps dans celle où était écrit : — Ludovico
Ariosto in questa camera scrisse, e questa casa da lui abitata
edifico, etc. On nous y montra avec vénération un encrier
et une plume dont il s'était servi. Je ne sais s'il y a écrit ou
non son *Orlando furioso*, cela ne nous préoccupa du tout ;
ce qui est incontestable, c'est qu'il y a demeuré et que les
murs quels qu'ils soient entre lesquels a vécu un grand
génie respirent toujours de la solennité. Dans une grande
place, appellée *Piazza Ariostea*, se trouve un monument
élevé à la mémoire du grand poëte de Ferrare.

La cathédrale fut la seule église de Ferrare que nous visitâmes ; elle est gothique à l'extérieur, renferme de belles
peintures de Garofalo, de Bastianino et d'autres.

En regardant la statue d'Albert d'Est représenté allant

en pèlerinage à Rome chercher le pardon de ses péchés, il me semblait que la taciturne population de Ferrare perdue dans sa ville morte était autant d'autres pénitents en procession derrière ce pieux personnage, mais animée de tout autre sentiment que lui.

Le palais ducal, actuellement palais du légat, cette sombre construction du moyen âge isolée par des fossés remplis d'eau sur lesquels sont jetés les ponts, et toute flanquée de tours, présente au centre de la ville où il est situé un des aspects les plus mélancoliques qui m'aient jamais frappée. Le souvenir de deux femmes aussi belles que méchantes qui y ont brillé, l'une stigmatisée dans la postérité par ses crimes, quoique chantée par Bembo et par Arioste, dont le génie entreprit de la présenter innocente et pure au monde; l'autre coupable par le triste rôle que sa froide coquetterie, dit-on, fit jouer à un grand poète; ce souvenir, dis-je, plus que tous les autres qui se rattachent à ce noir château, me suivit comme nous franchîmes le pont-levis jeté sur un des fossés qui l'entourent, pour le visiter. Rien de curieux dans l'intérieur de cet édifice. Pour tremper notre esprit dans les seuls souvenirs que nous voulions emporter de Ferrare, nous sommes allées dans le palais des Études voir, entre autres choses, les manuscrits du *Roland furieux*, la *Jérusalem délivrée*, avec des notes écrites par son auteur en prison, et le manuscrit du *Pastor fido* de Guarini, un des poètes italiens que j'aime le plus, écrit de sa propre main.

Le conservateur de la bibliothèque mit une extrême complaisance à nous faire voir toutes ces précieuses choses, et à nous renseigner sur ce qu'il y avait de plus intéressant à visiter dans cet établissement. Il nous montra lui-même le monument funèbre d'Arioste contenant les cendres du poète, un fauteuil de bois qui lui appartenait, et son écri-

toire de bronze. Puis il nous accompagna jusqu'à la pièce
de la bibliothèque où nous trouvâmes une collection de
portraits d'auteurs ferrarais.

Je me sens la plus grande envie de m'éloigner de Ferrare; l'air de sa plaine marécageuse semble alourdir mon
esprit qui me fait pressentir je ne sais quel danger. Je pris
le coupé de la diligence, et nous allons partir pour Padoue
à l'instant même.

PADOUE

Il y a bien des mystères dans la nature de l'homme que
toute la science de l'homme n'a su ni ne saura jamais
expliquer. Tels sont certains vagues pressentiments qui
nous saisissent, certaines antipathies que nous inspirent
au premier abord quelques personnes, et même quelques
lieux.

Sans être du tout superstitieuse, j'atteste, pour ma part,
que plus d'une fois, dans le cours de ma vie, j'ai vu ces
pressentiments, sinon ces antipathies, justifiés. Sans parler
des rêves, cet autre phénomène non moins important pour
ceux qui ont vu souvent en songe représentée une scène que
l'avenir leur déroule, et quelquefois emporte à jamais leur
bonheur, je consigne ici le pressentiment que j'appelais
malaise, éprouvé par moi à Ferrare. Aucune cause nouvelle de tristesse, ni souffrance physique n'existait chez
moi, et pourtant je ne trouvais plus le même intérêt que
m'inspirent plus ou moins les nouveaux objets qui se déploient à mes yeux. J'avais quitté cette ville avec plaisir,
pensant que, m'en éloignant, la désagréable impression
qu'elle m'avait offerte, étant disparue, je reprendrais mon
bien-être ordinaire.

Vers 7 heures du matin nous franchîmes dans une

vaste barque le Pô assez large et beau dans cet endroit, et nous entrâmes dans le royaume lombard vénézien. Cette rivière sépare dans ce point-là les États du pape de celui-ci; avant de l'avoir franchi et lorsque j'avais présenté mon passe-port à un employé de la douane située sur l'autre rive, il se passa une scène qui m'aurait bien amusée dans une autre situation de mon esprit, qui se trouvait impressionné par une crainte vague de quelque mal qui semblait me menacer.

L'employé de la douane qui avait visité notre bagage et pris notre passe-port pour le faire viser, vint un instant après nous prier très-respectueusement de vouloir venir avec lui près du chef de bureau, qui, ne pouvant pas par indisposition venir lui-même où nous étions, désirait beaucoup nous voir. Nous nous rendîmes aussitôt près de lui, pressée que j'étais de quitter ces lieux.

En entrant dans un petit salon assez confortable, nous y trouvâmes un vieillard à l'air maladif, qui nous reçut avec une grande politesse, et, nous faisant nous asseoir, sembla interroger des yeux et avec étonnement l'employé qui nous y avait conduites. Puis, se retournant vers nous, il dit : « Pardon, mesdames, de vous avoir dérangées, mais êtes-vous sûrement les dames brésiliennes dont je viens de voir le passe-port. — Certes, lui répondis-je, pourquoi ce doute? Nous avons hâte de franchir votre magnifique Pô, dont la plaine ne me semble pas bien saine. — Non je ne doute pas, madame, me dit-il, mais, arrivant à mon âge sans avoir jamais vu des Brésiliens, et en sachant par votre passe-port que deux dames de ce pays-là passaient par ici, je n'ai pas voulu manquer de satisfaire ma curiosité de voir les naturels d'un pays dont j'ai lu les descriptions les plus belles. — Et plus grotesques à l'égard de ses naturels, n'est-ce pas? lui dis-je en l'interrompant avec bonhomie;

vous vous attendiez à voir deux bonnes sauvages, pittoresquement habillées de plumes, et même sans ce vêtement,
comme vos ancêtres les ont trouvées en Amérique, et comme
quelques-uns de vos écrivains européens se plaisent encore
à dépeindre ce peuple, supérieur sous bien des rapports à
ses frères d'outre-mer. — Hélas ! madame, vous avez raison,
et je vous dois de m'avoir désabusé d'une grande erreur
dans laquelle j'ai vieilli. Je vous remercie infiniment de
votre complaisance, et, si jamais vous repassez ici, et que
vous ayez besoin des services de quelqu'un, je vous prie de
donner la préférence au chef. »

Je le remerciai de son offre obligeante en lui serrant la
main qu'il me tendit avec une respectueuse amabilité, et
nous nous séparâmes, la vieille Europe étonnée de son
ignorance, et la jeune Amérique indulgente envers ses dé-
tracteurs. J'ai franchi le Pô sans le plaisir que je ressens
ordinairement à la vue d'un beau fleuve.

La diligence arriva à Rovigo, petite ville d'environ 7,000 habitants, et non loin du village d'Arqua, où
vécut longtemps et mourut Pétrarque. Il était temps, car
depuis une demi-heure je ne pouvais plus souffrir la marche
des chevaux, tant ma tête était malade ! Nous descendîmes,
ma fille et moi, dans la première auberge qui se présenta ;
je demandai un lit, et je m'y jetai pour me reposer
un instant, en cachant à ma fille la moitié de mes souffrances pour ne point l'effrayer, là où nous ne connaissions personne. Mais on dirait qu'une influence bienfaisante
nous enveloppait partout où nous arrivions, et que c'était
parmi une nombreuse famille de frères, et non d'é-
trangers, que nous voyagions. C'était l'influence de ma
sainte mère qui, du haut du ciel, bénit sa fille et sa petite-
fille parcourant ainsi des pays inconnus si loin de leur sol
natal.

1.

Le même conducteur de la diligence, homme rustique mais au cœur italien, avait eu la complaisance, en me voyant si souffrante de faire aller les chevaux à petit pas, et, d'accord avec les quatre voyageurs qui se trouvaient dans l'intérieur, attendit presque deux heures afin que je me trouvasse un peu mieux pour continuer le voyage.

Ce trait de bonté mérite que je le désigne, car il est extraordinaire dans de telles circonstances, où le règlement des diligences défend aux conducteurs de s'arrêter à la volonté des voyageurs. Je ne dois pas manquer non plus de signaler ici les bons soins que me donna une femme de l'auberge de Rovigo, qui s'empressa avec une sollicitude et la tendre prévoyance d'une sœur de charité non officielle, de me faire respirer l'odeur de certaines herbes qu'elle brûla dans un petit réchaud, et de me tremper le front d'une eau spéciale dont elle me vantait l'efficacité pendant l'opération et dont elle me donna un petit flacon.

Je me sentais mieux, plus peut-être à cause de la touchante impression que produisirent sur mon esprit tous ces soins spontanés dont j'étais l'objet là, où je me croyais isolée, qu'à cause des herbes et de l'eau de Rovigo.

Ce conducteur de diligence, ces voyageurs, cette femme d'auberge m'entourant de tant d'attentions et de soins, me semblaient tous inspirés par l'ombre de ma mère, et cela me fit un bien infini; le moral avait opéré puissamment sur le physique. En me levant, je remerciai mon excellente sœur de charité, ainsi que les autres personnes, et, à la grande joie de ma chère enfant, je me trouvais assez bien pour continuer le voyage, et enfin nous arrivâmes à Padoue, où nous descendîmes à l'hôtel *Stella d'Oro*.

Quoique souffrante, j'avais remarqué la route de Padoue suivie par nous; on côtoya tantôt le Pô, jusqu'à une petite ville très-gracieuse, Poliselle, coupée en deux par un canal qui se jette dans cette rivière, tantôt longeant le canal jusqu'à l'entrée d'une longue et belle allée. La campagne, toujours plane, est couverte d'une riche plantation de riz qu'on y cultive abondamment. Plusieurs jolis villas se présentent à la vue, surtout à l'approche de Venise dont Padoue est la voisine.

Le court voyage de Ferrare à Padoue m'avait plus fatiguée que tous mes autres voyages, même les plus longs, et ce ne fut qu'après avoir passé tout un jour à l'hôtel que j'ai pu sortir le lendemain pour visiter d'abord la brillante église de *Santo-Antonio*, sans doute la merveille de Padoue. Les coupoles de cette église, ainsi que de celle de Sainte-Justine, donnent à ces deux temples l'air de mosquées, lorsqu'on les aperçoit de loin.

Un sentiment filial, plus que la curiosité de voir les magnificences artistiques de cette église, sur la place de laquelle se trouve la statue équestre en bronze du célèbre Condolliere Gattamelata, ouvrage de Donatello, m'y amena. Le nom et la patrie du saint à qui l'on a bâti à Padoue cette église magnifique firent palpiter mon cœur au double souvenir du couple bien-aimé qui me donna le jour.

Saint Antoine de Padoue (qu'on ne doit pas confondre avec le saint Antoine de Coma en Égypte supérieure, et dont on raconte les tentations singulières) naquit à Lisbonne en 1195, enseigna avec une grande réputation dans différentes universités d'Italie, ainsi qu'à Montpellier et à Toulouse, et mourut à l'âge de trente-six ans, ici à Padoue. On l'honore, en Italie, avec autant de dévotion qu'en Portugal et au Brésil.

Il serait trop long d'énumérer les splendides œuvres d'art que cette église renferme. Plusieurs grands artistes de Padoue et de bien d'autres pays d'Italie, l'ont enrichie de statues, de superbes bas-reliefs, de peintures remarqua-

bles et d'autres ouvrages précieux. Parmi les beaux mausolées on y remarque, entre autres, ceux du professeur
Trombetta, par Riccio, du général Contarini, et de Lucrèce-
Hélène Cornaro Piscopia, jeune personne qui cultiva avec
un grand succès les lettres et les langues, et s'y rendit si
habile, que l'université de Padoue l'admit au nombre de
ses docteurs en lui en donnant le bonnet.

La riche chapelle de Saint-Antoine, à l'autel recouvert de
marbre vert antique, est un trésor de sculpture et de somptuosité; quelques-uns des beaux bas-reliefs qui décorent les
murs de cette chapelle représentent les miracles attribués
au saint.

Quoique ce fût un jour de semaine, nous y trouvâmes plusieurs personnes qui se pressaient derrière l'autel de la chapelle de Saint-Antoine; elles s'agenouillaient les unes après
les autres en posant la main sur la plaque de bronze qui recouvre le tombeau du saint, où elles faisaient leur prière
avec un grand recueillement.

De l'église de Saint-Antoine nous passâmes à celle de
Sainte-Justine, fameuse par son architecture, qui est d'une
grande magnificence, ainsi que par sa vaste nef. Nous y admirâmes un beau tableau de Paul Véronèse, représentant
le martyre de sainte Justine. Le gardien de l'église nous
fit voir dans le coin d'une muraille une espèce de trou assez
large pour y contenir une personne, et qu'il indique aux
voyageurs comme ayant été la prison de la sainte.

Les huit dômes recouverts en plomb dont cette église
est surmontée lui donnent à l'extérieur un aspect tout
particulier.

Padoue, une des villes les plus anciennes d'Italie, eut son
époque de gloire; les arts comme les sciences y fleurirent
avec éclat. Giotto et d'autres maîtres célèbres y laissèrent
l'empreinte de leur génie. Son université, une des plus fa-

meuses d'Italie du treizième au dix-septième siècle, comprend cinq facultés : théologie, philosophie, droit, médecine et mathématiques.

Sous le portique de ce palais, entouré d'une colonnade de Sansovino, se trouvent les noms et les armoiries des docteurs de l'université de Padoue et la statue de la belle et érudite Hélène-Cornaro Piscopia, morte à l'âge de trente-huit ans, sachant, outre le français, l'espagnol, le latin, le grec, l'arabe, l'hébreu, la théologie, les mathématiques, et l'astronomie. Poëte et musicienne, cette illustre savante, qui n'avait point voulu se marier, charmait ses moments de loisir par l'harmonie de ces deux arts divins.

On a annexé à cette université un cabinet d'histoire naturelle, une bibliothèque, où l'on voit le portrait de Pétrarque, un observatoire, un cabinet de physique où l'on conserve une vertèbre de Galilée, qui fut aussi professeur à Padoue. Dans le jardin botanique on nous a montré un palmier planté, dit-on, par Gœthe. Après avoir parcouru la ville, dont une partie me parut fort sombre à cause des bas portiques qui bordent ses rues étroites, nous descendîmes à l'ancien palais qu'on désigne aujourd'hui sous le nom de *il Salone* à cause de son immense salle, qu'on prétend être la plus grande de l'Europe. Une méridienne est tracée dans cette vaste salle, située parallèlement à l'équateur. De beaux escaliers conduisent aux galeries, où sont plusieurs peintures murales allégoriques.

Deux monuments attirent ici mon attention, l'un de Tite-Live, né à Padoue, et dont on prétend avoir trouvé le squelette non loin du monastère de Sainte-Justine ; l'autre élevé par la ville de Padoue, en 1661, à la femme du marquis des Obizzi, Lucrezia Dondi, assassinée dans sa propre chambre, sept ans avant, par un amant, ou plutôt un scélérat qui n'avait pu parvenir à la séduire. Ne calculant pas, comme

l'ancienne Romaine, sur les suites d'une calomnie quelconque qui pourrait la noircir après sa mort, cette digne
Lucrèce moderne préféra être tuée, par le misérable
qui attentait à son honneur, plutôt que de céder à ses
désirs. Résolution héroïque de la véritable pudeur chez une
femme en pareilles circonstances, qui ne sera jamais assez
louée.

Padoue, qui compte environ 45,000 habitants, est située sur
une plaine fertile baignée par le Bacchiglione ; communiquant avec les lagunes de Venise par la Brenta et son canal,
sept portes donnent entrée à la ville, dont la fondation est
attribuée par le grand historien Tite-Live à Anténor, après
la guerre de Troie.

Parmi ses places on remarque celle *dei Signori*, où est
l'ancien palais des Carrara, seigneurs de Padoue, avec un
beau portique, et le Prato della Valle, la plus grande place
de cette ville. Une très-belle promenade se trouve au milieu
de cette place entourée d'eau et plantée d'arbres, et ornée
de soixante-quatorze statues de Padouans et d'autres Italiens célèbres.

En retournant à l'hôtel, nous descendîmes dans le magnifique café Petrocchi, tout construit en marbre, et une des
curiosités de cette ville.

Il y a encore à Padoue plusieurs palais renfermant d'intéressantes œuvres d'arts à visiter ; mais j'en ai vu assez
pour satisfaire ma curiosité à l'endroit de cette ville, et
Venise est là qui nous attend avec les lettres de notre chère
famille. Nous nous empressons de quitter Padoue et la
grande ombre de notre poète favori, qui y vécut quelque
temps chez son ami Giotto.

VENISE

Oh Venice! Venice! when thy marble walls
Are level with the water, there shall be
A cry of nations o'er thy sunken halls,
A loud lament along the sweeping sea!
If I, a northern wanderer, weep for thee,
What should thy sons do? — any thing but weep:
And yet they only murmur in their sleep.

                                        BYRON.

Venise! une sorte de rêverie s'empare de mon esprit en traçant ces trois syllabes si sonores, si pleines d'harmonie.

Tout ici se présente à mes regards sous un aspect nouveau, singulier, bizarre. Ville, peuple, habitudes, monuments, nature et art produisent sur moi une impression qui n'a rien de commun avec celles que j'ai reçues dans les autres villes d'Italie.

C'est que Venise reste en vérité une ville à part entre toutes les villes du monde, et que ce que l'on y éprouve est mêlé d'un je ne sais quoi de fantastique qu'il me serait impossible de bien rendre.

Après les saisissantes et admirables pages que le puissant génie de lord Byron a consacrées à cette belle reine de l'Adriatique déchue de sa gloire passée, on ne devrait jamais oser rien dire sur elle; car tout reste au-dessous de la description vive, animée, enthousiaste et sublime sortie de

cette plume de flamme et dont les beautés poétiques n'ont
point de rivales de nos jours.

Mais, ainsi que les faibles étincelles passent, quoique ina-
perçues, à travers la pleine clarté du soleil, et que les modestes ruisseaux coulent à côté des grands fleuves, de même
j'irai, moi, ramassant çà et là les quelques fleurs fanées de
mon pauvre esprit, pour en faire une humble guirlande qui
portera cependant à ma chère patrie un souvenir de mon séjour chez le bon peuple italien.

Si jamais une réunion d'habitations d'hommes pouvait
être comparée à une apparition magique, c'est ainsi que je
chercherais à faire comprendre l'effet que Venise a produit
sur mon esprit la première fois que je pénétrai, assise dans
la classique gondole, à travers ses rues aquatiques, dans le
grand canal bordé de l'une et de l'autre rive de superbes
palais rappelant presque tous une histoire intéressante ou
un drame ténébreux.

En contemplant cette bizarre ville qui nage sur les eaux
de ses lagunes avec tous ses mystères et le souvenir de ses
fameux exploits et de ses scènes nocturnes, je me crois par
moment comme dans un rêve où l'on ne peut bien saisir
les objets qui nous charment, et qui nous fuient souvent
pour faire place à ceux qui nous serrent le cœur.

Le souvenir de la patriotique ville où naquirent mes chers
enfants, et que l'on nommait autrefois — la Venise du Brésil — vient encore contribuer à ma rêverie dans cette cité
que tant de beaux génies ont chantée, et qui a fourni de si
nombreuses pages aux historiens et aux romanciers.

N'ayant donc rien à ajouter aux descriptions déjà trop répétées de cette fée endormie dans le souvenir de ses prodiges d'autrefois, je signalerai à peine un objet, un chef-
d'œuvre quelconque, qui se présenteront à mes regards dans

une ville dont l'ensemble attire et absorbe trop mon admiration pour que je puisse m'arrêter à ses détails.

La florissante fille des anciens Vénètes, si fameuse par son commerce, sa bravoure et ses lois, qui faisait respecter son drapeau parmi toutes les nations de l'Europe, qui résista victorieusement à l'Asie et à l'Europe réunies pour écraser sa république; le théâtre sanglant du despotisme des Dix, ce gouffre de l'orgueil des patriciens et des malheurs dont ils avaient voulu opprimer le peuple et où ils tombèrent eux-mêmes par la suite; cette brave conquérante d'Alexandrie, de Constantinople et de tant d'autres villes, cette merveille de l'art et de la nature, surmontée du formidable lion de Saint-Marc, cet écrin précieux de nobles cœurs vénitiens, tout cela, dis-je, n'est plus qu'une vision du passé se montrant maintenant tout éplorée sous le joug despotique de l'Autriche, qui voit en elle encore le plus beau fleuron de sa couronne!

Déplorable catalepsie qui retient ainsi partout le peuple italien sur son lit resplendissant de tout ce que la nature et l'art renferment de beau et de grand?

———————

En quarante-deux minutes nous franchîmes par le chemin de fer l'espace qui sépare Venise de Padoue, en traversant une plaine fertile coupée de canaux, et puis le pont monumental de 3,603 mètres de long, construction remarquable de nos jours, qui enjambe la lagune et réunit Venise à la terre ferme.

Un homme âgé et à l'air très-respectable, qui était entré avec nous dans le même wagon en quittant la gare de Padoue, remarqua avec plaisir, me dit-il après, l'enthousiasme avec lequel je parlais à mon enfant en regardant cette lagune

sur laquelle s'élançait le convoi. Il nous prit, je ne sais pourquoi, plutôt pour des Grecques que pour des personnes
appartenant à toute autre nation dont la langue lui était
étrangère; et il me demanda avec assez de politesse si c'é-
tait la première fois que nous venions en Italie, et combien
de temps nous avions mis pour venir d'Athènes à Venise.

— Nous sommes d'un pays bien plus éloigné que la Grèce,
monsieur, lui répondis-je; notre patrie est dans une des
régions du nouveau monde où les arbres ne se dépouillent
jamais de leur beau feuillage, et où quelques esprits éclairés, goûtant les exquises beautés des anciens Grecs, rêvent
une gloire plus adaptée à ses futures destinées, gloire qui
devra éclore du développement du progrès sur le riche sol
de la jeune Amérique. »

Aussitôt que cet homme respectable, M. G***, apprit que
nous étions Brésiliennes, il montra tant de surprise et tant
de satisfaction de faire notre connaissance, que je fus portée à croire que, comme le chef des employés de la rive du
Pô, il s'était toujours figuré que les Brésiliens étaient d'une
tout autre espèce que la nôtre! Du reste, la civilisation actuelle du Brésil, je le répète, est encore très-peu connue
dans une grande partie de l'Europe, où les écrits de quelques soi-disant critiques des mœurs et des habitudes de ce
vaste empire ne font guère qu'entretenir les Européens
dans une complète ignorance sur ses progrès, et l'on ne
doit pas s'étonner de la surprise que nous produisons sur
ceux qui ne connaissaient encore le Brésil que par ces
écrits ou des gravures représentant les castes aborigènes.
Combien de fois, lors de mon premier séjour à Paris, parmi
ce peuple qui se croit supérieur à tous les peuples de la
terre et qui, en vérité, sait tout, moins ce qu'il lui conviendrait plus de savoir, afin de mettre mieux à profit sa grande
intelligence et ses progrès incontestables dans toutes les

sciences et dans tous les arts; combien de fois, dis-je, ai-je eu l'occasion d'être témoin de cette ignorance qui choquait quelques-uns de mes compatriotes et qui m'amusait beaucoup, au contraire! Dans les classes lettrées elles-mêmes de cette vieille Europe, on commet souvent des erreurs grossières quand on parle des peuples d'au delà de l'Atlantique. On peut ajouter même, sans craindre de manquer à la vérité, qu'en général, on tombe aussi quelquefois dans ces erreurs quand on parle des différentes nations voisines.

Si cette ignorance était un malheur, je pourrais dire, comme le proverbe français : « A quelque chose malheur est bon, » car elle nous a procuré plus d'une fois, soit chez le peuple du Nord, soit en Italie, un accueil assez gracieux, et, à part toute vanité, nous sommes bien souvent heureuses de pouvoir donner aux personnes qui nous y connaissent une opinion plus digne de notre Brésil que la plupart des écrits qu'on a publiés sur lui en Europe.

En arrivant à la gare de Venise, M. G*** offrit de nous accompagner à l'hôtel de la Grande-Bretagne, où j'avais voulu descendre avant de trouver une maison meublée. Toutes les chambres de cet hôtel étant occupées dans la saison actuelle des bains, le respectable M. G*** me pria de lui laisser ordonner au gondolier que nous avions pris, aussitôt descendus du convoi, de nous conduire près de la place Saint-Marc, où il m'indiquerait un appartement convenable.

Sachant qu'il connaissait bien Venise, où il a une partie de sa famille, je lui confiai volontiers le choix d'une habitation. Après quelques détours dans les rues aquatiques de cette singulière ville, la gondole s'arrêta devant un escalier de pierre qui conduisait à une maison indiquée par notre excellent guide comme celle dont il m'avait parlé.

Nous montâmes ensemble au premier étage, où une brave femme nous ouvrit le salon et nous y reçut avec certains égards qui ne me parurent point ceux d'une simple hôtesse. Mais tout ce que je voyais dans cette ville me paraissait si bizarre, que je ne m'étonnai aucunement de la différence que je trouvais entre les manières de cette femme et celles des maîtresses des autres maisons meublées où j'avais jusqu'alors résidé. M. G***, qui avait fait déjà monter mon bagage, ne me laissa pas le temps de réfléchir sur cette différence. En ouvrant aussitôt deux grandes chambres donnant sur le salon, il nous dit avec une bonhommie charmante : « Ces chambres sont à vous, mesdames; disposez-en pendant tout le temps qu'il vous plaira de rester à Venise; je regrette de n'avoir rien de mieux à offrir aux deux dignes Américaines que j'ai le bonheur de recevoir chez moi. »

Je compris alors seulement la ruse dont cette belle âme s'était servie pour me forcer à accepter l'obligeante hospitalité qu'il voulait m'offrir chez lui, hospitalité toute spontanée et cordialement offerte à des voyageurs qui passent, comme je ne l'avais pas encore vue exercée hors du Brésil.

Ce trait de bonté, cette généreuse offre faite avec une délicatesse et une sincérité dont je sentais le prix, me touchèrent autant qu'ils me surprirent. Je l'en remerciai en lui déclarant cependant qu'il m'était impossible de l'accepter. Il fut si affligé de mon refus et me pria avec tant d'instance de le révoquer, en me disant qu'il n'habitait pas cette maison et que nous y serions en toute liberté avec la seule femme qui la garde, que je ne pus moins faire que de lui dire que j'y resterais jusqu'à ce que j'aie trouvé une habitation plus rapprochée encore de la place Saint-Marc, comme je le désirais. Cet excellent homme, contrarié de ce que ma délicatesse ne me permit point d'habiter sa maison de Venise, voulut du moins être mon cicerone dans cette ville durant le peu de jours qu'il restait ici, car il habite près de Padoue avec un de ses fils, marié. Ce fut donc à lui que je dus mes premières impressions à Venise, où il me fit connaître, outre les choses qu'un étranger a toujours besoin d'apprendre en arrivant dans une nouvelle ville, tout ce qu'elle possède de plus exquis et de plus précieux parmi ses chefs-d'œuvre.

Il me présenta un de ses fils établi ici, ainsi que la belle-mère d'un autre, madame D***, femme très-aimable avec laquelle nous avons beaucoup sympathisé, et M. S***, élevé dans sa famille et qu'il nous recommanda comme une personne très-digne et capable de nous conduire dans nos excursions à travers les réseaux de canaux de cette ville.

Pour nous faire voir un des plus ravissants points de vue du grand canal, l'obligeant M. G*** vint nous prendre le lendemain de notre arrivée et nous amena dans un palais appartenant à son beau-frère, M. F***, dont il me dépeignit les grandes qualités et l'affection qui l'attachaient à lui. Nous nous y rendîmes plutôt pour contenter cet excellent cœur, qui tenait si fort à nous obliger, que pour satisfaire notre curiosité de voir sitôt ces belles vues que nous aurions assez de temps de contempler.

Nous allions admirer un point de vue du grand canal, mais, en entrant dans ce palais, j'oubliai et le canal et les magnificences de Venise.

Il me semblait arriver au milieu d'une de ces bonnes et dignes familles de mon cher Brésil, renommées dans le pays pour leur expansion dans le généreux accueil qu'elles font aux étrangers.

Deux dames vinrent à notre rencontre et nous y reçurent avec la plus gracieuse et la plus charmante franchise. Aussitôt un homme d'environ quarante-quatre ans, à la taille élancée, à la physionomie douce et noble, parut parmi ces dames et rehaussa par les paroles d'une politesse aussi délicate que naturelle qu'il m'adressa le charme de cette affectueuse réception.

C'était le maître du palais, le docteur F***, personne d'une intelligence hors de ligne et d'un véritable cœur d'or dont les rares qualités se révèlent dès le premier abord.

Les deux dames étaient l'une sa femme, l'autre une amie de celle-ci.

Ils étaient sans doute prévenus de notre visite par leur beau-frère, et l'accueil qu'ils nous firent me prouva qu'ils étaient de dignes parents de M. G***.

La conversation élevée et affectueuse du docteur F*** et ses manières distinguées, dépourvues de toute sorte d'affectation, lui attirent à juste titre la sympathie de tous ceux qui l'approchent. Il parle des arts avec goût, étant lui-même artiste, et toutes les sciences lui sont familières. Mais ce qui constitue le plus haut mérite de cette âme d'élite, c'est son amour profond pour l'humanité, dont l'amélioration a toujours été le plus beau rêve de sa vie, s'épuisant, comme toutes celles qui se sont vouées à ce grand but, dans un constant labeur et dans les déceptions qui n'affaiblissent pourtant pas cet élan divin communiqué par le Créateur aux âmes plus pénétrées de la grandeur de ses œuvres!

Après nous avoir fait admirer de sa terrasse la vue du grand canal, le docteur F*** nous montra sa galerie de tableaux, son cabinet de physique et son laboratoire.

Puis, sa femme pria ma fille de jouer quelque morceau sur le piano, et, pour nous plaire, elle pria son amie de nous en jouer un de Marino Faliero, en nous disant qu'elle avait elle-même négligé beaucoup la musique après la perte de son dernier enfant.

A ce mot d'enfant, un gros nuage de tristesse passa sur le noble front de son mari, et, malgré l'air jovial qu'il s'efforça de reprendre aussitôt, je compris d'un coup d'œil rapide que cette grande âme avait été éprouvée par une douleur profonde.

Cette découverte fut à mes yeux la consécration du haut mérite d'un homme qui me semble digne à tous les égards du plus grand bonheur dont on puisse jouir ici-bas.

Nous quittâmes cette première fois le palais F***, charmées de ses maîtres, qui, ne se bornant pas à nous y faire l'accueil le plus flatteur, nous offrirent de nous faire bien connaître Venise, et nous prièrent de regarder désormais leur maison comme la nôtre.

C'est ainsi que cette bonne Italie, déployant chaque jour à mes yeux un tableau splendide ou intéressant à étudier, m'offre aussi partout de nouvelles sympathies qui me la rendent de plus en plus chère. Aussitôt que nous quittons une ville où l'on nous avait accueillies avec des égards affectueux, nous trouvons dans celle où nous arrivons de nouvelles marques d'attention délicates, chez ceux dont nous faisons la connaissance.

N'ayant jusqu'à présent trouvé en Italie qu'à me louer de la politesse et des bonnes manières de ses nationaux, je ne puis comprendre ceux qui s'amusent à leur prêter toute sorte de défauts.

Abstraction faite de l'accueil que j'y reçois, je pense que, s'il y a un peuple digne, autant par ses grands malheurs politiques que par la douceur de son caractère du respect et de la sympathie des autres peuples, c'est sans contredit le peuple italien.

4 août.

Suave et cher souvenir d'une cérémonie religieuse, tu es la seule fleur qui embaume mon âme dans un mois qui fut si fatal à ma vie par la triple mort dont il la brisa !

Sur les lagunes de Venise, au milieu de ses magies, le tableau rétrospectif d'une fête splendide qui succéda à cette cérémonie se déploie encore à mon esprit.

Un bel enfant, nouvel objet des plus chères espérances d'un tendre couple, venait d'être inscrit dans la grande famille chrétienne.

La musique, les fleurs, l'amitié, l'amour et le ciel répandaient tous leurs charmes dans ce jour déjà bien loin, qui devait être le dernier de joie et d'ivresse, pour deux âmes prêtes, l'une à s'envoler vers le sein de Dieu, l'autre à s'envelopper à jamais dans le deuil !

De ce couple, de cet enfant, de cette fête et de ce deuil qui lui succéda, je t'envoie dans ce jour-ci le souvenir, à toi, ô mon cher fils !

6 août,

Un fort ouragan, tombant sur cette belle dormeuse qui rêve la liberté au milieu de ses fers, m'empêcha de consacrer cette journée à visiter Malamocco, où fut jadis la capitale des peuplades vénètes, et où se trouve la fameuse digue, d'un travail colossal, que l'on m'a proposé d'aller voir. Mais si le grand spectacle de la mer, mêlé à l'œuvre de l'homme pour la soumettre à ses besoins, ne fut pas déployé aujourd'hui à mes yeux, le spectacle de la pluie, bien plus analogue à mes souvenirs aujourd'hui, me fait éprouver une émotion qui n'est pas sans charme pour mon esprit. Toujours prêt à s'envoler au delà de l'Atlantique, chaque fois que quelque chose m'émeut ou au plus petit rapport avec ce qui m'y charmait, cet esprit me représente en ce moment des fenêtres sur les rives du Janeiro, d'où tant de fois je prenais plaisir à regarder la tempête dérouler, sur le golfe et les montagnes qui l'entourent, le tableau imposant d'une incomparable beauté !

Au lieu de cette immense baie, de cette forêt de mâts s'agitant avec leurs pavillons divers, ces vastes horizons où de gros nuages se levaient comme d'incommensurables châteaux aériens, et montaient rapidement dans l'espace, se heurtant avec fracas, et tombant en pluie torrentielle; ce sont ici des canaux étroits formant des rues dans la ville, ce sont des gondoles en grand nombre qui passent sous ma fenêtre, poussées avec vélocité par la force du vent, et conduites par des gondoliers habiles courbés sur leurs rames. Le peuple court dans les rues aussi larges que des rubans, à travers les nombreux petits ponts qui enjambent les canaux, et une partie va s'abriter sous les belles arcades de la place Saint-Marc (procuraties).

Le vent souffle avec violence, le tonnerre gronde et la pluie tombe par torrents.

Que tu es belle, ô Venise, même sous la tempête déchaînée ainsi sur toi !

Bienfaisante pluie, après des jours d'une chaleur étouffante, et dans le premier jour, *six*, que je passe à Venise, si tu n'as plus pour moi la poésie de mes orages natals, ton aspect ne réveille pas moins dans mon cœur les émotions que j'y éprouvai autrefois.

Malgré les efforts obligeants de l'estimable monsieur G*** pour me décider à accepter sa maison pendant mon séjour à Venise, j'ai pris un logement chez une bonne vieille femme qui fait tout son possible pour nous être agréable.

La famille T***, dont la mère, d'une ressemblance frappante avec une de mes amies de Paris, madame G***, lui attira ma sympathie dès le premier moment que je la vis, me procura cette maison tout en face de la sienne, dont un canal la sépare.

J'avais porté pour cette dame une lettre d'une personne qui avait vécu ici chez elle et qui, sachant que je venais dans

I. 24

cette ville, me pria d'aller voir cette famille, dont elle me fit, dans le peu de temps que nous nous parlâmes, à Florence, les plus grands éloges.

En effet, les bonnes manières et l'aimable accessibilité de cette dame me préviennent de plus en plus en faveur des femmes vénitiennes dont j'avais souvent entendu vanter la grâce.

Madame T***, mariée à un vénérable octogénaire dont elle semble plutôt la fille que la femme, en a deux enfants, une fille et un fils.

Ce dernier est bibliothécaire de Saint-Marc, et se distingue par son érudition dans les langues anciennes et par son maintien grave et sérieux. La première fois qu'il vint me rendre visite, il me parla de Camoens, et me témoigna le désir de lire avec moi, dans l'original, l'immortel poëme de ce grand génie portugais. Je fus autant satisfaite que surprise de rencontrer dans cette partie de l'Italie un homme lettré qui a le bon goût de vouloir connaître les beautés de la riche langue portugaise. Je lui parlai de plusieurs poëtes actuels du Portugal et du Brésil, tels que Patto, Castilho Mendes Leal, J. de Lemos, Silva, Azevedo, Gonsalves Dias, Porto-Allègre, Magalhans, Souza et plusieurs autres dont il n'avait jamais entendu nommer les ouvrages.

Invitées par ce jeune savant, nous avons assisté, le 8 courant, à une grande séance à l'Académie des beaux-arts pour la distribution des prix, et j'eus le plaisir d'y voir, par l'enthousiasme qu'excita le discours éloquent et patriotique d'un des professeurs, que les nobles sentiments de la jeunesse vénitienne ne sont pas étouffés dans son cœur, malgré le joug atroce sous lequel le tient l'usurpateur de sa patrie.

Quel sera le voyageur doué d'un cœur généreux qui puisse rester indifférent en présence du sort que l'exécrable traité de *Campo-Formio* fit à cette partie du peuple italien, déjà déchue de sa grande gloire guerrière, commerçante et artistique, mais qui jouissait encore de ses droits nationaux? « Quand je me promène sur cette place splendide de Saint-Marc, où les curieux enfants ailés de la défunte république (des pigeons) descendent encore régulièrement chaque jour, à 2 heures précises, des tours et des arcades pour prendre leur nourriture, et que je contemple la magnifique basilique de Saint-Marc, ses portes et sa façade chargées de mosaïques représentant l'enlèvement du corps de l'apôtre d'Alexandrie; ses chevaux de bronze doré d'une haute antiquité et qui, après avoir été portés dans tant de lieux divers, retournèrent de Paris à Venise; ses colonnes de marbre, de vert antique, de porphyre, de serpentine, au nombre de 500; toute cette profusion de richesses enlevées à l'Orient, tous ces précieux travaux d'artistes grecs, byzantins et italiens, contenus dans ce temple singulier, à l'intérieur très-austère malgré ses dorures; quand je contemple, à côté de cette merveilleuse basilique, cette construction imposante, le palais des Doges, dont on ne peut approcher sans se sentir saisi d'une certaine émotion au souvenir des grands drames, brillants ou ténébreux, qui s'y passèrent, en présence de toutes ces traces d'une extraordinaire puissance, j'ai peine à croire que la Venise actuelle soit encore habitée par cette race vénitienne qui arbora longtemps avec tant de gloire l'étendard de la plus puissante république, après la chute de celle de Rome.

Si l'on juge les Vénitiens d'après leur apparence calme et résignée, se livrant aux charmes de la promenade sous les belles procuraties de la splendide place de Saint-Marc, et aux rives du canal, ou dans les gondoles, cette gracieuse et commode voiture aquatique inventée pour bercer mollement le corps et faire rêver l'âme, ou encore par le goût

exquis avec lequel ils font étaler sur le grand canal leurs
éblouissantes sérénades, échantillon féériquement poétique
des traditions de leur temps de galanterie, on les croira
complétement insoucieux du lendemain, et cherchant à
prolonger, sous la clarté du gaz, les illusions du jour.
- Mais ne vous y trompez pas, ô vous, qui passez à Venise
en voyageur distrait pour cueillir les fleurs des plaisirs tout
nouveaux qu'elle seule possède dans son type original : sous
cette apparence calme et ce laisser-aller, l'esprit qui se réveilla
en 1848 avec tant d'énergie et un héroïsme si digne d'un autre
résultat, réside encore chez ce qui reste de ces nobles cœurs
qui ont succombé en combattant pour l'affranchissement de
leur chère Venise. Tout cœur vraiment vénitien est rempli
du même sentiment patriotique, et se courbe en rugissant
de colère devant l'usurpateur qu'il déteste sans pouvoir lui
résister.

Ils attendent

Notre visite à l'intérieur du palais Ducal, ou des Doges,
nous a laissé des impressions profondes et diverses.

Ce grandiose et curieux édifice a été assez souvent décrit
pour qu'on juge de l'intérêt que sa vue doit inspirer aux
visiteurs étrangers qui l'examinent dans tous ses détails.
Son aspect original frappe au premier abord. Ses magnifiques escaliers conduisent à des salles somptueuses, dont
une, la salle du grand conseil, est très-vaste, et décorée de
peintures précieuses, représentant les fastes de la république vénitienne ; dans son riche plafond, on voit, entre autres peintures, la splendide composition de P. Veronèze :
Venise au milieu des nuages, couronnée par la Gloire. En
regardant la belle peinture de Tintoret, qui l'y représenta
entourée de divinités ayant au-dessous le doge du Ponte
avec les sénateurs qui reçoivent les soumissions des villes,

je n'ai pu m'empêcher de m'écrier : « Pauvre Venise! aujourd'hui c'est à toi le tour de te soumettre !.. »

On voit dans la frise, autour de cette salle, le portrait de tous les doges, excepté celui de Marino Faliero, dont la place est occupée par un tableau noir portant l'inscription suivante : *Hic est locus Marini Falethri, decapitati pro criminibus.*

Parmi toutes les salles de ce superbe palais, plus ou moins curieuses soit par les œuvres d'art qu'elles renferment soit par le souvenir que leur vue révèle dans l'esprit du visiteur, le docteur F***, qui nous accompagnait, et avec une obligeance extrême faisait ouvrir toutes les portes des salles et des chambres qui contenaient quelque chose de curieux, pour que nous les vissions toutes, me fit remarquer, dans la salle *della Bussola*, une ouverture à côté de la porte, où était posée autrefois la tête d'un lion de marbre, qui masquait cette ouverture, et dans la gueule duquel on faisait glisser les dénonciations secrètes. C'était là l'antichambre du terrible conseil des Dix.

En voyant l'imposante salle du Collége (où l'on recevait les ambassadeurs) avec ses richesses de décoration et ses admirables peintures de grands maîtres; la salle de l'Anticollége enrichie par de belles peintures de Tintoret et d'autres; celles *dello Scudo,* où l'on suspendait les armoiries du doge régnant; des bas-reliefs; *dei Capi,* les chefs du conseil des Dix; du sénat, et d'autres salles encore; la chapelle du Doge, et enfin la bibliothèque formée d'une partie de celle de Pétrarque et de toute celle du cardinal Bessarion, son fondateur : toute mon admiration pour ces trésors d'art et de sciences, tous les souvenirs historiques que l'intérieur du palais des Doges faisait revivre dans mon esprit, s'évanouirent bientôt à la vue des prisons des Plombs et des cachots qu'on nommait *les Puits.*

Quoique j'aie visité des prisons plus affreuses, je n'ai pu pénétrer dans celles-ci sans un frémissement d'horreur pour les tyrans qui les avaient créées, et une vive pitié pour les malheureux qui y avaient gémi! Le souvenir de Silvio Pellico se présenta avec celui de bien d'autres à mon esprit lorsqu'on me montrait les *Piombi*, ou plutôt la partie qui reste de ces prisons. Je demandai quelle était celle dont Pellico avait fait le récit en y ajoutant les tristes épisodes des souffrances qu'il y avait endurées. On me répondit que sa prison n'existe plus, depuis les nouvelles réparations.

J'avais assez vu tout ce que renferme d'intéressant ce palais encore splendide et aussi bizarre que cette ville elle-même, et, en l'examinant, je m'étais assez figuré les tortures inouïes qu'avaient subies le brave Carmagnola et tant d'autres malheureuses victimes jetées dans ces affreux cachots, et dont les cadavres, transportés à travers un passage aboutissant à une porte basse sur le canal, dans la gondole qui les y recevait, allaient joncher le fond des lagunes!

J'ai quitté donc le palais des Doges l'âme attristée, et cherchant à trouver dans la physionomie de Venise quelques traits, sinon de bonheur, du moins de courage et d'espérance, pour y puiser quelque consolation à ces douloureux souvenirs et à son état actuel si affligeant!

Mais elle incline son beau front et regarde mélancoliquement ses chaînes!

UNE GRANDE SÉRÉNADE A VENISE.

C'est un spectacle féerique qu'une grande sérénade sur le grand canal de Venise. Elle n'a plus lieu qu'une fois l'an, et nous avons eu l'heureuse chance d'être ici témoins de cette poétique représentation du goût vénitien, dans le temps où la Venise glorieuse fit place à la Venise galante.

C'était la nuit du 9 courant août, et, du balcon d'un des palais au bord du grand canal, je contemplais, livrée aux idées que me suggérait la vue de Venise, toute cette pompe d'art et de luxe, ces nombreuses gondoles étincelantes de lumière, glissant lentement sur les eaux du canal au son de la musique, et parmi lesquelles ressortait en splendeur la barque qui portait la troupe de musiciens et d'élégants personnages de cette fête nocturne.

Venise s'amuse même sous le poids de ses chaînes, pensais-je !

Il en est ainsi de toutes les nations, même les plus opprimées. Le peuple est toujours avide de plaisir, quel que soit le tyran qui l'opprime, il saisit toutes les occasions de se désaltérer dans ce torrent qui rappelle les eaux du fabuleux Léthé, où il oublie ses soucis, et quelquefois même sa dignité, en faisant des ovations brillantes à des despotes qui abusent de ses droits.

Mais ce cas ne s'offre point ici, car c'était pour jouir du spectacle ravissant d'une sérénade sur le grand canal, que ces ondes de peuple accouraient gaiement à ses bords.

L'absence de lune faisait mieux ressortir l'illumination à couleurs variées des barques où se donnait cette sérénade; d'autres portaient une foule prodigieuse d'amateurs qui les suivaient aux sons d'une belle musique, dont les échos résonnaient à travers ces deux longues et imposantes files de superbes palais encore debout, là où ils furent témoins jadis d'autres scènes et d'autres sérénades, bien différentes de celles que Venise présente aujourd'hui.

LE MAURE DE VENISE

JOUÉ A VENISE MÊME.

Le lendemain du jour de cette fête, madame F*** et son mari vinrent nous chercher et nous amenèrent au théâtre de la Fenice, pour y voir jouer *Othello*.

Quoique nous n'aimions pas beaucoup cette composition du grand poëte anglais, je n'ai pu refuser à ces aimables personnes, qui prennent à cœur de nous obliger en toute chose dans leur patrie, de me rendre à leur gracieuse invitation, laquelle, comme les autres, semble porter le cachet de la plus franche cordialité. Aussi, leurs attrayantes manières nous dédommagérent-elles des mauvais acteurs de la troupe actuelle de la Fenice, qui, ce soir-là, assassinèrent paisiblement le grand génie de Shakspeare, en vengeant de la sorte la malheureuse Derdemonda d'une misérable passion qu'il a immortalisée.

L'Italie, la terre par excellence du chant, ne garde jamais ses grands chanteurs.

Ces *rossignols* italiens vont successivement partout ailleurs porter dans leurs notes mélodieuses le charme et le plaisir, comme leurs grands ancêtres portaient jadis la gloire du nom romain chez tous les peuples du monde.

Quel singulier contraste ! quelle déplorable dégénération !

————

J'ai toujours mieux aimé donner qu'accepter un dîner, et c'est pour moi plutôt presque un sacrifice qu'un plaisir que de me rendre à ces sortes d'invitations. Cependant, quand elles semblent partir du fond du cœur et non pas d'une étiquette quelconque, je ne peux faire autrement que de par-

tager la satisfaction qu'on m'exprime et que je crois sincère.
Telle a été l'invitation que nous firent la maîtresse et le
maître du palais Z..., où j'ai eu cette fois, plus que dans
les autres, l'occasion de faire une étude sur les mœurs et
les usages domestiques de la famille vénitienne.

La grâce des femmes et la politesse délicate des hommes,
leur accessibilité ainsi que la douceur extérieure de celles-
là et la conversation sérieuse d'une partie de ceux-ci, répandent un vrai charme sur leur société, malgré l'empreinte sensible du joug étranger qu'elle porte.

Parmi les choses bizarres de cette ville, une m'a frappée
singulièrement ; ce fut la vue de la gondole mortuaire. Elle
est la seule qui, par ses ornements rouges, se distingue de
toutes les autres gondoles recouvertes, sans exception, en
noir.

Cette après-midi, nous sortions de la poste avec des lettres
que j'y avais trouvées pour moi venant de Rome, de Naples,
de Florence et de Paris, et nous lisions celle de notre vieille
amie de G..., qui nous priait de nous hâter de voir les villes
du nord de l'Italie pour retourner près d'elle à Florence,
lorsqu'une de ces gondoles, parée de rouge et portant un
mort, se croisa avec la nôtre.

Quoique cette étrange voiture funèbre ne présente pas
extérieurement le sombre aspect de toutes les voitures funèbres des autres pays, j'ai éprouvé, en la voyant passer si
près de nous, une triste impression, comme il m'arrive toujours à la rencontre d'un convoi.

Peu d'instants après, une autre gondole passa tout à côté
de la nôtre, et nous fit faire diversion aux pénibles pensées
de la mort. C'était la gondole de la duchesse de Berri qui
s'y promenait et qui paraît porter encore très-bien son âge
avancé. Nous la rencontrons souvent sur le grand canal ;

mais jamais sa présence ne nous suggéra des réflexions comme cette fois où l'aspect d'une gondole funèbre rouge fit place à celui de sa gondole noire. . . . .

A Venise, plus que partout ailleurs, nous aimons à sortir de grand matin pour nous promener soit sur la place de Saint-Marc, ce beau et vaste salon en plein air, entouré de remarquables édifices et d'arcades, où sont de beaux cafés remplis d'un monde qui y prend des glaces et écoute des concerts donnés sur la place chaque soir; soit sur le pont du Rialto, regardant des deux côtés des nombreux palais d'architecture diverse et si diversement occupés aujourd'hui . . . . Les puissantes familles des doges, les patriciens et les plus anciennes illustrations de Venise y firent place aux employés de la poste et d'autres établissements publics, ainsi qu'aux princes étrangers, aux danseuses, etc. . . . . Quelquefois nous longeons aussi le quai dei Schiavoni, après avoir donné un triste regard au célèbre pont des Soupirs, qui a inspiré parmi tant d'autres les sublimes vers de lord Byron, et nous nous dirigeons jusqu'au jardin public.

C'est le seul point de Venise, après le petit jardin du Palais-Royal ouvert dernièrement au public par le duc Maximilien, où nous trouvions à respirer au milieu de la végétation, dont la vue nous repose agréablement l'esprit après que nous avons contemplé l'un ou l'autre des prodigieux objets d'art que cette ville renferme. . . . . La vieille basilique de Saint-Marc, trop chargée d'une richesse prodigieuse de marbres rares, de mosaïques, de sculpture; son maître-autel (sous lequel se trouve le corps de saint Marc); ses deux curieux tableaux, l'un servant de couverture à l'autre, et dont un est nommé la *Pala d'Oro*, riche peinture ornée de pierres précieuses, monument d'art commandé, dit-on, à Constantinople, par un doge de Venise, en 976; le trésor dit de Saint-Marc, contenant encore, après l'enlèvement en 1797 de ses plus riches objets, parmi d'autres curiosités, l'urne de granit oriental où furent trouvés les cendres d'Artaxerxès, l'épée donnée par le pape Paul VIII à un doge, la coupe de la communion apportée de Sainte-Sophie de Constantinople, le sceptre de François Ier l'empereur, et deux magnifiques candélabres, ouvrage admirable de Benvenuto Cillini. Cette basilique seule, dis-je, où se trouve accumulés une infinité d'ouvrages d'artistes orientaux et vénitiens, suffirait pour absorber l'attention du voyageur dans un long séjour à Venise. Mais, outre cette bizarre basilique, il y a encore partout des grandes œuvres d'art en tout genre, dont la vue récompense en quelque sorte le voyageur de cœur de la douloureuse impression qu'il reçoit en arrivant ici et en contemplant cette belle tête de l'infortunée Italie, ceinte du crêpe dans lequel l'enveloppèrent les canons autrichiens.

L'Académie des beaux-arts, un des premiers établissements publics de Venise, que nous avons visité, est un musée vraiment vénitien, enrichi de remarquables peintures des grands artistes Titien, Paul Véronèse, Tintoret et plusieurs autres. Les grands tableaux de l'Assomption, par Titien, et du Miracle de saint Marc délivrant un esclave du supplice, par Tintoret, sont considérés comme des chefs-d'œuvre.

Le dernier de ces deux tableaux m'intéressa doublement par la pensée qui l'avait inspiré à l'artiste.

Hélas ! me disais-je en le regardant, ce n'est pas des miracles des saints, c'est de la raison et de la morale plus dignement développées parmi les peuples de la terre, qu'on doit espérer non pas la délivrance de quelque esclave, mais la liberté générale accordée à toutes ces malheureuses classes, de défendre leurs droits les plus sacrés.

Dans les églises de Venise abondent aussi les œuvres d'art. Nous en avons visité à peine cinq : Saint-Paul et Saint-Jean, sorte de Panthéon vénitien où se trouvent plusieurs beaux mausolées de doges et de grands personnages de la république, ainsi que de précieuses peintures parmi lesquelles ressort une splendide peinture de Titien.

Frari, vaste église contenant encore un grand nombre d'œuvres d'art en peinture, en sculpture, et de remarquables mausolées parmi lesquels ceux de Titien et de Canova.

Santa-Maria della Salute, église somptueuse, à double coupole, offrant une des magnifiques perspectives de Venise, tout à l'entrée du grand canal. Titien, Tintoret, Besciano, Sasso Ferrato, Salviati et d'autres maîtres y ont laissé de beaux ouvrages.

L'église des Jésuites, sans grande importance sous le rapport de l'art, présente la curiosité d'une profusion de marbres de couleur formant les degrés du maître-autel comme tendus de tapis, et se pliant sur la chaire en forme de rideau.

L'église *S-Giorgio Maggiore*, bel ouvrage de Palladio, renferme de remarquables œuvres d'art, et quelques mausolées.

MURANO

De nos promenades aux îles des environs de Venise, une surtout m'intéressa vivement : ce fut celle que nous fîmes par une matinée douce et poétique, à Murano, pour y visiter les célèbres fabriques de glaces et de cristaux. La pluie, tombée la veille avait rafraîchi le temps, les lagunes étaient calmes, l'atmosphère limpide, et Venise me souriait de ses sourires les plus magiques.

Après avoir examiné tout ce qu'il y a de curieux à voir dans les fabriques et dans l'île de Murano, nous retour-nâmes à la ville où nous visitâmes la scuola di San-Rocco, confrérie ouverte ce jour-là au public qui y était accouru pour la fête du saint, et qui remplissait encore les salles lorsque nous y entrâmes. C'est un bel édifice, à façade re-marquable, avec un magnifique escalier, et contenant, parmi plusieurs ouvrages en sculpture, une profusion de peintures de Tintoret sur divers sujets de l'Écriture sainte, et le cruci-fiement de Jésus.

Il faisait très-chaud à la confrérie de Saint-Roch à cause de la foule qui s'y pressait ; et, en la quittant, nous sen-times du plaisir à nous rafraîchir avec les délicieuses *an-gurias* de Venise que nous avions fait porter dans notre gondole.

C'est la première fois que je vois en Europe une si grande abondance de ce fruit, très-commun dans mon pays, et jamais il ne m'avait paru si bon qu'aujourd'hui.

L'ARSENAL DE VENISE

ET LA PIROGUE DU BRÉSIL.

Malgré mon horreur naturelle pour toutes les inventions que la plus terrible passion du genre humain ait inspirées à l'homme pour détruire son semblable, je ne peux faire au-trement que de la surmonter quelquefois pour satisfaire à ma curiosité de voyageur. Pouvant visiter l'arsenal de Ve-nise, je n'ai pas voulu manquer d'emporter un souvenir de plus, et *l'unique dans ce genre*, de cette terre dont l'image se grave chaque jour! dans mon esprit avec tous ses mystères, ses malheurs et son éternelle poésie.

Et puis, il y a tant de charme à se promener mollement bercé par cette noire gondole qui vous raconte tant de choses, vous inspire tant de pensées en regardant Venise! La mélancolie qui m'accompagne partout si loin de ma chère patrie et les tristes pensées qui m'oppriment semblèrent me fuir un instant pour me permettre de goûter le calme dans une douce rêverie.

J'allai visiter l'enceinte où se préparent des instruments de mort, et mon âme se livrait aux beaux rêves de la vie, la vie toujours si fertile en espérances pour ceux qui aiment et sont aimés; si stérile en consolations pour ceux qui ne croient pas, ou qui, croyant, ne comprennent point leur véritable mission sur la terre.

Nous arrivâmes à l'arsenal, séparé de la ville par des canaux et de solides murailles. Deux lions de marbre pentélique, qui furent enlevés en 1687 du port d'Athènes (cette mère des arts si déplorablement dépouillée par toutes les nations de l'Europe!), sont placés devant la porte d'entrée de cet immense et remarquable arsenal. Les chantiers de constructions, bassins, corderie, fonderie de canons, etc., occupent l'étendue de deux milles, dit-on. Parmi les curiosités de l'arsenal d'anciennes armes on nous montra l'armure de Henri IV, dont il fit présent à la république; celle de Gattamelata, et les instruments de torture dont F. de Carrara, tyran de Padoue, se servait pour martyriser ses victimes.

La vue d'un objet de mon pays me fit faire une agréable diversion au sombre souvenir que rappellent ces instruments.

Nous parcourions ces vastes salles en remarquant l'ordre, l'extrême propreté, qui y régnaient, ainsi que l'art avec lequel les armes étaient rangées, lorsque la vue d'une pirogue ou plutôt d'un canot comme j'en avais tant vu dans mon pays natal, me frappa singulièrement. Étonnée de rencontrer un tel objet parmi les curiosités de l'arsenal de Venise, je m'arrêtai devant lui comme devant une ancienne connaissance qu'on rencontre sans qu'on s'y attende, et j'ai vu que mon émotion était justifiée par un fait véridique. C'était effectivement un ancien canot du Brésil dont sa première impératrice, princesse autrichienne, avait fait présent à Venise, comme curiosité d'un pays qui en possédait un si grand nombre d'autres plus intéressantes et plus dignes de figurer parmi celles qui attirent l'admiration des Européens. Mais dans une ville où la gondole est la seule voiture qu'on y connaisse, un tel objet de curiosité ne me semble pas déplacé.

Quoi qu'il en soit, j'ai éprouvé une vive émotion à l'aspect de cette pirogue qui me rappela mes excursions champêtres au nord de mon cher Brésil, non pas en gondole à travers les rues d'une ville, mais dans un de ces canots perfectionnés comme ils le furent depuis, et sillonnant mes magnifiques rivières natales ombragées d'arbres superbes ou longeant les rives garnies de beaux jardins et de riantes et belles habitations, comme celles de la jolie *Capibaribe*.

Je retournai à Venise, l'âme remplie des poétiques images que ces souvenirs et la magie qu'elle exerce sur moi m'offrirent plus puissamment ce jour-ci, pour faire pâlir le sentiment d'indignation qui s'était emparé de moi, en voyant l'arsenal des Vénitiens occupé par ses ennemis, qui y fabriquent des instruments de mort pour conserver Venise esclave chez elle-même.

Un de ces jours, en retournant du Lido, île très-animée dans cette saison des bains et une des plus agréables pro-

menades des environs de Venise, nous montâmes au Campanile pour voir à vol d'oiseau cette étonnante ville. Les
étrangers font bien de ne pas manquer de faire cette ascension, qui du reste n'est pas trop difficile. Du haut de ce
campanile, Venise et ses îles environnantes se montrent
aux regards comme flottant sur les eaux des ses lagunes.
Ses magnifiques monuments, ses palais, et ses maisons à
deux entrées (l'une sur les canaux, l'autre sur les petites
rues aboutissant à elles) semblent sortir tout à fait de l'eau;
le grand canal et celui plus large encore de la Giudecca
où stationnent les navires, paraissent d'étroits ruisseaux
quand on les regarde de cette hauteur, d'où on aperçoit au
loin dans l'horizon les montagnes du Tyrol.

En t'enveloppant d'un long et mélancolique regard, ô
ville infortunée! je fis du haut de ton Campanile les vœux
les plus ardents pour ta résurrection et celle de tes
sœurs.

LE GONDOLIER AMATEUR

Je manquerais à un des devoirs les plus saints imposés à
l'homme — la reconnaissance — si je ne signalais dans
ces pages fugitives ma gratitude et ma sincère estime pour
M. S***, qui m'avait été présenté par le vénérable M. G***
et qui a voulu plus d'une fois être notre gondolier.

D'une naïveté rare et d'une complaisance des plus obligeantes, il s'offrait avec une sollicitude et une bonté admirables à conduire tout seul la gondole qu'il se procurait
pour avoir le plaisir, disait-il, de nous faire promener lui-
même dans ses lagunes et nous en montrer les grandes
beautés.

La simplicité avec laquelle il me faisait cette offre et les
instances dont il l'accompagnait pour que je l'acceptasse me
forcèrent de m'y rendre, quoique très-peu de fois. Il tenait

beaucoup à nous faire voir les églises et les peintures du Tintoret, pour lequel il a une extrême admiration, que nous ne partageons pas.

17 août.

Le cœur chargé de deuil au souvenir douloureux que ce jour me rappelle plus vivement du grand malheur qui frappa ma famille en me privant d'un père adoré, je sortis ce matin plus tôt que d'ordinaire pour chercher, dans les fatigues d'une longue promenade à pied, à atténuer la force d'une image qui me brise encore le cœur depuis plus de trente ans.

Après avoir parcouru une partie de ce labyrinthe de rues microscopiques, passant souvent des unes aux autres à travers les ponts qui, au nombre quatre cent cinquante, relient les groupes de soixante-dix îles environ dont Venise est formée, je suis entrée cette fois à Saint-Marc, non pas pour admirer la profusion d'œuvres d'art que contient cette singulière basilique, mais pour me recueillir dans mes pensées, dans cette enceinte religieuse, dont l'aspect sombre et austère me plut infiniment dans les dispositions d'esprit où je me trouvais. Là, agenouillée devant l'image du Christ, en me représentant cette divine abnégation de soi-même, ce suprême sacrifice pour améliorer les hommes, j'ai senti l'influence de cette résignation incomparable. Et la prière soulagea mon âme remplie de ton image, ô mon père! à plus de deux mille lieues de distance du coin de terre qui couvre tes restes mortels.

Dans ce triste anniversaire, Venise perd pour moi toute sa magie. En vain son beau ciel, ses lagunes placides, sa brillante place, ses somptueux monuments s'offrirent à mes regards, et une belle musique se fait entendre : tout me

I.
25

semble triste et morne aujourd'hui chez cette puissante fée
qui finit de m'enchaîner à l'Italie; les charmes exquis
qu'elle renferme s'échappent à mes yeux au souvenir acca-
blant de ma première douleur filiale !

Le soir, ma chère enfant, désirant me faire respirer le
grand air dans la chaleur excessive qu'il fait à présent, et
donner une diversion à mes pensées mélancoliques, m'engagea à nous promener sur le grand canal, promenade que
nous préférons ici à toutes les autres. La lune était voilée,
comme si elle reprochait à Venise la fête qu'on y donne à
son oppresseur. Le calme où était le grand canal, plus que la
gaîté de là place de Saint-Marc, d'un effet éblouissant quand
elle est illuminée comme ce soir, convenait mieux à l'état
de mon esprit.

A la douce fraîcheur de l'eau se joignit une légère brise,
qui semblait porter à nos oreilles, dans le silence de la nuit,
les sons plaintifs des cœurs qui gémirent parmi les heureux
habitants de ces palais entre lesquels notre gondole glissait
doucement. Éclairés par la pâle lune, ils s'échappaient derrière nous comme des fantômes, en ravivant dans notre mémoire une foule d'événements historiques dont nous nous
entretenions, mon enfant et moi, avec une sorte de solennité
que nous inspire, avec le silence de la nuit, cette lune éclai-
rant les lieux où se passèrent de grandes scènes.

Là, c'est le squelette du somptueux palais Foscari, enrichi
autrefois de peintures de maîtres et orné de toute la magnificence dont s'entourait cette puissante famille patricienne
qui finit si tragiquement après les brillantes conquêtes du
doge François Foscari, ce père infortuné. Ici, c'est le palais Vendramin, appartenant aujourd'hui à la duchesse de
Berry, qui vint endormir ici, parmi les débris de tant de
gloires éteintes, le souvenir de sa gloire rêvée ! Plus loin, le
palais d'où s'enfuit Bianca Cappello, cette noble et belle

Vénitienne qui brilla à Florence d'un éclat si peu mérité.

Les trois palais Mocenigo, dont deux furent habités par Byron, projettent leur ombre sur les eaux de ce canal, qui fut témoin de scènes qu'ils rappellent, plus récentes et plus à plaindre, car elles déparent, flétrissent la vie privée de l'homme qui entoura la vieille Albion de la fraîche et splendide auréole de son grand génie, et succomba si prématurément sur l'illustre terre des anciens Grecs, où un noble élan l'avait conduit pour aider à réaliser le rêve des Grecs modernes !

L'horloge de Saint-Marc sonnait dix heures lorsque nous descendions de notre voiture aquatique sur le quai de la Piazzetta (petite place), formée par le prolongement de la place de Saint-Marc, qui aboutit au rivage, ayant d'un côté le palais Ducal, de l'autre la *Libreria Vecchia*, bel édifice qui fait partie du palais où réside le Gouvernement; cette petite place contient deux belles colonnes de granit surmontées, l'une, de la statue de saint Théodore, premier patron de Venise; l'autre, de celle du lion ailé de saint Marc.

Ici, un des affreux souvenirs du terrible Conseil des Dix qui faisait attacher à ces colonnes les cadavres des criminels d'État. Là, tout près, la musique autrichienne animant la place de Saint-Marc, pour distraire ses malheureux enfants, en attendant que de nouvelles chaînes et de nouveaux canons résonnent encore sur eux !

L'AMÉRIQUE AU GÉNIE DE VENISE

— 19 août —

« Oh! Venise! que tu es délicieuse et poétique dans ton malheur, dans ton délabrement même! Noble génie d'une grandeur mal comprise, tu te débats encore sous la pesante main de bronze qui te tient en t'enveloppant de cette maille de fer que tes bras paralysés par des tortures inouïes ne peuvent parvenir à rompre! Dans tes cruelles souffrances, tu sembles repousser tout espoir de régénération, tout rêve de bonheur.

« Ton mélancolique sourire, ton œil profondément attristé, contrastent singulièrement avec les chants dont résonnent tes places, là où circulent tant de têtes vides, tant de cœurs frivoles courant après les plaisirs du jour, sans penser au lendemain...

Une lourde, trop lourde chaîne t'étreint les bras et fait courber ton noble front d'où jaillissaient naguère tant de grandes pensées!

« Épuisée par tant de combats, déchue de tant d'espérances, tu oublies que la tâche donnée par Dieu au génie de certaines nations ne pourra pas manquer de s'accomplir, quand même les bouleversements politiques les plus déplorables plongeraient pendant des siècles ces nations dans le gouffre de la domination des tyrans.

« Tu te crois un cadavre, toi, quand dans ta poitrine palpite encore un cœur de flamme!

« Oh! reviens de ton dangereux et funeste découragement; lève les yeux, regarde ce ciel si limpide reflété dans les eaux de tes lagunes qui ont été témoins de tes grands triomphes. — Contemple cette voûte infinie d'une splendeur inénarrable, ces astres sans nombre qui s'y tiennent fixes ou dans leur rotation perpétuelle, constatant l'incommensurable, l'incompréhensible puissance du Créateur de tant de merveilles! N'y lis-tu rien?... Ne déchiffres-tu pas dans ton signe les hiéroglyphes de ton avenir?...

« Oh! ne te laisse pas abattre dans ta douleur; sois forte pour la surmonter, attends avec dignité, agis avec sagesse, et tu triompheras. Car de tes ruines, sur lesquelles ton puissant usurpateur étale ses armes et fait flotter son drapeau, surgira un jour le bras de la justice qui brisera tes fers et punira tes oppresseurs.

« Le monde te dit morte pour la gloire, pour le bonheur, et tous les éléments de gloire et de bonheur sont dans ton sein. Crois-moi, ils se développeront encore, mais d'une manière plus digne de l'humanité, pour t'offrir une félicité réelle par des plaisirs purs, exquis et ineffables, que tu n'as jamais goûtés au milieu de ta grandeur passée qui t'étourdissait, t'enivrait, sans te faire connaître les suprêmes douceurs de la paix.

« Mais tu baisses le front, et tu pleures!... Oh! que je voudrais tarir ces larmes, les échanger pour les sourires éternels de la nature sur mon sol, te ranimer, ô génie, de toute ma vigueur! — Puissent cette vigueur et les énergiques aspirations vers l'avenir de mon jeune monde s'accumuler sur toi!...

« Hélas! je voudrais trouver une parole magique pour endormir ton agonie, pour te consoler en attendant que la lumière se fasse... Mais cette parole manque dans le langage des hommes. Le christianisme en a écrit une autre en caractères divins dans les grands cœurs : — Abnégation. — C'est une vertu aussi rare qu'elle est vieille; mais elle ra-

jeunit chaque fois qu'une âme d'élite la fait briller sous la
forme qui la rend céleste sur la terre.

« Donne-lui cette forme.

« Aie de la persévérance, non pas stérile comme celle de
l'esclave soumis, résigné au despotisme d'un maître qui le
fait servir à ses caprices ; mais de cette persévérance sublime qui tient sa force d'une volonté ferme, d'une héroïque
résolution de vaincre en nous ce qu'il y a de faible et de
nuisible au bien de l'humanité, afin de nous rendre dignes
de suivre ceux qui travaillent pour le grand œuvre de
l'avenir.

« Comme les missionnaires de l'humanité et les explora-
teurs des nobles sentiments, le philosophe et la femme, que
l'Amérique et le Génie de Venise, réunis par la sympathie
de ses futures aspirations, attendent, en persévérant dans
leur labeur et dans leur foi, qu'aient défilé ces tumultueuses
légions de prétendus réformateurs de la société moderne, se
frayant à travers les larmes et le sang de leurs semblables
une route à leur ambition despotique, que recouvre le masque de la gloire.

« Les principes de la vieille civilisation écroulée, dont ces
usurpateurs armés sont encore les adeptes fidèles, dispa-
raîtront à mesure que la civilisation de l'avenir, toute dé-
bile qu'elle est de nos jours, grandira en âge et en force
pour chasser tout à fait de la surface de la terre ces actes de
carnage et de honte qui dénaturent encore l'esprit humain !

. . . .
. . . .

« Je souffre avec toi de tes souffrances, ô noble Génie de
Venise, et, en y compatissant, j'oublie presque mes propres
afflictions, qui ont été pourtant bien plus grandes et bien
plus imméritées que les tiennes ; car, innocente et libre
parmi mes forêts vierges, je n'ai jamais apporté aucun mal
à des peuplades quelconques du vieux monde.

« Fille de prédilection de la nature, je me suffisais à moi-même, et ma vie d'amour et de liberté s'écoulait au milieu des vastes et splendides horizons de mon ciel, où je ne connaissais pas les vices, les misères, les ambitions de cette orgueilleuse Europe, qui vint usurper mes droits les plus saints. Non contente d'assouvir sa cupidité dans mes trésors inépuisables et de chasser mes premiers enfants de leurs plages heureuses, elle les persécuta, les massacra lâchement, avec une atrocité barbare, et en opprima le reste jusqu'à effacer même les noms de leurs nombreuses nations!

« Mais mon Génie ne se découragea point en présence de toutes ces scènes d'horreur, car je savais que le Génie des nations est immortel sous la main de Dieu.

« Il vint un jour où les descendants de ces mêmes Européens et mes nouveaux enfants levèrent le bras pour venger mes aînés et m'affranchir du joug de l'Europe, qui ne pourra plus jamais, quelles que soient ses futures prétentions, faire incliner devant sa décrépitude fardée, la jeune, la vigoureuse tête de la vaste Amérique remplie de grandes pensées sur l'avenir, vers lequel elle marche avec la force que lui donnent et ses avantages naturels et ses croyances inébranlables.

« Quoique dans une situation bien différente de la mienne actuellement, crois et espère, ô beau Génie de Venise! Le temps de tes malheurs nationaux touche peut-être à sa fin; l'ange des nations étendra sur la tienne ses ailes protectrices...

« D'ici là, viens trouver dans le foyer du cœur et dans les ressources de l'intelligence dont Dieu t'a douée si prodiguement, de quoi atténuer les tourments de cette longue et cruelle attente! Viens travailler pour cet avenir auquel tu as constamment rêvé dans tes jours de détresse! Viens, oh!

viens te ranger sous le drapeau de la noble croisade morale et intellectuelle que les deux mondes préparent pour rendre les peuples frères et jeter les fondements solides d'une nouvelle et véritable civilisation.

« Et les générations à venir, te voyant au nombre des moissonneurs infatigables à recueillir les productions abondantes et salutaires que leur zèle aura cultivées dans le champ fertile du cœur pour les leur offrir, te béniront en bénissant leur bonheur. »

FIN DU TOME PREMIER.

TABLE DES MATIÈRES.

Corbeil, typ. et stér. de CRÈTE.

ERRATA.

Page 13, ligne 15, *au lieu de* Tarioca, *lisez* : Carioca.

—   39, —   28, *au lieu de* d'une profond sentiment, *lisez* : d'un pro-
                        fond sentiment.

—   49, —   22, *au lieu de* bymen, *lisez* : hymne.

—   56, —   9, *au lieu de* précoces, *lisez* : précaires.

— 172, —   21, *au lieu de* Forre, *lisez* : Torre.

—. 221, —   15, *au lieu de* 1838, *lisez* : le 27 septembre 1538.

— 262, —   2, *au lieu de* — 31 MAI — *lisez* : 1er JUIN.

— 272, —   4, *au lieu de* ferende, *lisez* : prende.

— 274, —   30, *au lieu de* Féte, *lisez* : Téte.

— 313, —   5, *au lieu de* Sanovaroldi, *lisez* : Savonarola.

— 327, —   5, *au lieu de* Pise, *lisez* : Pie.

— 327, —   15, *au lieu de* Guercia, *lisez* : Quercia.

— 345, —   1re, *au lieu de* Garicenda, *lisez* : Garisenda.

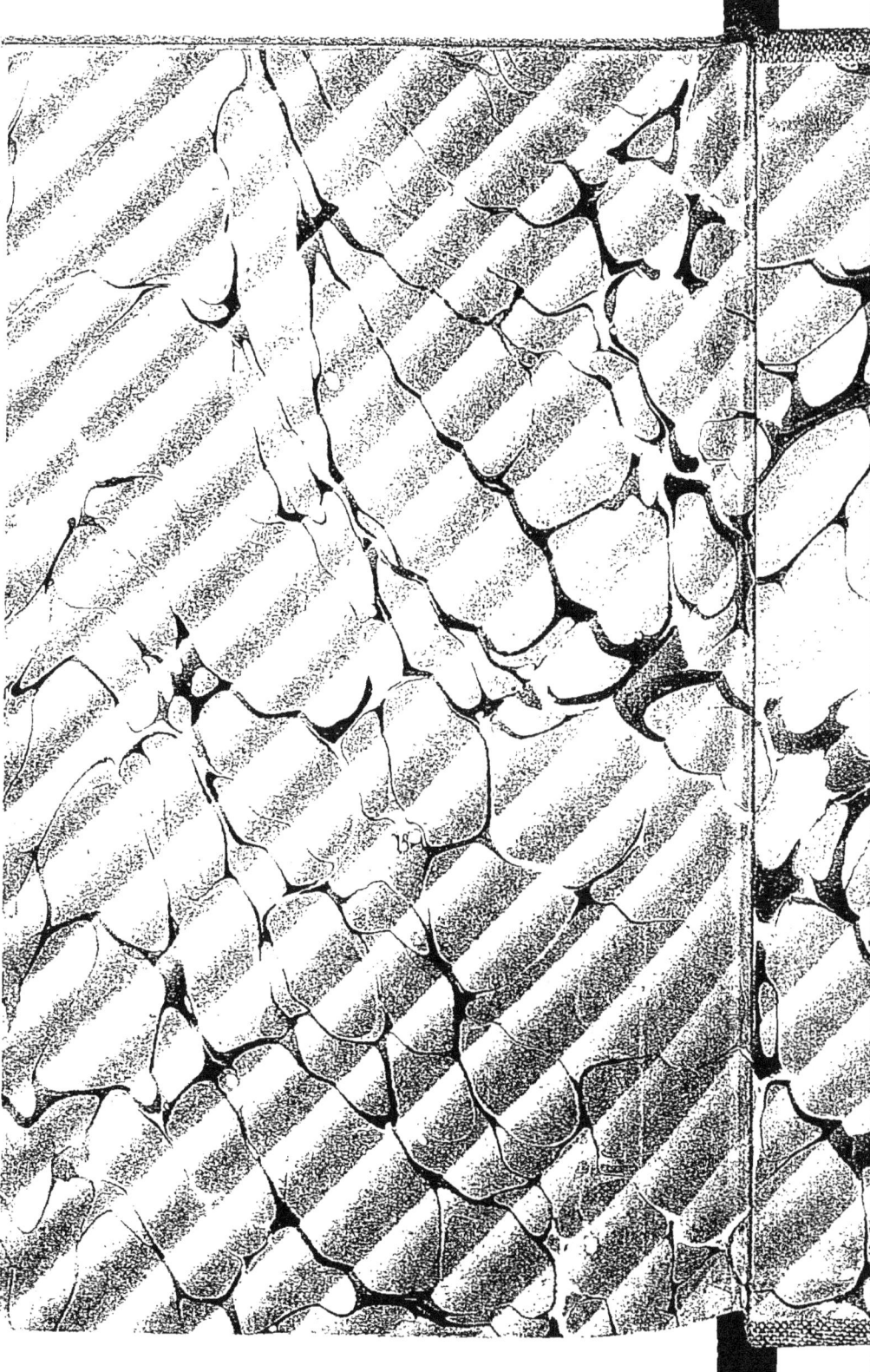

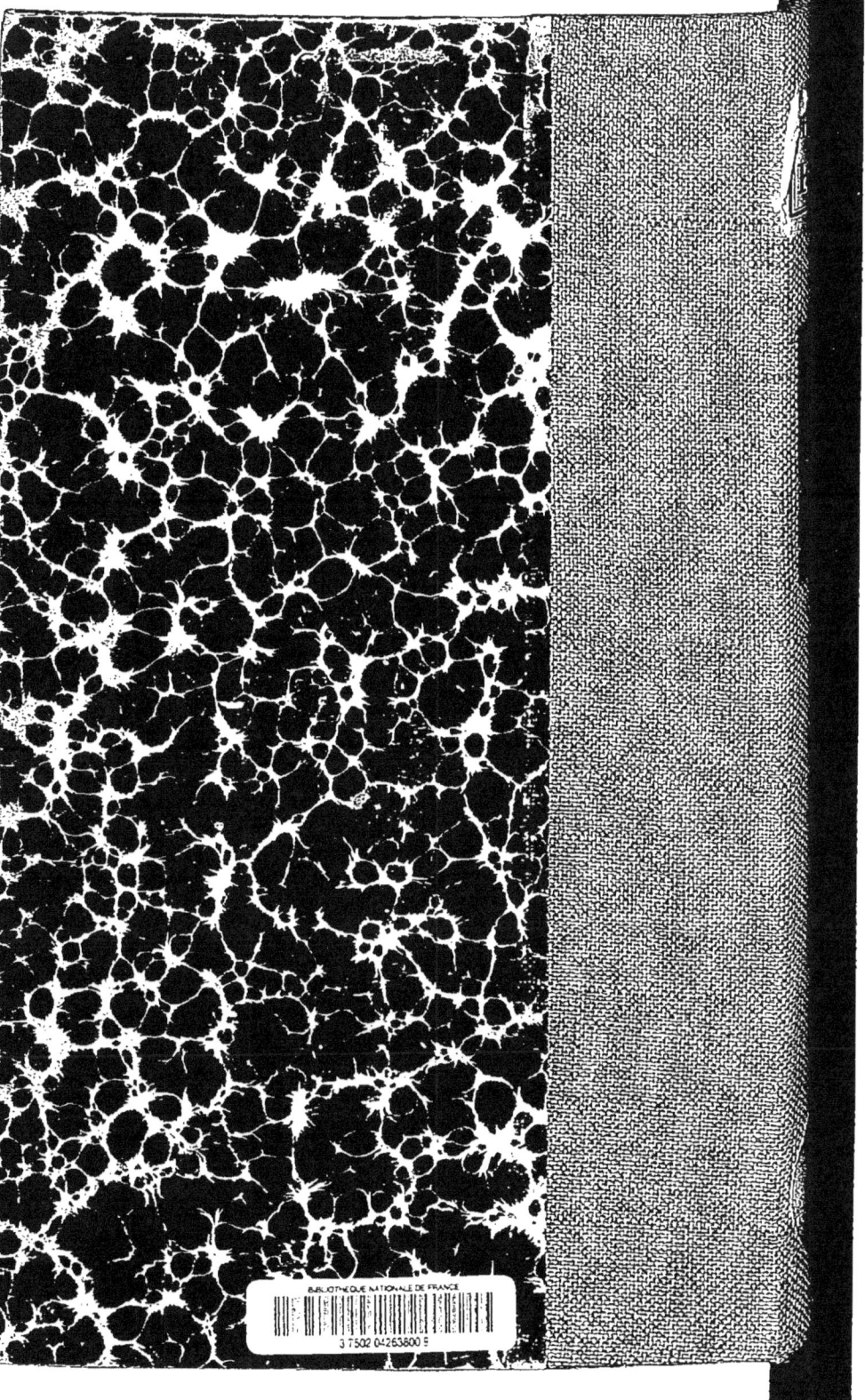